陕西诗经里文化旅游实业发展有限公司授权出版
陕西师范大学陕西文化资源开发协同创新中心资助出版

沣河流域《诗经》诠释

主　编　傅功振　张　华

副主编　刘　晓　曹祎黎

陕西师范大学出版总社

图书代号　　WX23N1342

图书在版编目（CIP）数据

沣河流域《诗经》诠释／傅功振，张华主编. —西安：
陕西师范大学出版总社有限公司，2023.11
ISBN 978-7-5695-3736-9

Ⅰ.①沣…　Ⅱ.①傅…　②张…　Ⅲ.①《诗经》—诗歌
研究　Ⅳ.①I207.222

中国国家版本馆 CIP 数据核字（2023）第 133155 号

沣河流域《诗经》诠释
FENGHE LIUYU《SHIJING》QUANSHI

傅功振　张　华　主编

责任编辑	邱水鱼	
责任校对	冯新宏	
封面设计	鼎新设计	
出版发行	陕西师范大学出版总社	
	（西安市长安南路 199 号　邮编 710062）	
网　　址	http://www.snupg.com	
印　　刷	西安市建明工贸有限责任公司	
开　　本	720 mm×1020 mm　1/16	
印　　张	28.25	
插　　页	2	
字　　数	588 千	
版　　次	2023 年 11 月第 1 版	
印　　次	2023 年 11 月第 1 次印刷	
书　　号	ISBN 978-7-5695-3736-9	
定　　价	118.00 元	

前　言

一、沣河与丰镐遗址

沣河、沣水即源出陕西省西安市长安区秦岭沣峪,北流注入渭水的河流。《尚书·禹贡》有对沣水的记载:"漆沮既从,沣水攸同。""沣"本义为春季庄稼需水时水量丰富的河流。"丰"本义为"春季三月,植物疯长"。"水"与"丰"联合起来表示"春季水量丰富、可以灌溉庄稼的水流"。"沣"和"沛"连用即为雨水多的样子。沣河的源头,据《水经注》载是沣溪。西安城西注入渭河的沣、滈、潏、涝四水中以沣河最大。史书记载,沣河曾得到禹的治理,据《诗经·大雅·文王有声》载:"丰水东注,维禹之绩。"宋代《长安志》沣水下注:"昔尧时洪水,而沣水亦泛滥为害,禹治之使入渭,东注于河,禹之功也。"可见,沣水是大禹疏导治理的结果。户县(今鄠邑区)秦镇"禹王庙"在明末《户县志》中称"禹王庙村",明朝万历十九年(1591)前有禹王庙。清康熙《户县志》、乾隆《户县新志》记载:"三过村东有禹王庙。"《重修户县志》载:"户县秦镇地处沣河西岸纪念大禹治理沣河的禹王庙。"沣河西岸的禹王庙村,即是后人为了纪念大禹治理沣水之功而修建的。

周文王灭崇后,在沣水西岸(今陕西西安西南)营建丰京,并将都城从岐周迁至此处;在徙居丰京后不久,周武王又在沣水东岸营建了镐京。丰京是宗庙和园囿所在地,镐京为周王居住和理政之地,合称丰镐。丰镐是西周王朝的国都,是历史上最早称为"京"的城市,也是周礼的诞生地。丰镐二京史称宗周。据史料记载:"武王自丰居镐,诸侯宗之,是为宗周"(《长安志》卷三引皇甫谧《帝王世纪》),其他典籍也多有提及,周公是礼乐文化最重要的制作者。

《诗经·大雅·文王有声》载："文王受命，有此武功。既伐于崇，作邑于丰。"丰镐二京定都的沣河被陆续注入周人奋发崛起的文化基因。周秦汉唐的建都史就是在如今的"大西安"区域，沿沣河、渭河次第展开的。尽管长安的城市荣耀在汉唐达到顶峰，但论及中华文化的起源，无论是礼乐德治还是《诗经》《周易》，都要追溯到沣河两岸的丰镐二京。

地处渭北原区的周原地势高亢，干旱少雨，而位于关中中部、渭水南岸的丰镐地区，地势低平，沃野千里，河道纵横，湖池众多，有更为优越的自然条件和水利资源，可以解决日渐突出的农业用水和城市用水矛盾，是进行渔猎活动最理想的场所。西周王朝迁都丰镐具有重要的战略意义，历史学家齐思和说："文王之迁丰，不徒便于向东发展，与商争霸，抑丰镐之间川渠纵横，土地肥饶，自古号称膏腴之地。"

丰镐遗址位于西安市长安区马王镇、斗门镇一带的沣河两岸。丰京位于沣水中游西岸，西至灵沼河，北至眉岭岗地北缘，南至石榴村。镐京在沣水东岸，与丰京隔河相望。镐京遗址西濒沣水，东至丰镐村，北界沣水与滮池，南部已为汉唐昆明池所毁。现代考古已经基本确定了丰镐的城址和遗址面积，丰镐两京的遗址面积近17平方千米，是一个巨型都城遗址。从公元前11世纪周文王营建丰京，周武王营建镐京，到公元前771年犬戎攻破镐京，西周灭亡，近300年间，丰镐二京一直是西周王朝的政治、经济、文化中心。

二、沣河与《诗经》

《诗经》又称《诗》或《诗三百》，是我国最早的一部诗歌总集。《诗经》分为风、雅、颂三大类，共305篇，其中风指十五国风，共160篇；雅包括《大雅》31篇，《小雅》74篇，共105篇；颂包括《周颂》31篇，《鲁颂》4篇，《商颂》5篇，共40篇。另有6篇笙诗，有目无辞。在《诗经》305首诗歌中，产生于陕西的诗歌有160余篇。国风中的《周南》除了《关雎》一诗产生于陕西，其余皆产生于周公统治的陕东地区及南方一些小国；《召南》14篇，除了《江有汜》《何彼秾矣》产生地域不在陕西，其余12篇皆为陕西诗歌；其余十三国风，只有《秦风》10篇和《豳风》7篇产生于陕西境内；《小雅》74篇中除了《大东》是东方诸侯国官员或文人怨恨西周王室剥削、压榨东方诗人的诗，其余皆为陕西诗歌;《大雅》31篇中除了《抑》是卫武公自警兼刺周王之作,其余皆为陕西诗歌;《周颂》31篇全为西周人所作的祭歌,而《鲁颂》《商颂》则与陕西无关。在上述160余篇陕西诗歌中,作于丰镐二京的诗歌皆与沣河流域有关。经过进一步辨别筛选,发现直接产生于西周都城丰镐地区即沣河两岸的诗歌有141篇,其中国风10篇,《小雅》70篇,《大雅》30篇,颂31篇。

这些诗歌内容丰富,涉及《诗经》中祭祀诗、周族史诗、农事诗、宴飨诗、怨刺诗、战争徭役诗、婚姻爱情诗等诗歌类型。沣河流域《诗经》故事中有爱情的甜美,有宴飨的快乐,有婚嫁的和谐,有行役的悲苦,有热情的讴歌,有痛心的怒斥,有勃兴的壮烈,有亡国的悲惨……,宛如一幅幅文明进展的生动画卷。"蒹葭之思""兄弟阋墙""哀鸿遍野""雨露之恩""弄璋弄瓦""哀哀父母,生我劬劳"等词语,"振鹭行""鸳鹭群""迁乔""莺谷""白璧青蝇""畏简书""湛露""夜未央""生刍"等典故,以及后世由《秦风·蒹葭》而来的歌曲《秋水伊人》,由《小雅·鹿鸣》而来的皇帝宴请中榜进士的"鹿鸣宴""食萍鹿""鹿鸣客"等,无不显示了沣河流域《诗经》文化对后世文化的全方位滋养。这些诗歌集中体现了《诗经》的风雅精神和影响深远的礼乐文化。从这个意义上说,沣河不愧为"《诗经》之河,礼乐之源"。沣河和《诗经》的密切关系集中体现在这141篇诗歌之中。

用《诗经》唤醒现代人的诗性和情感,让我们徜徉在沣河两岸,找寻中华民族的文明基因和文化精神。

三、本书说明

这本《沣河流域〈诗经〉诠释》将《诗经》中产生于沣河流域的篇目进行甄别、注译和题解。书中篇目依《诗经》原序编排,每一篇分为原文、注释、译文、题解四大部分。其中注释和译文力求详尽、允当、通俗易懂,题解部分主要陈述诗歌产生地、思想主题、精神价值及其与周代礼乐文化、沣河文化的内在关联,以期为沣河流域文化资源的开发与利用提供最基础的文献资料和理论支持。

本书力求从提升沣河景区的文化内涵、发掘沣河流域《诗经》故事当代价值的角度进行设计,既考虑沣河景区的文化定位,又突出沣河流域《诗经》文化的特色和个性特征。

1.立足于《诗经》文化与沣河文化的交汇点

《诗经》文化博大精深,包罗万象,沣河文化受《诗经》文化的熏染,成为《诗经》文化的重要组成部分。沣河景区文化建设只有立足于《诗经》文化与沣河文化的交汇点,如《诗经》所载周朝建国史、《诗经》所载丰镐作为京都的文化建设、《诗经》所载周礼所包含的人文精神及传统、《诗经》所载沣河景区社会生活的方方面面等,才能追源溯本、有的放矢,发掘沣河文化独有的特色。这是本书编撰的选材原则。

2.着眼于《诗经》文本和历代与《诗经》文本相关的故事传说

《诗经》文化的发掘应当紧扣《诗经》文本,在深入阐释与沣河文化相关的《诗经》文本价值的基础上,对历代与之相关的故事传说进行总结、梳理、分析、阐释,建构与沣河文化相关的立体多元的《诗经》文化体系。这是本书编撰的主要内容。

3.聚焦于《诗经》精神对沣河文化的影响

沣河景区文化建设需要深入发掘《诗经》精神对沣河文化的深远影响,如《诗经》的风雅精神、以人为本的人文主义情怀、根植于农业生产的农耕文化精神、强烈关注现实的现实主义精神等对沣河文化影响深远。这是本书编撰的价值所在。

在《沣河流域〈诗经〉诠释》的基础上,追寻《诗经》文化的当代遗存,进一步挖掘《诗经》风雅精神的当代价值和意义,将其转化为可资利用的文化资源,使人耳目一新、喜闻乐见,不但对于《诗经》文化的传承意义重大,而且具有塑造人格、美化社会、返本开新、移风易俗的重要作用。在全民族为实现中华民族伟大复兴的中国梦而努力奋斗的今天,传承和弘扬中华优秀传统文化意义重大,沣河流域对《诗经》文化的传承与开发利用具有十分重要的引领和示范意义。对《诗经》文化的传承与开发利用任重而道远,需要广大有识之士共同努力。

目 录

4

6

国　风

关　雎

关关雎鸠^[1],在河之洲^[2]。
窈窕淑女^[3],君子好逑^[4]。

参差荇菜^[5],左右流之^[6]。
窈窕淑女,寤寐求之^[7]。

求之不得,寤寐思服^[8]。
悠哉悠哉^[9],辗转反侧^[10]。

参差荇菜,左右采之^[11]。
窈窕淑女,琴瑟友之^[12]。

参差荇菜,左右芼之^[13]。
窈窕淑女,钟鼓乐之^[14]。

【注释】

[1]关关:雌雄两鸟的和鸣声。雎鸠(jū jiū):水鸟名,即鱼鹰。一说为鸠类,求偶时雌雄相和而鸣。古人认为此鸟雌雄感情深挚、形影不离,而又不过分亲昵。[2]洲:水中的陆地。[3]窈窕(yǎo tiǎo):美好文静的样子。淑女:贤良贞静的女子。淑,特指女子贤良贞静。[4]君子:古代对男子的美称。《诗经》中多"君子"一词,有时指周王,有时指官员,有时指女子称自己的丈夫。好逑(hǎo qiú):爱侣,佳配,好的配偶。好,此指男女相悦。逑,通

"仇",配偶。[5]参差(cēn cī):长短不齐的样子。荇(xìng)菜:一种多年生水草。叶圆茎细,根生水底,叶浮水面,嫩茎可食。[6]左右:左边和右边。流:择取。这句形容女子择取荇菜时向左向右的情状。[7]寤寐(wù mèi):不论醒来还是梦中,犹言日夜。睡醒为"寤",睡着为"寐"。这里指夜以继日。[8]思:语助词。服:思念,想念,放在心上。[9]悠哉:形容思虑深长的样子。悠,悠长,长久,指思绪绵绵不尽。[10]辗转反侧:指在床上翻来覆去,睡不踏实。反,覆身而卧。侧,侧身而卧。[11]采:采摘。[12]琴瑟(sè)友之:指以弹琴奏瑟来表达相亲相爱之意。琴瑟,古代的两种木质弦乐器。友,亲密相爱。[13]芼(mào):择取,拔取。"流""采""芼",均指采取,但动作有区别、有递进,兼表示感情和追求的程度。[14]钟鼓乐之:指用钟鼓之乐来使她快乐。乐,使动用法,使……快乐。这里指钟鼓喧闹的婚礼场面,是男子设想未来结婚时的情景。

【译文】

鱼鹰关关对着唱,停在河中沙洲上。
漂亮善良好姑娘,该是君子好对象。

或长或短的荇菜,或左或右把它采。
漂亮善良好姑娘,睡里梦里求怎样。

求她总是得不到,睡里梦里想更牢。
长啊长啊长想念,翻来覆去睡不好。

或长或短的荇菜,或左或右把它采。
漂亮善良好姑娘,弹琴鼓瑟把她爱。

或长或短的荇菜,或左或右把它采。
漂亮善良好姑娘,敲钟鼓使她开怀。

【题解】

《关雎》出自《诗经·国风·周南》,是《诗经》的首篇。关于这首诗的含义,众说纷纭。《毛诗序》称此诗是歌颂"后妃之德";朱熹承其说谓指文王及太姒之事(《诗集传》);《鲁诗故》别解作"刺周康王晏起"(王先谦《诗三家义集疏》)。从诗歌的内容来看,均属曲解。清人崔述《读风偶识》称"细玩此篇,乃君子自求良配,而他人代写其哀乐之情耳"。方玉润《诗经原始》称"此诗盖周邑之咏初昏(婚)者,故以为房中乐,用之乡人,用之邦国,而无不宜焉"。今人多取崔、方之说,称此诗为恋歌,是中国最早的爱情诗。

关于《关雎》的产生地,说法不一。夏传才先生于2006年"诗经发祥地国际考察团洽川研讨会"上发表了《〈诗经〉发祥地初步考察报告》,将陕西洽川定为《关雎》的创作地点。而据宋代大儒朱熹考证,《诗经》中的第一首诗《关雎》为京城市民歌颂文王夫妇爱情之作,当为丰京官民所咏。朱熹认为,周文王"辟国寝广,于是迁都于丰,而分岐周故地以为周公旦、召公奭之采邑,且使周公为政于国中,而召公宣布于诸侯"。周成王时,周公任相国,制礼作乐,"乃采文王之世风化所及民俗之诗",配上音乐,推至南方各诸侯国。"盖其得之国中者,杂以南国之诗,而谓之《周南》,言自天子之国而被于诸侯,不但国中而已。"因其诗采自京畿附近,目的是教化南方诸侯,故名《周南》。在注释中,朱熹特别指出:"周之文王,生有圣德,又得圣女姒氏以为之配,宫中之人于其始至,见其有幽闲贞静之德,故作是诗。言彼关关然之雎鸠,则相与和鸣于河洲之上矣。"周文王所处正是国都丰京,《诗集传》注云:"丰在今京兆府鄠县终南山北。"无论《关雎》主题为何,作为《周南》首篇当产生于京畿之地(丰京附近)无疑。

《关雎》第一章以雎鸠鸟儿在河中陆地上关关和鸣起兴,引出君子和淑女是天生的好配偶。韵律舒缓,音调和谐。"窈窕淑女,君子好逑"可谓全诗总纲。方玉润《诗经原始》:"此诗佳处,全在首四句,多少和平中正之音,细咏自见。"第二章"参差荇菜"承"关关雎鸠",以洲上生长之物即景生情。许谦《诗集传名物钞》:"以荇起兴,取其柔洁。"第三章抒发求之而不得的忧思。林义光《诗经通解》云:"寐始觉而辗转反侧,则身犹在床。"思念之情"哀而不伤"，婉转动人。第四、五章写君子求淑女而得之的喜悦之情。"琴瑟友之""钟鼓乐之"，可以视为得到后热闹婚娶的情景。"友"和"乐"凸显快乐之情而又有节制，是为"乐而不淫"。孔子曰："《关雎》乐而不淫，哀而不伤。"（《论语·八佾》）"此言为此诗者，得其性情之正，声气之和也。"（朱熹《诗集传》）《关雎》写君子对淑女的思念和追求过程，既有求之而不得的焦虑，也有求而得之的喜悦，其艺术特点是节奏和谐、明快，并多用双声叠韵词以增加音韵之美和表现力，从而达到声情并茂的效果。在整体构思上，有"翻空见奇"之妙。明代戴君恩《读诗臆评》云："诗之妙全在翻空见奇，此诗只'窈窕淑女，君子好逑'便尽了，却翻出未得时一段，写个牢骚忧愁的光景。又翻出已得时一段，写个欢欣鼓舞的光景，无非描写'君子好逑'一句耳。"

《关雎》既是国风首篇，也是《诗经》首篇。国风是地方声调歌唱表达男女爱情之歌谣。朱熹《诗集传·序》云："凡诗之所谓风者，多出于里巷歌谣之作，所谓男女相与咏歌，各言其情者也。"郑樵《通志·乐略·正声序论》曰："《诗》在于声，不在于义，犹今都邑有新声，巷陌竞歌之，岂为其辞义之美哉？直为其声新耳。"朱熹从诗义方面而论，郑樵则从声调解释。关于为何将《关雎》作为首篇，前人多有论述。《史记·外戚世家》记述："《易》基乾坤，《诗》始《关雎》，《书》美厘降……夫妇之际，人道之大伦也。"《汉书·匡衡传》疏云："匹配之际，生民之始，万福之原。婚姻之礼正，然后品物遂而天命全。孔子论《诗》，一般都是以《关雎》为始。……此纲纪之首，王教之端也。"数千年来，《关雎》一直被当作表现夫妇之德的典范。《关雎》所写的爱情最终归结为婚姻的美满，作为男女双方的"君子"与"淑女"是与美德相联系的结合，其恋爱行为也是具有节制性的，因此，孔子借其中所体现的中和之美，来倡导自我克制、加强修养的人生态度，《毛诗序》则将其视为"风天下而正夫妇"的道德教材。

中华文化非常重视家庭以及家庭内部各成员之间的关系，而夫妻、父子、祖孙、母女、兄弟、姐妹等人伦关系，皆应建立在仁义的基础之上，如父慈子孝、兄友弟恭、夫仁妻义。孔子曰："父子笃，兄弟睦，夫妇和，家之肥也。"（《礼记·礼运》）"肥"即是健康、和谐、融洽。夫妇关系是所有人伦关系的根本。《周易·序卦传》云："有天地然后有万物，有万物然后有男女，有男女然后有夫妇,有夫妇然后有父子,有父子然后有君臣,有君臣然后有上下,有上下然后礼义有所措。夫妇之道不可以不久也,故受之以恒,恒者久也。"《周易·系辞传下》云:"天地氤氲,万物化醇;男女构精,万物化生。"《礼记·中庸》云:"君子之道,造端乎夫妇,及其至也,察乎天地。"君子之道发端于夫妇,男女结合如天地交泰,有"化生万物"的重要作用,社会关系始于夫妇的结合。《关雎》被列为《诗经》首篇自有深意,体现了夫妇这一基本人伦关系的和谐。

东汉古文家认为《关雎》歌唱的是"后妃之德","后妃之德"乃"人伦之始""王化之基"。虽然"后妃之德"的说法牵强附会,然而,人类一切良好的社会关系都是建立在夫妇关系符合"正道"的基础上的。《关雎》所彰显的和谐人伦关系是毋庸置疑的,在今天仍具有积极的教育意义。

车　邻

有车邻邻[1],有马白颠[2]。
未见君子[3],寺人之令[4]。

阪有漆[5],隰有栗[6]。
既见君子,并坐鼓瑟。
"今者不乐,逝者其耋[7]。"

阪有桑,隰有杨。
既见君子,并坐鼓簧[8]。
"今者不乐,逝者其亡。"

【注释】

　　[1]邻邻:同"辚辚",象声词,车行声。[2]颠:头顶。[3]君子:对友人的尊称。[4]寺人:宫中近侍。马瑞辰《毛诗传笺通释》:"寺人者,即侍人之

省,非谓《周礼》寺人之官也。"王先谦《诗三家义集疏》:"盖近侍之通称,不必泥历代寺人为说。"[5]阪(bǎn):山坡,斜坡。[6]隰(xí):低湿之地。[7]逝者:将来。逝,往,离开。耋(dié):年老,多指七八十岁,此处泛指老人。[8]鼓:弹。簧:笙吹管中的簧片,代指笙。

【译文】

> 大车飞奔响当当,驾车马匹白头顶。
> 来访君子未谋面,只等近侍来通告。
>
> 山坡坐落漆树园,洼地一片栗树田。
> 自从见了那君子,并坐弹瑟笑开颜。
> "现在行乐不及时,转眼老迈难成行。"
>
> 山坡一片桑树林,洼地一片杨树荫。
> 自从见了那君子,并坐吹簧共欢欣。
> "现在行乐不及时,转眼逝去难再得。"

【题解】

关于这首诗的主题,《毛诗序》认为"美秦仲也。秦仲始大,有车马礼乐侍御之好焉";丰坊《诗传》认为"襄公伐戎,初命秦伯,国人荣之。赋《车邻》";吴懋清《毛诗复古录》认为"秦穆公燕饮宾客及群臣,依西山之土音,作歌以侑之"。今人亦众说纷纭,概其要者,有此四说:一、"反映秦君腐朽的生活和思想的诗"(程俊英《诗经译注》);二、"这是贵族妇人所作的诗,咏唱他们夫妻的享乐生活"(高亨《诗经今注》);三、"没落贵族士大夫劝人及时行乐"(袁愈荽、唐莫尧《诗经全译》);四、"妇人喜见其征夫回还时欢乐之词"(蓝菊荪《诗经国风今译》)。新旧诸说虽各有道理,但与本诗部分章节不甚吻合,难以服众。

考察全诗,其主题当为描写朋友相聚、谈笑欢娱的场景。全诗皆为自述口吻。第一章从前往拜访友人的途中写起,诗人说自己乘着马车前去,车声

"邻邻",悦耳动听,杜甫《兵车行》中的"车辚辚"句即源于此诗。拉车的马非同寻常,是古代珍贵的名马之一——白顶马,此马旧名戴星马,俗称玉顶马。马车和名马衬托出诗人的尊贵。车声和名马相得益彰,诗人自豪欢愉之情跃然纸上。三、四句叙述到达朋友家的情景,从未见主人之前要等待侍者的通报、传令可以看出,朋友是个贵族。第二、三章开头两句借民歌中常用的"阪(或山)有×,隰(或泽)有×"的句式起兴,多用它表示爱情,这里主要用来引出下文。"并坐鼓瑟""并坐鼓簧"两句颇有深意,一方面,反映了朋友之间情投意合、亲密无间;另一方面,可将其看作周代礼乐文明的一个缩影。其中蕴含着古代中国贵族的精神风貌、道德规范及礼乐文化精神。

诗歌末尾所表现的情感颇有及时行乐的意味,这一思想与汉末五言诗《古诗十九首》中的"人生非金石,岂能长寿考""人生忽如寄,寿无金石固""为乐当及时,何能待来兹"等诗句颇为类似,流露出人生短暂的感伤。朋友欢聚劝乐,乐极生悲,感叹人生,也是彼此之间襟怀坦露、以诚待友的体现。

驷 驖[1]

驷驖孔阜[2],六辔在手[3]。
公之媚子[4],从公于狩[5]。

奉时辰牡[6],辰牡孔硕[7]。
公曰左之[8],舍拔则获[9]。

游于北园[10],四马既闲[11]。
輶车鸾镳[12],载猃歇骄[13]。

【注释】

[1]驷(sì):古指套着四匹马的车,也指同驾一辆车的四匹马。这里指四匹马。驖(tiě):毛黑色、毛尖略带红色的马。[2]孔:甚,很。阜:肥壮,强

健。[3]辔:马缰绳。一匹马两条缰绳,四匹马共八条缰绳,最外侧两匹马内侧的缰绳系在车前横木上,故云"六辔在手"。[4]媚子:所爱的人。这里指驾车者。[5]狩:冬猎。古代帝王打猎,四季之称谓不同。《左传·隐公五年》:"故春蒐(sōu)夏苗,秋狝(xiǎn)冬狩。"[6]奉:供给。时:这个。辰:时光,应时。牡:公兽。古代祭祀皆用公兽。此句言兽官"虞人"驱赶野兽以供射猎。[7]硕:肥壮。[8]左之:使之左,这里指向左边射箭。[9]舍拔:放开箭的尾部,箭被弓弦弹出。舍,放开。拔,箭的尾部。[10]北园:这里指秦君狩猎时休息的园囿。[11]闲:熟练。[12]辀(yóu)车:用于驱赶堵截野兽的轻便车辆。鸾:通"銮",车铃。镳(biāo):马嚼子。《说文解字》:"人君乘车,四马镳,八銮铃。象鸾鸟之声,和则敬也。"车铃铛挂在马嚼两端,故曰鸾镳。[13]猃(xiǎn):长嘴巴的猎狗。歇骄:也作"猲獢"(xiē xiāo),短嘴巴的猎狗。

【译文】

四匹黑马壮且肥,六根缰绳手上垂。
公爷宠爱驾车人,跟随公爷去打围。

兽官赶出众野兽,肥壮硕大到处跑。
襄公一声"朝左射",箭儿离弦野兽倒。

狩猎凯旋憩北园,车技娴熟马悠闲。
车铃悦耳铃铛响,车厢满载众猎犬。

【题解】

　　《毛诗序》认为本诗乃"美襄公也。始命,有田狩之事,园囿之乐焉"。秦襄公派兵护送周平王东迁洛阳功不可没,被周王封为诸侯,后又驱逐犬戎,于是拥有了周西都岐、丰及周围广阔肥沃的土地,为秦国的日益强盛奠定了基础。本诗中秦襄公狩猎的场景,侧面反映了当时《秦风》尚武,秦国逐渐强大的社会背景。

第一章开门见山,从狩猎车入手,从四匹高头大马切入,严整肃穆,蓄势待发。次写驾车人"六辔在手",仿佛胸有成竹、从容不迫,充满自信的力量,从侧面烘托出狩猎场面声势浩大、纪律严明。

第二章写狩猎官接到开猎的命令后,将一群肥硕健壮的野兽驱赶出来。只听秦襄公一声吆喝,那肥兽便应弦而倒。秦襄公刹那间的特写镜头,具有以少总多的效果,余味无穷。

狩猎之后,没有写猎者欣悦享受丰盛猎物的场景,而是继续写游于"北园"。次句"四马"与第一章"驷驖"相呼应,不同的是此处的四马轻松悠闲,不像第一章狩猎前的紧张肃穆。"闲"字语义双关,表现了狩猎后的轻松愉悦,体现了狩猎过程的张弛有度。至此并未结束,后两句又渲染了猎后之"闲"。猎后辎车马嚼上的铃儿叮当作响,声韵悠扬,仿佛在庆贺狩猎的收获。此时的猎狗也放松下来,躺在辎车上休息。

全诗分为两大部分,前写"狩"后写"游",前面紧张,后面悠闲,前后互补而又对比鲜明,第一章写将猎,第二章写正猎,第三章写猎后,表现了狩猎的全过程。

本诗长于细节描写,运用特写镜头,突出典型,可谓特色鲜明。《诗经》中写狩猎的名篇有《郑风·大叔于田》与《秦风·驷驖》两篇。前者铺张,以繁见长;本篇精要,以简取胜。与司马相如《子虚赋》《上林赋》、扬雄《长杨赋》《羽猎赋》等铺写宏伟的狩猎场面不同,本诗之妙在于以简驭繁,以少胜多,将狩猎场面描写得威武雄壮,韵味无穷。

小　戎[1]

小戎俴收[2],五楘梁辀[3]。

游环胁驱[4],阴靷鋈续[5]。

文茵畅毂[6],驾我骐馵[7]。

言念君子[8],温其如玉[9]。

在其板屋[10],乱我心曲[11]。

四牡孔阜[12]，六辔在手[13]。

骐駵是中[14]，騧骊是骖[15]。

龙盾之合[16]，鋈以觼軜[17]。

言念君子，温其在邑[18]。

方何为期[19]？胡然我念之[20]？

俴驷孔群[21]，厹矛鋈錞[22]。

蒙伐有苑[23]，虎韔镂膺[24]。

交韔二弓[25]，竹闭绲滕[26]。

言念君子，载寝载兴[27]。

厌厌良人[28]，秩秩德音[29]。

【注释】

[1]戎：战车。车厢小的战车，称为小戎。[2]俴（jiàn）收：车厢较浅。俴，浅。收，车后的横木。战车的车后横木较低，因此，车厢也较浅。[3]五楘（mù）：将皮革分五处缠在车辕上，起加固和修饰作用。楘，有花纹的皮条。梁辀（zhōu）：车辕。古代马车一根辕，形状弯曲，犹似房屋之木梁，又似船，故曰梁辀。由于太长，为防折裂，故分五处用有花纹的皮条加固。[4]游环：活动的铜环或皮环，结在服马颈套上，用以贯串两旁骖马的外辔，控制它们不乱跑。胁驱：驾具名，装在马胁两旁的皮扣连在拉车的皮带上，前系于衡，后系于轸，限制骖马内入。[5]阴：车轼前横板。靷（yǐn）：引车前行的皮革，将横板的两根皮条前面系于衡，后面经过车下，系在车轴上，引车前进。鋈（wù）续：用白铜制作的用来接靷的环扣。鋈，以白铜镀器物。续，连续。[6]文茵：有花纹的车坐垫。畅毂（gǔ）：长毂。畅，长。毂，车轮中心的圆木，中有圆孔，用以插轴，周围与车辐相接。[7]骐：有青黑色花纹的马，其纹状如棋盘，又名青骢马。騜（zhù）：左后足为白色的马。[8]言：乃。君子：指从军的丈夫。[9]温其如玉：性情温润如玉。[10]板屋：用木板建造的房屋。西戎民俗用木板盖房屋，此处代指西戎。[11]心曲：心灵深处，心窝。[12]

牡:公马。孔:甚。阜:肥壮。[13]辔:控制马匹的缰绳。[14]骝(liú):亦作骝,红身黑鬃尾的马。[15]䯄(guā):身黄嘴黑的马。骊:纯黑色的马。骖:车辕外侧的两匹马。[16]龙盾:画有龙形图案的盾牌。合:这里指两只盾牌合在一起挂于车上。[17]鋈(jué):有舌的环。軜(nà):骖马里边的缰绳。以舌穿过皮带,使骖马里面的缰绳得以固定。[18]在邑:这里指在西戎的城邑里。[19]方:将。期:归期。[20]胡然:为什么。[21]俴(jiàn)驷:披有青铜甲的四匹马。俴,浅、薄。孔群:十分协调。孔,十分、非常。[22]厹(qiú)矛:有三棱锋刃的长矛。镦(duì):矛柄下端的金属套。[23]蒙:画着杂乱的羽纹。伐:通"瞂"(fá),中等型号的盾。苑(yūn):花纹。[24]虎韔(chàng):用虎皮做的弓袋。镂膺:在弓袋正面雕刻花纹。膺,弓袋的正面。[25]交韔二弓:两张弓,一弓背向左,一弓背向右,交错放在弓袋中。交,互相交错。韔,此处用作动词,即"藏"。[26]闭:弓架,正弓用的器具,用竹制成,形如弓,弓卸弦后缚在弓里防损伤的用具。绲(gǔn):绳。縢(téng):缠束、捆绑。[27]载寝载兴:坐卧不宁。载,语助词。兴,起来。[28]厌厌:安静柔和的样子。良人:女子对丈夫的称谓。[29]秩秩:有秩序,进退有礼。德音:好声誉。

【译文】

战车轻便车厢浅,五根皮条扎上辕。

马背马腹有环扣,皮带拉车白铜镶。

坐垫有纹车毂长,好马驾车白蹄扬。

想我夫君品性好,温和性情似美玉。

他到西戎去打仗,我心慌乱更惆怅。

四匹骏马高又壮,六条缰绳牵手上。

青马红马在中间,黄马黑马列两边。

龙纹盾牌挂车上,骖内辔绳套铜环。

想我夫君品性好,天涯也把温馨传。

几时才能再相见?怎不教我心杂乱?

四马巍巍铁甲轻,三棱矛柄镶铁铜。

盾牌闪闪毛羽绘,弓袋艳丽花纹雕。

两弓相背插袋中,弓架缠紧以正弓。

想我夫君品性好,坐卧不安心难定。

夫君温和且文静,谦恭有礼传令名。

【题解】

本诗主题概有七说:一、赞美秦襄公说(《毛诗序》等);二、赞美秦庄公说(魏源《诗古微》);三、慰劳征戎大夫说(丰坊《诗传》);四、伤王政衰微说(朱谋《诗故》);五、出军乐歌说(吴懋清《毛诗复古录》);六、爱国思想说(陈铁镔《诗经解说》);七、怀念征夫说(刘沅《诗经恒解》等)。其中,怀念征夫说较为合理。

秦师出征时,家人必往送行,征人之妻即在其中。此后,妻子经常回忆起当时丈夫出征时的情景,进而联想到丈夫离家后的境况,不断回味丈夫给她留下的美好印象,妻子希望丈夫建功立业,早日凯旋,字里行间洋溢着她对丈夫的仰慕和思念之情。

本诗体现了《秦风》尚武的特点。诗句夸耀秦师之强大,装备之精良,阵容之壮观,描写女子的丈夫英俊勇敢,征讨西戎,为国尽忠,受到了国人的称赞,字里行间洋溢着女子的自豪之情。

本诗采用了虚实相生的写法。先实写女子所见:战车列阵,兵强马壮,其夫执鞭驾车,整装待发,俨然一幅古代战车兵阵图;后虚写女子所想:设想丈夫在西戎的情景,表达对丈夫的思念之情。

本诗章法结构布局精巧。全诗共三章,每章前六句赞美秦师的壮观,后四句抒发女子对丈夫的思念之情。每章又各有侧重。每章前六句分别写了车制、驾车、兵器,后四句分别用"温其如玉""温其在邑""厌厌良人"刻画了女子对丈夫的印象。印象中的丈夫性情温润如美玉,为人温厚,安静柔顺。继而,"乱我心曲""方何为期""载寝载兴"等词语层层递进,交代了女子对丈夫的思念。想他时我心烦意乱,问他何时才能把家还,想来想去辗转难眠,忽睡忽起,思念之情难以消遣。寥寥数语,无限传神,一个思妇形象跃然纸上。

蒹 葭[1]

蒹葭苍苍[2],白露为霜。

所谓伊人[3],在水一方。

溯洄从之[4],道阻且长。

溯游从之,宛在水中央。

蒹葭凄凄,白露未晞[5]。

所谓伊人,在水之湄[6]。

溯洄从之,道阻且跻[7]。

溯游从之,宛在水中坻[8]。

蒹葭采采,白露未已。

所谓伊人,在水之涘[9]。

溯洄从之,道阻且右[10]。

溯游从之,宛在水中沚[11]。

【注释】

　[1]蒹葭(jiān jiā):初生的芦苇。[2]苍苍:茂盛的样子。下文"凄凄""采采"义同。[3]伊人:那个人,这里指所思慕的对象。[4]溯洄:逆流而上。下文"溯游"指顺流而下。从:追,寻求。[5]晞(xī):晒干。[6]湄:水和草交接的地方,即岸边。[7]跻(jī):上升,这里指地势渐高,需要攀登。[8]坻(chí):水中高地,小沙洲。[9]涘(sì):水边。[10]右:迂回曲折,即道路弯曲。一说高,亦通。[11]沚(zhǐ):水中的小沙洲,比坻稍大。

【译文】

河边芦苇青苍苍，清晨露水结成霜。
意中人儿何处觅？就在河岸那一方。
逆流向上去找她，道路险阻又漫长。
顺流而下去找她，仿佛就在河中央。

河边芦苇真茂密，清晨露水尚未干。
意中人儿何处觅？就在河岸那一边。
逆流向上去找她，道路险阻难实现。
顺流而下去找她，仿佛就在河中滩。

河边芦苇高且密，清晨露水尚有迹。
意中人儿何处觅？就在河岸那一地。
逆流向上去找她，道路险阻难寻求。
顺流而下去找她，仿佛就在河中洲。

【题解】

秦人"迫近戎狄"，时刻受到强敌威胁，不得不"修习战备，高尚气力"（《汉书·地理志》），形成了尚武好战的特点，《秦风》多反映秦人尚武特征，对征战猎伐之事多有记载，但《蒹葭》《晨风》两首诗却风格迥异，《蒹葭》写得凄婉缠绵，颇类郑卫之音。

"白露为霜"点明节序已是深秋，晨曦微露，白露为霜。此时，诗人来到河边，仿佛是为了追寻心中思慕的人儿。诗人上下求索，一无所见，伊人仿佛在河水中央，却无法接近。陈启源说："夫说（悦）之必求之，然惟可见而不可求，则慕说益至。"（《毛诗稽古编·附录》）"可见而不可求"，具有难以抗拒之美。"宛"字颇传神，伊人隐约缥缈，如梦似幻。

后两章重章叠唱，此乃《诗经》常用之手法。后两章与第一章之不同，全在韵脚，第一章"苍、霜、方、长、央"，第二章"凄、晞、湄、跻、坻"，第三章"采、已、涘、右、沚",分属三个韵部,章内韵律协和,章间韵律参差,音韵流转如弹丸,语义往复,情感递增。"白露为霜""白露未晞""白露未已"等词语则反映了时间的延续。

本诗诗义朦胧,难以确指,多数学者将其视为一首情诗。诗义的朦胧性拓展了本诗的内涵,具有一系列象征意味。钱锺书《管锥编》点明"在水一方"为企慕的象征,此外,"溯洄""溯游""道阻且长""宛在水中央"也颇具象征意义,其反复追寻、道路艰难、目标渺茫之意隐约可见。

本诗以其朦胧的意境美及高超的艺术成就,对后世诗歌创作影响深远。曹植的《洛神赋》、李商隐的《无题》等皆是对《蒹葭》主题的继承。"蒹葭之思""蒹葭伊人"也作为文化符号为后人津津乐道,用以表达怀人之意。

终　　南[1]

终南何有?有条有梅[2]。
君子至止,锦衣狐裘[3]。
颜如渥丹[4],其君也哉?

终南何有?有纪有堂[5]。
君子至止,黻衣绣裳[6]。
佩玉将将[7],寿考不忘[8]。

【注释】

[1]终南:终南山,亦名南山,主峰在今陕西省西安市南。[2]条:即楸树。梅:旧注为楠木,此处疑为梅树。[3]锦衣狐裘:当时诸侯穿的礼服。《礼记·玉藻》:"君衣狐白裘,锦衣以裼之。"[4]渥(wò):涂。丹:即朱砂,赤石制的红色颜料。[5]纪:杞柳。堂:棠梨。一说纪为山角,堂为山上宽平处。朱熹《诗集传》:"纪,山之廉角也。堂,山之宽平处也。"[6]黻(fú)衣:黑青相间的上衣。绣裳:用五彩绣成的下裳。当时都是贵族服饰。[7]将

将:同"锵锵",拟声词,佩玉相击的声音。[8]寿考不忘:指到老也不会忘记。考,高寿。

【译文】

> 终南山上有什么?楸树梅树全具备。
> 有位君子来这里,锦衣狐裘好威风。
> 面色红润如涂丹,莫非君王到此来?
>
> 终南山上有什么?杞柳丛丛赤棠开。
> 有位君子到此地,绣花衣裳着五彩。
> 身上佩玉响叮当,永记我们莫忘怀。

【题解】

关于本诗的作者,有三种说法:一、秦大夫所作。《毛诗序》载:"(襄公)能取周地,始为诸侯,受显服,大夫美之,故作是诗以戒劝之。"二、周遗民所作。方玉润《诗经原始》云:"此必周之耆旧,初见秦君抚有西土,皆膺天子命以治其民,而无如何,于是作此。"严粲《诗缉》云:"'其'者,将然之辞。'哉'者,疑而未定之意。"方玉润又说:"秦臣颂君,何至作疑而未定之辞,曰'其君也哉',此必不然之事也。"依此推断为周遗民之作,较为合理。三、终南山的姑娘所作。有学者认为,此诗是终南山的姑娘对进山的青年表示爱慕之心而作,可视为一家之言。

关于此诗主旨,朱熹《诗集传》云:"此秦人美其君之词,亦《车邻》《驷驖》之意也。"姚际恒亦云"有美无戒"。而《毛诗序》云:"《终南》,戒襄公也。"方玉润认为此诗"美中寓戒,非专颂祷",所见较为公允。

本诗主要赞美了秦公的容颜、服饰和仪态,对君子的敬仰和赞叹之情溢于言表。《史记·秦本纪》:"(周)平王封襄公为诸侯,赐之岐以西之地。"其子文公"遂收周遗民有之"。本诗大概作于此时。君子脸色红润,锦衣狐裘,黻衣绣裳,佩玉锵锵,悦耳动听,当为秦襄公始封为诸侯时身穿显服的情景。

从两章末尾两句来看,颇有劝诫的意味。"其君也哉"表现出惊疑不定、忐忑不安,意含揣测,心情十分复杂。新君降临,遗民前途未卜,自然紧张。"寿考不忘"则表现出祝福、告诫、期待的意思。汪中《述学·释三九》云:"周人尚文,君子之于言不径而致也,是以有曲焉",将劝诫之意含蓄道出。

两章首句以终南山起兴,意味深长。《尚书·禹贡》:"终南惇物。"《左传·昭公四年》:"荆山、中南,九州之险。"诗人以巍峨的终南山,暗喻对秦公尊贵身份的褒扬,美中含刺,表达了对秦公修德爱民的期待,可谓一箭双雕。

黄　鸟[1]

交交黄鸟[2],止于棘[3]。

谁从穆公[4]?子车奄息[5]。

维此奄息,百夫之特[6]。

临其穴[7],惴惴其栗[8]。

彼苍者天[9],歼我良人[10]!

如可赎兮,人百其身[11]。

交交黄鸟,止于桑[12]。

谁从穆公?子车仲行。

维此仲行,百夫之防[13]。

临其穴,惴惴其栗。

彼苍者天,歼我良人!

如可赎兮,人百其身。

交交黄鸟,止于楚[14]。

谁从穆公?子车鍼虎。

维此鍼虎,百夫之御。

临其穴,惴惴其栗。

彼苍者天,歼我良人!

如可赎兮,人百其身。

【注释】

[1]黄鸟:黄雀。[2]交交:鸟鸣声。马瑞辰《毛诗传笺通释》:"交交,通作'咬咬',鸟声也。"[3]止:停,落。棘:酸枣树。落叶乔木,枝上多刺,果小味酸。马瑞辰《毛诗传笺通释》认为,棘指紧急,桑指悲伤,楚指痛楚,都是双关语,是当时言论不自由的一种反映,亦通。[4]从:殉葬。穆公:即秦穆公,春秋时秦国国君,春秋五霸之一。[5]子车:复姓。奄息:人名。[6]特:杰出。[7]穴:墓穴。"临其穴"二句:郑玄笺:"谓秦人哀伤其死,临视其圹,皆为之悼栗。"[8]惴(zhuì)惴:恐惧。栗(lì):战栗,发抖。[9]彼苍者天:呼号哀叹之语。[10]良人:好人。[11]人百其身:一说,百人赎其一人。一说,死一百次。[12]桑:桑树。桑双关"丧"。[13]防:抵挡。郑玄笺:"防,犹当也。言此一人当百夫。"[14]楚:荆树条。楚双关"痛楚"之"楚"。

【译文】

黄鸟交交鸣声哀,枣树枝头停下来。
谁为穆公去殉葬?子车奄息好不该。
谁不夸赞奄息好,百里挑一一人才。
众人临穴皆战栗,心惊胆战要活埋。
唤声苍天睁开眼,好人被杀太不该!
倘若能够赎他命,情愿替他赴泉台。

黄鸟交交鸣声哀,桑树枝头歇下来。
谁为穆公去殉葬?子车仲行遭祸灾。
谁不夸赞仲行好,百里挑一一干才。
众人临穴皆战栗,心惊胆战要活埋。
唤声苍天睁开眼,好人被杀太不该!
倘若能够赎他命,情愿替他化尘埃。

黄鸟交交鸣声哀,荆树枝头落下来。

谁为穆公去殉葬?子车铖虎被残害。

谁不夸赞铖虎好,百里挑一辅弼才。

众人临穴皆战栗,心惊胆战要活埋。

唤声苍天睁开眼,好人被杀太不该!

倘若能够赎他命,甘愿百死葬蒿莱。

【题解】

《黄鸟》是讽刺秦穆公以人殉葬,痛悼"三良"的挽诗。《毛诗序》:"《黄鸟》,哀三良也。国人刺穆公以人从死,而作是诗也。"郑笺:"三良,三善臣也,谓奄息、仲行、铖虎也。从死,自杀以从死。"

这首诗的本事及创作年代皆有史可证,有据可考。《左传·文公六年》载:"秦伯任好卒(卒于周襄王三十一年,即公元前 621 年),以子车氏之三子奄息、仲行、铖虎为殉,皆秦之良也。国人哀之,为之赋《黄鸟》。"《史记·秦本纪》亦云:"缪(穆)公卒,从死者百七十七人。秦之良臣子舆(车)氏三人名曰奄息、仲行、铖虎,亦在从死之中。秦人哀之,为作歌《黄鸟》之诗。"

诗歌第一章用"交交黄鸟,止于棘"起兴,马瑞辰《毛诗传笺通释》认为"棘"双关"急",用以渲染紧迫、凄苦的氛围,定下了哀伤的总基调。然后,引出要以子车奄息为穆公殉葬之事,对奄息是才智超群的"百夫之特"的强调,暗含人们对奄息殉葬的痛惜之情。秦人不但痛惜,而且纷纷为奄息临穴送殉,皆"惴惴其栗",悲惨惶恐。此情此景,让目睹者不由得质问苍天,为何"歼我良人"?对当权者强烈的谴责之情溢于言表。第二、三章与第一章结构相同,分别表达了对仲行、铖虎被害殉葬的痛惜之情。清人陈继揆在《读诗臆补》中评论此诗"恻怆悲号,哀辞之祖"。

殉葬是奴隶社会的一种恶习,春秋时代依旧盛行,被强迫殉葬的有奴隶,还有统治者生前最亲近的人,秦穆公以"三良"殉葬,即是一例。《墨子·节葬》载:"天子杀殉,众者数百,寡者数十;将军大夫杀殉,众者数十,寡者数人。"本诗名为痛悼"三良",实为对人殉行为的强烈抗议。春秋时期,孔子对用木制或陶制的俑人殉葬的行为表示愤慨,发出"始作俑者,其无后乎"的义愤之词。《孟子·梁惠王上》:"仲尼曰:'始作俑者,其无后乎!'为其象人而用之也。"何况是惨绝残暴的用真人殉葬的行为呢!

晨　风[1]

觖彼晨风[2],郁彼北林[3]。
未见君子,忧心钦钦[4]。
如何如何? 忘我实多!

山有苞栎[5],隰有六驳[6]。
未见君子,忧心靡乐。
如何如何? 忘我实多!

山有苞棣[7],隰有树檖[8]。
未见君子,忧心如醉。
如何如何? 忘我实多!

【注释】

[1]晨风:即鹯(zhān)鸟,鹰鹯一类的猛禽。[2]觖(yù):鸟疾飞貌。[3]郁:郁郁葱葱,形容茂密的样子。北林:北面的森林。[4]钦钦:忧愁而不能忘记的样子。朱熹《诗集传》:"忧而不忘之貌。"[5]苞:丛生的样子。栎(lì):树名,乔木或灌木,叶子有锯齿或分裂,柔荑花序,果实为坚果。[6]隰(xí):低洼湿地。六驳(bó):树名,因其树皮青白如驳马而得名。六,指多。[7]棣:落叶灌木,又名唐棣、郁李。[8]树:这里指直立的样子。檖(suì):山梨。

【译文】

鹯鸟疾飞快如梭,北林茂密有鸟窝。

　　许久没见心上人，我心思念真难过。

　　怎么办啊怎么办？如何让他想起我！

　　栎树丛丛满山坡，洼地红李实在多。

　　许久没见心上人，忧心忡忡难快乐。

　　怎么办啊怎么办？如何让他想起我！

　　满山唐棣多茂密，洼地山梨高高立。

　　许久没见心上人，忧心如醉好失意。

　　怎么办啊怎么办？如何让他想起我！

【题解】

　　关于此诗的主题，有多种说法。其中，《毛诗序》"刺秦康公弃其贤臣说"、《诗故》"刺弃三良说"、《诗经世本古义》"秦穆公悔过说"等，其本事皆不见载典籍。朱熹《诗集传》认为本诗写妇女担心外出的丈夫已将她遗忘和抛弃，较为合理。从本诗字面意思来看，其主旨当为揶揄嘲弄君子"二三其德"。

　　第一章用鹊鸟归林起兴，别有深意。鸟倦飞而知返，而人却忘了回家。这位女子盼望"君子"情深意切。诗歌从眼前景切入心中情，盼而不至，心底忧伤。最后心生恐惧，发出"如何如何"的喟叹，害怕心上人"忘我实多"！语言朴素，不假雕琢，明白如话，但又感情真挚，使人如闻其声，如探其心，感人至深。

　　第二、三章以"山有……隰有……"起兴，这是《诗经》常见的起兴成句。眼前山坡上有茂密的栎树，洼地里有树皮青白相间的梓榆，还看到了唐棣和山梨，唯独没有看到自己盼望的人，其惆怅、凄凉之感不言而喻。

　　全诗共三章，层层递进。第一章"钦钦"，形容忧而不忘；第二章"靡乐"，指不再有往事和现实的欢乐，忧愁加深；第三章"如醉"，指如痴如醉、精神恍惚，情感达到高潮。

　　关于本诗所指，还有一些说法。方玉润《诗经原始》："男女情与君臣义原本相通,诗既不露其旨,人固难以意测。"高亨《诗经今注》云:"这是女子被男子抛弃后所作的诗。(也可能是臣见弃于君,士见弃于友,因作这首诗。)"这些说法也颇有道理。《韩诗外传》及《说苑·奉使》篇载赵仓唐见魏文侯时引用此诗,用来表达君父忘记臣子之意。因此,此诗主题尚存在更为广阔的阐释空间。

无　衣

岂曰无衣?与子同袍[1]。
王于兴师[2],修我戈矛,
与子同仇[3]。

岂曰无衣?与子同泽[4]。
王于兴师,修我矛戟,
与子偕作[5]。

岂曰无衣?与子同裳[6]。
王于兴师,修我甲兵[7],
与子偕行[8]。

【注释】

[1]同袍:表示友爱互助之意。袍,长袍,形状如今之斗篷,古代行军时白天当衣穿,晚上当被盖。[2]王:指周王,秦国出兵以周天子之命为号召。一说指秦君。于:语助词。兴师:起兵。[3]同仇:共同对敌。[4]泽:通"襗",贴身的内衣,如今之汗衫。[5]偕作:共同干。[6]裳:下衣,此指战裙。[7]甲兵:铠甲与兵器。[8]行:往。

【译文】

谁说我们没衣穿? 你我同穿一件袍。

君王发兵去交战,修整我那戈与矛,

共同杀敌在一道。

谁说我们没衣穿？你我同穿一件衫。

君王发兵去交战,修整矛戟亮闪闪,

你我加油一起干。

谁说我们没衣穿？你我同穿一件裳。

君王发兵去交战,修整甲胄与刀枪,

你我一道上战场。

【题解】

关于此诗主旨,《毛诗序》认为:"《无衣》,刺用兵也。秦人刺其君好攻战,亟用兵,而不与民同欲焉。"陈奂《诗毛氏传疏》亦云:"此亦刺康公诗也。"然而,此诗慷慨激昂、同仇敌忾,赞扬了战士们英勇抗敌的精神,是一首极具爱国主义色彩的战歌。

此诗的创作背景,与周幽王十一年(秦襄公七年,即公元前771年)王室内讧有关,周王室内讧导致戎族入侵,攻进镐京,周王朝土地大量沦陷,秦国靠近王畿,与周王室休戚相关,遂奋起反抗。此诗即反映了这一历史事件。

班固《汉书·赵充国辛庆忌传》载:"山西天水、陇西、安定、北地(四郡)处势迫近羌胡,民俗修习战备,高上(尚)勇力鞍马骑射。故秦诗曰:'王于兴师,修我甲兵,与子偕行。'其风声气俗自古而然,今之歌谣慷慨,风流犹存耳。"朱熹《诗集传》亦云:"秦人之俗,大抵尚气概,先勇力,忘生轻死,故其见于诗如此。然本其初而论之,岐丰之地,文王用之,以兴二南之化,如彼其忠且厚也。秦人用之,未几而一变其俗,至于如此,则已悍然有招八州而朝同列之气矣。"这首诗充分体现了秦人厚重质直、尚武善战的特点,表现出豪迈的英雄气概。

据《左传·定公四年》记载,吴国军队攻陷楚国的首府郢都,楚臣申包胥到秦国求援,"立依于庭墙而哭,日夜不绝声,勺饮不入口七日。秦哀公为之赋《无衣》,九顿首而坐。秦师乃出",秦军一举击退了吴兵,解了楚国之危。

由此可见,秦王誓师时所赋的《无衣》,犹如一篇誓词,极大地鼓舞了秦军的士气。

《无衣》全诗以气概取胜,慷慨激昂,颇有气势。吴闿生《诗义会通》评其为"英壮迈往,非唐人出塞诸诗所及"。其气概与每章开头的问答式句法密切相关。"岂曰无衣"蕴涵丰富,愤怒之情不可遏抑,战士们"与子同袍""与子同泽""与子同裳"的回答,响彻云霄,气震山河。陈继揆《读诗臆补》评曰:"开口便有吞吐六国之气,其笔锋凌厉,亦正如岳将军直捣黄龙。"此外,本诗"修我戈矛""修我矛戟""修我甲兵"颇具画面感,将战士们磨刀擦枪、严阵以待的情景呈现在读者面前。

本诗重章复沓、层层递进,"与子同仇""与子偕作""与子偕行",以时间先后为序,从情绪写到行动,跌宕起伏,激情满怀。

权　舆

於我乎[1]！
夏屋渠渠[2]，今也每食无余。
於嗟乎！
不承权舆[3]。

於我乎！
每食四簋[4]，今也每食不饱。
於嗟乎！
不承权舆。

【注释】

[1]於(wū)：叹词。[2]夏屋：大的食器。夏,大。屋,通"握"。《尔雅》："握,具也。"渠渠：丰盛。《广雅》："渠渠,盛也。"[3]承：继承。权舆：本指草木初发,引申为起始、当初。[4]簋(guǐ)：敞口、束颈、鼓腹、双耳,古代

青铜或陶制圆形食器,也是重要的礼器,在祭祀和宴飨时,和鼎配合使用。毛传:"四簋,黍稷稻粱。"朱熹《诗集传》:"四簋,礼食之盛也。"

【译文】

> 唉我呀!
> 从前大碗饭菜丰足,如今每顿勉强吃够。
> 唉呀呀!
> 现在哪能比当初。

> 唉我呀!
> 从前每顿四碗打底,如今每顿饿着肚皮。
> 唉呀呀!
> 现在哪能比当初。

【题解】

关于此诗的主旨有两种说法:一、《毛诗序》云:"《权舆》,刺康公也。忘先君之旧臣与贤者,有始而无终也。"二、余冠英认为:"这首诗是写一个冷落的贵族嗟贫困,想当年。"(《诗经选》)程俊英《诗经译注》亦云:"这是一首没落贵族回想当年生活而自伤的诗。""春秋时代,地主的私田渐多,各国纷纷实行按亩税田。领主没落,生活下降。这首诗就是当时社会变革的一种反映。过去领主住得好,吃得好,都是靠世袭的禄位,祖先传下来的土地、人民,供他们剥削享受;如今一切都丧失了,所以他说'不承权舆'。"这一说法是中肯的。

本诗两章首句皆以慨叹发端,引起下文之今昔对比。昔日"夏屋渠渠""每食四簋",现在"每食无余""每食不饱",前后对比悬殊。饭菜的变化反映了前后处境的巨大差异。于是作者不禁发出"於嗟乎!不承权舆"的嗟叹,其中充满了对现实的失望和对过往富足生活的怀念。

有观点认为,本诗乃讽刺康公怠慢门客的诗歌,诗中作者的嗟叹,则与战国齐孟尝君食客冯谖歌"长铗归来乎,食无鱼"有异曲同工之妙,魏源《诗古微》云"《权舆》诗人其冯谖之流乎",可视为一家之言。

小　雅

鹿　鸣

呦呦鹿鸣[1]，食野之苹[2]。

我有嘉宾，鼓瑟吹笙。

吹笙鼓簧[3]，承筐是将[4]。

人之好我，示我周行[5]。

呦呦鹿鸣，食野之蒿[6]。

我有嘉宾，德音孔昭[7]。

视民不恌[8]，君子是则是效[9]。

我有旨酒[10]，嘉宾式燕以敖[11]。

呦呦鹿鸣，食野之芩[12]。

我有嘉宾，鼓瑟鼓琴。

鼓瑟鼓琴，和乐且湛[13]。

我有旨酒，以燕乐嘉宾之心。

【注释】

[1]呦（yōu）呦：鹿见食相呼的叫声。朱熹《诗集传》："呦呦，声之和也。"[2]苹：蘱（lài）蒿，艾蒿。陆玑《毛诗草木鸟兽虫鱼疏》："蘱蒿，叶青色，茎似箸而轻脆，始生香，可生食。"[3]鼓簧：用手按簧，吹出笙的各种节奏音调。簧，笙上的簧片。笙是用几根有簧片的竹管、一根吹气管装在斗子上做成的。[4]承筐：指奉上礼品。毛传："筐，筐属，所以行币帛也。"承，奉上。筐，盛币帛的竹器。将：送，献。[5]示：告。周行（háng）：大道，引申为大道

理。[6]蒿:又叫青蒿、香蒿,菊科植物。[7]德音:美好的品德声誉。孔:很,甚。昭:明。[8]视:同"示"。恌(tiāo):同"佻",轻佻。[9]则:法则,楷模,此作动词。效:仿效。[10]旨:甘美。[11]式:语助词。燕:同"宴",宴会。敖:同"遨",嬉游,游乐。[12]芩(qín):草名,蒿类植物。[13]湛(dān):深厚。毛传:"湛,乐之久。"

【译文】

鹿儿呦呦不停叫,在那原野吃艾蒿。
我有满座好宾客,弹琴吹笙美乐调。
吹笙振簧声和声,捧筐献礼好周到。
宾朋待我真友善,指我大道好遵照。

鹿儿呦呦不停叫,在那原野吃蒿草。
我有满座好宾客,品德高尚名显耀。
为人榜样不轻佻,群贤纷纷来仿效。
我有美酒香又醇,宾客欢宴乐逍遥。

鹿儿呦呦不停叫,在那原野吃芩草。
我有满座好宾客,弹瑟鼓琴美乐调。
弹瑟鼓琴美乐调,酒酣尽兴同欢笑。
我有美酒香又醇,宾客欢宴乐陶陶。

【题解】

《鹿鸣》是古人在宴会上所唱的歌。《毛诗序》云:"《鹿鸣》,燕群臣嘉宾也。既饮食之,又实币帛筐篚,以将其厚意,然后忠臣嘉宾得尽其心矣。"朱熹《诗集传》认为:"此燕(宴)飨宾客之诗也。"又云:"岂本为燕(宴)群臣嘉宾而作,其后乃推而用之乡人也与?"意即此诗本来是在君王宴请群臣时歌唱的,后来逐渐流传到民间,也用于在乡人宴会上歌唱。

本诗三章开头皆以鹿鸣起兴,营造了一个热烈而又和谐的氛围。《诗集传》云："盖君臣之分,以严为主;朝廷之礼,以敬为主。然一于严敬,则情或不通,而无以尽其忠告之益,故先王因其饮食聚会,而制为燕飨之礼,以通上下之情;而其乐歌,又以鹿鸣起兴。"君臣等级悬殊,思想难免有隔阂,而氛围宽松和谐的宴会,则可通君臣上下之情。以鹿鸣起兴,正是以和谐的乐曲营造宽松的氛围,感染嘉宾,使之畅所欲言,以观下情。

古代宴会礼仪,多以瑟、笙演奏乐曲助兴。《诗集传》云："瑟笙,燕礼所用之乐也。"《礼记·乡饮酒义》载："工入,升歌三终,主人献之。笙入三终,主人献之。间歌三终,合乐三终,工告乐备,遂出。……知其能和乐而不流也。"据陈澔注,乐工升堂,"歌《鹿鸣》《四牡》《皇皇者华》,每一篇而一终。三篇终,则主人酬以献工焉"。由此可知,整个宴会要歌唱《鹿鸣》《四牡》《皇皇者华》三首诗歌,歌唱《鹿鸣》时要以笙乐相配,故云"鼓瑟吹笙"。

"承筐是将"指的是宴会中的献礼环节,即献上竹筐所盛的礼物。献礼之人,据《礼记》所载,乡间宴会是主人自己,朝廷宴会则为宰夫。宴会献礼的古风,至今犹存。献礼之后,主人要向嘉宾致辞,说一些类似"人之好我,示我周行"的客套话。主人若是普通人,"人之好我,示我周行"意为"承蒙诸位光临,示我以大道";主人若是君王,则表示愿意听取群臣的忠告。

第二章进一步写祝词,如《诗集传》所云:"言嘉宾之德音甚明,足以示民使不偷薄,而君子所当则效。"其大意是君主要求臣下做一个清正廉明的好官,以矫正偷薄的民风。由此可知,宴会带有一定的政治色彩。

第三章多与第一章重复,最后几句将欢乐气氛推向高潮。尤其是末句"燕乐嘉宾之心",卒章见志,将诗歌的主题进一步深化。宴会的目的不是满足口腹之欲,而在于使参与宴会的群臣上下交心,心悦诚服,端正思想,维护君王的统治。

《鹿鸣》一诗对周代宴飨之礼,包括宾主关系、宴乐概况,作了生动的描述,具有重要的史料价值。

四　牡[1]

四牡骓骓[2]，周道倭迟[3]。

岂不怀归？

王事靡盬[4]，我心伤悲。

四牡骓骓，啴啴骆马[5]。

岂不怀归？

王事靡盬，不遑启处[6]。

翩翩者雏[7]，载飞载下，

集于苞栩[8]。

王事靡盬，不遑将父[9]。

翩翩者雏，载飞载止，

集于苞杞[10]。

王事靡盬，不遑将母。

驾彼四骆，载骤骎骎[11]。

岂不怀归？

是用作歌，将母来谂[12]。

【注释】

　　[1]四牡：四匹公马。[2]骓(fēi)骓：马不停地走而显出疲劳的样子。《广雅》："骓骓，疲也。行不止，则必疲。"[3]周道：大路。倭迟(wēi yí)：亦作"逶迤""威夷"，道路迂回遥远的样子。[4]靡：无。盬(gǔ)：止息。[5]

啴(tān)啴:喘息的样子。骆:身白尾黑的马。[6]不遑:没有闲暇。遑,闲暇。启处:在家安居休息。启,小跪。古人席地而坐,两膝跪着,臀部贴于足跟。方玉润《诗经原始》引项安世曰:"古者席地,故有跪有坐。跪即起身,居即坐也。"[7]雕(zhuī):一种短尾的鸟,也叫鹁鸪。[8]苞:茂密。栩(xǔ):柞(zuò)树。[9]将:奉养。[10]杞:枸杞树。[11]载:语首助词,这里含有勉力的意思。骎(qīn)骎:马飞跑的样子。[12]谂(shěn):想念。

【译文】

四匹公马跑得累,道路遥远又迂回。
难道不想把家回?
官家差事做不完,我的心里好伤悲。

四匹公马不停蹄,累得白马直喘气。
难道不想把家回?
官家差事做不完,哪有功夫把家还。

鹁鸪翩翩飞又鸣,飞上飞下真高兴,
累了停在柞树顶。
官家差事做不完,欲养老父也不行。

鹁鸪翩翩乐飞翔,飞飞停停好舒畅,
累了歇在杞树上。
官家差事做不完,没空回家养老娘。

四马驾车成一行,车驾飞驰马蹄忙。
难道不想把家回?
唱首歌儿诉衷肠,日夜思念我老娘。

【题解】

关于这首诗的主题,《毛诗序》云:"《四牡》,劳使臣之来也。有功而见知则说矣。"程俊英认为:"这是出使的官吏思归的诗。周在厉王、幽王时代,社会动荡,民生凋敝,官吏尚不能安居,人民的痛苦可想而知。诗用'岂不怀归'的设问句,表达了他因'王事靡盬'不能回家安居奉养父母的苦闷心情。"从诗歌内容来看,这是一首描写公务缠身的小官吏在漫漫征途中思念故乡、父母的行役诗。

全诗主要采用赋的表现手法。第一章即突出了"王事靡盬"与"岂不怀归"的矛盾,展现了"我心伤悲"的感情世界,为全诗定下了基调。第二至第五章皆为对"伤悲"情绪的具体补充,从始至终渗透着一种挥之不去的伤感色彩。

此诗意象的选取别出心裁。除了三章写到与诗人形影不离、终日奔波的马,第二章还写到行途所见的鵻。沿途所见,绝非鵻一种动物,突出此物,用心良苦。鵻是一种短尾鸟,又名"鹁鸪""夫不"。《左传·昭公十七年》载:"祝鸠氏,司徒也。"疏云:"祝鸠,夫不,孝,故为司徒。"马瑞辰《毛诗传笺通释》云:"是知诗以鵻取兴者,正取其为孝鸟,故以兴使臣之不遑将父、不遑将母,为鵻之不若耳。"俞樾《群经平议·毛诗》:"夫不乃孝鸟,其载飞载下,或以恋其父母使然。"诗人触景生情,孝鸟尚能侍奉父母,而自己却不能,相比之下,感慨良多。此外,鵻的闲与马的累也形成了鲜明的对比,衬托出诗人的烦恼与无奈。

全诗结构合理,次序井然。第一章点明"我心伤悲"的主题,第二章指出尽孝的基础在于安居,第三、四章写父母,第五章念母,以母概父。结句"是用作歌,将母来谂",进一步揭示主旨,呼应主题,点明不能尽孝的悲哀。

本诗的主旨虽为不满"王事靡盬"而作,但诗无达诂,许多注家将其曲解为忠孝不能两全而勉力尽忠王事之作。如《左传·襄公四年》载穆叔云:"《四牡》,君所以劳使臣也。"《毛诗序》也说此诗"劳使臣之来也"。所以《仪礼》中的燕礼、乡饮酒礼中也歌此诗。在笺释上,最典型的是毛传和郑笺。毛传云:"思归者,私恩也;靡盬者,公义也。"郑笺云:"无私恩,非孝子也;无公义,非忠臣也。"这些笺释都将"怨"解释为"美",虽有悖于原作主旨,却为后世统治者以此诗慰劳使臣的舟车劳顿提供了理论依据。

《四牡》与《诗经》中的其他行役诗歌,对后世行役诗产生了深远影响,可以看作行役诗的滥觞。

皇 皇 者 华[1]

皇皇者华,于彼原隰[2]。
駪駪征夫[3],每怀靡及[4]。

我马维驹,六辔如濡[5]。
载驰载驱[6],周爰咨诹[7]。

我马维骐[8],六辔如丝[9]。
载驰载驱,周爰咨谋[10]。

我马维骆[11],六辔沃若[12]。
载驰载驱,周爰咨度[13]。

我马维駰[14],六辔既均[15]。
载驰载驱,周爰咨询[16]。

【注释】

[1]皇皇:犹言煌煌,形容光彩甚盛、色彩鲜明的样子。[2]原:高的平原。隰(xí):低湿的地。[3]駪(shēn)駪:众多疾行的样子。《国语·晋语》引《诗》作"莘莘",意为众多。征夫:行人,出使者。这里指使臣及其属从。[4]靡及:不及,无及。[5]六辔:古代一车四马,马各二辔,其中两骖马的内辔系在轼前不用,故称六辔。如濡:润泽的样子。[6]载:语助词。[7]周:普

遍,广泛。爰:于,在。咨:问。诹(zōu):聚集讨论。[8]骐:青色而有黑纹的马。[9]如丝:形容四马六辔的调匀。[10]咨谋:与"咨诹"同义。谋,计谋。[11]骆:白身黑鬣的马。[12]沃若:润泽。[13]咨度(duó):与"咨诹"同义。度,酌量。[14]骃(yīn):浅黑色间有白毛的马。[15]均:协调。[16]咨询:与"咨诹"同义。询,询问。

【译文】

花儿朵朵多烂漫,高原低地都开遍。
着急忙慌我出差,纵有考虑欠周全。

驾起马儿真高大,六条缰绳多滑润。
赶着车儿快速跑,博访广询城与村。

驾起马儿黑带青,六条缰绳称手匀。
赶着车儿快速跑,勤于博访又广询。

驾起马儿黑尾巴,缰绳润泽手中拿。
赶着车儿快速跑,广泛访问又调查。

驾起马儿黑白毛,缰绳均匀握得牢。
赶着车儿快速跑,细心察访任辛劳。

【题解】

关于本诗主旨,《左传》以为是"君教使臣",这一说法得到了后人的广泛认可。从诗歌内容来看,"君教使臣"乃此诗原旨。使臣受国君之命,身受重托,必须咨诹善道,广询博访,方可达成使命,因而诗中的"咨诹""咨谋""咨度""咨询"乃使臣的重要使命。使臣奉使途中,时刻谨记君之所教,常怀"靡及"之感,这是其忠于职守的表现。

第一章"皇皇者华,于彼原隰。駪駪征夫,每怀靡及"开宗明义,委婉含蓄,寄意深长,一箭双雕:既以之慰劳使臣行道之辛苦,又告诫其必须忠于使命,常以"靡及"自警,阐明"君教使臣"之旨。

第二至第五章诗义完全相同,每章前三句皆为使臣自道,交代其出使征途的情况,第四句"周爰咨诹""周爰咨谋""周爰咨度""周爰咨询",表明"博访广询,多方求贤"之意,可以看作"君教使臣"及使臣"每怀靡及"的主要内容。诗歌在阐述"君教使臣"的具体内容时,以使臣口气反复述说,使臣念念不忘君之所教、敬奉使命、忠贞自守的情态跃然纸上。"我马维驹,六辔如濡""我马维骐,六辔如丝""我马维骆,六辔沃若""我马维骃,六辔既均"等,交代使臣在奉使途中的威仪之盛,错落有致,韵律和谐。

本诗以"每怀靡及""周爰咨诹"两句为中心,互为表里,相得益彰,情真意切,感人至深。各章在反复咏叹之中,彰显了"君之使臣以敬,臣之受命以庄"的中心思想,具有重要的借鉴意义。

常　棣[1]

常棣之华,鄂不韡韡[2]。
凡今之人,莫如兄弟。

死丧之威[3],兄弟孔怀[4]。
原隰裒矣[5],兄弟求矣。

脊令在原[6],兄弟急难。
每有良朋[7],况也永叹[8]。

兄弟阋于墙[9],外御其务[10]。
每有良朋,烝也无戎[11]。

丧乱既平,既安且宁。

虽有兄弟,不如友生[12]。

傧尔笾豆[13],饮酒之饫[14]。
兄弟既具[15],和乐且孺[16]。

妻子好合[17],如鼓瑟琴。
兄弟既翕[18],和乐且湛[19]。

宜尔室家[20],乐尔妻帑[21]。
是究是图[22],亶其然乎[23]!

【注释】

　　[1]常棣:亦作棠棣、唐棣,即郁李,蔷薇科落叶灌木,花粉红色或白色,果实比李小,可食。[2]鄂:同"萼",花萼。不:花蒂。一说为语助词,亦通。韡(wěi)韡:鲜明的样子。[3]威:通"畏"。[4]孔怀:最为思念、关怀。孔,很,最。[5]裒(póu):聚集,也有减少的意思,这里引申为自然界的变化。[6]脊令:通"鹡鸰",一种水鸟。原:平原。[7]每:虽。[8]况:增加。永:长。[9]阋(xì):争斗,争吵。[10]御:抵抗。务:通"侮"。《国语》《左传》引《诗》皆作"外御其侮"。[11]烝:终久。戎:帮助。[12]友生:友人。[13]傧(bīn):陈列。笾(biān)豆:祭祀或宴飨时用来盛食物的器具。笾用竹制,豆用木制。[14]之:犹"是"。饫(yù):吃饱喝足。[15]具:同"俱",聚集。[16]孺:相亲。[17]好合:相亲相爱。[18]翕(xī):合,和睦。[19]湛(dān):尽兴。[20]宜:安,和顺。尔:指兄弟。[21]帑(nú):通"孥",儿女。[22]究:深思。图:考虑。[23]亶(dǎn):信,确实。其:指"宜室家、乐妻帑"。然:这样。

【译文】

　　常棣花儿朵朵开,萼蒂灿烂又鲜明。
　　凡今天下的人儿,莫如兄弟之亲情。

遭遇死亡的威胁，兄弟间最为关心。
丧命埋葬于荒野，兄弟也会苦相寻。

鹡鸰困在原野上，兄弟赶忙来救难。
虽有良朋与好友，安慰徒有长喟叹。

兄弟在墙内相争，同心来抗御外侮。
虽有良朋与好友，遇难时谁来相助。

丧乱灾祸平息后，生活安定又宁静。
此时的同胞兄弟，不如朋友之感情。

摆上佳肴满餐桌，宴饮意足心又欢。
兄弟今日再团聚，祥和欢乐且温暖。

妻子情投意又合，恰如琴瑟协和奏。
兄弟今日再相会，祥和欢乐且敦厚。

全家安然乐相处，妻儿快乐又欢喜。
请你深思加熟虑，此话是否在常理！

【题解】

关于本诗主题，一般认为是宴会兄弟的诗。程俊英认为："诗以死丧祸乱与和平安宁对比，朋友妻子与兄弟关系对比，突出'凡今之人，莫如兄弟'的主题。"本诗主旨正是"凡今之人，莫如兄弟"。全诗对这一主旨的阐发，既有对"莫如兄弟"的歌唱，又有对"不如友生"的感叹，还有对"和乐且湛"的推崇和期望。

第一章开门见山，倡明主题。常棣花彼此相依，诗人由此展开联想，以其比喻兄弟手足之亲情。"凡今之人,莫如兄弟",在赞叹兄弟之情的同时,还体现了我国传统以血缘关系为纽带的宗法社会人伦观念。《颜氏家训·兄弟》认为"兄弟者,分形连气之人也"。钱锺书在《管锥编》中说:"盖初民重'血族'之遗意也。就血胤论之,兄弟天伦也,夫妇则人伦耳;是以友于骨肉之亲当过于刑于室家之好。……观《小雅·常棣》,'兄弟'之先于'妻子',较然可识。"由此可知,较之良朋、妻帑,传统社会更重兄弟亲情。因此,本诗具有深厚的历史文化根源。

第二至第四章通过遭死丧、遇急难、御外侮之时兄弟相收、相救、相助的三个典型情境,对本诗主旨作了具体深入的阐发。从"死丧"到"急难"再到"外侮",可谓由重而轻、由急而缓、由内而外,层次分明。而且"兄弟"与"良朋"的强烈对比,更加凸显了兄弟之情的由衷、深厚和无私。"兄弟阋于墙,外御其务"成为表现手足之情的成语典故,沿用至今。

第五章为一转折,由赞叹"丧乱"时的"莫如兄弟",转为叹息"安宁"时的"不如友生"。西周初年,周公的兄弟管叔、蔡叔叛乱即是一例。《毛诗序》曰:"《常棣》,燕兄弟也。闵管、蔡之失道,故作《常棣》。"《国语》也认为此诗为成王时周公所作。西周末年,统治阶级内部骨肉相残、手足相害之事更为频繁。《左传·僖公二十四年》:"召穆公思周德之不类,故纠合宗族于成周,而作诗曰:'常棣之华……'云云。"认为此诗是厉王时召穆公所作。《常棣》的作者究竟是谁姑且不论,诗人有感而发,喟然长叹,饱含警世规劝之情。

第六、七章进一步阐明主题,卒章显志。通过描写举家宴饮时兄弟、妻子友爱和谐的欢乐场面,申明"妻子好合,如鼓瑟琴。兄弟既翕,和乐且湛"之旨,认为兄弟和睦是家族幸福、和谐的基础,兄弟之情胜过夫妇之情。

本诗是中国诗史上最先歌咏兄弟友爱的诗作,热情讴歌了兄弟友爱、手足亲情,并对其进行了诗义开拓,感人至深。"常棣之华""莫如兄弟""兄弟阋于墙,外御其务"等名句,也作为原型、意象、母题、典故,对后世影响深远。本诗情理相融、富于理趣,堪称典范。陆时雍《诗镜总论》曰:"叙事议论,绝非诗家所需,以叙事则伤体,议论则费词也。然总贵不烦而至,如《常棣》不废议论,《公刘》不无叙事。"其对《常棣》"不废议论,不烦而至"的评论,可谓以少总多、入木三分。

伐　木

伐木丁丁[1]，鸟鸣嘤嘤[2]。

出自幽谷，迁于乔木。

嘤其鸣矣，求其友声。

相彼鸟矣[3]，犹求友声。

矧伊人矣[4]，不求友生？

神之听之[5]，终和且平[6]。

伐木许许[7]，酾酒有藇[8]。

既有肥羜[9]，以速诸父[10]。

宁适不来[11]，微我弗顾[12]。

於粲洒埽[13]，陈馈八簋[14]。

既有肥牡[15]，以速诸舅[16]。

宁适不来，微我有咎[17]。

伐木于阪，酾酒有衍[18]。

笾豆有践[19]，兄弟无远。

民之失德[20]，乾糇以愆[21]。

有酒湑我[22]，无酒酤我[23]。

坎坎鼓我[24]，蹲蹲舞我[25]。

迨我暇矣[26]，饮此湑矣。

【注释】

[1]丁(zhēng)丁：砍树声。[2]嘤(yīng)嘤：鸟鸣声。[3]相：端详。[4]矧(shěn)：何况，况且。伊人：你。[5]神之听之：谨慎听从。神，慎。[6]终……且……：既……又……。[7]许(hǔ)许：伐木时共同用力的呼叫

声,类似今天的劳动号子。[8]醑(shī):滤酒。有藇(xù):即"藇藇",形容酒清澈透明。藇,美好。[9]羜(zhù):出生五个月的小羊。[10]速:邀请。[11]宁:宁可。适:恰好。[12]微:非。弗顾:不顾念。[13]於(wū):感叹词。粲:光明的样子。埽(sǎo):同"扫",打扫。[14]陈:陈列。馈(kuì):食物。簋(guǐ):盛放食物用的圆口双耳的器皿。[15]牡:雄畜,这里指公羊。[16]诸舅:异姓亲友。[17]咎:过错。[18]有衍:即"衍衍",满溢的样子。[19]笾(biān)豆:盛放食物的两种器皿。践:陈列。[20]民:人。[21]乾糇(hóu):干粮。这里用来泛指粗薄的点心。愆(qiān):过错,过失。[22]湑(xǔ):滤过的酒。我:主人自称。[23]酤(gū):买酒。[24]坎坎:击鼓声。[25]蹲(cún)蹲:形容跳舞合乐的姿态。[26]迨(dài):等到。

【译文】

丁丁作响伐木声,鸟儿嘤嘤相和鸣。
一会儿飞出深谷,飞往高高大树顶。
鸟儿为何要鸣叫,只是为把知音寻。
仔细观察那些鸟,尚且求友想交好。
何况我们这些人,岂能不知重友情?
谨慎对待请听从,终是和乐与安宁。

呼呼作响伐木声,滤酒醇香更澄清。
既有肥美羊羔儿,快快去把叔伯请。
即使叔伯不能来,不能说我心不诚。
清洁庭院表欢迎,佳肴八盘餐桌供。
我有肥美公羊肉,快请诸舅聚一起。
即使他们没能来,非我有错心不诚。

伐木在那斜坡边,清清美酒快斟满。
排排碗盘摆整齐,兄弟相亲莫疏远。
有人不把美德传,干粮待客欠周全。

有酒澄清让我饮,没酒速购解我馋。

咚咚鼓声响起来,翩翩舞姿来助兴。

等我再有闲暇时,饮此清酒显亲情。

【题解】

历代学者多认为本诗是一首宴飨诗。《毛诗序》云:"《伐木》,燕朋友故旧也。自天子至于庶人,未有不须友以成者。亲亲以睦,友贤不弃,不遗故旧,则民德归厚矣。"历代学者多赞成此说,但诗的作者及创作年代,前人罕有论述。

赵逵夫《论西周末年杰出诗人召伯虎》一文认为:"周厉王不听'防民之口,甚于防川'的劝谏,终于导致了国人暴动。同时也导致王室内部人心离散、亲友不睦,政治和社会状况极度混乱和动荡。周宣王即位初,立志图复兴大业。而欲举大事,必先顺人心。《伐木》一诗,正是宣王初立之时王族辅政大臣为安定人心、消除隔阂从而增进亲友情谊而作。作者很可能就是召伯虎。"可视为一家之言。

本诗采用了虚实相生的表达方式。第一章即以"丁丁"的伐木声和"嘤嘤"的鸟鸣声起兴,营造了一个寂静、古朴、悠远的意境,似乎让人联想到一个远离现实的超然之境。这一境界恰是诗人内心理想的反映。末了,又回归现实,号召人们叙亲情、笃友谊,起来改变现实。最后表达了"神之听之,终和且平"的美好祈愿。

第二章诗人批评了邀请"诸父""诸舅"而"不来"的不顾情谊、互相猜忌的不良现象。第三章描绘了人与人之间以诚相待,绝不"乾糇以愆"的希望和要求。诗歌末尾以和谐美好的境界结束,寄托了诗人渴望"民德归厚"的政治理想。

本诗在理想与现实的不断转换中,表达了顺人心、笃友情的美好愿望,营造了虚实相生的意境美,其对友情的热情歌颂对后世影响深远,"嘤鸣"也成了朋友间意气相投的代名词。

天　保

天保定尔[1]，亦孔之固[2]。
俾尔单厚[3]，何福不除[4]。
俾尔多益，以莫不庶[5]。

天保定尔，俾尔戬穀[6]。
罄无不宜[7]，受天百禄。
降尔遐福，维日不足[8]。

天保定尔，以莫不兴。
如山如阜[9]，如冈如陵，
如川之方至[10]，以莫不增。

吉蠲为饎[11]，是用孝享[12]。
禴祠烝尝[13]，于公先王[14]。
君曰卜尔[15]，万寿无疆。

神之吊矣[16]，诒尔多福[17]。
民之质矣[18]，日用饮食。
群黎百姓，遍为尔德[19]。

如月之恒[20]，如日之升，
如南山之寿，不骞不崩[21]。
如松柏之茂，无不尔或承[22]。

【注释】

[1]保定:使安定。尔:你,指君主。[2]亦:语助词。孔:很,甚。固:巩

固。[3]俾(bǐ):使。尔:你,这里指周宣王。单厚:强大。[4]除:给予。[5]庶:众多。[6]戬(jiǎn)穀:福禄,幸福。[7]罄:尽。[8]维:通"惟",只。[9]阜(fù):土山。[10]川之方至:指河水涨潮。[11]吉:吉日。蠲(juān):祭祀前沐浴斋戒以清洁。饎(xī):祭祀用的酒食。[12]是用:即"用是",用此。是,这,指酒食。享:祭献。[13]禴(yuè)祠烝尝:夏、春、冬、秋四季在宗庙里举行的祭祀的专用名称。禴,夏祭。祠,春祭。烝,冬祭。尝,秋祭。[14]公:先公,周之远祖。指古公亶父的父亲。先王:指太王以下。太王即古公亶父,周文王的祖父。[15]君曰:扮演先王的神尸传达神的话。君,指先公先王的神灵。古代祭祀时,用活人打扮神像,叫作"尸",即神主。当主祭者向祖先祭祀时,尸可以代表神讲话。卜:"畀"字之借,给予,赐予。[16]吊:降临,至。这里指神灵、祖考的降临。[17]诒(yí):通"贻",送给。[18]质:质朴,朴实无华。[19]为:同"讹",感化。[20]恒:"緪"(gèng)的假借,指月到上弦。[21]骞(qiān):因风雨剥蚀而亏损。崩:毁坏,崩坏。[22]或:有。承:继承。

【译文】

上苍保佑庇护,江山太平稳固。
使您国家强大,赐您一切幸福。
让您物产丰饶,叫您强大富庶。

上苍保佑庇护,赐您太平福禄。
一切顺心满意,接受众多幸福。
远处福分降临,唯恐一天不足。

上苍保佑庇护,物产丰富繁盛。
上苍恩如山岭,上苍恩如丘陵,
恩情如潮而至,永远不断攀升。

饭菜清洁净爽,用它祭祀祖上。

春夏秋冬四季,祭祀先公先王。

祖宗开口讲话,赐您万寿无疆。

神灵已经降临,赐您福庆如云。

人民淳朴善良,饮食日用不贫。

天下所有百姓,个个感您盛恩。

您像新月渐满,您像旭日东升,

您像南山高寿,永不亏损塌崩。

您像松柏茂盛,子孙世代传承。

【题解】

《毛诗序》云:"《天保》,下报上也。君能下下以成其政,臣能归美以报其上焉。"程俊英《诗经译注》认为:"这是一首臣子祝颂君主的诗,反映了当时统治阶级'敬天保民'的思想。"从本诗内容来看,流露出诗人对君王的热情鼓励与殷切期望,同时,也寄托了诗人美好的政治理想。

第一章是说君王受天命即位,地位稳固长久,意在劝慰君王树立建功立业的信心。第二章祈愿上天竭尽所能保佑王室,"降尔遐福",使君王诸事顺遂。第三章连用五个"如"字,祈愿上天保佑国家百业兴旺。第四、五章分别交代了择日祭祀祖先,祈愿先公先王保佑新王,带来兴国之运。第六章以"如月之恒,如日之升,如南山之寿,不骞不崩。如松柏之茂,无不尔或承"等四个"如"祝颂,表达了对君王长寿、国家强盛的良好祝愿。

关于本诗的作者,赵逵夫认为,应是太保一类的人无疑。原因在于,诗中所反映的祭祀仪式的规模、内容和举行地点均符合先秦新君登基之礼:登基前祭天(前三章向天祷告)、择吉祭祖,又在宗庙中举行。《尚书·周书·康王之诰》载在康王登基仪式之后,"太保暨芮伯……再拜稽首曰:'敢敬告天子,皇天改大邦殷之命,……克恤西土。惟新陟王毕协赏罚,戡定厥功,用敷遗后人休。今王敬之哉!'"而本诗所云"天保定尔""俾尔单厚"等,亦从天命说起,以"遍为尔德"的期望告诫作结。由此可见,本诗的祝愿方式和思想内容与《康王之诰》颇为类似。

诗歌在表现手法上的独特之处在于大量运用了比喻的修辞手法。祝贺君王福寿延绵不绝,全诗共用了九个"如"字:"如山如阜,如冈如陵,如川之方至""如月之恒,如日之升,如南山之寿""如松柏之茂"。这些比喻细致、贴切、含蓄,体现了《诗经》语言艺术"乐而不淫"的中和之美。后人常以"天保九如"给人祝寿,祝贺其福寿绵长。

采 薇[1]

采薇采薇,薇亦作止[2]。
曰归曰归[3],岁亦莫止[4]。
靡室靡家[5],猃狁之故[6]。
不遑启居[7],猃狁之故。

采薇采薇,薇亦柔止。
曰归曰归,心亦忧止。
忧心烈烈[8],载饥载渴[9]。
我戍未定[10],靡使归聘[11]。

采薇采薇,薇亦刚止[12]。
曰归曰归,岁亦阳止[13]。
王事靡盬[14],不遑启处。
忧心孔疚[15],我行不来[16]。

彼尔维何[17]? 维常之华[18]。
彼路斯何[19]? 君子之车[20]。
戎车既驾[21],四牡业业[22]。
岂敢定居? 一月三捷。

驾彼四牡,四牡骙骙[23]。

君子所依[24],小人所腓[25]。

四牡翼翼[26],象弭鱼服[27]。

岂不日戒[28]？猃狁孔棘[29]。

昔我往矣,杨柳依依[30]。

今我来思[31],雨雪霏霏[32]。

行道迟迟[33],载渴载饥。

我心伤悲,莫知我哀。

【注释】

[1]薇:野豌豆苗,冬天发芽,春天长大,可食用。[2]作:长出。止:语助词。[3]曰:说,一说语助词。[4]莫:"暮"的本字。岁暮,即一年将尽之时。[5]靡:无。室、家:指妻子。[6]猃狁(xiǎn yǔn):我国古代西北少数民族,春秋时称"戎"或"狄",秦汉时称"匈奴"或"胡",隋唐时称"突厥"。[7]不遑:没时间。遑,闲暇。启:跪坐。居:坐。古人席地而坐,跪则两膝着席,腰部伸直;坐则臀部和脚跟相触。[8]烈烈:形容火势很大,此处形容忧心如焚。[9]载:又,一说语助词。[10]戍:驻守。这里指防守之地。未定:不固定。[11]使:使者,传达消息的人。聘:探问。[12]刚:指薇菜由嫩而老,变得粗硬。[13]阳:阳月。周代阴历四月到十月,称为阳月。[14]盬(gǔ):休止,止息。[15]孔:很,非常。疚:痛苦。[16]来:回家。[17]尔:"薾"的假借字,花盛开的样子。维何:是什么。维,是。[18]常:通"棠",棠梨树。[19]路:同"辂",高大的马车。[20]君子:这里指将帅。[21]戎车:兵车。[22]四牡:驾车的四匹雄马。业业:强壮而高大的样子。[23]骙(kuí)骙:马强壮的样子。[24]依:依靠。[25]小人:指士卒。腓(féi):覆庇,隐蔽。[26]翼翼:行列整齐的样子。[27]象弭(mǐ):用象牙装饰的弓。鱼服:鱼皮制成的箭袋。服,"箙"的假借。[28]日戒:每日警备。戒,戒备。[29]棘:同"亟",紧急。[30]依依:形容柳枝随风飘拂的样子。[31]思:语助词。

[32]雨(yù)雪:下雪。霏霏:形容雪花纷飞的样子。[33]迟迟:慢慢。

【译文】

采薇菜啊采薇菜,薇菜破土出芽来。
说回家啊说回家,一年就要结束啦。
没有家啊没有家,驱逐猃狁去厮杀。
坐不下啊居不安,由于猃狁来侵犯。

采薇菜啊采薇菜,薇菜柔嫩出芽来。
说回家啊说回家,忧思在心常牵挂。
烈烈浓愁满腔烧,饥渴交加真难熬。
驻守营地未找到,书信无人带回家。

采薇菜啊采薇菜,薇菜已老长枝丫。
说回家啊说回家,眨眼又到十月啦。
公事无休真忙乱,图个清静没闲暇。
满怀忧思好痛苦,害怕以后难回家。

什么花儿开得盛?棠棣花儿一丛丛。
谁的马车高又大?那是将帅所专乘。
驾起兵车要出战,四马健壮气势雄。
哪里敢安然住下?一月屡次捷报送。

驾驭四马赶车行,马儿健壮高且大。
乘车将帅当指挥,兵士掩护依赖他。
四马步伐真整齐,鱼皮箭袋良弓挂。
岂敢一天不警戒?猃狁从来不卸甲。

遥想当年去参军,依依杨柳随风吹。

今日卸甲把家回,雪花纷纷满天飞。

道路漫漫缓缓行,又饥又渴好劳累。

无比伤感满腔悲,我的心事谁会知。

【题解】

《毛诗序》:"《采薇》,遣戍役也。文王之时,西有昆夷之患,北有猃狁之难。以天子之命,命将率遣戍役,以守卫中国。故歌《采薇》以遣之。"本诗是一位戍边兵士在回家途中所赋的诗。其虽归于《小雅》,但语言风格却颇似国风中的民歌。

全诗主要讲述了戍边兵士在归家途中的追忆,运用了倒叙手法。前三章追忆思归之情,叙述难归原因。首句以采薇起兴,颇具深意。一方面,戍卒采薇充饥,反映了戍卒的生活苦况。另一方面,"作止""柔止""刚止"等词语刻画了薇菜从发芽到幼苗再到变老的生长过程,和"岁亦莫止""岁亦阳止"一样,暗示了戍役时间的漫长。何以如此?后四句作了详细说明:由于猃狁之患而远离家园,由于战事频仍而戍地不定,由于王事无休止而无暇休息。所有这些的根源都是"猃狁之故"。《汉书·匈奴传》载:"(周)懿王时,王室遂衰,戎狄交侵,暴虐中国。中国被其苦,诗人始作,疾而歌之曰:'靡室靡家,猃允之故';'岂不日戒,猃允孔棘'。"反映了当时的时代背景。

第四、五章通过对军容之壮、戒备之严的描写,追述了行军作战的紧张生活,这是全诗一大转折,由忧伤的思归之情转为激昂的战斗之情。第四章前四句以"维常之华"引出"君子之车",通过自问自答,诗人的自豪之情跃然纸上。"戎车既驾,四牡业业。岂敢定居?一月三捷"是对激烈战斗场面的刻画,包含了战阵威武、士气高昂、战事频仍等多重意涵;"驾彼四牡,四牡骙骙。君子所依,小人所腓"形象地刻画了在将帅指挥和战车掩护下,将士们冲锋陷阵的激烈场景。"四牡翼翼,象弭鱼服"转到对将士装备的描写上,反映了战马强壮、武器精良、战无不胜的英勇气概。"岂不日戒?猃狁孔棘",所有这些都是因为猃狁猖狂入侵,边关形势紧张,久戍难归成为必然。

全诗情感主线是家园之思。第六章"昔我往矣,杨柳依依。今我来思,雨雪霏霏",以柳树代春天,以大雪代冬天,借景表情,景中含情,情景交融,感时伤事,形象生动,颇具艺术感染力,是千古传诵的名句。"以乐景写哀,以哀景写乐,一倍增其哀乐"(王夫之《姜斋诗话》),"雅人深致,正在借景言情"(刘熙载《艺概》)等代表了历代评论家对此诗的高度评价。诗中以"昔往""今来"对举,借景言情,以乐景写哀、以哀景写乐的艺术手法,颇受后人推崇,模仿者代不乏人,如"始出严霜结,今来白露晞"(曹植《情诗》),"昔辞秋未素,今也岁载华"(颜延之《秋胡行》其五)等,都是受此句启发。

《采薇》以周王朝与猃狁的战争冲突为背景,通过卸甲归家途中对过往岁月的追忆,表现了诗人丰富而复杂的内心情感,反映了诗人渴望和平、厌弃战争的心声,堪称千古厌战诗之祖。

出 车

我出我车,于彼牧矣[1]。
自天子所,谓我来矣。
召彼仆夫,谓之载矣。
王事多难,维其棘矣[2]。

我出我车,于彼郊矣。
设此旐矣[3],建彼旄矣[4]。
彼旟旐斯[5],胡不旆旆[6]?
忧心悄悄[7],仆夫况瘁[8]。

王命南仲,往城于方。
出车彭彭[9],旂旐央央[10]。
天子命我,城彼朔方。
赫赫南仲[11],猃狁于襄[12]。

昔我往矣,黍稷方华[13]。

今我来思[14]，雨雪载途[15]。

王事多难，不遑启居[16]。

岂不怀归？畏此简书[17]。

喓喓草虫[18]，趯趯阜螽[19]。

未见君子[20]，忧心忡忡。

既见君子，我心则降[21]。

赫赫南仲，薄伐西戎[22]。

春日迟迟，卉木萋萋[23]。

仓庚喈喈[24]，采蘩祁祁[25]。

执讯获丑[26]，薄言还归[27]。

赫赫南仲，狁于夷[28]。

【注释】

[1]于：去，往。牧：郊外的地方。《尔雅》："邑外谓之郊，郊外谓之牧。"
[2]维：发声词。棘：同"急"，紧急。[3]设：陈列。旐(zhào)：饰有龟蛇图案
的旗帜。[4]建：竖立。旄(máo)：旗杆顶部饰有牦牛尾的旗帜。[5]旟
(yú)：饰有鹰隼图案的旗帜。斯：语尾助词。[6]旆(pèi)旆：旗帜飘扬的样
子。[7]悄悄：忧愁的样子。[8]况瘁：辛苦憔悴。[9]彭彭：马强壮的样子。
[10]旂(qí)：绘有蛟龙图案的旗帜。央央：鲜明的样子。[11]赫赫：威仪显
盛的样子。[12]襄：通"攘"，平息，扫除。[13]方华：正是茂盛的时候。指
北方的六月。方，正值。华，开花，诗中指黍稷抽穗。[14]思：语助词。[15]
雨雪：下雪。载：充满。途：泥浆。[16]遑：空闲。启居：安坐休息。[17]简
书：盟书。在此次战役前，宣王似与邻近诸侯有盟誓，于是写成简书。[18]
喓(yāo)喓：拟声词，指昆虫的叫声。草虫：蝈蝈。[19]趯(tì)趯：蹦蹦跳跳
的样子。阜螽(zhōng)：蚱蜢。[20]君子：指南仲等出征之人。[21]我：作
者设想的在家之人。降：下，指心放下了。[22]薄：语首助词，含有勉力的意
思。西戎：古代西北少数民族。其地在今陕西省凤翔县的北部。[23]卉

(huì)：草。萋萋：草木茂盛的样子。[24]仓庚：黄莺。喈(jiē)喈：鸟鸣声。
[25]蘩：白蒿。祁祁：众多的样子。[26]执讯：捉住审讯。讯，指间谍。获：
"馘"的假借，割耳朵。古人杀俘虏必割其左耳，以上报计数，这里作动词
"杀"用。丑：对敌人的蔑称。[27]薄：急。还：通"旋"，凯旋。[28]夷：扫
平，平定。

【译文】

推出战车马套上，前往远郊养马场。
有人从王那里来，使我出征到北方。
召来车夫驾起车，让他送我到边防。
国家有事多外患，战事紧急保家邦。

推出战车马套上，前往远郊养马场。
车上竖起龟蛇旗，旄牛尾旗随风扬。
旗上鹰隼气势昂，何不展翅高飞翔？
我为奸敌心不安，士兵憔悴战事忙。

王令南仲大将军，北方筑城把敌防。
驾车四马多健壮，旗帜鲜明亮堂堂。
周王传令我执行，前往北方筑城墙。
威名不凡南仲子，扫除猃狁上战场。

先前北征离家乡，麦苗青青庄稼香。
今日归来打西戎，大雪满路成泥浆。
国家多灾又多难，无暇安居天天忙。
难道不想回家乡？盟约在前不敢忘。

蝈蝈嘤嘤不停唱，蚱蜢蹦蹦跳场上。
没有见到南仲面，内心忧思念边防。

如今见到南仲面，放下心来真舒畅。

战功赫赫南仲子，征讨西戎威名扬。

春日慢慢天变长，草木茂盛枝叶壮。

黄莺喈喈把歌唱，采蒿人儿喜洋洋。

杀敌还把间谍绑，兴高采烈回家乡。

战功赫赫南仲子，征讨猃狁平四方。

【题解】

本诗是一首战争诗。《左传·成公十三年》云"国之大事，在祀与戎"，战争和祭祀是古人生活中的两件大事，也是诗人们歌咏的对象。本诗颂扬了统帅南仲的英明和赫赫战功，歌颂了周宣王初年征讨猃狁胜利、平定四夷的功绩。本诗的独特之处在于，作者聚焦战前准备和凯旋两个典型场景，简洁凝练地描述了这场复杂的战争。

前三章以画面描绘和心理暗示的方法，反映了战前准备情况。"出车""到牧""传令""集合"等词语以时间为线索，颇具连贯性，渲染了战前紧急动员的紧张氛围。末句"王事多难，维其棘矣"，"棘"即紧急，与"多难"一起点明战争的紧急程度，暗示了将士们的凝重心理。第二章写军行至"郊"，以"旐""旄""旆"等各类旗帜之飘扬，写军容之盛，引出将士们对战争结果的担忧，并以"悄悄""况瘁"写将士们焦急紧张的心理和行军的辛苦。第三章以"出车彭彭，旂旐央央"再次凸显军容之盛，与第二章的"忧心"不同，本章末尾用"赫赫"及"襄"两个词，表达了作者对战争胜利的信心。

后三章直接描写凯旋的情景，全诗对战争的具体过程付诸阙如，可谓视角独特，重点突出。通过"昔我往矣""今我来思"和"雨雪载途""春日迟迟"两组对比，今昔之对比鲜明，归途之漫漫可知，给读者留下了充足的想象空间。诗歌以家人"未见君子，忧心忡忡"与"既见君子，我心则降"的巨大反差，反映了战争给人们带来的相思离别之苦，形象生动，颇富想象力。

全诗场景描写新颖独到，心理刻画细致入微，思想深刻，语言质朴，情景交融，颇具艺术感染力。

杕　　杜[1]

有杕之杜[2]，有睆其实[3]。
王事靡盬[4]，继嗣我日[5]。
日月阳止[6]，女心伤止，
征夫遑止[7]。

有杕之杜，其叶萋萋[8]。
王事靡盬，我心伤悲。
卉木萋止，女心悲止，
征夫归止。

陟彼北山[9]，言采其杞[10]。
王事靡盬，忧我父母[11]。
檀车幝幝[12]，四牡痯痯[13]，
征夫不远。

匪载匪来[14]，忧心孔疚[15]。
期逝不至[16]，而多为恤[17]。
卜筮偕止[18]，会言近止[19]，
征夫迩止[20]。

【注释】

[1]杕(dì)：树木孤生的样子。杜：赤棠梨。[2]有：语首助词。[3]睆(huàn)：颜色鲜明或果实圆浑的样子。实：果实。[4]靡：没有。盬(gǔ)：休止。[5]继嗣：延续。按古代行役，规定春行秋返，秋行春返。诗中所写的丈夫约在春天参加行役，到杕杜结果实，已过秋时，尚未回来，故云"继嗣我

日"。[6]阳:阴历十月,又名阳月。止:语尾助词。[7]遑:闲暇。[8]萋萋:草木茂盛的样子。[9]陟(zhì):登。[10]言:语助词。杞:即枸杞,落叶灌木,果实小而红。[11]忧:使父母忧。一说担忧父母无人供养。[12]檀车:役车。檀木坚硬,一般是用檀木做的,一说车轮是用檀木做的。幝(chǎn)幝:车破旧的样子。[13]牡:公马。痯(guǎn)痯:疲病貌。[14]匪:通"非"。载:装。[15]孔:很,大。疚(jiù):病,苦恼。[16]期逝:逾期。期,服役的期限。逝,过去。[17]多:最。恤(xù):忧愁。[18]卜:以龟甲占卜吉凶。筮(shì):用蓍草算卦。偕:吉利。[19]会言:合言,都说。一说"会"为聚合,"言"为语助词,含有"且"的意思。[20]迩:近。

【译文】

一棵棠梨生路旁,果实累累挂枝上。
国家战事无休止,服役日子又延长。
光阴已临十月底,我的心里多悲伤,
征人有空应还乡。

一棵棠梨生路旁,叶子繁茂苗壮长。
国家战事无休止,我的心里多哀伤。
野草树木又葱绿,我的心里多忧伤,
望那征人早还乡。

登上北山高高岗,采摘枸杞想我郎。
国家战事无休止,担心父母无人养。
檀木役车已破败,四马疲惫步踉跄,
征人归来应不远。

未见车来把郎装,忧心忡忡苦苦想。
归期已过不回来,为此使我更忧伤。
卜筮卦辞言吉祥,都说归期不太长,

征人很快即还乡。

【题解】

这是一首民间妇女思念长年在外服役丈夫的诗。《毛诗序》云："《杕杜》，劳还役也。"古今学者多认同此说。后来，统治阶级采了这首民歌，配合雅乐，成为慰劳戍役归来的将士时弹奏的乐章。于是，编辑《诗经》的人将这首诗列入了《小雅》之中。

第一章以"有杕之杜，有睆其实"起兴，可谓触景生情。孤独挺立的赤棠，象征着夫妻分离。但是，即使赤棠孤立，仍然能够结出果实，而夫妻分离却不知何日相聚，难免感慨良多：由于差事没有止息，丈夫不能回家，妻子孤独的状态还要延续下去。十月已至，一年即逝，作为妻子，怎能不感到忧伤！直抒胸臆，反映了其盼望与丈夫团聚的殷切之情。

第二章与第一章结构相似。前两句起兴，写出诗人睹物兴情，忧思不绝，表现出呼唤"征夫归止"的强烈期盼。

第三章铺叙。开始两句写登上北山、采摘枸杞，别有深意。郑玄笺曰："杞非常菜也，而升北山而采之，托有事以望君子。"孔颖达疏云："杞木本非食菜而升北山以采之者，是托有事以望汝也。"表面上写采摘枸杞，实际上是借此表达怀亲望夫之情。第五、六、七三句，为想象之词。由于过度思念，诗人展开联想和想象：丈夫戍役时间已经很久了，役车早就应该破旧了吧，四马早就应该疲困了吧，再也不能继续服役了吧，由此得出结论：丈夫不久就应该回来了。由于思念过深而产生幻想，从侧面反映出妻子对丈夫的深切思念。

第四章仍用赋的表现手法。将前三章伤、悲、忧的心情继续深化，以至于忧劳成疾，"期逝不至，而多为恤"，集中写出诗人的忧郁与失望。但是，失望并没有绝望，诗人怀着美好的期待求卜问筮，好在获得了吉祥的结果，其心灵获得了短暂的慰藉，今天未能与丈夫团聚，只好期待明天了。

此诗情感细腻、真切，虚实结合，层层递进，体现了思妇思夫的纯洁感情，同时也反映出长期的戍役给百姓带来的痛苦。

鱼　丽[1]

鱼丽于罶[2],鲿鲨[3]。
君子有酒,旨且多。

鱼丽于罶,鲂鳢[4]。
君子有酒,多且旨。

鱼丽于罶,鰋鲤[5]。
君子有酒,旨且有。

物其多矣,维其嘉矣[6]。

物其旨矣,维其偕矣[7]。

物其有矣,维其时矣[8]。

【注释】

[1]丽(lí):同"罹",遭遇,陷入。[2]罶(liǔ):竹篓,一种捕鱼的工具,又称笱,用竹子编织而成,结绳为底,鱼入而不能出。篓有大小,小篓只能捉小鱼,大篓可以捉大鱼,这里当指大篓。[3]鲿(cháng):今名黄颊鱼,较大。鲨:又名鲹,能吹沙的小鱼,似鲫而小。[4]鲂(fáng):鳊(biān)鱼,银灰色,腹部隆起,鳞细小而美味。鳢(lǐ):俗称黑鱼。[5]鰋(yǎn):俗称鲇鱼,体滑无鳞。[6]嘉:善。[7]偕:与"嘉"同义。[8]时:及时,适时。

【译文】

鱼儿进入大鱼篓,鲿鱼鲹鱼样样有。

主人奉酒待宾客,美酒甘醇好又多。

鱼儿进入大鱼篓,鲂鱼鳢鱼肥且嫩。
主人奉酒待宾客,美酒甘美好又多。

鱼儿进入大鱼篓,鲲鱼鲤鱼齐下锅。
主人奉酒待宾客,美酒香甜好又多。

美食丰盛种类多,味道醇美非常好。

食物样样都甘美,客人称赞好口味。

食物品类实在多,想吃什么都不缺。

【题解】

本诗为周代贵族宴飨宾客的诗歌。《毛诗序》云:"《鱼丽》,美万物盛多,能备礼也。"朱熹云:"按《仪礼·乡饮酒》及《燕礼》,前乐既毕,皆间歌《鱼丽》,笙《由庚》;歌《南有嘉鱼》,笙《崇丘》;歌《南山有台》,笙《由仪》。间,代也,言一歌一吹也。然则此六者,盖一时之诗,而皆为燕飨宾客上下通用之乐。"《仪礼》中的乡饮酒礼和燕礼都唱这首诗,可以看出它成了宴飨通用的乐歌。

前三章从鱼和酒两个角度写主人酒宴美食丰盛,礼节周全,皆以"鱼丽"起兴。以鱼的品种众多,代指其他肴馔的丰盛;以酒的盛多且甘美,反映宴会氛围的和谐以及宾主合欢的场景。由这首诗可知,鱼在此时已经成为常见的美食,而且种类繁多。除本诗之外,《诗经》中的《邶风·谷风》《齐风·敝笱》《豳风·九罭》《小雅·南有嘉鱼》《小雅·鱼藻》《周颂·潜》等篇都有关于鱼的记载,《陈风·衡门》还有"岂其食鱼,必河之鲂?岂其娶妻,必齐之姜""岂其食鱼,必河之鲤?岂其娶妻,必宋之子"的诗句,可见人们对鲂、鲤两种鱼的青睐。前三章"有鳠有鲨""有鲂有鳢""有鰋有鲤"等句以简驭繁,借鱼儿种类的众多来说明主人的热情和宴会的隆重。古代酿酒以粮食作物为原料,丰年酿酒渐成习俗。《南有嘉鱼》有"君子有酒,嘉宾式燕以乐"句,"酒以成礼""酒以尽欢"成为当时宴会的习俗。

后三章唱出"物其多矣,维其嘉矣""物其旨矣,维其偕矣""物其有矣,维其时矣",盛赞美食种类的盛多、嘉美、齐全、富有以及供应的及时。丰年宴飨,其欢乐既源于大自然的赐予,更来自人类的勤劳。天道酬勤,《毛诗序》将本诗的主题扩展到"美万物盛多"层面,更具普遍意义。

本诗韵律和谐,节奏参差。前三章采用四、二、四、三的句式,一唱三叹。后三章每章两句,以"嘉、偕、时"等字点明主题,进一步渲染气氛,反复咏叹,余味无穷。前三章与后三章句式有别,可谓交相辉映,相得益彰。诗中所称的"君子",当是宾客对主人的美称。

南 有 嘉 鱼[1]

南有嘉鱼,烝然罩罩[2]。
君子有酒,嘉宾式燕以乐[3]。

南有嘉鱼,烝然汕汕[4]。
君子有酒,嘉宾式燕以衎[5]。

南有樛木[6],甘瓠累之[7]。
君子有酒,嘉宾式燕绥之[8]。

翩翩者雏[9],烝然来思[10]。
君子有酒,嘉宾式燕又思[11]。

【注释】

[1]南:指江汉一带。嘉鱼:好鱼。[2]烝(zhēng):众多。罩罩:鱼群在

水中游的样子。[3]式:语助词。燕:同"宴",宴会。以:同"而"。[4]汕汕:鱼儿游水的样子。[5]衎(kàn):快乐。[6]樛(jiū)木:向下弯曲的树。[7]瓠(hù):葫芦。累:缠绕。[8]绥:安乐。[9]雕(zhuī):鸟名,即鹁鸠,亦名鹁鸪,天将雨或初晴时常在树上咕咕地叫。[10]思:语助词。[11]又:通"侑",劝酒。

【译文】

> 南方有好鱼,成群水中游。
> 君子有好酒,递到嘉宾手。

> 南方有好鱼,群游在水里。
> 君子有好酒,嘉宾乐无比。

> 南方曲树弯,上缠葫芦蔓。
> 君子有好酒,嘉宾乐无边。

> 鹁鸠齐飞翔,成群落树上。
> 君子有好酒,嘉宾饮一觞。

【题解】

本诗是描写宾主欢快畅饮的宴饮诗。方玉润《诗经原始》云:"彼专言肴酒之美,此兼叙绸缪之意。"

前两章均以游鱼起兴,首两句"南有嘉鱼,烝然罩罩""南有嘉鱼,烝然汕汕",重章叠唱,反复咏叹,用鱼、水象征宾主之间关系融洽,主人的深情厚谊含蓄带出,气氛和睦、欢愉。

第三章运用了象征手法,树木向下弯曲象征主人地位尊贵、态度谦卑;藤蔓紧缠大树,象征宾主亲密无间、难舍难分。

第四章写一群翩飞的鹁鸠。鹁鸠翩翩飞舞,成群飞来,正与此时宾主欢饮、和乐美好的情形类似。嘉宾翩翩走来,恰似鸟儿翩翩飞来,举杯相劝、言笑晏晏的场景可想而知。

本诗运用了兴中有比、赋比结合的手法,分别描写了宴会的开端、发展、高潮三个阶段,层次分明。在章法、句式上,采用重章叠唱的手法,与整齐的四言诗句不同的是,每章末句添了两个虚词,诗句延长更有利于深情缓唱,抒发缠绵悱恻的思想感情。

朱熹《诗集传》云:"按《仪礼·乡饮酒》及《燕礼》,前乐既毕,皆间歌《鱼丽》,笙《由庚》;歌《南有嘉鱼》,笙《崇丘》;歌《南山有台》,笙《由仪》。间,代也,言一歌一吹也。然则此六者,盖一时之诗,而皆为燕飨宾客上下通用之乐。"本诗与《鱼丽》《南山有台》属于同一组宴饮诗:先歌《鱼丽》,赞美佳肴的丰盛;再歌《南有嘉鱼》,叙述宾主殷殷之情;后歌《南山有台》,祝颂宾客万寿无疆、子孙福泽绵长。这三首诗生动地再现了周代宴飨和谐美好的场景。

南 山 有 台[1]

南山有台,北山有莱[2]。
乐只君子[3],邦家之基。
乐只君子,万寿无期。

南山有桑,北山有杨。
乐只君子,邦家之光。
乐只君子,万寿无疆。

南山有杞[4],北山有李。
乐只君子,民之父母。
乐只君子,德音不已[5]。

南山有栲[6],北山有杻[7]。

乐只君子,遐不眉寿^[8]。
乐只君子,德音是茂^[9]。

南山有枸^[10],北山有楰^[11]。
乐只君子,遐不黄耇^[12]。
乐只君子,保艾尔后^[13]。

【注释】

[1]台:通"薹",草名。又名莎草、蓑衣草,可制蓑衣。[2]莱:藜草,嫩叶可食。[3]乐:指周王乐得君子。只:语助词。君子:贤者。[4]杞(qǐ):南方的一种树,和北方的枸杞不同。[5]德音:好名誉。不已:不止。[6]栲(kǎo):树名,山樗,木材坚硬,可做船橹、轮轴等。树皮含鞣酸,可制栲胶,又可制染料。[7]杻(niǔ):檍树,俗名菩提树。[8]遐:通"何"。眉寿:高寿,长寿。眉有秀毛,是长寿之相。[9]茂:美盛。[10]枸(jǔ):即枳椇(zhǐ jǔ),实如鸡爪,味甜可食。[11]楰(yú):即鼠梓,也叫苦楸(qiū)。[12]黄耇(gǒu):年老。黄,指老人头发白后发黄。耇,老。毛传:"黄,黄发;耇,老。"[13]保艾:保养。艾,养育。尔:你。后:指子孙后代。

【译文】

南山莎草绿油油,北山嫩藜满坡头。
得到君子真高兴,国家靠你打根基。
得到君子真高兴,祝你长久寿无期。

南山到处生绿桑,北山布满长白杨。
得到君子真高兴,国家靠你争荣光。
得到君子真高兴,祝你长久寿无疆。

南山杞木株连株,北山坡上长李树。
得到君子真高兴,人民敬你如父母。

得到君子真高兴,你的嘉名必永驻。

南山山樗绿油油,北山菩提满山丘。
得到君子真高兴,祝你盼你得高寿。
得到君子真高兴,美德传颂遍九州。

南山枳椇到处有,北山处处长苦楸。
得到君子真高兴,盼你愿你享长寿。
得到君子真高兴,保佑子孙传千秋。

【题解】

《毛诗序》认为此诗"乐得贤",姚际恒《诗经通论》认为"颂天子",方玉润《诗经原始》认为"祝宾客",这些说法均值得商榷。朱熹云:"按《仪礼·乡饮酒》及《燕礼》,前乐既毕,皆间歌《鱼丽》,笙《由庚》;歌《南有嘉鱼》,笙《崇丘》;歌《南山有台》,笙《由仪》。间,代也,言一歌一吹也。然则此六者,盖一时之诗,而皆为燕飨宾客上下通用之乐。"从诗歌内容来看,此诗与《鱼丽》《南有嘉鱼》都是当时宴飨时通用的乐歌。此诗内容以颂德祝寿为主,是一首宴饮诗。

本诗每章开头均以南山、北山的草木起兴,采用民歌习语发端,增强了诗歌的音乐性。南山有台、桑、杞、栲、枸,北山有莱、杨、李、杻、楰,南山、北山多各类栋梁,恰似国家拥有具备各种美德的君子,可谓兴中有比,含蓄委婉,韵律和谐自然。

草木起兴之后,则是表功祝寿的内容。"邦家之基""邦家之光""民之父母"等诗句,言简意赅,热情赞美被颂者能力出众、道德高尚,为后面祝寿作铺垫。第四、五章用"遐不眉寿""遐不黄耇"两个反问句表达祝愿之情,承前而来,有理有力。诗歌的结尾回归重子嗣的民族传统,"保艾尔后"祝福子孙后代代代相传,从而将祝福推向了高潮。

全诗回环往复,首尾呼应,层层递进,韵律和谐,语言凝练,耐人寻味,综合体现了宴飨乐歌的娱乐、歌颂、祝愿、庆贺等功能,堪称宴飨诗中的佳作。

蓼　萧[1]

蓼彼萧斯[2]，零露湑兮[3]。
既见君子，我心写兮[4]。
燕笑语兮[5]，是以有誉处兮[6]。

蓼彼萧斯，零露瀼瀼[7]。
既见君子，为龙为光[8]。
其德不爽[9]，寿考不忘。

蓼彼萧斯，零露泥泥[10]。
既见君子，孔燕岂弟[11]。
宜兄宜弟[12]，令德寿岂[13]。

蓼彼萧斯，零露浓浓。
既见君子，鞗革冲冲[14]。
和鸾雍雍[15]，万福攸同[16]。

【注释】

[1]蓼(lù)：长而大貌。萧：即艾蒿，菊科植物，有香气。[2]斯：语助词。[3]零：滴落。湑(xǔ)：露水盛美貌。[4]写：舒畅。[5]燕：通"宴"，宴饮。[6]誉处：安乐，愉悦。朱熹《诗集传》引苏辙《诗集传》："誉、豫通。凡诗之誉，皆言乐也。"处，安。[7]瀼(ráng)瀼：露水很多貌。[8]为龙为光：被天子恩宠而荣幸。为，被。龙，古"宠"字。[9]其德：指周王对诸侯的恩德。爽：差。[10]泥泥：露湿的样子。[11]孔燕：欢宴。岂弟(kǎi tì)：即"恺悌"，和乐平易。[12]宜：感情融洽。[13]令德：美德。寿岂：长寿快乐。[14]鞗(tiáo)：马勒上的铜饰。革：系马的辔头。冲冲：马勒饰物下垂貌。[15]和

鸾：车铃。鸾，借为"銮"，和与銮均为铜铃，系在轼上的称"和"，系在衡上的称"銮"。雍（yōng）雍：铃声和谐。[16]攸同：所聚。攸，所。同，聚。

【译文】

艾蒿高高长长，露珠点滴汇聚。
今得见周天子，内心无比欢愉。
宴饮说说笑笑，大家喜气一团。

艾蒿高高长长，露珠晶莹闪亮。
今得见周天子，无比受宠荣光。
天子美德广传，长寿永久安康。

艾蒿高高长长，露珠粒粒落地。
今得见周天子，盛宴欢乐无比。
兄弟和睦友爱，美德长寿汇集。

艾蒿高高长长，露珠粒粒渐浓。
今得见周天子，骏马饰物摆动。
銮铃当当作响，福泽归我圣躬。

【题解】

本诗是一首诸侯在宴会中尊崇、歌颂周天子的祝颂诗。《毛诗序》云："《蓼萧》，泽及四海也。"认为这是宴会远国君主的乐歌。朱熹《诗序辨说》认为此乃"燕诸侯之诗"，"诸侯朝于天子，天子与之燕，以示慈惠，故歌此诗"（《诗集传》）。吴闿生《诗义会通》认为："据词当是诸侯颂美天子之作。"吴说比较合乎实际。

全诗以萧艾含露起兴。以萧艾比喻诸侯，以露水比喻承受的恩泽，以含蓄、形象的笔法巧妙地点明了祝颂周天子的主旨，从而奠定了全诗感恩戴德、极力颂赞的情感基调。

第一章写诸侯初见天子的情景及感受。在诸侯看来,朝见周天子是莫大的荣幸,"写"字意为舒畅,诸侯见到周天子时兴奋激动、诚惶诚恐的感受溢于言表。第二、三章分别从诸侯与周天子两方面落笔,进一步描写君臣之谊。诸侯感谢天子圣宠,祝天子"寿考不忘";天子则圣容和乐安详,关心体恤臣下。第四章写周天子离开时车马仪仗的场景,以此彰显天子的气度不凡。高头大马威风凛凛,骏马铃声叮当悦耳,威严和乐呼之欲出,其所暗示的对天子泽及四海、威加四夷、集万福于一身的赞美之情,便不言而喻了。

全诗以臣下语气写就,寓抒情于叙事之中,逐层展开,层次分明,溢美之情显著,体现了雅诗的典型风格。

湛　露

湛湛露斯[1],匪阳不晞[2]。
厌厌夜饮[3],不醉无归。

湛湛露斯,在彼丰草。
厌厌夜饮,在宗载考[4]。

湛湛露斯,在彼杞棘[5]。
显允君子[6],莫不令德[7]。

其桐其椅[8],其实离离[9]。
岂弟君子[10],莫不令仪[11]。

【注释】

　　[1]湛湛:露水浓重的样子。斯:语助词。[2]匪:通"非"。晞:干。[3]厌厌:《说文解字》作"愿愿",安闲和悦的样子。[4]宗:宗庙。载:同"再"。考:敲,击。[5]杞棘:枸杞和酸枣树,落叶灌木,身有刺,果实甘酸可食。[6]

显允:光明磊落而诚信忠厚。显,显赫。允,诚信。君子:指宾客。[7]令德:
好品德。[8]桐:油桐树。椅:山桐子树。[9]离离:犹"累累",繁茂众多貌。
[10]岂弟(kǎi tì):同"恺悌",和乐平易貌。[11]令仪:美好的举止礼节。
令,美好。仪,仪容,风范。

【译文】

早晨露珠多浓重,太阳不出不蒸发。
夜间宴饮安且闲,酒不喝醉不回家。

早晨露珠多浓重,挂在丰茂野草上。
夜间宴饮安且闲,宗庙宴飨钟鼓响。

早晨露珠多浓重,洒在枸杞酸枣丛。
坦荡诚信诸君子,个个都有好名声。

高大油桐和山桐,果实累累一重重。
和乐平易诸君子,无时不有好仪容。

【题解】

本诗是一首宴饮诗。《毛诗序》云:"《湛露》,天子燕(宴)诸侯也。"郑玄
笺:"燕,谓与之燕饮酒也。诸侯朝觐会同,天子与之燕,所以示慈惠。"《左
传·文公四年》载:"昔诸侯朝正于王,王宴乐之,于是乎赋《湛露》。"说明早
在春秋时期,本诗就是天子宴会诸侯的乐章。

本诗共四章,每章前两句以露水和灌木、乔木起兴,点明了宴饮时间和
周围的环境;这是秋季的一个深夜,天朗气清,夜露甚浓,四周布满枸杞树、
酸枣树等灌木,以及油桐、梓树等乔木,树上挂满果实,处处呈现出一派美
好、祥和、静谧的景象。这一起兴渲染了祥和的气氛,为下面写宴饮作铺垫。
户厅之内,杯觥交错,宾主尽欢。

湛露临于草树,象征着殷殷之情。这一感情基调是贯串全篇的,但并非

每章皆言露,而是采用了互文见义的手法。且第三章第一、二句承上,第三、四句启下,具有承上启下的过渡作用,显示了雅诗巧妙的章法结构之美。

彤　弓[1]

彤弓弨兮[2],受言藏之[3]。
我有嘉宾[4],中心贶之[5]。
钟鼓既设,一朝飨之[6]。

彤弓弨兮,受言载之[7]。
我有嘉宾,中心喜之。
钟鼓既设,一朝右之[8]。

彤弓弨兮,受言櫜之[9]。
我有嘉宾,中心好之。
钟鼓既设,一朝酬之[10]。

【注释】

[1]彤(tóng)弓:涂有红漆的弓,天子常用来赏赐有功诸侯。《荀子·大略》:"天子雕弓,诸侯彤弓,大夫黑弓,礼也。"[2]弨(chāo):弓弦松弛貌。[3]言:语中助词。藏:珍藏于祖庙中。[4]我:天子自称。嘉宾:指诸侯。[5]中心:内心。贶(kuàng):恩赐。[6]一朝:一个上午。飨(xiǎng):用酒食款待宾客。[7]载:用车载。[8]右:通"侑",劝酒。[9]櫜(gāo):装弓的弓袋,此处用作动词,指装入弓袋之中。[10]酬:互相敬酒。

【译文】

红漆弓儿弓弦松,赏赐功臣藏庙中。
我有这样好宾客,诚心赠送表恩宠。

钟鼓乐器准备好,终朝敬酒为宾朋。

红漆弓儿弓弦松,赏赐功臣收家中。
我有这样好宾客,欢欢喜喜现笑容。
钟鼓乐器准备好,殷切劝酒情意浓。

红漆弓儿弓弦松,赏赐功臣插袋中。
我有这样好宾客,心头宠爱喜盈盈。
钟鼓乐器准备好,终朝敬酒情意浓。

【题解】

本诗是周天子举行宴会赏赐有功诸侯时君臣合唱的乐章。《毛诗序》说:"《彤弓》,天子赐有功诸侯也。"据史料记载,周天子用弓矢等赏赐诸侯,是当时的一种礼制。本诗形象地反映了这一礼仪制度。

本诗开宗明义,开篇即写有功诸侯接受赏赐的隆重仪式。"彤弓弨兮,受言藏之",受赏者的感激之情溢于言表。"我有嘉宾,中心贶之","我"代指周天子。"嘉宾"一词是周天子对臣下的称呼,尽显宠爱之情。"中心"一词可谓情真意切。"钟鼓既设,一朝飨之",可见宴会场面热烈欢乐,即使终朝宴饮,仍然意犹未尽。

第二、三章与第一章在个别字词上略作调整,有参差错落、回环往复、一唱三叹之感,其中不乏细节描写。从"中心贶之""中心喜之"到"中心好之",周天子的心理变化清晰可见。从"一朝飨之""一朝右之"到"一朝酬之",宴会秩序井然,暗含循守礼法、气氛渐浓之意。

本诗以赋法写就,语言简洁凝练,情节跌宕起伏,令人回味无穷。

菁 菁 者 莪[1]

菁菁者莪,在彼中阿[2]。
既见君子,乐且有仪[3]。

菁菁者莪,在彼中沚[4]。
既见君子,我心则喜。

菁菁者莪,在彼中陵。
既见君子,锡我百朋[5]。

泛泛杨舟[6],载沉载浮。
既见君子,我心则休[7]。

【注释】

[1]菁(jīng)菁:草木茂盛貌。莪(é):莪蒿,又名萝蒿,可食用。[2]中阿:阿中。阿,大丘陵。[3]有仪:有榜样。仪,仪容,气度。[4]沚:水中小沙洲。[5]锡:同"赐"。朋:上古时期以贝壳为货币,五贝为一串,两串为一朋。[6]杨舟:杨木制的船。[7]休:喜。

【译文】

萝蒿茂盛多又多,一丛一丛满山坡。
已经看到那君子,心情快乐好仪容。

萝蒿葱茏蓬勃长,生在河心小洲上。
已经看到那君子,心里欢欣又舒畅。

萝蒿葱茏真茂盛,丛丛生长在丘陵。

已经看到那君子,胜于得钱千百朋。

船儿轻轻水中荡,小舟上下逐波浪。

已经看到那君子,心里欣喜多欢畅。

【题解】

关于本诗的主旨,主要有三种说法:一、写学士乐见君子的诗。《毛诗序》说是"乐育才",今人程俊英《诗经译注》亦持此说。二、宴饮诗。朱熹《诗集传》认为"此亦燕饮宾客之诗"。三、爱情诗。今人多认为此为古代女子喜逢爱人之诗。三说之中,以《毛诗序》影响最大,一提《菁莪》,人们无不想起"乐育才"三字。但是,从本诗的内容和表现形式来看,其与《小雅》中典型描写男女相悦之情的《隰桑》篇颇为类似,无论是章法、句式还是声调变换,皆别无二致。故将此诗看作一首爱情诗更符合实际。

前三章皆以"菁菁者莪"起兴。通过邂逅地点的改变,写出了女子内心深处的微妙变化。在莪蒿茂盛的山坳里邂逅,"乐且有仪";在水中沙洲上相遇,"我心则喜";在阳光明媚的山丘上相见,"锡我百朋"。"锡我百朋"将不胜欣喜与受赐百朋相比,有过之无不及,极言欣喜之甚。数字之差,将女子的心理变化轨迹生动形象地展现出来。

第四章"载沉载浮"象征二人同舟共济、同甘共苦。"既见君子,我心则休"则表达了二人长相厮守胜过一切的良好祈愿,将情感推向了高潮。

本诗以简洁凝练的语言,陈述了一个完整而唯美的爱情故事,在山光水色映衬下,在山坡上、水洲中,二人相遇、相识、相爱、相依,意境纯美,引人入胜。

六　　月[1]

六月栖栖[2]，戎车既饬[3]。
四牡骙骙[4]，载是常服[5]。
玁狁孔炽[6]，我是用急[7]。
王于出征，以匡王国[8]。

比物四骊[9]，闲之维则[10]。
维此六月，既成我服。
我服既成，于三十里[11]。
王于出征，以佐天子。

四牡修广，其大有颙[12]。
薄伐玁狁，以奏肤公[13]。
有严有翼[14]，共武之服[15]。
共武之服，以定王国。

玁狁匪茹[16]，整居焦获[17]。
侵镐及方[18]，至于泾阳。
织文鸟章[19]，白旆央央[20]。
元戎十乘[21]，以先启行。

戎车既安，如轾如轩[22]。
四牡既佶[23]，既佶且闲[24]。
薄伐玁狁，至于大原[25]。
文武吉甫，万邦为宪[26]。

吉甫燕喜,既多受祉[27]。

来归自镐,我行永久。

饮御诸友[28],炰鳖脍鲤[29]。

侯谁在矣[30],张仲孝友[31]。

【注释】

[1]六月:阴历六月,此时天气炎热。古代兵法惯例,夏天不出兵,但因狎狁入侵,边事紧急,所以在六月出兵抵抗。[2]栖(xī)栖:紧张忙碌的样子。[3]戎车:兵车。饬(chì):整顿,整理。[4]骙(kuí)骙:马强壮貌。[5]载:装载。常服:军服。据《周礼》,帽和上衣是用兽皮制成的,下裳和鞋都是白色的。[6]孔:很。炽:势盛。[7]是用:是以,因此。急:急行。[8]匡:扶助,救助。[9]比:比较,选择。物:指马。骊:黑马。[10]闲:训练。则:法则。[11]于:往。三十里:古代行军三十里为一舍。朱熹《诗集传》:"古者吉行日五十里,师行日三十里。"[12]有颙(yóng):大头大脑的样子。[13]奏:成。肤:大。公:通"功"。[14]有严:即"严严",威武严肃的样子。有翼:即"翼翼",恭敬谨慎的样子。[15]共:共同。武:武事,指战争。服:事。[16]匪:同"非"。茹:柔弱。[17]焦获:地名,在今陕西省泾阳县西北。[18]镐(hào):地名,通"鄗",在今宁夏回族自治区宁武市及其附近的地方。不是周朝的都城镐京。方:朔方。[19]织:徽记。当时士卒衣服背后缝有红布的徽记。鸟章:指将帅的旗帜,旗上画有鸟隼。文、章:均指花纹。[20]旆(pèi):旗端状如燕尾的飘带。央央:鲜明的样子。[21]元戎:大的战车。[22]轾(zhì):车向下俯。轩:车向上仰。写兵车的高低俯仰自如,并未因战争而损坏。[23]佶(jí):健壮貌。[24]闲:驯服貌。[25]大原:地名,在今宁夏回族自治区固原市。[26]万邦:指众多的诸侯国。宪:法,榜样。[27]祉(zhǐ):福。指受周王赏赐之福。[28]御(yà):陪。[29]炰(páo):同"炮",蒸煮。脍鲤:切成条状的鲤鱼。[30]侯:维,语助词。[31]张仲:吉甫的朋友,周宣王卿士。孝友:朱熹《诗集传》:"善父母曰孝,善兄弟曰友。"

【译文】

六月紧急要出兵,兵车速速都备齐。

马匹健壮真威武,将士穿好那军衣。
猃狁来攻好凶猛,我军急速守边区。
周王军令已发出,保卫邦国不敢辞。

四匹黑马真健壮,训练演习不停忙。
六月盛夏日当空,军服即成都穿上。
军服套套身上穿,快快行军赴边疆。
周王军令已发出,辅佐天子守边防。

四匹公马高又壮,大头大耳气势昂。
只为征讨那猃狁,建立功勋保家邦。
严整严谨又肃穆,共对战事守边防。
认真管好国防事,安我国家佐我王。

猃狁阵势太豪强,驻防焦获战线长。
攻我宝地镐与方,现在兵又到泾阳。
凤鸟祥纹保吉祥,白色大旗闪闪亮。
我军兵车许多乘,冲锋在先势难挡。

兵车行驶很稳当,前俯后仰好操纵。
公马四匹真整齐,威武雄壮且从容。
只为征讨那猃狁,进军大原全力攻。
文武双全那吉甫,国家楷模真英雄。

宴请吉甫真高兴,多福多禄多赏赐。
从那镐京来到此,经历多少苦日子。
设席款待众友朋,蒸鳖脍鲤享美食。
哪些朋友来赴宴,朋友张仲在这里。

【题解】

本诗是叙述、赞美周宣王时尹吉甫北伐狁获胜的诗。《汉书·匈奴传》:"宣王兴师,命将征伐猃允,诗人美大其功。"《汉书·韦玄成传》:"周室既衰,四夷并侵,猃允最强。至宣王而伐之。诗人美而颂之曰:'薄伐猃允,至于大原。'"姚际恒《诗经通论》说:"此篇则系吉甫有功而归,燕饮诸友,诗人美之而作也。"这一说法是有历史背景的。周厉王时,政治腐败,国势衰颓,异族乘机入侵,以狁威胁最大。宣王即位,讨伐狁,命南仲驻兵朔方以防守,命尹吉甫深入讨伐,大获胜利,周朝得以安定。全诗通过对战争胜利的描写,赞美了主帅尹吉甫文韬武略、指挥若定的军事才能,侧面反映了"宣王中兴"的历史背景。

第一章作者以"栖栖""孔炽""用急"渲染了战报传来时的紧张氛围。第二、三章,"四骊"强健,"维则""我服既成""修广""其大有颙"表示反应及时,"有严有翼,共武之服"表示纪律严明,"以奏肤公"显示雄心勃勃、信心百倍,这些话语旨在抒发对周军训练有素、应变迅速的赞叹,从侧面烘托出主帅的治军有方。第四章以"狁匪茹,整居焦获。侵镐及方,至于泾阳"写敌军来势凶猛,将其与"元戎十乘,以先启行"的周军先头部队军威作对比。第五章以"戎车既安,如轾如轩。四牡既佶,既佶且闲"表达了对主帅高超军事指挥才能的赞美和叹服。第六章写共同庆祝凯旋的欢宴,自豪与赞扬之情溢于言表。

全诗以追忆开始,以现实作结,起伏跌宕,层次分明,节奏明晰,生动形象,颇有余韵。

采 芑[1]

薄言采芑[2],于彼新田[3],
于此菑亩[4]。
方叔莅止[5],其车三千,

师干之试[6]。

方叔率止,乘其四骐[7],

四骐翼翼[8]。

路车有奭[9],簟茀鱼服[10],

钩膺鞗革[11]。

薄言采芑,于彼新田,

于此中乡[12]。

方叔莅止,其车三千,

旂旐央央[13]。

方叔率止,约軝错衡[14],

八鸾玱玱[15]。

服其命服[16],朱芾斯皇[17],

有玱葱珩[18]。

鴥彼飞隼[19],其飞戾天[20],

亦集爰止[21]。

方叔莅止,其车三千,

师干之试。

方叔率止,钲人伐鼓[22],

陈师鞠旅[23]。

显允方叔[24],伐鼓渊渊[25],

振旅阗阗[26]。

蠢尔蛮荆,大邦为雠。

方叔元老,克壮其犹[27]。

方叔率止,执讯获丑[28]。

戎车啴啴[29],啴啴焞焞[30],

如霆如雷。

显允方叔,征伐猃狁,

蛮荆来威[31]。

【注释】

[1]芑(qǐ):一种野菜,与苦菜相似。[2]薄言:语首助词。[3]于:在。新田:《尔雅·释地》:"田一岁曰菑,二岁曰新田,三岁曰畬(yú)。"[4]菑(zī)亩:《尔雅·释地》:"田一岁曰菑。"[5]方叔:周宣王的大臣,出征荆蛮的主帅。莅(lì):临。止:语助词。[6]师:众,指兵士。干:盾,指武器。之:是。试:演练,实习。[7]骐:青底黑纹的马。[8]翼翼:整齐严谨貌。[9]路车:大车。路,通"辂"。奭(shì):一种红色的涂饰。[10]簟茀(diàn fú):竹席制成的车帘,即用来遮挡战车后部的竹制席子。鱼服:鱼兽皮制作的箭袋。[11]钩膺:嵌有青铜钩饰的马胸带,套在马脖子上用以垫轭。鞗革(tiáo gé):用皮革制成、青铜装饰的马勒,今名马笼头。[12]中乡:田中。[13]旂旐(qí zhào):画有龙蛇图案的旗帜。[14]约𫐉(qí):用皮革缠绕车轴中露出车轮的部分。约,束,缠。错衡:在战车车辕前端的横木上装饰花纹。错,花纹。衡,车辕前端的横木。[15]玱(qiāng)玱:象声词,本义是金玉撞击的声音,这里指铃声。[16]服:穿上。命服:这里指周宣王赐给方叔穿的礼服。[17]芾(fú):通"韨",皮制蔽膝,与围裙类似。斯皇:皇皇。皇,辉煌。[18]有玱:即"玱玱"。葱珩(héng):翠绿色的佩玉,为爵位高的人所用饰物。葱,绿色。珩,亦作"衡",佩玉上的横梁。[19]鴥(yù):鸟疾飞貌。隼(sǔn):鹞鹰一类的猛禽。[20]戾:至,到达。[21]止:止息。[22]钲(zhēng)人:掌管击钲击鼓的官员。伐:击,敲。[23]陈:陈列。师:2500人为一师。鞠:训告,誓师。旅:500人为一旅。这里的师和旅都泛指兵士。[24]显:明。允:信。指号令明而赏罚信。[25]渊渊:象声词,这里指击鼓声。[26]振旅:整顿队伍,这里指战前训练士兵。阗(tián)阗:击鼓声。[27]克:能。壮:光大。犹:通"猷",谋略,计谋。[28]执讯:捕得俘虏。获丑:俘虏。[29]啴(tān)啴:兵车行走声。[30]焞(tūn)焞:车马众多貌。[31]来:语助词。威:威服。

【译文】

采来采去采苦菜,在那郊外新田地,
采到这边初垦田。
方叔莅临来这里,战车众多有三千,
士卒舞盾勤操练。
方叔统率上前线,驾起战车勇当先,
四马整齐肩并肩。
战车朱漆红艳艳,鱼皮箭袋竹席帘,
胸带马缰亮闪闪。

采来采去采艺忙,在那郊外新田地,
采到这块初垦田。
方叔莅临来这里,战车威武有三千,
龙蛇大旗太光鲜。
方叔统率上前线,车衡车毂雕花辕,
八铃叮当欢又欢。
漂亮朝服身上穿,朱红蔽膝亮闪闪,
碧绿佩玉声婉转。

鹰隼试翼飞如箭,迅猛高翔抵云天,
忽而飞落栖树巅。
方叔莅临来这里,战车排列有三千,
士卒舞盾勤操练。
方叔统率上前线,击鼓声声号令传,
列阵训话真庄严。
方叔军纪多明信,击鼓咚咚军令传,
练兵整齐应鼓点。

荆蛮无知多愚蠢,与我大国做仇人。

想那方叔为元老,雄才大略用兵神。

方叔领兵去出征,敌军个个束手擒。

战车隆隆逐风尘,车行赫赫军容振,

雷霆彻天动乾坤。

方叔军纪多明信,曾征北疆伐猃狁,

威服荆蛮已惊心。

【题解】

本诗是描写周宣王卿士、大将方叔为南征荆蛮而举行军事演习的诗。《毛诗序》云:"《采芑》,宣王南征也。"前三章着重表现方叔指挥的这次军事演习的规模与声势,第四章点明了此次演习的目的。全诗热情赞美了方叔卓越的军事指挥才能。

第一章以"采芑"起兴,点明演习地点"新田""菑亩"。继而以"三千"极言周军猛将如云、战车如潮的强大阵容,以及主将出场的赫赫威仪,可谓威猛慑人。第二章互文见义,以"旂旐央央""约𫐇错衡"的色彩,渲染演习队伍的浩大声势。方叔"服其命服",朱衣黄裳,佩玉鸣銮,气度非凡,突出了方叔为王卿士的身份。第三章以鹰隼冲天比喻方叔所率周军勇猛无敌、气宇轩昂。然后,以"伐鼓渊渊,振旅阗阗"描绘周军在主帅的指挥下演习阵法的场景,可谓气势如虹、势不可挡。第四章写"蠢尔蛮荆,大邦为雠",气冲云霄,斥责无端滋乱的荆蛮不自量力,敢与大邦为仇。继而以"方叔率止,执讯获丑",预言方叔定能俘获敌军,大获全胜。

本诗气势浩大,方玉润《诗经原始》云:"振笔挥洒,词色俱厉,有泰山压卵之势。"虽然军容浩大、气势如虹,但从"师干之试"等诗句看,此诗只是写一次军事演习。吴闿生《诗义会通》指出:"皆误以'蛮荆来威'为实有其事,不知乃作者虚拟颂祷词。"

吉　日

吉日维戊[1]，既伯既祷[2]。
田车既好[3]，四牡孔阜[4]。
升彼大阜[5]，从其群丑[6]。

吉日庚午，既差我马[7]。
兽之所同[8]，麀鹿麌麌[9]。
漆沮之从[10]，天子之所[11]。

瞻彼中原[12]，其祁孔有[13]。
儦儦俟俟[14]，或群或友[15]。
悉率左右[16]，以燕天子[17]。

既张我弓，既挟我矢。
发彼小豝[18]，殪此大兕[19]。
以御宾客[20]，且以酌醴[21]。

【注释】

[1]维:是。戊:戊辰日。古人以十天干(甲、乙、丙、丁、戊、己、庚、辛、壬、癸)和十二地支(子、丑、寅、卯、辰、巳、午、未、申、酉、戌、亥)相结合来计日。以天干奇数为刚日,偶数为柔日。刚日宜外事,柔日宜内事。田猎为外事,故以刚之戊为吉日。[2]伯:祭祀马神。祷:"禂"(dǎo)的假借字,马祭。[3]田车:打猎用的车。田,同"畋",打猎。[4]孔:很。阜:高大强壮。[5]阜:山岗。[6]从:追赶。群丑:这里指兽群。[7]差:选择。[8]同:聚集。[9]麀(yōu):母鹿。麌(yǔ)麌:鹿众多貌。[10]漆、沮(jǔ):古代两条河名,在今陕西省境内。[11]所:这里指会猎场所。[12]中原:原野。[13]祁:

大,这里指原野广阔。有:富有。[14]儦(biāo)儦:兽奔跑貌。俟(sì)俟:兽行走貌。[15]群:兽三只在一起。友:兽两只在一起。[16]悉:全部。率:驱赶。[17]燕:本义是安乐,这里指等待。[18]发:射箭。小豝(bā):小野猪。[19]殪(yì):射死。大兕(sì):大野牛,或谓犀牛。[20]御:进献食物。[21]酌:饮酒。醴(lǐ):味道甘甜的酒。

【译文】

> 恰逢戊日时辰好,祭祀马神来祈祷。
> 猎车辚辚真灵巧,四匹公马满身膘。
> 驾车登上那山岗,追赶野兽飞速跑。
>
> 庚午吉日时辰巧,匹匹良马挑选好。
> 群兽受惊一处聚,雄鹿雌鹿真不少。
> 驱逐漆沮河边兽,快去天子狩猎区。
>
> 极目眺望田野头,多么辽阔又富有。
> 奔走出入野兽多,三五成群相伴游。
> 前后左右来围赶,等待周王显身手。
>
> 按住弓柄上紧弦,抽出箭儿拿在手。
> 射中那边小野猪,射死这边大野牛。
> 烹饪猎物飨宾客,做成佳肴好饮酒。

【题解】

关于本诗的主旨,《毛诗序》云:"《吉日》,美宣王田也。能慎微接下,无不自尽,以奉其上焉。"《诗毛氏传疏》云:"《车攻》会诸侯而田猎,《吉日》则专美宣王田也。一在东都,一在西都。"《吉日》是在西都创作的,当是一首写周王田猎的诗 。

全诗按照事情的发展过程依次道来,叙述了周宣王田猎的全过程,即祭祀马神、野外田猎、满载而归、宴会群臣等。第一章写打猎前的准备情况。包括选择良辰吉日祭祀马神、整治田车等必不可少的程序,以彰显打猎的庄重和神圣,体现了尚武的精神。天子打猎同祭祀、会盟、宴飨一样,仪式非常隆重。第二章写选择了良马正式出猎。周天子精选良马后,率公卿来到猎场。按照惯例,虞人沿着漆水、沮水河边设围,驱逐野兽到天子所在的地方。第三章写再次驱逐野兽供天子射猎。第四章写天子射猎得胜返朝宴享群臣。周天子英姿勃发、勇武豪健、大显身手,射中了一头猪和一头野牛。狩猎活动结束后,周天子命令将猎物烹饪后宴享群臣,君臣同乐。打猎的全过程在轻松欢快的氛围中结束。

本诗写天子打猎的过程,但并非平均用力,而是重点突出。全诗只有"既张我弓,既挟我矢。发彼小豝,殪此大兕"四句具体描述了天子射猎的场景,其余部分主要描述狩猎的准备情况,将驱赶野兽供天子射猎以及野兽的各种状态刻画出来,如此烘托,不但交代了田猎的过程、场面,渲染了田猎的氛围,而且更加凸显了天子的威严,可谓一箭双雕。

鸿　雁[1]

鸿雁于飞[2],肃肃其羽[3]。
之子于征[4],劬劳于野[5]。
爰及矜人[6],哀此鳏寡[7]。

鸿雁于飞,集于中泽。
之子于垣[8],百堵皆作[9]。
虽则劬劳,其究安宅[10]。

鸿雁于飞,哀鸣嗷嗷[11]。
维此哲人[12],谓我劬劳。
维彼愚人,谓我宣骄[13]。

【注释】

[1]鸿雁:即大雁,或曰大者为鸿,小者为雁。[2]于:语助词。[3]肃肃:拟声词,指鸟飞时扇动翅膀的声音。[4]之子:这里指服劳役的人。于:往。征:远行。[5]劬(qú)劳:辛苦。[6]爰:语助词。矜人:穷苦之人。[7]哀:怜悯。鳏(guān):老而无妻者。寡:老而无夫者。这里用以代指无家可归的难民。[8]于垣:筑墙。垣,墙。[9]百:泛指,言其多。堵:长、高各一丈的墙。作:垒起。[10]究:终究。安宅:安居。宅,居住。[11]嗷嗷:鸿雁的哀鸣声。[12]哲人:这里指通情达理之人。[13]宣骄:讲排场。

【译文】

鸿雁飞飞要远翔,扇动双翅肃肃响。
那人离家出远门,野外辛苦好劳碌。
可怜皆为穷苦人,鳏寡孤独无依傍。

鸿雁飞飞要远翔,降落沼泽水中央。
那人筑墙服徭役,筑起高高百堵墙。
徭役多多好辛苦,安身不知在何方。

鸿雁飞飞要远翔,哀鸣阵阵好凄凉。
只有通情达理人,晓我辛苦晓我忙。
可恶那些糊涂虫,嫌我悠闲讲排场。

【题解】

关于本诗的主题,《毛诗序》云:"美宣王也。万民离散,不安其居,而能劳来还定安集之,至于矜寡,无不得其所焉。"认为此诗是赞美周宣王安置流民而作,大概是因其与《车攻》《吉日》《庭燎》等诗连排。《诗集传》云:"流民以鸿雁哀鸣自比而作此歌也。"《诗经原始》说:"使者承命安集流民""费尽辛苦,民不能知,颇有烦言,感而作此"。朱熹的说法更符合实际。

全诗各章以"鸿雁"起兴。第一章写流民被迫去服役,其中包括鳏寡孤独的可怜人。"鸿雁"无处安身,引起了颠沛流离的流民的共鸣,诗人借以自喻,抒发对繁重徭役的哀怨之情。第二章描绘了流民筑高墙的情景。即便在工地上集体劳作的流民筑起很多堵高墙,自己却没有安身之所,"虽则劬劳,其究安宅"的感叹表达了流民的愤慨之情。第三章主要写流民作诗发泄心中苦闷,陈述自己的悲惨遭遇,却遭到"愚人"的嘲弄和讥笑。全诗层次分明,第一章写出行野外,第二章写工地筑墙,第三章表述哀怨,逐层展开,升华了诗歌主题。

本诗有感而发,感情真挚,语言质朴,韵调谐畅,抒情、叙事、议论融合为一,一唱三叹,韵味无穷。尤其是比兴手法的运用颇为典型,每章皆以"鸿雁"起兴,十分传神。流民被迫在野外服劳役,四方奔走,居无定处,与鸿雁秋来南去、春来北迁的境况极其相似。鸿雁途中的哀鸣,凄厉悲苦,引起流民的共鸣,于是触景生情写下这篇反复咏叹的诗歌。比兴手法的巧妙运用,使得诗歌更加形象生动,更具感染力和表现力。本诗比喻贴切,后世"哀鸿"一词成为苦难流民的代称,即从这首诗的诗题引申而来。

总之,本诗是一首"饥者歌其食,劳者歌其事"的现实主义诗作,虽被列入雅诗之中,但颇具国风民歌的特点。

庭　燎

夜如何其[1]?
夜未央[2],庭燎之光[3]。
君子至止,鸾声将将[4]。

夜如何其?
夜未艾[5],庭燎晣晣[6]。
君子至止,鸾声哕哕[7]。

夜如何其?

夜乡晨^[8],庭燎有辉^[9]。

君子至止,言观其旂^[10]。

【注释】

[1]夜:指夜色。如何:什么时候。其(jī):表疑问的语助词。[2]央:尽。[3]庭燎:宫廷中用以照明的火炬。[4]鸾:也作"銮",铃。这里指旂上的铃。将(qiāng)将:即"锵锵",铃声。[5]艾:尽,止。[6]晣(zhé)晣:亦作"晢晢",明亮貌。[7]哕(huì)哕:有节奏的铃声。[8]乡(xiàng):今作"向",向晨,近晓。[9]辉(xūn):形容烟火缭绕的样子。[10]言:乃,爱。旂(qí):画有蛟龙、杆顶有铃的旗,诸侯树旂。

【译文】

已是夜里啥时光?

长夜漫漫天未亮,庭中火炬烧得旺。

早朝诸侯快来到,旗上銮铃叮当响。

已是夜里啥时光?

夜色蒙蒙天未亮,庭中火炬明晃晃。

早朝诸侯快来到,铃声渐近叮当响。

已是夜里啥时光?

夜色消退天快亮,火炬渐熄烟气香。

早朝诸侯快来到,只见旌旗随风扬。

【题解】

《毛诗序》认为这首诗的主题是:"美宣王也,因以箴之。"齐诗、鲁诗亦认为宣王中年怠政,姜后脱簪以谏,宣王于是改过而勤政,因有此诗。郑玄笺云:"诸侯将朝,宣王以夜未央之时问夜早晚。美者,美其能自勤以政事;因以箴者,王有鸡人之官,凡国事为期,则告之以时。"这一说法基本为后人所接受。对于本诗的作者,《诗经原始》以为"王者自警急于视朝",为宣王所作。然而理由欠充分,故信者寥寥。

赵逵夫认为,第一,诗凡三章,从时间说由深夜渐向天明,而三章中俱言"庭燎之光",则应是居于朝廷者所作;如系大臣、诸侯所作,则应以时间先后为序描写由家赴朝路途的景象。第二,诗中三言"君子至止",也是以朝廷为立足点言之。第三,"夜如何其"为王问鸡人(掌报晓的人)之语,"夜未央"为由鸡人所告知道的结果,与《周礼·春官·鸡人》所载礼制一致。所以,此诗为宣王所作较近诗情。本诗作于乱后新君刚刚即位之时,真挚简练,言有尽而意无穷。

全诗以时间为顺序,从半夜写到黎明时分。第一章写夜半之时,诗人急于视朝,由亮光推测外面已燃起庭燎,由鸾声叮当得知已有入朝的诸侯。第二章写夜尚未尽之时,由一片通明、铃声不断得知诸侯正陆续来到。第三章写晨曦已见。此时天色渐明,庭燎渐暗,诸侯和天子皆抬头看旂。郑玄笺云:"上二章闻鸾声尔。今夜向明,我见其旂,是朝之时也。朝礼别色始入。"观旂之举旨在识别封爵官位。由三章的陈述可知,宣王勤于朝政,纲纪严肃,上下振作,颇有中兴气象,其与昏君早朝的有名无实形成了鲜明的对比。

本诗用白描手法刻画出最具特点的情景,于细微之处见精神,通过人物的动作及场景描写,将诗人的心理活动生动地表现出来。本诗重点描写了君王急于早朝的心情和对朝仪、诸侯的关切,从侧面反映了宣王中兴,政治稳定,诸侯、公卿、百官、内侍皆不敢怠于事,很早入朝以待朝会的情景,烘托了宣王勤政、亲臣、明礼的贤君形象。全诗借景传情,将写人、写景巧妙地结合在一起,对后世宫廷诗歌的创造产生了深远的影响。

沔 水 [1]

沔彼流水,朝宗于海 [2]。
鴥彼飞隼 [3],载飞载止 [4]。

嗟我兄弟,邦人诸友[5]。
莫肯念乱[6],谁无父母?

沔彼流水,其流汤汤[7]。
鴥彼飞隼,载飞载扬。
念彼不迹[8],载起载行。
心之忧矣,不可弭忘[9]。

鴥彼飞隼,率彼中陵[10]。
民之讹言[11],宁莫之惩[12]。
我友敬矣[13],谗言其兴[14]。

【注释】

[1]沔(miǎn):流水满溢貌。[2]朝宗:《周礼·春官·大宗伯》:"春见曰朝,夏见曰宗",指诸侯朝见天子,后来借指百川归海。《尚书·禹贡》:"江汉朝宗于海。"谓百川归海,犹诸侯朝见天子。[3]鴥(yù):鸟疾飞貌。隼(sǔn):鹰属猛禽。[4]载:语首助词。[5]邦人:国人,这里指异性朋友。[6]念:"尼"之假借,止。乱:动乱,战乱。[7]汤(shāng)汤:同"荡荡",水大流急貌。[8]不迹:不遵法度。[9]弭(mǐ):消除。[10]率:循,沿。中陵:陵中。陵,丘陵。[11]讹言:谣言,谗言。[12]宁:胡,为什么。惩:止。[13]敬:同"警",警戒,警惕。[14]其兴:将要兴起。

【译文】

流水漫漫向东方,百川归海成汪洋。
天上隼鸟迅捷飞,时飞时停不慌忙。
叹我同姓好兄弟,诸位友朋与乡党。
没人想来止丧乱,难道尔等没爹娘?

流水滔滔向东方,声势浩荡入海洋。

天上隼鸟快速飞,展开翅膀任翱翔。

想到有人不遵法,惶恐不安起彷徨。

愁苦之情无处诉,时刻焦虑不能忘。

天上隼鸟快速飞,沿山越陵任翱翔。

訾语流言到处起,无人来管真荒唐。

诸位友朋要警惕,谗言蜂起要提防。

【题解】

关于本诗的主题,《毛诗序》以为是"规宣王"之作,语焉不详,缺乏依据。朱熹《诗集传》认为"此忧乱之诗",从本诗的内容来看,这一说法更切合实际。方玉润《诗经原始》指出"分明乱世多谗,贤臣遭祸景象",高亨《诗经今注》云:"这首诗似作于东周初年,平王东迁以后,王朝衰弱,诸侯不再拥护。镐京一带,危机四伏。作者忧之,因作此诗。"程俊英《诗经译注》云:"这是一首忧乱畏谗而戒友的诗。"细读全诗,可以感受到作者忧乱畏谗的感叹和沉痛的呼喊。

第一章指出祸乱发生却无人去管,以"谁无父母"反诘,表达了对当权者的痛恨之情。第二章写诗人因不法之徒为非作歹而惶恐、忧伤。第三章写没有人去消除谗言停止祸乱,劝告友人提高警惕,防止为谗言所伤。本诗没有具体叙述祸乱所指,只是传达了一种不安和忧虑的心情。在这种不安和忧虑的心情背后,一个生逢乱世却不随波逐流的诗人形象呼之欲出。诗人在丧乱不止之际,忧及父母、忧乱畏谗、劝朋友警戒、关心国事,体现了强烈的忧患意识,字里行间流露出对作乱之徒的无比憎恨之情。

全诗运用了比兴的表现手法,共三章,前两章各八句,末章六句,似脱两句。朱熹云:"(本诗)疑当作三章,章八句,卒章脱前两句耳。"第一、二章开头四句,皆连用两组比兴,在《诗经》中比较罕见。第一章以流水朝宗、飞鸟飞停暗喻忧虑之情的深且广。第二章以流水浩荡、鸟任翱翔暗喻有些人的肆意妄为。第三章以飞鸟沿丘陵高下飞翔暗喻谗言四起、无有止息。这些比兴各有侧重,以洪水、猛禽"隼"起兴,正表明了诗人忧虑之深,"不迹"的为害之大,"谗言"的伤人之甚,十分贴切、生动。对于本诗的比兴手法,吴闿生《诗义会通》引旧评曰:"暮鼓晨钟,发人深省。"程俊英在《诗经注析》中进一步评论说:"寺院钟鼓声,悠远深长,庄严肃穆,但同时又是周而复始,单调划一,在情调上同这首诗实在相去甚远,不知何以会有此比喻。此诗三章,初因乱不止而忧父母,继以国事不安而忧不止,终以忧谗畏讥而告诸友,笔端跳跃不停,无迹可寻,反映了作者因祸乱而心绪不宁的心理状态。如果要用一句话来形容它,还是《乐记》所谓'其哀心感者,其声噍以杀'来得恰当。"这段评论可谓切中肯綮、入木三分。

全诗对诗人忧虑之情的叙述十分传神,体现了诗人生逢乱世、心忧家国的责任与担当,至今仍有重要的启示意义。

鹤　　鸣[1]

鹤鸣于九皋[2],声闻于野。
鱼潜在渊,或在于渚[3]。
乐彼之园[4],爰有树檀[5],
其下维萚[6]。
他山之石[7],可以为错[8]。

鹤鸣于九皋,声闻于天。
鱼在于渚,或潜在渊。
乐彼之园,爰有树檀,
其下维榖[9]。
他山之石,可以攻玉[10]。

【注释】

　　[1]鹤:诗中以鹤比喻隐居的贤人。[2]九皋:这里指沼泽非常曲折。九,虚数。皋,沼泽。[3]渚:河中小洲,这里与"渊"相对而言,指小洲旁的浅

水。[4]园:花园。这里用来隐喻国家。[5]爰:语助词。树檀:檀树。这里用来比喻贤人。[6]萚(tuò):本指酸枣一类的灌木,此指枯落的枝叶,比喻小人。[7]他山之石:指别国的贤人。[8]错:雕刻玉的工具,用宝石做成,可以用来打磨玉器。[9]榖(gǔ):即楮树。这里用来比喻小人。[10]攻:加工,雕刻。

【译文】

沼泽曲折仙鹤鸣,声传四野亮又清。
游鱼沉潜深水里,有时也在渚边停。
置身园中真快乐,檀树参天高又大,
树木枝叶已凋零。
他乡之山有宝石,可以用来磨玉器。

沼泽曲折仙鹤唳,鸣声嘹亮与天齐。
鱼浮浅浅沙洲边,时而潜入深水戏。
置身园中真快乐,檀树参天枝叶密,
下面楮树矮又细。
他乡之山有美石,可以用来琢玉器。

【题解】

关于本诗主题,说法不一:一、教宣王求贤。《毛诗序》言:"诲(周)宣王也。"郑笺补充说:"诲,教也,教宣王求贤人之未仕者。"王先谦《诗三家义集疏》举例证明鲁诗、齐诗、韩诗都与毛诗观点一致。二、劝人为善。朱熹《诗集传》云:"此诗之作,不可知其所由,然必陈善纳诲之辞也。"三、招隐诗。程俊英在《诗经译注》中持毛、郑旧说而加以发展,云:"这是一首通篇用借喻的手法,抒发招致人才为国所用的主张的诗,亦可称为'招隐诗'。"从本诗内容来看,程说近是。

本诗篇幅不长,仅两章,每章九句。各章语言也大体相同,仅变化几个字。朱熹云:"盖鹤鸣于九皋,而声闻于野,言诚之不可掩也;鱼潜在渊,而或在于渚,言理之无定在也;园有树檀,而其下维萚,言爱当知其恶也;他山之石,而可以为错,言憎当知其善也。由是四者引而伸之,触类而长之,天下之理,其庶几乎?"他认为诗中四个比喻即诚、理、爱、憎四种思想,从四者引申出去,可以作为普遍真理。《诗集传》解释第二章结句时,引程子曰:"玉之温润,天下之至美也。石之粗厉,天下之至恶也。然两玉相磨,不可以成器,以石磨之,然后玉之为器,得以成焉。犹君子之与小人处也,横逆侵加,然后修省畏避,动心忍性,增益预防,而义理生焉,道理成焉。"显然,朱熹是用程朱理学来说诗的,与程子说诗一样,皆为引申之词。诗的本义为何,不得而知。

今人程俊英在《诗经译注》中将本诗名物皆解释为比喻之词:"诗中以鹤比隐居的贤人。""诗人以鱼在渊在渚,比贤人隐居或出仕。""园,花园,隐喻国家。""树檀,檀树,比贤人。""萚,枯落的枝叶,比小人。""他山之石,指别国的贤人。""毛传:'榖,恶木也。'喻小人。"将诗中所指皆与人事挂钩,可作一家之言。

除上述观点之外,本诗亦可看作一首即景抒情的小诗。诗中不乏听觉、视觉描写,诗人触景生情,由所感到所思,有色有声,韵味无穷。全诗共用了四个比喻,最有名的是"他山之石,可以攻玉"一句,今人常引以为喻,或比喻重用别国贤才,或比喻助己改正缺点之人或意见。"他山之石,可以攻玉"的本义是另一座山上的石头可以用来磨制玉器,至今仍给人以无限启迪。

祈　父[1]

祈父,予王之爪牙[2]。
胡转予于恤[3]?靡所止居[4]。

祈父,予王之爪士。
胡转予于恤?靡所厎止[5]。

祈父,亶不聪[6]。

胡转予于恤？有母之尸饔^[7]。

【注释】

[1]祈父:亦称司马,周代掌管都城禁卫的负责人。祈,亦作"畿",即邦畿。[2]予:为,是。爪牙:武将。这里指祈父。[3]胡:为什么。转:移,调动。予:我。恤:忧,指可忧的战地。[4]靡:无。所:住所。止居:居住。[5]厎(zhǐ)止:同"止居",居住。[6]亶(dǎn):诚,确实是。不聪:不闻,不了解下情。[7]之:则。表示语气转折。尸:借为"失"。饔(yōng):熟食,包括饭和菜。

【译文】

大司马啊大司马,你是国王的武将。

为何调我去征戍? 害得我背井离家。

大司马啊大司马,你是卫士的领班。

为何调我去征戍? 害得我有家难还。

大司马啊大司马,你真不了解情况。

为何调我去征戍? 家中老母没饭吃。

【题解】

本诗是周王朝的王都卫士斥责司马的诗。《毛诗序》认为:"《祈父》,刺宣王也。"郑笺云:"刺其用祈父不得其人也。"《诗集传》引吕祖谦语曰:"越勾践伐吴,有父母者老而无昆弟者,皆遣归;魏公子无忌救赵,亦令独子无兄弟者归养。则古者有亲老而无兄弟,其当免征役,必有成法,故责司马之不聪","责司马者,不敢斥王也"。方玉润认为:"禁旅责司马征调失常也。"(《诗经原始》)"且自古兵政,亦无有以禁卫戍边者",一般而言,保卫王室和都城与外调征战各尽其责、互不相干。但在本诗中,祈父(司马)掌管王朝军事,却调遣王都守卫将士外出作战,从而导致卫士们的不满。这一违反古制的行为,必是不得已而为之,从侧面反映出当时战事不断、兵员严重短缺的社会现实,致使王都卫士怨声载道,因作此诗。

全诗三章皆以质问口吻抒发怨恨之情,可谓直抒胸臆,一方面卫士们心直口快、敢怒敢言的性格跃然纸上,另一方面也表现了怨愤至深,无法抑制自己内心的怒火而采用温柔含蓄的比兴方式。全诗三章内容基本相同,只有个别字词有异,形成一唱三叹、重章叠唱的形式,这种结构有利于加强感情,于重章叠唱之中,感情在逐层递进,以至无法遏制。第三章变质问为对司马不能体察下情的斥责,可谓"三呼而责之,末始露情"(姚际恒《诗经通论》)。在对司马严厉斥责后,说明了家中老母无以为养的苦衷,点明了愤怒的原因,进一步加深了主题。言外之意,指出司马没有了解清楚情况,便违反古制,随意调王都卫士戍边是何其不人道。全诗感情激烈,不事雕琢,颇具民歌特色。

白　驹

皎皎白驹[1],食我场苗[2]。
絷之维之[3],以永今朝[4]。
所谓伊人[5],于焉逍遥[6]。

皎皎白驹,食我场藿[7]。
絷之维之,以永今夕。
所谓伊人,于焉嘉客。

皎皎白驹,贲然来思[8]。
尔公尔侯[9],逸豫无期[10]。
慎尔优游[11],勉尔遁思[12]。

皎皎白驹,在彼空谷[13]。

生刍一束[14]，其人如玉[15]。
毋金玉尔音[16]，而有遐心[17]。

【注释】

[1]皎皎:(毛色)洁白貌。[2]场:菜园。[3]絷(zhí):用绳子绊住马脚。维:本指拴马的缰绳,此处用作动词维系。[4]永今朝:延长到今天。永,延长。[5]伊人:这里指白驹的主人。[6]于焉:在哪里。[7]藿(huò):豆叶。[8]贲(bēn)然:马快跑貌。贲,通"奔"。思:语助词。[9]尔:即"伊人"。公、侯:古爵位名,此处用作动词,指为公、为侯。[10]逸豫:安逸,享乐。无期:没有期限。[11]慎:谨慎。优游:悠闲自得。[12]勉:"免"的假借字,打消。遁:隐去,逃避现实生活。[13]空谷:深谷。空,"穹"的假借字。[14]生刍(chú):青草,用来作马的草料。[15]其人:即"伊人"。如玉:美德如玉。[16]金玉:用作动词,吝惜。音:音讯。[17]遐心:疏远我的心。遐,远。

【译文】

马驹毛色如雪白,吃我园中嫩豆苗。
绊住马足拴住它,留下他来过今朝。
想起我的好朋友,做客于兹任逍遥。

马驹毛色如雪白,园中啃我嫩豆叶。
系好马足拉住它,把他留下过今夜。
想起我的好朋友,在此做客心意惬。

马驹毛色如雪白,风驰电掣到此来。
封您公爷又封侯,日夜不回只享乐。
逸乐度日宜谨慎,切勿隐遁图享受。

马驹毛色如雪白,空旷山谷自在跑。

喂马一束嫩青草,其人品德似琼瑶。

别后音讯莫自珍,切莫疏远非知交。

【题解】

关于本诗的创作主旨,历来说法不一:《毛诗序》:"《白驹》,大夫刺宣王也。"郑玄笺:"刺其不能留贤也。"认为是大夫刺宣王不能留用贤者于朝廷。《诗三家义集疏》:"鲁说曰:'《白驹》者,失朋友之所作也。其友贤居任也,衰乱之世,君无道,不可匡辅,依违成风,谏不见受。国士咏而思之,援琴而长歌。'"蔡邕《琴操》云:"《白驹》者,失朋友之所作也。"曹植《释思赋》有"彼朋友之离别,犹求思乎白驹"句,都认为这是一首有关朋友离别的诗。朱熹《诗集传》云:"为此诗者,以贤者之去而不可留。"明清以降,或认为殷人尚白,大夫乘白驹,此为武王饯送箕子的诗;或认为是王者欲留贤者而不得,因而放归山林所赠之诗。

结合诗歌的内容,此诗当为留客惜别之诗,今人余冠英《诗经选》、程俊英《诗经译注》亦持此说。其创作年代约在厉王、幽王之时。

前三章写客人尚未离去,主人热情挽留的场景。主人设法拴住客人之马,以尽享主宾之乐,表明主人殷勤好客、热情真诚地挽留客人。不仅如此,主人还诚挚地劝说客人谨慎出游,放弃隐遁山林、享乐避世的念头。第三章间接描写、刻画了客人的形象。客人才华横溢,本为公侯之才,但不幸生逢乱世,只好隐居山林。第四章写客人离去而相互思念之情。主人留客未成而颇感遗憾,希望客人能互相往来,保持联系,不因隐居而疏远朋友,可见宾主难舍难分,友情深挚。

全诗直接描写和间接描写交相使用,多角度刻画人物,形象鲜明,栩栩如生,语言质朴,感情真挚,是写留客惜别的佳作。

黄　鸟[1]

黄鸟黄鸟,无集于榖[2],
无啄我粟。
此邦之人,不我肯榖[3]。
言旋言归[4],复我邦族[5]。

黄鸟黄鸟,无集于桑,
无啄我粱。
此邦之人,不可与明[6]。
言旋言归,复我诸兄。

黄鸟黄鸟,无集于栩[7],
无啄我黍。
此邦之人,不可与处[8]。
言旋言归,复我诸父[9]。

【注释】

[1]黄鸟:即黄雀。[2]榖(gǔ):即楮树。[3]榖(gǔ):善良。[4]言:第一个"言"字训"我",第二个"言"字训"曰"。旋:通"还",回去。[5]复:回归。邦:国。族:家族。[6]明:通"盟",信任。[7]栩(xǔ):柞树。[8]处:相处。[9]诸父:指同族叔伯。

【译文】

黄雀黄雀听我讲,切勿聚在楮树上,
莫啄我的小米粮。
这个地方住的人,对我实在不善良。

常常思念回家去,回到本国我家乡。

黄雀黄雀听我讲,切勿聚在桑树上,

不要啄我红高粱。

这个地方住的人,不讲诚信真荒唐。

常常思念回家去,回到故乡见兄长。

黄雀黄雀听我讲,切勿聚在柞树上,

莫将我的黍啄光。

这个地方住的人,不可与之长相处。

常常思念回家去,回到父老乡亲旁。

【题解】

关于本诗的主旨,《毛诗序》认为"刺宣王"。毛传云:"(周)宣王之末,天下室家离散,妃匹相去,有不以礼者。"郑笺云:"刺其以阴礼(男女之礼)教亲而不至,联兄弟之不固。"这一说法不为后人所认同。朱熹《诗集传》云:"民适异国不得其所,故作此诗。"今人程俊英《诗经译注》亦云:"这是一个流亡到周都镐京的人思归的诗。"较为符合本诗的实际。

全诗以黄鸟起兴,生动含蓄,爱憎分明。黄鸟在这里是贪得无厌的恶鸟,用以比喻那些心狠手辣、卑鄙无耻的帮凶。用"此邦之人,不我肯毂""不可与明(盟)",甚至"不可与处"反复咏叹,层层递进,来表现"背井离乡的人在异乡遭受剥削、压迫和欺凌,更增添了对邦族的怀念"的主题。最后,诗人无奈之下"言旋言归,复我邦族",返回故土,在与亲人的依傍中寻求情感的寄托,慰藉受伤的心灵!

本诗生动地反映了当时社会政治腐败、世风日下的社会现实,表达了诗人对统治阶级剥削、压榨的愤怒和对当时世道人心的失望,其立意与《魏风·硕鼠》有异曲同工之妙。其时代背景与后一篇《我行其野》相似,可以对比阅读。

我 行 其 野

我行其野,蔽芾其樗[1]。
昏姻之故,言就尔居[2]。
尔不我畜[3],复我邦家[4]。

我行其野,言采其蓫[5]。
昏姻之故,言就尔宿[6]。
尔不我畜,言归斯复[7]。

我行其野,言采其葍[8]。
不思旧姻,求尔新特[9]。
成不以富[10],亦祇以异[11]。

【注释】

[1]蔽芾(fèi):草木茂盛貌。樗(chū):臭椿树。[2]言:语助词。就:相从。[3]畜:奉养。[4]邦家:家乡。[5]蓫(zhú):一种野菜,又名羊蹄菜。[6]宿:居住。[7]归:指大归,即妇女被休归母家。斯:语中助词。[8]葍(fú):一种根茎白色、花相连的多年生蔓草,可蒸食。[9]新特:新配偶。[10]成:确实。[11]祇(zhǐ):仅仅,恰恰。异:异心。

【译文】

独自行在郊野路,臭椿枝叶布满树。
由于成婚结姻缘,才能和你住一处。
你不好好对待我,只能归家把苦诉。

独自行在郊野路,采摘蓫草苦难诉。

由于成婚结姻缘,夜夜与你一起宿。

你不好好对待我,只好回到娘家住。

独自行在郊野路,采摘蕳草好凄楚。

不顾发妻真心狠,另寻新欢太可恶。

确非她家有多富,怪你变心将我负。

【题解】

关于本诗主旨,毛传以为刺周宣王时"男女失道,以求外昏(婚),弃其旧姻而相怨",朱熹《诗集传》认为:"民适异国,依其婚姻而不见收恤,故作此诗",皆无实据。从本诗内容来看,应是一首弃妇诗,写一个远嫁他乡的女子诉说被丈夫遗弃之后的悲愤和伤痛。

本诗主要表现诗人当下的思想感情。第一章以生长着樗树和蓫草、蕳草的岑寂原野,烘托孤独凄凉的境况,点明诗歌创作的背景。本诗正是诗人被遗弃后愤然离去,在归家途中的所思所想。

本诗共三章,每章前两句都展现了一个人在广袤原野上独自行走的画面。无边原野和独行人的强烈对比,凸显了自然界的宏大与个人的渺小,象征着抒情主人公面对被抛弃的厄运而无力抗争的悲剧。

每章后四句具体阐释了故事的内容:在婚姻的主导之下,与你结为夫妻,然而"尔不我畜",不得不回娘家以寻栖身之所。这一主题在诗歌的反复咏叹中逐渐得以深化。在第一、二章中,诗人只是发表"尔不我畜,复我邦家""尔不我畜,言归斯复"的牢骚,仿佛故意将痛苦深埋心底,自我宽慰。在第三章中诗人的情感难以遏制,终于如火山一样爆发出来,付诸爱恨交织的言辞:"不思旧姻,求尔新特。成不以富,亦祇以异",将感情推向了高潮。

本诗风格质朴,感情真挚,颇类国风。陈子展《诗经直解》认为这首诗与上一首《黄鸟》"皆似《国风》中歌谣形式之诗","龚橙《诗本谊》尝独指出《小雅》自《黄鸟》《我行其野》,至《谷风》《蓼莪》《都人士》《采绿》《隰桑》《绵蛮》《瓠叶》《渐渐之石》《苕之华》《何草不黄》,凡十二篇,皆为'西周民风',

其说大都可信"。这一评论是符合实际的。这些雅诗都可看作反映西周民风的宝贵史料。

斯 干[1]

秩秩斯干[2]，幽幽南山[3]。
如竹苞矣[4]，如松茂矣。
兄及弟矣，式相好矣[5]，
无相犹矣[6]。

似续妣祖[7]，筑室百堵[8]，
西南其户[9]。
爰居爰处[10]，爰笑爰语。

约之阁阁[11]，椓之橐橐[12]。
风雨攸除[13]，鸟鼠攸去，
君子攸芋[14]。

如跂斯翼[15]，如矢斯棘[16]，
如鸟斯革[17]，如翚斯飞[18]，
君子攸跻[19]。

殖殖其庭[20]，有觉其楹[21]。
哙哙其正[22]，哕哕其冥[23]，
君子攸宁。

下莞上簟[24]，乃安斯寝[25]。
乃寝乃兴[26]，乃占我梦[27]。

吉梦维何?

维熊维罴[28],维虺维蛇[29]。

大人占之[30]:

维熊维罴,男子之祥[31];

维虺维蛇,女子之祥。

乃生男子[32],载寝之床[33]。

载衣之裳[34],载弄之璋[35]。

其泣喤喤[36],朱芾斯皇[37],

室家君王[38]。

乃生女子,载寝之地。

载衣之裼[39],载弄之瓦[40]。

无非无仪[41],唯酒食是议[42],

无父母诒罹[43]。

【注释】

[1]斯:此。干:通"涧"。[2]秩秩:水清畅流貌。[3]幽幽:深远貌。南山:指西周都城镐京南边的终南山,主峰在今陕西省西安市南。[4]如:犹言"有××,有××"。苞:竹木丛生貌。[5]式:语助词。好:和睦,友好。[6]犹:通"猷",欺诈。[7]似:通"嗣",嗣续,继承。妣(bǐ)祖:先妣,先祖,即祖先。妣,古时称去世的母亲为妣。[8]百堵:言房屋之多。堵,一面墙为一堵,一堵面积方丈。[9]西:指宫室的左右房,它的边门朝西。诗人不说东,是为句式所限制,说西也就包括了东(马瑞辰《毛诗传笺通释》)。南:指宫室的中堂,它的正门朝南。户:门。[10]爰:于是。[11]约:捆扎。阁阁:象声词,捆扎筑板之声。此句指紧紧捆扎筑墙用的木框架,捆时略咯作响。[12]椓(zhuó):用杵捣土,即打夯。橐(tuó)橐:捣土、夯土声。[13]攸:语助词。[14]芋:居住。[15]跂(qǐ):通"企",踮起脚跟站立。斯:语助词。翼:端庄

肃敬貌。[16]棘:通"急",发箭急矢出如直线。此处用以比喻房屋的正直整齐。[17]革:翅膀。[18]翚(huī):野鸡。[19]跻(jī):升,登上。[20]殖殖:平正貌。庭:庭院。[21]有:语助词。觉:高大直立貌。楹:殿堂前大厦下的柱子。[22]哙(kuài)哙:同"快快",房屋宽敞明亮貌。正:白天。[23]哕(huì)哕:同"煟(wèi)煟",深暗貌。冥:夜晚。[24]莞(guān):蒲草,此指用蒲草编的席子。簟(diàn):竹席。古人席地而坐,宫室落成之后,即下铺莞,上铺簟。[25]寝:睡觉。[26]兴:起床。[27]我:指殿寝的主人,这里是诗人代主人的自称。[28]罴(pí):一种野兽,似熊而大。[29]虺(huǐ):一种颈细头大、身有花纹的毒蛇。[30]大人:即太卜,周代掌管占卜的官员。[31]祥:吉祥的征兆。古人认为熊罴是阳物,故为生男之吉兆;虺蛇为阴物,故为生女之吉兆。[32]乃:如果。[33]载:则,就。床:郑笺:"男子生而卧于床,尊之也。"古人坐卧都在地上,因重视男孩,故特为之设床。[34]衣:穿衣。裳:下裙,此指衣服。[35]弄:玩。璋:玉制的长条板状礼器。[36]喤(huáng)喤:哭声洪亮。[37]朱芾(fú):用兽皮做的红色蔽膝,为诸侯、天子所服,代指礼服。斯皇:即皇皇,辉煌。[38]室家:指周室、周家、周王朝。君王:指周王的儿子,将来不是当诸侯的君,就是当天下的王。[39]裼(tì):婴儿用的褓衣。[40]瓦:古代纺线用的陶制纺锤。[41]无非:即不要违背长辈和丈夫的意见。非,违背。无仪:即不要议论是非。仪,通"议"。全句意为妇女应少言顺从。[42]酒食:指饮食等家务事。议:操持。古代女人"主中馈",负责办理酒食之事。[43]诒(yí):同"贻",给予。罹(lí):忧愁。

【译文】

溪水清澈山涧流,终南清静又深幽。
竹丛翠绿真密集,松林茂盛满山丘。
兄弟一起多和睦,相亲相爱心相连,
没有诈骗不欺瞒。

继承祖先诸遗愿,筑下房舍千万间,
排列东西门向南。

在此生活在一处,亲人相聚言笑欢。

绳捆木板筑泥墙,用力夯土突突响。
一切风雨皆不怕,野雀老鼠全逐光,
君子内心真舒畅。

端正犹如人屹立,齐整恰似利箭急,
宽广犹如鸟展翼,华丽好比锦毛鸡,
君子登堂心欢喜。

庭院平坦又宽广,屋柱高直又笔挺。
白天大厅多敞亮,夜晚暗淡真幽静,
君子内心很安定。

竹席铺上下铺草,睡在此处没烦恼。
睡觉早来起床早,占卜我梦好不好。
好梦都是梦见啥?
是熊是罴有吉兆,有虺有蛇好运道。

卜官解梦细细说:
有熊有罴有名堂,预示生男有力量;
有虺有蛇是何意,那是象征生姑娘。

若是生个男儿郎,让他睡在大床上。
穿上靓丽好衣裳,给他把玩白玉璋。
他的哭声多洪亮,朱红护膝好辉煌,
不是国君便是王。

如若生个小姑娘,那就让她睡地上。

一件襁褓裹身上,给她玩弄纺锤棒。

慎勿多言要柔顺,料理家务备酒食,

别叫父母颜面丧。

【题解】

关于本诗的主旨,《毛诗序》云:"《斯干》,宣王考室也。"郑笺:"考,成也。……宣王于是筑宫室群寝,既成而衅之,歌《斯干》之诗以落之,此之谓之成室。"清陈奂《诗毛氏传疏》认为:"厉王奔彘,周室大坏,宣王即位,复承文武之业,故云考室焉。"二者皆言宫室是宣王时所建,缺乏依据。后有学者认为本诗所述乃武王营镐,或谓成王营洛,皆无佐证。朱熹《诗集传》云:"此筑室既成,而燕饮以落之,因歌其事。"方玉润《诗经原始》也批驳了武王、成王、宣王诸说,认为:"《斯干》,公族考室也。"这种说法比较客观。从本诗的内容来看,这是一首庆祝宫室落成时所奏的歌辞。

全诗句式参差,或五句,或七句,错落有致。第一至第五章,描绘并赞美了宫室本身;第六至第九章,祝愿并歌颂了宫室主人。第一章先写宫室的地理位置、优越环境以及主人兄弟之间的和睦友爱。"如竹苞矣,如松茂矣"一语双关,明指环境优美,暗喻主人品格高洁。第二章指出主人建筑宫室,是由于"似续妣祖",因而家人居住在此处,便会快乐无比,还可以造福于子孙后代。以下三章之诗义,即本于此,皆言建筑宫室,写宫室的华丽壮美。第三章写建造宫室时艰苦而热闹的劳动场面,以及宫室的坚固、严密,生动形象。第四章连用四个比喻,描写宫室宏大的气势,颇具想象力。第五章具体描绘了宫室庭院平整、楹柱耸直、厅堂明亮。如此宫室,主人居住之舒适安宁便不言而喻了。

最后四章是对宫室主人的赞美和祝愿。第六章以"维熊维罴,维虺维蛇"祝福主人入住后寝安梦美。第七章以占梦预示有贵男、贤女降生。第八、九章写喜得贵男、幸有贤女的区别。诗中"载寝之床。载衣之裳,载弄之璋""室家君王"与"载寝之地。载衣之裼,载弄之瓦""无非无仪,唯酒食是议,无父母诒罹"对比鲜明,男女不同的待遇反映了对男孩、女孩长大后不同的期许。用"弄璋之喜""弄瓦之喜"指代生男、生女即由此而来。

全诗脉络清晰,层次井然,生动形象,融叙事、写景、抒情于一体,不失为一篇佳作。

无　羊

谁谓尔无羊[1]？三百维群[2]。

谁谓尔无牛？九十其犉[3]。

尔羊来思[4],其角濈濈[5]。

尔牛来思,其耳湿湿[6]。

或降于阿[7],或饮于池,

或寝或讹[8]。

尔牧来思[9],何蓑何笠[10],

或负其糇[11]。

三十维物[12],尔牲则具[13]。

尔牧来思,以薪以蒸[14],

以雌以雄[15]。

尔羊来思,矜矜兢兢[16],

不骞不崩[17]。

麾之以肱[18],毕来既升[19]。

牧人乃梦,众维鱼矣[20],

旐维旟矣[21]。

大人占之[22]：

众维鱼矣,实维丰年；

旐维旟矣,室家溱溱[23]。

【注释】

[1]尔:这里指放牧牛羊的人。[2]三百:与下面的"九十"均为虚指,形容牛羊众多。维:为。[3]犉(chún):黄色黑唇的大牛,牛生七尺曰"犉"。[4]思:语助词,下同。[5]湁(jí)湁:亦作"戢戢",众多聚集貌。[6]湿(qì)湿:牛反刍时耳动的样子。[7]阿:小山坡。[8]讹(é):同"吪",醒。[9]牧:这里指牧童。[10]何:同"荷",负,戴。蓑(suō):蓑衣。[11]糇(hóu):干粮。[12]物:毛色。[13]牲:用来祭祀的牲畜。具:备。[14]以:取。薪:粗柴枝。蒸:细柴枝。[15]雌、雄:猎取飞禽。[16]矜矜:坚强。兢兢:小心翼翼。[17]骞(qiān):亏损,损失,这里指走失。崩:溃散,失群。[18]麾:同"挥"。肱(gōng):手臂。[19]毕:全。既:完全。升:这里指进入羊圈。[20]众:蝗虫。古人以为蝗虫可化为鱼,旱则为蝗,风调雨顺则化鱼。[21]旐(zhào):画龟蛇的旗。人口较少的郊县所建。旟(yú):画鹰隼的旗。人口众多的州所建。[22]大人:掌管占卜的官员。占:占梦。[23]溱(zhēn)溱:同"蓁蓁",茂盛貌。借以形容家庭人丁兴旺。

【译文】

谁说你家没有羊?一群就有许多只。
谁说你家没有牛?黄牛就有许多头。
牧羊归来仔细看,羊头攒动满山丘。
牛群放牧归来时,牛耳摇摇慢悠悠。

有的牛羊下山坡,有的饮水在湖泊,
有的睡着有的醒。
放牧归来时已暮,头戴斗笠身披蓑,
背上背着干馍馍。
各色牛羊几十种,品种齐全样数多。

放牧归来天色晚,伐些细柴割野草,

射猎天上雌雄鸟。

羊群归来你看好，紧跟头羊慢慢跑，

不要走失乱了套。

轻轻挥挥手和臂，个个进圈跑不掉。

牧人半夜有美梦，蝗虫变鱼好心动，

旗上龟蛇变鹰隼。

太卜仔细来占梦：

蝗虫化鱼兆吉祥，预示来年好收成；

龟蛇变鹰是吉兆，添丁增口更吉庆。

【题解】

关于本诗的主题，《毛诗序》云：“《无羊》，宣王考牧也。”然而，定其为宣王中兴之时所作，缺乏论据。从诗歌内容来看，本诗是一首写奴隶主贵族畜牧生产状况的诗。

本诗的作者对放牧生活十分熟悉，即便平铺直叙也能体物入微。第一章写所牧牛羊众多。“谁谓尔无羊？”“谁谓尔无牛？”两个问句，问得突兀，将诗人乍见众多牛羊的惊奇、赞赏之情，淋漓尽致地表现出来。继而选取牛羊的耳、角，以“濈濈”“湿湿”等词语生动细致地刻画出羊群众角攒动、牛群耳朵耸动的典型特征，牛羊之多历历可见，可谓“状难写之景如在目前”（梅尧臣语），难能可贵。

第二、三章主要写牛羊的动静之态和牧人的娴熟技艺。牛羊的动静之态，通过“或降”三句全盘托出，或于山坡缓缓“散步”，或于水涧饮水，或于草间躺卧。牧人正肩披蓑衣、头戴斗笠，或在砍伐柴薪，或在猎取飞禽，牛羊和牧人各自成趣，形成一幅幽静和谐的画卷。“麾之以肱，毕来既升”将牧人和牛羊汇合在了一起，牧人挥动臂肘，牛羊奔聚身边，紧随牧人而行，牧人的娴熟牧技及牛羊的训练有素呼之欲出。这一技法出神入化，王士禛《渔洋诗话》盛赞其“字字写生，恐史道硕、戴嵩画手擅场，未能如此尽妍极态”，方玉润《诗经原始》评曰“其体物入微处，有画手所不能到”。

第四章以牧人的"梦"境收尾,出人意料。牧人梦见数不清的蝗虫化作了活蹦乱跳的鱼群,远处城头的"旐"旗变成了"旟"旗,诗境由实变虚、由近而远,以"大人占之"数句,引出"众维鱼矣,实维丰年;旐维旟矣,室家溱溱"的赞美之语,给人以无限遐想。沈德潜《说诗晬语》云:"《无羊》考牧,何等正大事,而忽然各幻出占梦……人物富庶,俱于梦中得之。恍恍惚惚,怪怪奇奇,作诗要得此段虚景。"颇得个中三昧。

全诗描摹细致,景中含情,颇为传神,通过赋法创造了高妙的诗境,可谓情趣与意象融化无间,达到了很高的艺术境界。

节 南 山[1]

节彼南山,维石岩岩[2]。
赫赫师尹[3],民具尔瞻[4]。
忧心如惔[5],不敢戏谈。
国既卒斩[6],何用不监[7]!

节彼南山,有实其猗[8]。
赫赫师尹,不平谓何!
天方荐瘥[9],丧乱弘多。
民言无嘉,憯莫惩嗟[10]。

尹氏大师,维周之氐[11]。
秉国之钧[12],四方是维。
天子是毗[13],俾民不迷。
不吊昊天[14],不宜空我师[15]。

弗躬弗亲,庶民弗信。
弗问弗仕,勿罔君子。

式夷式已[16]，无小人殆[17]。

琐琐姻亚[18]，则无膴仕[19]。

昊天不佣[20]，降此鞠讻[21]。

昊天不惠[22]，降此大戾[23]。

君子如届[24]，俾民心阕[25]。

君子如夷，恶怒是违。

不吊昊天，乱靡有定。

式月斯生[26]，俾民不宁。

忧心如酲，谁秉国成[27]？

不自为政，卒劳百姓[28]。

驾彼四牡[29]，四牡项领[30]。

我瞻四方，蹙蹙靡所骋[31]。

方茂尔恶[32]，相尔矛矣[33]。

既夷既怿[34]，如相酬矣。

昊天不平，我王不宁。

不惩其心，覆怨其正[35]。

家父作诵[36]，以究王讻。

式讹尔心[37]，以畜万邦[38]。

【注释】

[1]节：通"嶻"，山高峻的样子。长言之则为嶻嶭(jié niè)，亦即嵯峨。南山：终南山。[2]岩岩：山石堆积的样子。[3]赫赫：显贵盛大的样子。师：太师的简称。太师，官名，三公的兼职，位最高。古称司马(管理兵权)、司徒

（管理教育）、司空（管理土地）为三公。尹氏官司空,兼太师。尹:尹氏,周王朝的贵族,他的祖先尹佚在武王时有功,尹吉甫佐宣王伐异族,其子孙沿其姓做官。[4]具:通"俱"。瞻:瞧着。[5]惔(tán):"炎"的误字,火烧。[6]卒:终,尽,完全。斩:断绝。[7]何用:何以,何故。监:监察。[8]有实:实实,广大貌。猗:同"阿",山阿,山坡。[9]荐:再次出现饥馑。瘥(cuó):瘟疫。[10]憯(cǎn):语助词,曾,乃。惩:警戒。嗟:语尾助词。[11]氐(dǐ):根本,根底。[12]秉钧:掌握大权。尹氏执政,如陶工之掌圆盘以制器,故云秉国之钧。钧,制陶器的模具下端的转轮盘。[13]毗:犹"裨",辅助。[14]吊:通"叔",借为"淑",善。昊天:犹言皇天、上天。[15]空:穷困,空乏。师:众民。[16]式:语首助词。夷:平,平除。已:废止。[17]殆:危险。[18]琐琐:卑微渺小的样子。姻亚:指襟带关系。姻,儿女亲家,婿之父曰姻。亚,通"娅",两婿相谓曰亚,姐妹之夫的互称。[19]无:同"毋"。膴(wǔ)仕:厚加任用,高官厚禄。[20]佣:均,公平。[21]鞠讻(xiōng):极乱。讻,同"凶",祸乱,昏乱。[22]惠:仁惠。[23]大戾:大恶。戾,暴戾,灾难,灾祸。[24]届:临。[25]阕(què):止息。[26]月:折断,扼杀。生:生灵,指人民。[27]国成:国家的成规。[28]卒:终于,结果。[29]牡:公牛,引申为雄性禽兽,此指公马。[30]项领:肥大的脖颈。[31]蹙蹙:局促的样子。骋:驰骋。[32]茂:盛。尔:指尹氏。恶:憎恶。[33]矛:通"务",意为侮。[34]怿:喜悦。[35]覆:反。正:劝谏的正言。[36]家父:本诗作者,周大夫,幽王时人。诵:诗歌。[37]讹:感化,改变。[38]畜:养。万邦:各诸侯国。

【译文】

终南山巍峨峻峭,山石堆积高又高。

赫赫大名尹太师,人人畏惧侧目瞧。

忧愤满心如火烧,不敢议论发牢骚。

国运摇摇欲断绝,为何还没觉察到!

终南山高高长长,山坡处处多宽广。

赫赫大名尹太师,为何做事太荒唐!

上天正在降灾荒,国家丧乱人死亡。
民怨沸腾没好话,真该认真想一想。

尹太师呀尹太师,你是国家之基石。
朝廷大权握在手,四方靠你来维持。
君王靠你来辅佐,万民靠你把路指。
可恨上天不开眼,让他吸尽民膏脂。

国事从来不亲为,万民对你不信赖。
不问人才不用才,欺骗君子太不该。
赶快铲除此灾害,万勿因此惹祸灾。
亲戚无才又无能,快把乌纱帽儿摘。

老天爷啊不公平,降下凶人把人害。
老天爷啊不仁爱,降下灾难难常在。
如果好人能执政,民愤可以来止息。
如果好人被除掉,人民抗争怒火来。

可恨老天没开眼,乱子从来不消停。
生灵涂炭难生存,百姓生活不安宁。
忧愁愤懑心如醉,让谁执政掌权柄?
君王不管天下事,结果害了老百姓。

四匹公马并排驾,肥壮矫健粗脖颈。
我向四方望一望,天地狭窄难驰骋。

尹氏作恶真不少,犹如一柄杀人矛。
铲除恶人心喜悦,举杯相贺乐陶陶。

老天多么不公平,可叹我王不安宁。

君王不惩恶尹氏,反而怨恨正言生。

家父作诗自长吟,阐述王朝祸乱根。

但愿君王改心意,蓄养万邦致太平。

【题解】

关于本诗的创作时间,历来有宣王时(三家诗)、幽王时(《毛诗序》)、平王时(韦昭)和桓王时(欧阳修)等几种说法,程俊英《诗经译注》云:"旧说此诗作于西周幽王时代,比较可信。"根据诗歌内容,这首诗应该创作于幽王之时,诗中所指责的对象则是幽王及其权臣。师尹非毛传所云之"大师尹氏",应为掌管军职的太师和掌管文职的史尹。由《大雅·常武》太师"整六师"、尹氏及其属"戒师旅"可见,太师统军而尹氏监军,本诗中"忧心如惔,不敢戏谈"偏向于斥责太师,而"国既卒斩,何用不监"偏向于斥责尹氏。

全诗前两章以终南山起兴,第一章讲人祸,点出"不敢戏谈"以致"国既卒斩"。第二章讲天灾,点出昊天再降饥疫以致"丧乱弘多"。由时间先后及排列顺序,暗示天灾是人祸所致。第三章进一步点明师尹给人民带来的灾害,其怨于天,怨之极也。第四章围绕"夷""已"二字展开,为师尹和一切秉政者说法。第五章也是对师尹而言的,用"昊天不佣""昊天不惠"讽刺,用"君子如届""君子如夷"赞美,通过排比、对比,将责怨之情推到了高潮。第六章承上启下。第七至第十章,变每章八句为四句,感情变怨怒而为悲叹。七、八两章疑有错简,"方茂尔恶,相尔矛矣。既夷既怿,如相酬矣"当在前,言师党与尹党既相倾轧又相勾结,以见朝政难革;"驾彼四牡,四牡项领。我瞻四方,蹙蹙靡所骋"当在后,无奈之下只有往奔四国避乱,然而"蹙蹙靡所骋",四国也没有办法。师尹作乱,上干天怒,下危人主,扰乱宗周及四国,然而师尹毫不自责,于是家父作了这首诗"以究王讻",篇末点明了本诗的创作缘由。本诗可看作一篇斥责师尹为乱的战斗檄文。

正　月[1]

正月繁霜[2]，我心忧伤。
民之讹言[3]，亦孔之将[4]。
念我独兮，忧心京京[5]。
哀我小心，癙忧以痒[6]。

父母生我，胡俾我瘉[7]？
不自我先，不自我后。
好言自口，莠言自口[8]。
忧心愈愈，是以有侮。

忧心惸惸[9]，念我无禄[10]。
民之无辜，并其臣仆。
哀我人斯，于何从禄？
瞻乌爰止[11]，于谁之屋？

瞻彼中林，侯薪侯蒸[12]。
民今方殆，视天梦梦。
既克有定，靡人弗胜。
有皇上帝，伊谁云憎？

谓山盖卑[13]？为冈为陵。
民之讹言，宁莫之惩[14]。
召彼故老，讯之占梦[15]。
具曰予圣[16]，谁知乌之雌雄？

谓天盖高？不敢不局[17]。
谓地盖厚？不敢不蹐[18]。
维号斯言，有伦有脊[19]。
哀今之人，胡为虺蜴[20]？

瞻彼阪田[21]，有菀其特[22]。
天之扤我[23]，如不我克。
彼求我则[24]，如不我得。
执我仇仇[25]，亦不我力[26]。

心之忧矣，如或结之。
今兹之正，胡然厉矣？
燎之方扬[27]，宁或灭之[28]？
赫赫宗周[29]，褒姒灭之！

终其永怀[30]，又窘阴雨。
其车既载，乃弃尔辅[31]。
载输尔载[32]，将伯助予[33]。

无弃尔辅，员于尔辐[34]。
屡顾尔仆[35]，不输尔载。
终逾绝险，曾是不意[36]。

鱼在于沼，亦匪克乐。
潜虽伏矣，亦孔之炤[37]。
忧心惨惨[38]，念国之为虐。

彼有旨酒，又有嘉肴。
洽比其邻，昏姻孔云[39]。

念我独兮,忧心殷殷[40]。

佌佌彼有屋[41],蔌蔌方有谷[42]。
民今之无禄,天夭是椓[43]。
哿矣富人[44],哀此惸独[45]!

【注释】

[1]正月:指周历六月,夏历四月,古人称这月为"正阳纯乾之月",简称正月。[2]繁:多。[3]讹(é)言:谣言。[4]孔:很。将:大。[5]京京:忧愁深长的样子。[6]瘋(shǔ):忧闷。以:而。痒:病。[7]俾:使。瘉(yù):病,指灾祸、患难。[8]莠(yǒu)言:坏话。[9]惸(qióng)惸:忧郁而无人了解的样子。[10]无禄:不幸。[11]乌:周家受命之征兆。[12]侯:维,语助词。薪:粗柴枝。蒸:细柴枝。此句以林中有柴枝无大材比喻朝中小人充斥、贤臣斥逐。[13]谓:说。盖:通"盍",何,怎么。[14]惩:警戒,制止。[15]讯:问。占梦:官名,掌占梦的吉凶及灾异之事。[16]具曰:指故老和占梦都说。具,通"俱",都。予圣:自己是圣人,所见最高明。[17]局:弯曲,指弯着腰。[18]蹐(jí):轻步走路。[19]伦:道。脊:理。毛传:"伦,道;脊,理也。"[20]虺(huǐ):毒蛇。蜴:四脚蛇。[21]阪(bǎn):山坡。[22]有菀(wǎn):即菀菀,茂盛的样子。特:特出,指禾苗壮盛。[23]扤(wù):借为"抈"(yuè),摧残,折磨。[24]彼:指周王。则:语尾助词,通"哉"。[25]执:用手拿东西。仇(qiú)仇:缓慢不用力的样子。[26]不我力:不重用我。[27]燎:放火焚烧草木。扬:旺盛。[28]宁:乃。或:有人。[29]赫赫:兴盛的样子。宗周:指周的王都镐京。宗,主。周为天下所宗,故王都所在曰宗周。[30]终:既。永怀:深忧。[31]辅:车两侧的挡板。诗人以车喻国,以载物喻治国,以辅喻贤臣。[32]载:第一个"载",虚词,及至。第二个"载",指所载货物。输:掉下来。[33]将(qiāng):请。伯:对男子的敬称,等于说老大哥。[34]员(yùn):益,加大,加固。毛传:"员,益也。"[35]仆:通"樸",又名伏兔,指像伏兔一样附在车轴上用来固定的东西。[36]曾:竟。不意:不留意。[37]炤(zhāo):同"昭",明亮。[38]惨惨:忧愁不安貌。[39]云:和乐。[40]殷殷:

忧愁的样子。[41]佌(cǐ)佌:低微,比喻小人卑微。[42]蔌(sù)蔌:鄙陋的样子。[43]椓(zhuó):打击。[44]哿(gě):快乐。[45]惸(qióng)独:孤独无依靠的人。惸,同"茕",没有兄弟。

【译文】

四月下霜不正常,霜降徒增我忧伤。
民心惑乱谣言起,沸沸扬扬传四方。
孤身一人真孤单,忧愁幽思好惆怅。
可怜胆小又怕事,忧思害怕病一场。

父母既然生了我,为何让我遭灾殃?
苦难如今来到了,正好落在我头上。
好话任你随便说,坏话任你随便讲。
心烦警惕好可怕,受侮受辱更懊丧。

没人知我心中愁,常常一人泪暗流。
平民百姓很无辜,为奴为仆也受罪。
可怜我们众多人,势位利禄何处寻?
乌鸦飞翔将落下,落在哪个屋檐头?

远望茂密大树林,粗细树枝交错生。
百姓处境正危险,皇天渺渺不知音。
如果一切皆定数,无人胆敢违天命。
上帝在上最英明,怨谁恨谁请说明?

谁说山丘低如冢? 竟是高岗和峻岭。
谣言沸腾在民间,何故不去制止它。
老臣到来详打听,赶紧占梦验吉凶。
以为自己很高明,雌雄乌鸦谁分清?

谁言苍穹那么高？行走不敢不弯腰。
谁说大地那么厚？行走不敢不踮脚。
高喊这些心里话，条理清晰说得好。
世间人儿多悲哀，何故如蛇将人咬？

看那山坡田地里，禾苗片片长得茂。
老天如此折磨我，貌似非把我打倒。
朝廷以前需要我，好像非让我应召。
我去却将我闲置，不让我把重任挑。

心中忧愁没办法，好像绳子结疙瘩。
请看当今那政治，为何暴虐乱如麻？
大火熊熊正燃烧，有谁能够扑灭它？
赫赫镐京正辉煌，褒姒竟将它灭亡！

忧伤满怀多凄惨，阴雨连绵更悲凉。
货物载满那车厢，挡板竟被全抽光。
货物满地撒一片，才叫大哥来帮忙。

车上栏板切莫丢，继续加固车轮轴。
悉心照顾那车夫，不要抛弃车上物。
如此才能渡艰险，别将此事不在乎。

鱼儿条条沼中游，不但快乐且逍遥。
即使深潜那水底，依然能够看得到。
满怀愁思久忧虑，朝廷真是太残暴。

美酒香醇任畅饮，美味佳肴任你品。

左邻右舍多融洽,姻亲裙带做亲人。

孤独无依又无靠,忧心忡忡愁断肠。

卑鄙小人住好屋,庸才劣徒食五谷。

现在百姓好不幸,苍天降灾真命苦。

富贵人家常欢笑,可怜我们太孤苦!

【题解】

关于本诗的主旨,《毛诗序》认为是"大夫刺幽王也"。方玉润《诗经原始》作了详细的阐述:"此必天下大乱,镐京亦亡在旦夕,其君若臣尚纵饮宣淫,不知忧惧,所谓燕雀处堂自以为乐,一朝突决栋焚,而怡然不知祸之将及也。故诗人愤极而为是诗,亦欲救之无可救药时矣。若乃骊烽举,故宫黍,明眸皓齿污游魂,贵戚权寮归焦土,尚何昏姻之洽比?尚何富人之独瞉?以此决之,《正月》之为幽王诗必矣。"程俊英《诗经译注》认为:"这是一位失意官吏忧国哀民、愤世疾邪的诗,大约产生于西周末年幽王时期。"其说符合本诗实际。本诗反映了当时政治黑暗、贫富对立以及统治阶级的内部矛盾,并提出了"赫赫宗周,褒姒灭之"的预言。

从"忧心愈愈,是以有侮""彼求我则,如不我得。执我仇仇,亦不我力"等句可以看出,本诗的抒情主人公是一位忧国忧民而又不见容于世的孤独士大夫。他颇具才华,不受重用反而屡遭排挤。加之霜降异时、谣言四起,诗人苦不堪言,由此联想到国家、百姓,发出了"父母生我,胡俾我瘉?不自我先,不自我后"的哀叹,对"好言自口,莠言自口"的当权者表示了极大的愤慨。诗人最终"瘋忧以痒",积郁成疾。

本诗用生动细致的笔触分别揭露了末世昏君、得志小人和广大平民的心态。用"民今方殆,视天梦梦""召彼故老,讯之占梦"指责周幽王,谴责他不顾百姓安危和江山社稷,整日占卜解梦。以"瞻彼中林,侯薪侯蒸""乃弃尔辅""念国之为虐"批评最高当权者亲小人、远贤臣、行虐政的卑劣行径。以"好言自口,莠言自口""胡为虺蜴""洽比其邻,昏姻孔云"揭露了得志小人巧言令色、嫉贤妒能、结党营私、朋比为奸、狠心恶毒的丑恶嘴脸,对他们表示了极大的憎恨与厌恶。以"民今之无禄,天夭是椓""不敢不局""不敢不蹐"表现了广大平民备受剥削、动辄得咎、谨小慎微、忍气吞声的悲惨处境,道出了乱世人民的不幸,以"民之无辜,并其臣仆"对其遭遇表示了同情。

本诗四言、五言夹杂,错落有致,首尾贯通,一气呵成,感情充沛。运用了比喻、象征、对比等修辞手法,如以驾车喻治国,以秀苗特出喻贤臣,以林中薪木喻小人,以浅池中的鱼儿难免遭殃喻乱世中的人们难逃亡国之祸。以"驾彼富人,哀此惸独",将得势之人的锦衣玉食和黎民百姓的穷苦无依对比,生动、细致、准确地传达了一位正直知识分子的心声,颇具艺术感染力。本诗体现了忧国忧民的文学传统,对屈原的《离骚》、杜甫的《丽人行》《哀江头》《自京赴奉先县咏怀五百字》等诗产生了深远的影响。

十 月 之 交[1]

十月之交,朔日辛卯[2]。
日有食之,亦孔之丑。
彼月而微,此日而微。
今此下民,亦孔之哀。

日月告凶,不用其行[3]。
四国无政[4],不用其良。
彼月而食,则维其常[5]。
此日而食,于何不臧[6]。

烨烨震电[7],不宁不令[8]。
百川沸腾[9],山冢崒崩[10]。
高岸为谷,深谷为陵。
哀今之人,胡憯莫惩[11]。

皇父卿士[12]，番维司徒[13]。

家伯维宰[14]，仲允膳夫[15]。

棸子内史[16]，蹶维趣马[17]。

楀维师氏[18]，艳妻煽方处[19]。

抑此皇父[20]，岂曰不时[21]？

胡为我作[22]，不即我谋？

彻我墙屋[23]，田卒汙莱[24]。

曰予不戕[25]，礼则然矣。

皇父孔圣，作都于向[26]。

择三有事[27]，亶侯多藏[28]。

不慭遗一老[29]，俾守我王。

择有车马，以居徂向[30]。

黾勉从事[31]，不敢告劳。

无罪无辜，谗口嚣嚣[32]。

下民之孽[33]，匪降自天。

噂沓背憎[34]，职竞由人[35]。

悠悠我里[36]，亦孔之痗[37]。

四方有羡，我独居忧。

民莫不逸，我独不敢休。

天命不彻[38]，我不敢效我友自逸[39]。

【注释】

[1]交:指晦朔之间。[2]朔日:初一日,这天是辛卯日。据天文学家推算,这次日食在周幽王六年十月初一(周历),即公元前776年9月6日的早晨七至九时(辛卯日辰时)。[3]行(háng):规律,法则。[4]四国:即四方,

这里泛指天下。无政:指没有善政。[5]则:犹。[6]于何:多么。于,读作"吁",感叹词。臧:善。[7]烨(yè)烨:这里指雷电闪耀的样子。震:雷。电:闪电。[8]宁:安。令:善。[9]川:江河。[10]山冢:山顶。崒:通"碎",崩坏。[11]胡憯(cǎn):怎么。莫惩:不制止。[12]皇父:周幽王时的卿士。卿士:官名,为百官之长,类似后代的宰相。[13]番:姓,即"樊"。司徒:六卿之一,掌管土地人口的长官。[14]家伯:人名,周幽王宠臣。宰:冢宰。六卿之一,掌管国家典籍的长官。[15]仲允:人名。膳夫:掌管周王饮食的官员。[16]聚(zōu)子:姓聚的人。内史:掌管周王的法令和对诸侯封赏策命的官员。[17]蹶(guì):姓。趣马:养马的官。[18]楀(jǔ):姓。师氏:掌管贵族子弟教育的官员。[19]艳妻:这里指周幽王的宠妃褒姒。或以为指周幽王别的宠妾。煽(shān):炽盛。方处:指艳妻和上七人都是红人,并处高位。方,并。[20]抑:通"噫",感叹词。[21]不时:不按时,此处主要指农时。[22]我作:作我,役使我。[23]彻:拆毁。[24]卒:尽,完全。汙(wū):即"污",积水。莱:荒芜。[25]戕(qiāng):残害。[26]向:邑名。在今河南省济源市南。[27]三有事:三有司,即三卿,指司徒、司马、司空。[28]亶(dǎn):信,确实。侯:助词,维,是。[29]憖(yìn):愿意,肯。遗:留。老:旧臣,疑指作者自己。[30]徂:到,去。"以居徂向"即"徂向以居"。[31]黾(mǐn)勉:努力。[32]嚣(áo)嚣:众口毁谤的样子。[33]孽:灾害。[34]噂(zǔn)沓:聚在一起说话,议论纷纷。噂,汇聚。沓,语多貌。背憎:背后互相憎恨。[35]职:主要。竞:争。[36]悠悠:形容忧思深长的样子。里:"悝"之假借,忧愁,忧伤。[37]瘵(mèi):病。[38]不彻:不循轨道,即无常的意思。[39]效:仿效。

【译文】

九月刚过十月到,初一早上辰时交。

天上日食忽出现,这一天象乃凶兆。

不久之前月食了,现在日食真不好。

可怜天下众百姓,大难临头太不妙。

日食月食是凶兆,运行无常乱了套。
没有善政是主因,良臣贤才全丢掉。
月食平常也会有,司空见惯心不扰。
但是日食不得了,忧心此事怎么好。

雷声隆隆电光生,政治黑暗民不宁。
大小河流皆沸腾,山塌峰倒乱石崩。
高岸一变成深谷,深谷一变成高峰。
可叹当今执政者,面临凶险不自警。

皇父赫赫六卿首,樊氏位居大司徒。
家伯执掌众典籍,仲允主要管御厨。
聚子内史掌人事,蹶氏趣马管放牧。
楀氏掌管大监察,宠妾迷惑天子目。

令人叹息这皇父,难道真不识时务?
为何派我去服役,事先完全不告诉?
拆我墙啊毁我屋,田被水淹全荒芜。
还说不是我残暴,照章办事不含糊。

这位皇父很圣明,远在向邑建都城。
选择亲信做三卿,珍宝多得数不清。
不愿保留一老臣,让他守国卫朝廷。
看中富家有车马,迁往新居向邑城。

尽心竭力为王事,不敢诉苦吐心声。
原本无错更无罪,众口喧嚣难分清。
百姓遭受大灾难,并非老天不长眼。
当面谈笑背后恨,都是小人在诬陷。

绵绵愁思恨悠悠,劳心伤神在心头。

看看别处多欢欣,独我一人忧虑深。

众人生活享安逸,唯我劳苦不敢休。

天命无常难预料,不敢效友图享受。

【题解】

　　本诗是一首政治怨刺诗。其主要内容是讽刺周幽王无道,以致灾异频生,人民受难,并慨叹自己无辜遭到迫害。程俊英《诗经译注》认为,作者可能是属于统治阶级内部的人物,但职卑官微,参加皇父建都于向的劳役,所以诗中充满了对皇父的憎恨,对劳苦人民的同情。本诗正是由于不满当政者皇父诸人在其位不谋其政,不顾社稷安危,只顾中饱私囊的行为而作。《毛诗序》云:"《十月之交》,大夫刺幽王也。"认为此诗作于幽王时,郑玄认为作于厉王时。阮元在《揅经室集》中对郑玄之说多有驳辩。现代天文学家陈遵妫在《从十二月十四日日环食谈起》(《光明日报》,1955)一文中,也认为这首诗是中国关于日食最早最可靠的记载,当发生在周幽王六年十月初一(公元前776年9月6日)。据此可以确定此诗应作于周幽王六年。

　　前三章将日食、月食、强烈地震同朝廷用人不善联系起来,古人不理解日食、月食、地震发生的原因,认为它们是上天对人类的警告,借此抒发自己深沉的悲痛与忧虑。开篇便说十月初一这天发生了日食,是有深意的。古人认为"日者,君象也",早在夏朝末年,老百姓即以日喻君。日食而无光,古人认为国家将遭大灾。第二章承第一章而来,将国家政治颓败、所用非人同日食联系起来。第三章又引出前不久发生的强烈地震。这些极度反常的自然现象接连出现,一方面表现了诗人对天意的震惊,另一方面也表现了他对国家前途的担忧和恐惧。

　　诗中所言的地震"百川沸腾,山冢崒崩。高岸为谷,深谷为陵"可谓惊心动魄,并非无中生有,而是有史实记载。《国语·周语》载:"幽王二年,西周三川皆震。""是岁也,三川竭,岐山崩。"诗人将这一巨大灾害用富有诗意的语言表现了出来。

第四、五、六章揭露了当今执政者的罪行。皇父诸党把持朝政,欺上瞒下,强抓丁役,搜刮民财,扰民害民,并称这些合乎礼法。他们毫无责任感和悔罪之心,而是远迁向邑,带去了许多贵族富豪,连一位有用的老臣都没有留下。任用小人当权,责任在谁?诗中"艳妻煽方处"将始作俑者指向了周幽王。

第七、八章写诗人面对天灾人祸,表明了自己的立身态度。诗人面对周朝的严重危机,没有全身远害,而是兢兢业业、夙夜在公。诗人忠正耿直但被皇父诸党排挤,其命运同国家命运一致。诗人对个人不幸、政治腐败、黑暗不公的哀叹,实为对国家命运的哀叹,显示了强烈的忧患意识和使命感。

全诗内容充实,感情真挚强烈,语言极具表现力,如说皇父等人强霸百姓田产时,用"予不戕,礼则然矣"充分表现了他们的强词夺理、蛮横霸道。"艳妻煽方处""皇父孔圣"等诗句则巧妙地采用了反语,冷峻的讽刺使得本诗主题更加突出,情感抒发更为强烈。全诗采用了现实主义的创作手法,记录了日食、地震等大量史实,既是一首政治抒情诗,又是一首史诗,对爱国诗人屈原以及杜甫的《自京赴奉先县咏怀五百字》等作品产生了深远的影响。

雨 无 正

浩浩昊天[1],不骏其德[2]。
降丧饥馑,斩伐四国[3]。
旻天疾威[4],弗虑弗图。
舍彼有罪,既伏其辜[5]。
若此无罪,沦胥以铺[6]。

周宗既灭[7],靡所止戾[8]。
正大夫离居[9],莫知我勚[10]。
三事大夫[11],莫肯夙夜。
邦君诸侯[12],莫肯朝夕[13]。

庶曰式臧[14]，覆出为恶[15]。

如何昊天，辟言不信[16]。
如彼行迈[17]，则靡所臻[18]。
凡百君子，各敬尔身[19]。
胡不相畏[20]，不畏于天？

戎成不退，饥成不遂[21]。
曾我暬御[22]，憯憯日瘁[23]。
凡百君子，莫肯用讯[24]。
听言则答[25]，谮言则退[26]。

哀哉不能言，匪舌是出[27]，
维躬是瘁[28]。
哿矣能言[29]，巧言如流，
俾躬处休[30]。

维曰于仕[31]，孔棘且殆[32]。
云不可使，得罪于天子。
亦云可使，怨及朋友。

谓尔迁于王都[33]，曰予未有室家。
鼠思泣血[34]，无言不疾[35]。
昔尔出居[36]，谁从作尔室[37]？

【注释】

    [1]浩浩:广大的样子。昊(hào)天:犹言"皇天"。[2]骏:长久,经常。[3]斩伐:犹言"残害"。四国:四方诸侯之国,犹言"天下四方"。[4]旻(mín)天:应作"昊天"。疾威:暴虐。[5]既:尽。伏:隐匿,隐藏。辜:罪。

[6]沦胥:沉没,陷入。沦,陷。胥,相率,连带。铺:同"痛",病苦。[7]周宗:即"宗周",指西周都城镐京。既灭:指犬戎攻入镐京。[8]靡所:没有地方。止戾(lì):安居。止,居。戾,安。[9]正大夫:上大夫。离居:离开他原住的镐京。[10]勩(yì):劳苦,疲劳。[11]三事大夫:中国古代官职。西周设置,指常伯、常任、准人。常伯为掌管民事的地方官,也称牧;常任官员的选拔,也称任人;准人掌管司法,又称准夫。[12]邦君:封国的君主。[13]莫肯朝夕:郑笺:"不肯晨夜朝暮省王也。"马瑞辰《毛诗传笺通释》:"谓朝朝于君而不夕见也。"朝夕,指为国事早起晚息。[14]庶:庶几,希望。式:语首助词。臧:好,善。[15]覆:反而。[16]辟言:正言,合乎法度的言辞。辟,法。[17]行迈:远行。[18]所臻:要到达的地方。臻,至。[19]敬:谨慎。[20]胡:何。[21]遂:通"坠",消亡。[22]曾:何。暬(xiè)御:侍御。国王亲近之臣。[23]憯(cǎn)憯:忧伤貌。瘁:劳苦,憔悴。[24]讯:读为"谇",谏诤。[25]听言:顺耳之言。答:应。[26]谮(zèn)言:进谏之语,这里指批评。退:斥退。[27]出:读为"疷"(wù),病。[28]躬:亲身。瘁:毁坏。[29]哿(gě):嘉,表嘉许。能言:指能说会道的人。[30]休:吉庆,福禄。[31]维:语首助词。于仕:去做官。[32]孔:很。棘:通"急",紧张。殆:危险。[33]尔:指皇父、三事等权贵。王都:指镐京。[34]鼠思:忧思。鼠,通"癙"(shǔ),忧伤。泣血:泪尽继之以血的意思。[35]疾:通"嫉",嫉恨。[36]出居:离居,离开王都到别地去住。[37]从:随从。作:营建,建造。

【译文】

苍天茫茫大无边,您的恩泽不长远。
降下丧乱与饥馑,芸芸众生被害惨。
苍天苍天太暴虐,心思考虑总不全。
放走那些大恶人,却把罪行来隐瞒。
害得众多大好人,实在痛苦不堪言。

周室破灭在今朝,百姓被迫四处逃。
正官大夫早离散,有谁知我多劳苦。

三事大夫虽还在,无人日夜把心操。
封国国君各方侯,早上朝见夕奔跑。
希冀他们皆为善,谁知反将恶事闹。

苍天苍天如何办?怪王不听我意见。
诸如路上乱跑人,不知究竟向哪边。
所有君子卿大夫,敬请谨慎一点点。
为何无畏又无惧,竟敢挑战天尊严?

战祸已成去无望,饥馑已降难消亡。
为何如我小侍臣,日日愁苦又忧伤。
所有君子卿大夫,不肯劝谏我君王。
顺耳之言可以说,批评话语实难讲。

悲哀可怜言难进,非我舌拙和嘴笨,
心力交瘁多疾病。
能说会道实欢欣,巧舌如簧善逢迎,
享福受禄处佳境。

现在想把官来做,却是艰险难成真。
如果这事不去做,获罪天子多不便。
如果这事真去做,定会遭受朋友怨。

我劝你们去王都,你们却说没处住。
只剩悲伤加血泪,所有话都遭恨妒。
当年你们皆出走,谁为你们建房屋?

【题解】

《毛诗序》评论本诗主题云:"《雨无正》,大夫刺幽王也。雨,自上下也。

众多如雨,而非所以为政也。"其说与诗义不合。此外还有"雨无止""周无正"等看法,众说纷纭。姚际恒《诗经通论》云:"此篇名《雨无正》不可考,或误,不必强论。"不必强作解人。

从"曾我暬御,憯憯日瘁"可知,作者应为周幽王的侍臣。他亲历西周陷落和东周建立,亲眼看到政事荒怠、社会混乱的现实,不禁思索政治危殆的原因:一、埋怨上天"弗虑弗图";二、周幽王是非不分、善恶不辨;三、那些"正大夫、三事大夫、邦君诸侯"自私自利、懒惰怠政、嫉贤妒能。除埋怨上天有象征意味外,其他两点直抒胸臆,可谓切中肯綮,昏君佞臣致使国政危殆,诗人无可奈何,只有"鼠思泣血",诉诸歌咏。

全诗共七章,十句、八句、六句相间,参差错落。第一章埋怨天命靡常,致使丧乱、饥馑和灾难降在人间,让广大无罪的人陷入无边的苦难。此为象征手法,埋怨昊天实为讽刺幽王。第二章揭示了"周宗既灭,靡所止戾"的残酷现实,面对国家破灭、人民流离失所的局面,部分公卿大夫不但不能力挽狂澜,反而乘机作恶。第三章揭示了这些灾祸的根本原因,即周王"辟言不信",胡作非为;"凡百君子""不畏于天",助纣为虐,肆无忌惮。第四章以对比手法指出,百官"莫肯用讯",周王偏听偏信,只有诗人为国事而"憯憯日瘁"。第五章再次申诉艰难的处境。周王是非不分、忠奸不辨,致使诗人无法谏诤,只能"哀哉不能言"。第六章指出自己身在其位的困难和危险。"云不可使,得罪于天子。亦云可使,怨及朋友",左右为难,忧心如焚。第七章指出诗人"鼠思泣血,无言不疾"的处境,将情感推向高潮。

诗人身处饥馑、危亡、离乱之世,周王信谗拒谏、黑白不分,执政大臣蝇营狗苟、巧舌如簧,对于救乱济世,诗人心有余而力不足,只有忧伤、悲痛,无可奈何。本诗语言质朴,感情真挚,层层递进,夹叙夹议,反复咏叹,是一首深沉典雅、颇具时代特色的抒情诗。

小 旻

旻天疾威[1]，敷于下土[2]。
谋犹回遹[3]，何日斯沮[4]？
谋臧不从[5]，不臧覆用[6]。
我视谋犹，亦孔之邛[7]。

潝潝訿訿[8]，亦孔之哀。
谋之其臧，则具是违[9]。
谋之不臧，则具是依[10]。
我视谋犹，伊于胡底[11]。

我龟既厌[12]，不我告犹[13]。
谋夫孔多，是用不集[14]。
发言盈庭，谁敢执其咎[15]？
如匪行迈谋[16]，是用不得于道。

哀哉为犹，匪先民是程[17]，
匪大犹是经[18]。
维迩言是听[19]，维迩言是争[20]。
如彼筑室于道谋，是用不溃于成[21]。

国虽靡止[22]，或圣或否。
民虽靡膴[23]，或哲或谋，
或肃或艾[24]。
如彼泉流，无沦胥以败[25]。

不敢暴虎[26]，不敢冯河[27]。

人知其一，莫知其他[28]。

战战兢兢[29]，如临深渊，

如履薄冰。

【注释】

[1]旻(mín)天：本指秋天，这里指苍天。疾威：暴虐。[2]敷：布施。下土：天下。[3]谋犹：谋划，策划。回遹(yù)：邪僻。[4]斯：乃，才。沮：停止。[5]臧：善，好。从：听从。[6]覆：反而。[7]孔：很。邛(qióng)：毛病，错误。[8]潝(xì)潝：小人党同而相和貌。訿(zǐ)訿：小人伐异而相毁貌。[9]具：同"俱"，都。[10]依：依从。[11]伊：推。于：往，到。胡：何。底：至，这里指至于乱。[12]龟：指占卜用的龟甲。厌：厌恶。[13]犹：策谋。[14]用：犹"以"。集：成就。[15]执：承担。咎：罪过。[16]匪：通"彼"。行迈：路人。谋：商量。[17]匪：非。先民：古人，这里指古贤者。程：效法。[18]大犹：大道，正道。经：遵循，经营。[19]维：同"惟"，只是。迩言：近言，这里指谗佞近臣的肤浅言论。[20]争：争论。[21]溃：通"遂"，达到。[22]靡止：没有礼法，没有法度。靡，没有。止，礼。[23]靡膴(wǔ)：不富足，贫困。膴，肥厚，引申为多。[24]艾(yì)：治理，指办事能力很强的人。[25]无：通"勿"。沦胥：相率。败：指国家败亡。[26]暴虎：徒手打虎。暴，通"搏"。[27]冯(píng)河：不用船只而徒步渡河。[28]其他：这里指各种丧国亡家的祸患。[29]战战：恐惧的样子。兢兢：谨慎小心的样子。

【译文】

暴虐皇天太无情，将那灾难降国中。

朝廷策划皆有误，何时灾难才结束？

良策妙计你不听，邪门歪道却信服。

朝廷谋划依我看，的确弊端无穷数。

小人叽叽又咕咕，我心悲凄难消除。

正确谋略提出来，千方百计来阻碍。

坏的计策提出了，全部赞同全依附。

我看朝廷的谋划，不知弄到何地步。

占卜灵龟已厌恶，谋划吉凶不告知。

谋臣策士一大批，论来论去不算数。

议论纷纷满朝堂，有谁敢把责任负？

就像咨询陌路人，很难获得正确路。

如此谋划太糊涂，不效先贤不师古，

不遵大道走邪路。

只爱听那近僻言，还要聚讼争输赢。

如建宫室问路人，当然不会建成屋。

国家虽然不算大，也有圣才有凡夫。

人民虽然不算多，也有善谋有明哲，

有人持重有干练。

国运如水东流去，终将衰败拦不住。

不敢空手去打虎，不敢徒步河中渡。

这个危险人尽知，其他灾祸反糊涂。

恐惧谨慎过日子，犹如面临那深渊，

就像脚踩薄冰路。

【题解】

关于本诗的主题，《毛诗序》云："大夫刺幽王也。"郑笺云："当为刺厉王。"《诗集传》认为："大夫以王惑于邪谋，不能断以从善而作此诗。"从诗歌内容来看，作者应为西周末期的一名官吏，诗人讽刺、揭露了最高统治者的昏聩无能、是非不分、骄奢淫逸、听信谗言、重用佞臣，不知危在旦夕，反而愈演愈烈。诗人通过比喻等不同的修辞方式,表达了愤恨朝政黑暗腐败而又忧国忧时的思想感情。至于讽刺周幽王还是周厉王,诗无明证。

第一章以"旻天疾威,敷于下土"的怨天口气发端,可见对统治者"谋犹回遹""谋臧不从,不臧覆用"的极度愤慨和对国家命运的忧虑。第二章指出政治混乱的原因在于掌权者"谋之其臧,则具是违。谋之不臧,则具是依",党同伐异,偏听偏信,是对第一章的补充说明。第三章指出朝廷"谋夫孔多""发言盈庭"而不着边际、不负责任的现实,再次表示对王朝政治、国家命运的深切忧虑。第四章说明最高统治者的政令策谋,出自浅陋之言,不加考究,置古圣先贤、固有规范于不顾。第五章警告统治者择善而从,留住人才。第六章以"战战兢兢,如临深渊,如履薄冰"生动形象地表达了诗人对国事的忧虑之情。

本诗主题明确,内容丰富,感情深厚,以"谋犹回遹"为中心,以忧国之情为主线,将叙述、抒情和议论有机结合,一位具有敏锐政治洞察力和深厚爱国情感的诗人形象呼之欲出。总之,这是一首优秀的政治抒情诗,末句"战战兢兢,如临深渊,如履薄冰"生动形象、细致入微,广为后人引用。

小　　宛

宛彼鸣鸠[1],翰飞戾天[2]。
我心忧伤,念昔先人[3]。
明发不寐[4],有怀二人[5]。

人之齐圣[6],饮酒温克[7]。
彼昏不知,壹醉日富[8]。
各敬尔仪,天命不又[9]。

中原有菽[10],庶民采之。
螟蛉有子[11],蜾蠃负之[12]。

教诲尔子[13]，式穀似之[14]。

题彼脊令[15]，载飞载鸣[16]。
我日斯迈[17]，而月斯征[18]。
夙兴夜寐，无忝尔所生[19]。

交交桑扈[20]，率场啄粟[21]。
哀我填寡[22]，宜岸宜狱[23]。
握粟出卜，自何能穀？

温温恭人[24]，如集于木。
惴惴小心[25]，如临于谷。
战战兢兢，如履薄冰。

【注释】

[1]宛彼：小而短尾貌。鸠：即斑鸠。[2]翰飞：高飞。戾天：犹言"摩天"。戾，至，到。[3]先人：故去的祖先。此为作者自指其祖先，如周文王、周武王。[4]明发：天刚亮。含有通宵达旦的意思。[5]有：通"又"。二人：指父母。[6]齐：正，正派。圣：极其聪明智慧。[7]温克：克制自己以保持温和、恭敬的仪态。[8]壹醉：每饮必醉。日富：日益自满。富，盛，甚。[9]又：通"佑"，保佑。[10]中原：原中，田中。菽（shū）：大豆。[11]螟蛉：螟蛾的幼虫。[12]蜾蠃（guǒ luǒ）：一种黑色的细腰土蜂，常捕捉螟蛉入巢，以养育其幼虫，古人误以为是代螟蛾哺养幼虫，故称养子为螟蛉义子。负：背。[13]尔：你，你们，这里指作者的兄弟。[14]式：语首助词。穀：善。似：借作"嗣"，继承。[15]题（dì）：通"睇"，看。脊令：鸟名，通作"鹡鸰"，常在水边捕食昆虫。[16]载：则，且。[17]斯：乃，则。迈：远行。[18]征：远行。[19]忝（tiǎn）：辱没。所生：指父母。[20]交交：鸟鸣声。桑扈：鸟名，似鸽而小，青色，颈有花纹，俗名青雀。[21]率：循，沿着。场：打谷场。[22]填：通"瘨"（diān），病。寡：贫。[23]宜：犹"乃"。岸：诉讼。毛传："岸，讼也。"

[24]温温:和柔貌。恭人:谦逊谨慎的人。[25]惴(zhuì)惴:恐惧而警戒貌。

【译文】

小小斑鸠叫不停,振翅高飞上苍穹。
内心忧伤又难过,深切缅怀我祖宗。
辗转难眠到天明,思念父母在世情。

智慧聪明那些人,饮酒依然很沉稳。
可是那些糊涂虫,天天聚众来豪饮。
望你自重行谨慎,否则皇天不佑君。

地里长满豆苗菜,人们络绎去采摘。
就像螟蛉生幼子,蜾蠃把它背回来。
您的孩子我来教,效法祖先好风采。

您看小小鹡鸰鸟,来去飞翔欢快鸣。
天天在外奔波苦,月月在外奋力行。
不分昼夜忙不停,无愧父母好英名。

小小青雀喳喳叫,落在谷场啄小米。
贫病无依真可怜,又吃官司太可气。
抓来小米算一卦,算算啥时才吉利?

那些温柔善良人,就像爬上大树顶。
忐忑恐惧又警惕,如临万丈深渊旁。
战战兢兢太恐慌,就像踩在薄冰上。

【题解】

关于本诗的主题,《毛诗序》认为:"《小宛》,大夫刺幽王也。"郑笺云:

"亦当为厉王。"此说遭到了朱熹的质疑,朱熹认为"说者必欲为刺王之言,故其说穿凿破碎,无理尤甚"。后人在毛、郑、朱诸说基础上有所发挥,但皆与诗义不符。程俊英认为"这是周王一位同姓者讽刺幽王,并劝诫兄弟如何在乱世免祸的诗",比较接近本诗实际。

从本诗内容看,其与"刺王"没有关系,作者当为西周王朝一个受过良好教育的下级官吏,然而在其父母去世之后,他的兄弟们骄奢淫逸,家道衰败,连自己的孩子都不管不顾。与兄弟们不同,诗人依然恪守父母教诲,日夜操劳,维系家风,但事与愿违,诗人在复杂的社会环境中生存,不仅贫病交加,而且屡遭诉讼,满怀忧伤而无能为力,只能小心谨慎地生活,即便如此,仍盼望时来运转、家道复兴的那一天。以至于在诗人"宜岸宜狱"之时,百感交集,既怀念故去的父母,又怨恨"壹醉日富"的兄弟。此诗就是诗人复杂心绪的真实流露。本诗以怀念父母为核心,反映了当时混乱、黑暗的社会生活的一个侧面,具有一定的史料价值。

全诗采用比兴手法,借景抒情。第一章写斑鸠的鸣叫、翰飞、戾天,用以比喻诗人处境艰难、内心忧伤,述怀念祖先、父母之情,暗含今不如昔之意。第二章以"齐圣"的"饮酒温克"与兄弟们的"彼昏不知,壹醉日富"作对比,感伤兄弟纵酒,斥责中饱含劝诫之意。第三章以采菽和螟蛉背负螟蛉之子,比喻诗人自己代养兄弟们的孩子,并教育他们长大继承祖业家风。第四章以鹡鸰"载飞载鸣"来比喻自己夙兴夜寐的操劳,以慰藉父母在天之灵。第五章以"交交桑扈,率场啄粟"象征自己复杂的心情,贫病交加又有官司在身,表现了诗人对未来的焦虑。第六章连用三个比喻句,生动形象地描绘了诗人警惕、恐惧的复杂心境,总括了自己诚惶诚恐、艰难度日的痛苦之情。这些比兴生动形象,贴切真实,形神兼备,真切感人,耐人寻味。

全诗重点突出,层次分明,感情真挚,语意恳切,语言质朴,生动活泼,别具一格,具有很强的艺术感染力。朱熹评之"此诗之辞最为明白,而意极恳至"。

小 弁[1]

弁彼鸒斯[2]，归飞提提[3]。
民莫不穀[4]，我独于罹[5]。
何辜于天[6]？我罪伊何？
心之忧矣，云如之何[7]？

踧踧周道[8]，鞠为茂草[9]。
我心忧伤，惄焉如捣[10]。
假寐永叹[11]，维忧用老[12]。
心之忧矣，疢如疾首[13]。

维桑与梓[14]，必恭敬止[15]。
靡瞻匪父[16]，靡依匪母[17]。
不属于毛[18]，不离于里[19]。
天之生我，我辰安在[20]？

菀彼柳斯[21]，鸣蜩嘒嘒[22]。
有漼者渊[23]，萑苇淠淠[24]。
譬彼舟流，不知所届[25]。
心之忧矣，不遑假寐。

鹿斯之奔，维足伎伎[26]。
雉之朝雊[27]，尚求其雌。
譬彼坏木[28]，疾用无枝[29]。
心之忧矣，宁莫之知[30]！

相彼投兔[31]，尚或先之[32]。

行有死人[33]，尚或墐之[34]。

君子秉心[35]，维其忍之[36]。

心之忧矣，涕既陨之[37]。

君子信谗，如或酬之[38]。

君子不惠，不舒究之[39]。

伐木掎矣[40]，析薪扡矣[41]。

舍彼有罪，予之佗矣[42]。

莫高匪山，莫浚匪泉[43]。

君子无易由言[44]，耳属于垣[45]。

无逝我梁[46]，无发我笱[47]。

我躬不阅[48]，遑恤我后[49]。

【注释】

[1]弁(pán)：通"昪"(biàn)，快乐。[2]鸒(yù)：鸟名，又名雅乌。斯：语助词，犹"啊"。[3]提(shí)提：群鸟安闲翻飞貌。[4]穀：善，指生活美好。[5]罹：忧愁。[6]辜：罪过。[7]云如之何：即如何、怎么办的意思。云，语首助词。[8]踧(dí)踧：平坦貌。周道：大道，大路。[9]鞠(jú)：阻塞，充塞。[10]怒(nì)焉：想起来。怒，想。捣：舂撞。[11]假寐：打盹。永叹：长叹。[12]维：只因。用：犹"而"。[13]疢(chèn)：热病，指内心忧痛烦热。如：犹"而"。疾首：头疼。[14]桑、梓：古代桑、梓多植于住宅附近，桑以养蚕，梓作器具，可传子孙，后代遂为故乡的代称，见之自然思乡怀亲。诗中桑梓是父母所种植，所以对它也应该恭敬。[15]止：语助词。[16]靡：不。匪：不是。"靡……匪……"句，用两个否定副词表示更加肯定之意。瞻：尊敬，敬仰。[17]依：依恋。[18]属(zhǔ)：连属。毛：犹"表"，古代裘衣毛在外。[19]离：通"丽"，附着。[20]辰：时，时运，运气。[21]菀：茂密貌。[22]蜩(tiáo)：蝉。嘒(huì)嘒：蝉鸣声。[23]濯(cuǐ)：水深貌。渊：深水潭。[24]

萑(huán)苇:芦苇。淠(pèi)淠:茂盛貌。[25]届:到,止。[26]维:犹"其"。伎(qí)伎:鹿急跑貌。[27]雉(zhì):野鸡。雊(gòu):野鸡叫。[28]坏木:有病的树木。[29]疾:病。用:犹"而"。[30]宁:犹"乃""岂",竟然,难道。[31]相:看。投兔:入网的兔子。[32]先:开,放。[33]行(háng):道路。[34]墐(jìn):同"殣",掩埋,埋葬。[35]秉心:居心,用心。[36]维:犹"何"。忍:残忍。[37]陨涕:落泪。陨,落。[38]酬:敬酒,劝酒。[39]舒:缓慢。究:追究,考察。之:这里指谗言。[40]掎(jǐ):牵引。[41]析薪:劈柴。扡(chǐ):顺着纹理劈开。[42]佗(tuó):加。[43]浚:深。[44]无易:不要轻易。由:于。[45]耳:指窃听者。属:连接。垣:墙。[46]逝:借为"折",拆毁。梁:拦水捕鱼的堤坝,亦称鱼梁。[47]发:打开。笱(gǒu):捕鱼用的竹笼。[48]躬:自身,自己。阅:收容。[49]遑:闲暇。恤:忧虑。

【译文】

雅乌雅乌好快乐,翻飞向巢真闲适。
大家生活多美好,我独遭灾难排遣。
我在哪里得罪天?具体罪名啥条款?
悲伤满心难说完,对此我能怎么办?

京都大道多平坦,丛丛草儿都长满。
忧伤深切难以言,内心好比棒杵捣。
和衣而卧发长叹,悲忧使人容颜老。
悲伤满心难说完,头疼心烦发高烧。

桑树梓树种门前,恭敬如同敬祖先。
儿子无时不尊父,无时不将母亲恋。
爹生犹如皮和毛,娘生犹如血肉连。
老天如今生下我,为啥时命多乖蹇?

株株柳树条条青,有蝉喳喳不停鸣。

潭水幽深不见底，芦苇丛丛密集生。

我像小船到处漂，不知漂到哪里停。

忧伤满心难说完，思念不安难打盹。

野鹿快跑怕失散，扬起四蹄脚步慢。

野鸡早晨不住啼，雄鸟求雌好伙伴。

我像一株有病树，枝条不生叶枯干。

忧伤满心难说完，无人理解我孤单！

野兔不幸网里关，有人怜悯放它还。

尸体倒在道路边，有人好心把他葬。

父亲大人心真狠，这般残忍真不该。

忧伤满心难说完，泪落如雨真可怜。

父亲轻信诸谗言，就像任人把酒劝。

父亲对我少关爱，思虑草率欠周全。

伐树必须拉紧绳，砍柴应该顺纹理。

放过罪人进谗者，却将罪名加于我。

不高那就不是山，不深那就不是渊。

父亲不能轻发言，小心有耳贴墙边。

勿到我的鱼梁去，不要打开鱼笼看。

自身尚且无处容，难将身后事挂念。

【题解】

关于本诗的主题及作者，众说纷纭，主要有两种观点：一、刺幽王，太子宜臼或太子之傅所作。《毛诗序》认为："《小弁》，刺幽王也，太子之傅作焉。……幽王娶申女，生太子宜臼，又说褒姒，生子伯服，立以为后，而放宜臼，将杀之。"朱熹《诗集传》认为："幽王娶于申，生太子宜臼，后得褒姒而惑之，生子伯服,信其谗,黜申后,逐宜臼,而宜臼作此诗以自怨也。序以为太子傅述太子之情以为是诗,不知其何所据也。"在注《孟子》时,又认为是"太子傅之作",《诗序辨说》云:"此诗明白为放子之作无疑,但未有以见其必为宜臼耳。"由此可见,朱熹对作者是谁也不确定。二、亲亲,伯奇所作。三家诗持此说。王先谦认为:"鲁说曰:《小弁》,《小雅》之篇,伯奇之诗也。伯奇仁人,而父虐之,故作《小弁》之诗。……《履霜操》者,尹吉甫之子伯奇所作也。吉甫娶后妻,生子曰伯邦,乃谮伯奇于吉甫,放之于野。伯奇清朝履霜,自伤无罪见逐,乃援琴而鼓之。宣王出游,吉甫从之。伯奇乃作歌,以言感之于宣王。王闻之,曰:'此孝子之辞也。'吉甫乃求伯奇于野而感悟,乃射杀后妻。"(《诗三家义集疏》)孟子云:"《小弁》之怨,亲亲也。亲亲,仁也。"(《孟子·告子下》)赵岐注《孟子》,又据鲁诗说而定为伯奇之作,莫衷一是。另外,袁梅《诗经译注》认为此诗为"弃妇之词",可视作一家之言。从本诗内容来看,将此诗看作"一首被父亲放逐的人抒发心中哀怨的诗"(程俊英),更符合实际。

第一章将"弁彼鸒斯,归飞提提"与"民莫不穀,我独于罹"对比,以"心之忧矣,云如之何"的慨叹,体现了作者的幽怨之情。诗人无罪被逐,不禁仰天长叹:"何辜于天?我罪伊何?"第二章触景生情,抒发作者幽怨交织的心情。杂草生于平坦大道上,象征平静生活突生变故。诗人悲伤不已,以至于"惄焉如捣""疢如疾首"。第三章叙述他孝敬父母却反被父母放逐的悲哀。恭敬孝顺而遭父母遗弃,诗人百思不得其解,只有仰天长叹:"天之生我,我辰安在?"第四、五章又一次触景生情,抒发苦无归依、心灰意懒的痛苦之情。诗中以乐景衬托哀情,以"菀彼柳斯,鸣蜩嘒嘒。有漼者渊,萑苇淠淠"的繁荣反衬诗人"譬彼舟流,不知所届";以"鹿斯之奔,维足伎伎。雉之朝雊,尚求其雌"的欢畅反衬诗人"譬彼坏木,疾用无枝"。第六章抒发对父亲残忍、不念亲子之情的怨愤。以野兔投网有人放、人死于道有人葬作对比,对父亲放逐自己的行为万分不解,泪如雨下。第七章指出被逐的原因在于"君子信谗",颠倒黑白,以至于"舍彼有罪,予之佗矣"。第八章进一步叙述自己被逐后的心情。被放逐后的诗人小心谨慎,不断警示自己"无易由言",诗人在特殊境遇中"耳属于垣",随时随地都有可能被人抓住把柄,被人陷害。

　　本诗以"幽怨"为基调,或正面描述,或反面衬托,或赋,或比,或兴,内容丰富,感情沉重,言辞恳切,形象具体,布局精巧,具有很强的艺术感染力。方玉润评曰"整中有散,正中寄奇""离奇变幻,令人莫测"(《诗经原始》),给人留下了充足的想象空间。

巧　言

悠悠昊天[1],曰父母且[2]。

无罪无辜,乱如此幠[3]。

昊天已威[4],予慎无罪[5]。

昊天泰幠[6],予慎无辜。

乱之初生,僭始既涵[7]。

乱之又生,君子信谗。

君子如怒[8],乱庶遄沮[9]。

君子如祉[10],乱庶遄已。

君子屡盟[11],乱是用长。

君子信盗[12],乱是用暴。

盗言孔甘[13],乱是用餤[14]。

匪其止共[15],维王之邛[16]。

奕奕寝庙[17],君子作之。

秩秩大猷[18],圣人莫之[19]。

他人有心[20],予忖度之。

跃跃毚兔[21],遇犬获之。

荏染柔木[22],君子树之。

往来行言[23]，心焉数之。

蛇蛇硕言[24]，出自口矣。

巧言如簧[25]，颜之厚矣。

彼何人斯？居河之麋[26]。

无拳无勇[27]，职为乱阶[28]。

既微且尰[29]，尔勇伊何？

为犹将多[30]，尔居徒几何[31]？

【注释】

[1]悠悠:遥远的样子。昊天:老天,苍天。[2]曰:称,叫。且(jū):语尾助词。[3]憮(hū):大。[4]已:甚。威:暴虐,威怒。[5]慎:诚,确实。[6]泰憮:太糊涂。泰,通"太"。憮,怠慢,疏忽。[7]僭(jiàn):通"譖",谗言。既:尽。涵:容纳。[8]怒:怒责谗人。[9]庶:几乎,差不多。遄(chuán)沮:快速制止。[10]祉:福,这里指任贤以致福。[11]盟:结盟。[12]盗:盗贼,这里借指谗人。[13]孔甘:很好听,很甜。[14]餤(tán):进食,这里引申为增多、加剧。[15]匪:非。止共:尽职尽责。止,做到。共,通"恭",忠于职守。[16]维:为。邛(qióng):病。[17]奕奕:高大美盛的样子。寝:宫室。庙:宗庙。[18]秩秩:宏伟的样子。大猷:治国的大道,指典章制度、谋略。[19]莫:通"谟",谋划。[20]他人有心:这里指谗人有心破坏。[21]跃跃:跳跃貌。毚(chán):狡猾。[22]荏(rěn)染:柔弱貌。柔木:善木。[23]往来:指辗转相传。行言:流言,谣言。[24]蛇(yí)蛇硕言:夸夸其谈的大话。蛇蛇,"訑訑"的假借。蛇,欺。[25]巧言如簧:说话像奏乐一样好听。巧言,花言巧语。簧,笙类乐器的簧片。[26]麋(méi):通"湄",水边。[27]拳勇:指有才力的人。拳,力。[28]职:主,主要。乱阶:这里指逐渐引出祸乱的一连串事件。阶,阶梯,这里用比喻义。[29]微:通"癓",小腿生褥疮。尰(zhǒng):借为"瘇",脚肿。[30]犹:通"猷",诡计。[31]居:语助词。徒:党徒。

【译文】

高远苍天听我说,我把你当父与母。
人们无罪也无过,竟遇大祸太残酷。
苍天发威太恐怖,可我实在没罪过。
苍天大意太糊涂,但我真的很无辜。

祸乱当初萌发时,听信谗言不制止。
祸乱再次发生时,君王又把谗言进。
君子闻谗像受责,祸乱迅速被除尽。
君子重德又任贤,祸乱早被铲除掉。

君子谗臣要结盟,祸乱于是无穷尽。
君子信任诸盗贼,祸乱来势更凶猛。
盗贼谗人巧言语,祸乱于是得滋生。
谗人不会尽职守,只会将君来坑害。

赫赫宫室好庄严,先王辛苦来建成。
典章制度真完善,圣人贤明来制定。
有人存心破坏它,我会估计会料中。
蹦跳狡兔乱窜行,碰上猎狗把命送。

诸多树木好袅娜,君子栽培成绿荫。
谣言传播到处是,细心辨别能识真。
夸夸其谈哪里来,皆是谗人口中喷。
花言巧语像吹簧,卑鄙无耻太可恨。

究竟他是哪里人? 家住大河丰草边。
缺少才能和勇气,只是为祸又造乱。

小腿溃烂脚又肿,你的勇气何处见?
诡计多端遭人厌,作乱同党剩几人?

【题解】

关于本诗的主题,《毛诗序》认为:"《巧言》,刺幽王也。大夫伤于谗,故作是诗也。"程俊英认为:"这是讽刺统治者听信谗言因而祸国殃民的诗。"从诗歌内容来看,《毛诗序》所言"大夫伤于谗"是符合实际的,是否"刺幽王"则很难断定。

第一章以"悠悠昊天,曰父母且。无罪无辜,乱如此幠"起调,可谓痛彻心扉。继而发出了"昊天已威,予慎无罪。昊天泰幠,予慎无辜"的绝望申辩,激愤异常,毫无遮拦,这一面对苍天的呐喊,道出了蒙受奇冤而又无处昭雪者的心声。第二章深刻揭露了谗言产生的原因。诗人认为谗言乱政的根源不在进谗者而在信谗者。第三章指出处于独特地位的天子更容易信谗。"盗言孔甘,乱是用餤"将"君子信谗"的过程及结局一针见血地揭示出来,具有十分重要的警示意义,可作当政者的座右铭。第四、五章生动地刻画了进谗者阴险、虚伪的丑恶嘴脸。他们"蛇蛇硕言""巧言如簧,颜之厚矣",诗人以形象生动的语言将进谗者刻画得入木三分。并以"跃跃毚兔,遇犬获之"指出了进谗者的最终下场。第六章进一步点明进谗者是谁。进谗者"居河之麋""无拳无勇,职为乱阶",令人憎恶,诗人感情难以抑制,诅咒进谗者"既微且尰",将本诗情感推向高潮。

本诗感情真挚强烈,通篇直抒胸臆,从爱国的高度批判了谗言误国、谗言惑政的行径,引起了后世仁人志士的强烈共鸣,对后世诗文创作影响深远。

巷　伯

萋兮斐兮[1],成是贝锦[2]。

彼谮人者,亦已大甚!

哆兮侈兮[3]，成是南箕[4]。
彼谮人者，谁适与谋？

缉缉翩翩[5]，谋欲谮人。
慎尔言也，谓尔不信。

捷捷幡幡[6]，谋欲谮言。
岂不尔受？既其女迁[7]。

骄人好好[8]，劳人草草[9]。
苍天苍天，视彼骄人，
矜此劳人。

彼谮人者，谁适与谋？
取彼谮人，投畀豺虎。
豺虎不食，投畀有北[10]。
有北不受，投畀有昊[11]。

杨园之道，猗于亩丘[12]。
寺人孟子[13]，作为此诗。
凡百君子，敬而听之。

【注释】

[1]萋、斐(fěi)：皆为花纹相错貌。[2]贝锦：贝壳有文采像锦，故称锦曰贝锦。[3]哆(chǐ)：张口貌。侈：大。[4]南箕：星宿名，共四颗星，连接成梯形，状如簸箕，故名箕。因在南方，又名南箕。[5]缉缉：附耳私语貌。翩翩：花言巧语。[6]捷捷：信口雌黄貌。幡(fān)幡：同"翩翩"。[7]女：同"汝"。[8]骄人：这里指进献谗言者。[9]劳人：忧人，失意的人。这里指被

谗者。草草:忧愁貌。陈奂《诗毛氏传疏》:"草读为慅(cǎo,忧愁),假借字也。"[10]畀(bì):给予。有北:这里指北方苦寒之地,"有"为名词词头。[11]有昊:即昊天、苍天。[12]猗:加,靠在。亩丘:丘名。[13]寺人:阉人,如后世的宦官。孟子:作者自称。孟,氏。

【译文】

丝线错杂色纷纭,可以织成贝纹锦。
造谣诽谤献谗者,行径确实太过分!

大嘴张开如簸箕,就像南面簸箕星。
造谣诽谤献谗者,谁愿与你去交心?

叽叽喳喳嚼舌根,一心算计去害人。
说话一定要谨慎,否则往后无人信。

信口雌黄胡乱编,到处谎话造谣言。
难道还没被你骗?终有一天会发现。

得志之人竟忘形,受害之人却消沉。
苍天苍天睁开眼,看看骄横那个人,
可怜我等受其谗。

造谣生事害人精,谁愿与你去交心?
抓住害人造谣者,扔到野外豺虎吞。
豺虎嫌弃不愿食,扔到北荒喂野人。
倘若北荒也不要,就由老天来惩罚。

一条去往杨园路,紧靠山坡高高顶。
一名宦官叫孟子,唱首歌谣抒心情。

过往君子大老爷,请您听我把心明。

【题解】

关于本诗的主题,《毛诗序》认为:"《巷伯》,刺幽王也,寺人伤于谗,故作是诗也。""巷",宫中小道名,即秦汉时期所谓的"永巷"。"巷伯"即"寺人"、宦官,也就是作者本人。诗中没有"巷伯"二字,而名之曰《巷伯》,是因为寺人就是巷伯,都是宦官的通称。孟子是作者自称,他是一个遭受过政治诬陷而蒙冤受屈的人。由诗歌内容可见,这是寺人孟子因被谗受害而作以泄愤、怒斥造谣诬陷者的诗。

本诗首句"萋兮斐兮,成是贝锦",指用花言巧语编织成的贝锦,最易迷惑人,尤其是无主见的国君。第二、三、四章形象地勾勒了造谣者叽叽喳喳、花言巧语、上蹿下跳、混淆视听的丑恶嘴脸。并以"彼谮人者,谁适与谋"抒发愤慨之情,警告他们"慎尔言也,谓尔不信""岂不尔受,既其女迁"。第五章进一步诅咒造谣者,祈求上苍对他们进行正义的惩罚。第六章以"取彼谮人,投畀豺虎。豺虎不食,投畀有北。有北不受,投畀有昊"表达了作者对造谣者的极大厌恶,作者眼中的造谣者可谓天怒人怨,罪大恶极,不可救药。第七章留下了作者的名字,这在《诗经》中实为罕见。署名更加明确了本诗乃实有其事、有感而发。

本诗感情真挚,传达了遭谗获罪、惨遭宫刑而做了宦官的正直作者的心声,引起了后世蒙冤受屈者极为强烈的共鸣。司马迁《报任少卿书》云:"祸莫惨于欲利,悲莫痛于伤心,行莫丑于辱先,诟莫大于宫刑。刑余之人,无所比数,非一世也,所从来远矣。"因此,班固称惨遭宫刑的司马迁为"《小雅·巷伯》之伦"(《汉书·司马迁传·赞》)。

谷　风[1]

习习谷风[2],维风及雨[3]。
将恐将惧[4],维予与女[5]。

将安将乐,女转弃予[6]。

习习谷风,维风及颓[7]。

将恐将惧,置予于怀。

将安将乐,弃予如遗[8]。

习习谷风,维山崔嵬[9]。

无草不死,无木不萎。

忘我大德[10],思我小怨[11]。

【注释】

[1]谷风:来自山谷的风。[2]习习:连续不断的风声。[3]维:是。[4]将:正当。[5]与:亲附。女:同"汝",你。[6]转:反而。[7]颓:自上而下的旋风。[8]遗:遗忘。[9]崔嵬(wéi):山高峻貌。[10]大德:指能共患难。[11]小怨:小缺点。

【译文】

呼呼大风谷口生,风雨交加天地动。

当初遭受忧患时,唯我助你渡苦难。

现在生活已安好,反将我来抛弃掉。

呼呼大风谷口生,阵阵旋风转不停。

当初遭受忧患时,将你抱在我怀中。

现在生活已安好,将我丢掉全忘记。

呼呼大风谷口生,吹过高山和峻岭。

风吹百草全枯死,风吹树木皆凋零。

我的好处全抛弃,专将小过记心中。

【题解】

关于本诗的主题,主要有两种观点:一、伤友道之绝。《毛诗序》云:"《谷风》,刺幽王也。天下俗薄,朋友道绝焉。"《诗集传》亦云:"此朋友相怨之诗,故言'习习谷风',则'维风及雨'矣,'将恐将惧'之时,则'维予与女'矣,奈何'将安将乐'而'女转弃予'哉。""'习习谷风,维山崔嵬',则风之所被者广矣,然犹无不死之草,无不萎之木,况于朋友,岂可以忘大德而思小怨乎?"只言其伤友道之绝,未言刺周幽王。方玉润《诗经原始》认为《毛诗序》"刺幽王"之说穿凿空泛,其观点与朱熹一致。二、弃妇诗。今人高亨《诗经今注》、程俊英《诗经译注》等均持此说。陈子展《诗经直解》虽仍持旧说,但又云:"此诗风格绝类《国风》,盖以合乐入于《小雅》。《邶风·谷风》,弃妇之词。或疑《小雅·谷风》亦为弃妇之词。母题同,内容往往同,此歌谣常例。《后汉·阴皇后纪》,光武诏书云:'吾微贱之时,娶于阴氏。因将兵征伐,遂各别离。幸得安全,俱脱虎口。……"将恐将惧,维予与女。将安将乐,女转弃予。"风人之戒,可不慎乎!'此可证此诗早在后汉之初,已有人视为弃妇之词矣。"从内容来看,将本诗视为一首弃妇诗更符合实际。

全诗以风雨起兴,触景生情,引出诗人无穷的伤怀愁绪。前两章今昔对比,先忆旧日家贫时,夫妻二人同舟共济、含辛茹苦,此时丈夫对她体贴爱护,再述后来家境好转、安定富裕,丈夫却忘恩负义,将她抛弃。通过前后情景的强烈反差,表达了对只可共患难、不能同享乐的负心丈夫的谴责之情。第三章以"无草不死,无木不萎"之景衬托"忘我大德,思我小怨"之情,形象贴切,将女主人公的情感推向高潮。

本诗虽以谴责为主,但语言含蓄婉转,娓娓道来,毫无谴责骂詈之词,而责备之意全出,体现了"怨而不怒"的中和之美。抒情女主人公善良、柔弱的劳动妇女形象呼之欲出。陈子展《诗经直解》引孙缄语云:"道情事实切,以浅境妙。末两句道出受病根由,正是诗骨。"可谓鞭辟入里。本诗创作手法同《邶风·谷风》如出一辙,主题也完全相同,同名《谷风》写风雨交加之际的凄苦难耐之情,可以对照阅读。

蓼　莪[1]

蓼蓼者莪[2]，匪莪伊蒿[3]。
哀哀父母，生我劬劳[4]。

蓼蓼者莪，匪莪伊蔚[5]。
哀哀父母，生我劳瘁。

瓶之罄矣[6]，维罍之耻[7]。
鲜民之生[8]，不如死之久矣。
无父何怙[9]？无母何恃？
出则衔恤[10]，入则靡至。

父兮生我，母兮鞠我[11]。
拊我畜我[12]，长我育我。
顾我复我[13]，出入腹我[14]。
欲报之德，昊天罔极[15]！

南山烈烈[16]，飘风发发[17]。
民莫不穀[18]，我独何害！

南山律律[19]，飘风弗弗[20]。
民莫不穀，我独不卒[21]！

【注释】

[1]莪(é)：莪蒿，俗称抱娘蒿。李时珍《本草纲目》载："莪抱根丛生，俗谓之抱娘蒿。"[2]蓼(lù)蓼：长又大貌。[3]匪：同"非"。伊：是。蒿：蒿子，

有青蒿、白蒿等数种。[4]劬(qú)劳:劳苦,劳累。[5]蔚(wèi):又名牡蒿。全草供药用,晒干可燃烟驱蚊。[6]瓶:汲水器具。罄(qìng):尽,空。[7]罍(léi):大肚小口的酒坛。二句以酒瓶空空是酒坛的耻辱,比喻民穷不能养父母是统治者的耻辱。[8]鲜(xiǎn)民:寡民,孤子。鲜,指寡、孤。[9]怙(hù):依靠。[10]出:出门,指离家服役。衔:含。恤:忧愁。[11]鞠:养。[12]拊:通"抚",抚摸。畜:通"慉",喜爱。[13]顾:指在家时对他照顾。复:指出门后对他挂念。[14]腹:指抱在怀里。[15]昊(hào)天:广大的天。罔极:无常,没有定准。罔,无。极,准则。[16]烈烈:山高峻险阻的样子。[17]飘风:暴风。发发:读如"拨拨",大风呼啸的声音。[18]穀:赡养。[19]律律:山势高耸突起的样子。[20]弗弗:大风扬尘的样子。[21]不卒:不得为父母送终。卒,终,指养老送终。

【译文】

莪蒿莪蒿长又高,实非莪蒿乃散蒿。
可怜我的父和母,生我养我太辛劳。

长高莪蒿很青翠,实非莪蒿而是蔚。
可怜我的父和母,生我养我太劳累。

酒瓶早空露了底,酒坛羞耻觉害臊。
孤儿活着没依靠,不如早早就死掉。
没有父亲依靠谁?没有母亲何所靠?
出门服役心含悲,回来双亲看不到。

爹呀是您生下我,娘呀是您哺育我。
抚摸我啊爱护我,把我养大教育我。
照顾我啊挂念我,出门进门抱着我。
如今想报父母恩,老天降灾难预料!

　　南山崎岖难登攀,狂风凄厉刺骨寒。

　　人人都把父母养,独我服役遭劫难!

　　南山高峻把路拦,狂风凄厉尘飞扬。

　　人人都把父母养,为何我独难送终!

【题解】

　　关于本诗的主题,《毛诗序》云:"刺幽王也。民人劳苦,孝子不得终养尔。"从本诗内容来看,"刺幽王,民人劳苦"无从得见,"孝子不得终养"符合诗人本义。本诗抒发的正是苦于劳役,不能终养父母的痛苦之情。

　　本诗前两章写父母生我养我的劳累辛苦。前两句触景生情,诗人将散生不可食用的蒿与蔚,错当作香美可食用的莪,心有所感,以莪喻人成才且孝顺,蒿、蔚则代表不成才且不能为父母尽孝。诗人对自己不成才且不能为父母尽孝的自责之情溢于言表。每章后两句总结概括,陈述父母含辛茹苦将自己养大的事实。朱熹《诗集传》云:"言昔谓之莪,而今非莪也,特蒿而已。以比父母生我以为美材,可赖以终其身,而今乃不得其养以死。于是乃言父母生我之劬劳而重自哀伤也。"

　　第三、四章写儿子失去双亲,没有尽到孝心的羞耻和痛苦。第三章"瓶之罄矣,维罍之耻"用瓶比喻父母,用罍比喻孩子。因为瓶需从罍中汲水,罍以瓶空为耻,比喻儿子以未能赡养父母以尽孝而感到羞耻。"鲜民之生,不如死之久矣。无父何怙?无母何恃?出则衔恤,入则靡至"六句写失去父母后的孤苦之情,把失去依靠、失去温暖的境况表现得淋漓尽致。孝子失去父母,出入茫茫然若有所失,正如戴震《毛诗补传》载曹粹中云:"以无怙恃,故谓之鲜民。孝子出必告,反必面,今出而无所告,故衔恤。上堂入室而不见,故靡至也。"第四章前六句连用生、鞠、拊、畜、长、育、顾、复、腹等九个动词和九个"我"字,陈述父母对"我"养育抚爱的各个细节,使前两章所谓"劬劳""劳瘁"更加具体、细化。这九个动词和九个"我"字,质朴真切,细致入微,韵律急促,如泣如诉,感人至深,正如姚际恒《诗经通论》所云:"勾人眼泪全在此无数'我'字。"第四章最后两句以"昊天罔极"谴责上天变化无常,夺去父母双亲,以致诗人欲报不能。

第五、六章继续抒写诗人的不幸遭遇。每章首两句以南山、飘风起兴,营造了萧瑟悲凉的气氛,以此象征失去双亲的凄凉心境和悲怆心情。烈烈、发发、律律、弗弗四组入声叠字,音韵低沉,宛如呜咽,衬托了无限哀思。每章后两句以众衬己,表现了无可奈何之情,其中含有无尽的遗憾和悔恨。

全诗赋、比、兴交替使用,前后呼应;抒情起伏跌宕,回环往复,将孤子哀伤情思写到极致。"哀哀父母,生我劬劳"一句,朴实真切,感人至深,引起后世无数痛失双亲者的共鸣。本诗首次以充沛的情感彰显了子女赡养、孝敬父母的传统美德,表达了"子欲养而亲不待"的无尽遗憾。其中某些诗句为后人反复引用、屡屡言及,对中华民族的心理、精神等都产生了极为深远的影响。

北　山

陟彼北山,言采其杞[1]。
偕偕士子[2],朝夕从事。
王事靡盬[3],忧我父母[4]。

溥天之下[5],莫非王土;
率土之滨[6],莫非王臣。
大夫不均,我从事独贤[7]。

四牡彭彭[8],王事傍傍[9]。
嘉我未老,鲜我方将[10]。
旅力方刚[11],经营四方[12]。

或燕燕居息[13],或尽瘁事国[14];
或息偃在床[15],或不已于行[16]。

或不知叫号^[17]，或惨惨劬劳^[18]；
或栖迟偃仰^[19]，或王事鞅掌^[20]。

或湛乐饮酒^[21]，或惨惨畏咎^[22]；
或出入风议^[23]，或靡事不为^[24]。

【注释】

[1]言：语助词。[2]偕偕：强壮之貌。[3]靡盬：无休无止。[4]忧我父母：为父母无人服侍而担忧。[5]溥：古本作"普"，普遍的意思。[6]率土之滨：四海之内。[7]贤：多劳。[8]牡：公马。彭彭：形容马奔走不息。[9]傍傍：急急忙忙的样子。[10]鲜：称赞。方将：正壮。[11]旅力：体力。旅，通"膂"。[12]经营：规划治理，这里的意思是操劳办事。[13]燕燕：安闲自得的样子。居息：家中休息。[14]尽瘁：尽心竭力。[15]息偃：躺着休息。偃，仰卧。[16]不已：不止。行：道路。[17]叫号：呼号。毛传："叫呼号召。"[18]惨惨：又作"懆懆"，忧虑不安貌。劬劳：辛勤劳苦。[19]栖迟：休息游乐。[20]鞅掌：事多繁忙，烦劳不堪之貌。[21]湛：同"耽"，沉湎。[22]畏咎：怕出差错获罪招祸。[23]风议：放言高论。[24]靡事不为：无事不做。

【译文】

我一步步登上高高的北山，采撷树上那些红红的枸杞。
像我这样身强力壮的士人，每天起早贪黑忙不停息。
朝廷上的公事无尽无休，忧心无暇问及父母起居。

在广袤无垠的普天之下，没有一处不是周王的封土；
在各处诸侯分封的领地上，没有一人不是周王的奴仆。
哀叹大夫分配劳役的不公，唯独让我一人为国事辛劳。

四匹雄壮的马儿奔走四方，我为周王公事不停地奔忙。

周王一直夸赞我宝刀未老,接连称赞我正当年富力强。
我自我感觉也是体力正壮,尽心尽力地奔波经营四方。

可是看到有的人静享安乐,有的人鞠躬尽瘁操劳王事;
有的人安睡在床高卧不起,有的人奔波不停劳作不止。

有的人不闻不问百姓号叫,有的人勤政不息忧心烦恼;
有的人早睡晚起高枕无忧,有的人忙于王事长期操劳。

有的人完全沉溺饮酒作乐,有的人谨小慎微不敢承担;
有的人出来进去高谈阔论,有的人忙里忙外万事都干。

【题解】

《北山》是西周时期的一位士大夫因怨恨上层统治者分配工作劳逸不均
而创作的诗歌。《毛诗序》曰:"《北山》,大夫刺幽王也。役使不均,己劳于
从事而不得养其父母也。"《后汉书·杨赐传》云:"劳逸无别,善恶同流,《北
山》之诗,所为训作",此为鲁说,齐、韩盖同,唐、宋疏传均无异词。从这首诗
的题解来看,显然是承袭了有关的孟子说诗之言,在《孟子·万章上》中曾经
对这首诗的诗义解释为"劳于王事而不得养父母也"。对于本诗作者的身
份,孟子没有讨论,但是从诗中所说的"士子",可以大致判断作者应该是中
下层的士大夫。但是,这一身份问题到了汉、唐之世,却因为解诗诸家刻意
拔高作者身份而产生了争议,如朱熹就将其称之为"大夫行役而作"。到了
清代,姚际恒在《诗经通论》中才逐渐还原了作者的本来身份,明确指出:"此
为为士者所作以怨大夫也,故曰'偕偕士子',曰'大夫不均',有明文矣。"其
后,方玉润《诗经原始》言:"幽王之时,役赋不均,岂独一士受其害?然此诗
则实士者之作无疑。"由此,作者身份才逐渐明朗。

西周时期的社会、政权是按照严密的宗法制度组成的,周王和各诸侯的
臣属,可以大致分为卿、大夫、士三个等级,其中卿又可分为上卿、少卿,大夫
可以分为上大夫、中大夫、下大夫,士可以分为上士、中士、下士。这一体系

中,其等级森严,地位的尊卑是不可逾越的。在这种制度下,完全按照血缘关系的远近亲疏来规定各自地位的尊卑。其中的士属于最低的阶层,在统治阶级内部处于最受役使和压抑的地位。《诗经》中有大量的诗篇描写士阶层的辛劳和痛楚,抒发士人的苦闷、不满,在客观上暴露了西周时期统治阶级内部的上下关系中存在的深刻矛盾,反映了当时宗法等级社会的不平等性及其隐患。

《北山》一诗通过对上下阶层劳役分配不均的怨刺,揭露了西周时期统治阶级上层的腐朽,统治阶级下层的怨愤,是整个《诗经》所有的怨刺诗中较为突出的篇章。诗的前三章叙述了诗人工作的繁重、朝夕的勤劳、常年的奔波,发出"大夫不均,我从事独贤"的怨愤。而后,以"嘉我未老"这几句诗勾画了上级役使下属的手腕,上级通过赞扬、夸奖等手法来笼络下属,形象展现出统治者驭下的典型嘴脸。诗的后三章,通过对比手法,以十二句接连铺陈出当时的十二种现象,每两种现象是一个对比,通过六个对比,描写了上层统治者和下层属员这两个对立的形象。上层统治者可以安闲舒适,高枕无忧,饮酒享乐,自己不参与任何的征役,但是却热衷于挑错。下层属员被这样的上级役使,尽管他已经竭心尽力、奔走不息,可是在辛苦劳累之后,却还要日日提心吊胆,生怕出任何差错而被上司治罪。在两种形象的对比之后,本诗戛然而止,没有任何评论,也没有抒发感慨,只是通过陈述事实,来唤起读者对于此种不公的感情,让读者可以更加自然地得出内心的结论。所以,姚际恒说:"或字作十二迭,奇。末更无收束,竟住,尤奇。"

等级森严、任人唯亲的宗法等级制度,在一定的时空之下有其先进性,对于以小邦入主天下的周人来说确实起到了稳固统治的作用,但是这种政治模式有其先天的缺陷,本身就有结构性的冲突。这种结构性的冲突必然会造成如诗中所描写的上层的腐败和下层的怨愤,统治阶级这种内部矛盾的进一步尖锐化,必将是以内部的涣散、解体以至灭亡为终结的,这是西周的血缘政治结构与日渐崛起的地缘政治之间矛盾的缩影,是西周政治模式的结构性矛盾的必然结果。劳逸不均历来不乏,"逸之无妨"和"劳而无功"所带来的结果必然是上下矛盾的激化,从国家行政层面来说,这是关系国家存亡的行政者之大忌,应该引起我们的关注,并以之为鉴,防患于未然。

无 将 大 车[1]

无将大车,祇自尘兮。
无思百忧,祇自疧兮[2]。

无将大车,维尘冥冥[3]。
无思百忧,不出于颎[4]。

无将大车,维尘雍兮[5]。
无思百忧,祇自重兮[6]。

【注释】

[1]将:扶进,此指用手来推车。大车:此指牛车。[2]疧(qí):病痛。[3]冥冥:昏暗之貌。[4]颎(jiǒng):同"炯",心绪不宁,心事重重。[5]雍(yōng):通"壅",引申为遮蔽。[6]重:通"肿",一说借为"恫",病痛,病累。

【译文】

不要推那牛车,只会落得一身尘屑。
不要想那愁思苦闷的心事,只会将病痛招惹上身。

不要推那牛车,尘土蔽空天色蒙蒙。
不要想那愁思苦闷的心事,只会使得心中更不安。

不要推那牛车,尘土蔽空前路难清。
不要想那愁思苦闷的心事,只会使得忧伤更加重。

【题解】

《无将大车》是一首反映贤者怨刺小人的诗。《毛诗序》言:"大夫悔将小人也。"郑笺进一步解释:"周大夫悔将小人。幽王之时,小人众多,贤者与之从事,反见谮害,自悔与小人并。"对于本诗作者有更明确的论述,见于《易林·井之大有》"大舆多尘,小人伤贤。皇父司徒,使君失家",认为是皇父之作。关于本诗的所作年代,《诗三家义集疏》认为《十月之交》篇"皇父卿士",当在幽王时。今人李峰《西周的灭亡》一书中通过将考古材料与《无将大车》《北山》《十月之交》等篇进行对比,认为此诗当确实作于幽王之时。

对于本诗的题旨和背景,历来有多种说法。南宋朱熹在《诗集传》中认为:"此亦行役劳苦而忧思者之作。"清代方玉润在《诗经原始》中指出:"此诗人感时伤乱,搔首茫茫,百忧并集,既又知其徒忧无益,祇以自病,故作此旷达聊以自遣之词,亦极无聊时也。《序》谓'大夫悔将小人',而诗无将小人意。《集传》又谓'行役劳苦而忧思者之作',而诗更无行役语,不知诸儒说《诗》,何以好为附会也如此?"近人陈子展在《诗经直解》中称:"《无将大车》当是推挽大车者所作。此亦劳者歌其事之一例",又言:"愚谓不如以诗还诸歌谣,视为劳者直赋其事之为确也"。近代高亨在《诗经今注》中说:"劳动者推着大车,想起自己的忧患,唱出这个歌。"

从字面来看,这首诗应该是士大夫因忧国忧民而不被上位者接纳,从而发出怨叹。但是汉代的传笺,却以偷梁换柱之法将矛头指向了所谓的"小人",认为凡此种种烦恼和怨愤都由"小人"而引起。孔疏曾云:"足明时政昏昧,朝多小人,亦所以刺王也。"孔氏没有枉顾诗义,也承认诗有讽刺君上的意思,同时竭力指出诗人针对的主要是朝中的小人,刺上只是顺带及之,且意在言外。但是根据《荀子·大略》篇所载:"君人者,不可以不慎取臣;匹夫者,不可以不慎取友……以友观人焉所疑。取友善人,不可不慎,是德之基也。《诗》曰:'无将大车,维尘冥冥。'言无与小人处也。"汉代的《韩诗外传》卷七中也有关于"树人"问题的讨论,并直述赵简子之语:"由此观之,在所树也。今子之所树,非其人也。故君子先择而后种也。"接着即引此诗"无将大车,维尘冥冥"之语做证。汉笺的这种解释实际上是为了符合所谓的温柔敦厚之诗教,可这一说法立不住脚,早就有人提出异议,如南宋戴溪在《续吕氏家塾读诗记》中称此诗"非'悔将小人'也","下云'无思百忧',意未尝及小人。力微而挽重,徒以尘自障,而无益于行,犹忧思心劳而无益于事也。

世既乱矣,不能挽而回之,如蚍蜉之撼大树也,徒自损伤而已尔"。清代的姚际恒也在《诗经通论》中指出:"自《小序》误作比意,因大车用'将'字,遂曰'大夫悔将小人',甚迂。"

再进一步考察,从今人考古发现来看,西周幽王之时的政治形势,是以皇父为首的旧执政派与以虢石父为首的新兴派相对立的,两派之间的政治斗争,是当时朝廷内部的主要矛盾,反映在诗中就是贤者与小人之争。而且,虢石父是幽王启用的执政卿,其背后就是幽王。皇父等旧派执政势力,在考古出土的文献记载中表明在周厉王之时和共和年间,其所发挥的作用是主要的,甚至说周厉王的出奔和共和执政,都是在其掌控范围之内的。但是随着周幽王的继立,皇父在政治斗争中失败,退居边远的东部封国。皇父的远封东国,直接引发了一整个派别的集体出朝,由原本的政治核心地带——丰镐之都而迁徙到边缘地带,这反映的正是西周幽王之时的政治斗争。所以说诗作表面上是对西周朝廷内小人的讽刺,实则是对小人背后的幽王的暗讽。方玉润认为是纯粹附会之作,其观点有失偏颇。

本诗采用的是重章复沓的形式,通过反复咏唱以宣泄诗人内心的情感,语言朴实、真切,颇具民歌风味,因而虽列于《小雅》,却类似于风诗。全诗分为三章,通过遣词方面的变化来展现诗义的递进以及诗人情感的加深。如每章的起兴用"尘""冥""雍"三字逐步展现大车扬尘的情景,由掀起尘土到昏昧暗淡,最后达于遮天蔽日,诗人的烦忧也表现得愈加深沉浓烈。这种层次的递进,如果加以大胆推测的话,正与当时的政治形势相似,首先是盈朝的小人,如虢石父之流,再者是幽王宠妃和爱子,如褒姒和伯服,再者就是周王朝的天子——幽王,这三者所代表的是新兴的政治派别,而其所掀起的尘土,正是新兴势力对于旧有政治势力的攻击,其中皇父就是这种旧派政治势力的代表,皇父以出封东部的失败告终,作诗以自遣也甚相得。

小　明

明明上天,照临下土。

我征徂西[1],至于艽野[2]。

二月初吉[3],载离寒暑[4]。

心之忧矣,其毒大苦[5]。

念彼共人[6],涕零如雨。

岂不怀归? 畏此罪罟[7]。

昔我往矣,日月方除[8]。

曷云其还[9]? 岁聿云莫[10]。

念我独兮,我事孔庶[11]。

心之忧矣,惮我不暇[12]。

念彼共人,睠睠怀顾[13]!

岂不怀归? 畏此谴怒。

昔我往矣,日月方奥[14]。

曷云其还? 政事愈蹙[15]。

岁聿云莫,采萧获菽[16]。

心之忧矣,自诒伊戚[17]。

念彼共人,兴言出宿[18]。

岂不怀归? 畏此反覆[19]。

嗟尔君子,无恒安处[20]。

靖共尔位[21],正直是与[22]。

神之听之,式穀以女[23]。

嗟尔君子，无恒安息。

靖共尔位，好是正直。

神之听之，介尔景福^[24]。

【注释】

[1]征:行役。徂:往,前往。西:指镐京的西边。[2]芃野:荒远的边地。[3]二月:周历的二月,也就是夏历的十二月。初吉:每月上旬的吉日。[4]载:乃,则。离:经历。[5]毒:痛苦,磨难。[6]共:通"恭",恭谨尽心。[7]罪罟:法网。[8]除:除旧。[9]曷:何,何时。云:语助词。其:将。还:回去。[10]聿、云:二字均为语助词。莫:古"暮"字,岁暮即年终。[11]孔庶:很多。[12]惮:通"瘅",劳苦。不暇:不得闲暇。[13]睠睠:即"眷眷",恋慕。[14]奥:"燠"字的假借,温暖的意思。[15]蹙:急促,紧迫。[16]萧:艾蒿。菽:豆类。[17]诒:通"贻",遗留。伊:此,这。戚:忧伤,痛苦。[18]兴言:犹"薄言",语首助词。出宿:不能安睡。一说到外面去过夜。[19]反覆:指不测之祸。[20]恒:常。安处:安居,安逸享乐。[21]靖:敬。共:通"恭",奉,履行。位:职位,职责。[22]与:亲近,友好。一说通"举",行为,举止。[23]式:乃,则。穀:善,此指福。以:与。女:汝。[24]介:借为"匄",给予。景福:犹言大福。

【译文】

高高在上有青天，普照大地察人间。

我为公事奔走往西行，历经之地皆荒凉僻远。

我从二月上吉之日启程，迄今历经酷暑严寒。

心里充满忧伤和悲哀，深受折磨痛苦不堪。

想到那恭谨尽职的人，禁不住就泪如泉涌。

难道我不想回归家园吗？只是害怕触犯法网。

当日我刚踏上征程，那时正逢年末岁除。

何时何日才能回去？眼看年终将至而归期仍无。

顾念自己形单影只,公事繁忙数不胜数。

心里充满忧伤悲哀,疲于奔命无暇自顾。

想到那恭谨尽职的人,我无限眷念朝夜思慕!

难道我不想回归家园吗? 只是怕上司恼怒责罚。

当日我刚踏上征程,正值由寒转暖的气候。

何时何日才能回去? 公事繁忙数不胜数。

眼看年终将至而归期仍无,人们正忙着采蒿收豆。

心里充满了忧伤悲哀,我自讨苦吃自作自受。

想到那恭谨尽职的人,我辗转难眠思念不休。

难道我不想回归家园吗? 只是怕世事反复祸当头。

叹息之间念及君子,切莫贪图安逸而坐享福分。

应恭谨做事忠于职守,亲近贤人和正直之士。

神灵就会听到这一切,从而赐你们福祉红运。

叹息之间念及君子,切莫贪图安逸而碌碌无为。

应恭谨做事忠于职守,亲近和伴随正直之士。

神灵就会听到这一切,从而赐你们洪福祥瑞。

【题解】

　　《小明》是一首久役抒怀的诗作。《毛诗序》指出本诗的题旨当是"大夫悔仕于乱世也",从本诗诗义来看应该是一位长期奔波劳碌在外的小吏自诉情怀的作品。郑笺曰:"言幽王日小其明,损其政事,以至于乱。"但是方玉润《诗经原始》不同此说,他认为:"此诗与《北山》相似而实不同。彼刺大夫役使不均,此因己之久役而念友之安居。题既各别,诗亦迥异。故此不独美人之逸,且免其不可怀安也。而《序》乃谓'大夫悔仕于乱世'。诗方勉人以'靖共',己顾自悔其出仕,有是理哉?"方氏认为此诗是久役于外,作而遣怀的。诗人长年行役,求归不得,又被事务缠身,内心忧虑,本诗正好披露了他内心的复杂之情。

本诗共分为五章。第一、二、三章的前八句,是诗人自述他的行役之苦、内心之忧。这八句的意思很明确,历来解诗者基本上没有分歧。接下来则是反复咏唱"念彼共人",对于"共人"的理解,则显得众见不一。从字面来看,"共"即古"恭"字,那"恭人"就指的是恭谨之人。恭谨之人是谁? 一种看法认为"共人"是指隐居不仕者,像南宋的吕祖谦在《吕氏家塾读诗记》中引丘氏之言:"'共人'谓温恭之人,隐居不仕者也。贤者久不得归,于是悔仕,进退既难,恐不免于祸,念彼不仕之友闲居自乐,欲似之而不得,故涕零如雨也。"而同时代的戴溪在《续吕氏家塾读诗记》中也说:"当时必有温共静退之人劝大夫以不仕者,不从其言,故悔恨至涕泣,睠(按,即眷)睠怀顾,欲出宿而从之也。"另一种看法则是模糊其说,不把"共人"解释得太具体,比如南宋的朱熹《诗集传》就说:"共人,僚友之处者也……大夫以二月西征,至于岁莫而未得归,故呼天而诉之,复念其僚友之处者,且自言其畏罪而不敢归也。"朱熹的说法就很含混,所谓的"僚友",既可以理解成同僚之中的朋友,也可以看成同僚和友人的并提。至于"处"字,既可以解释成隐居不仕,也可以解释成居留在朝。还有一种解释,如今人高亨在《诗经今注》中直接断定"共人"就是"恭敬的人,此指作者的妻"。相对诸家之说,近人吴闿生在《诗义会通》中的解释较为恰当,他说"'念彼共人'者,念古之劳臣贤士,以自证而自慰也",想来应该较为贴合。

这首诗难解之处在于后面的两章与前三章诗义断隔,很难贯通。后面的两章中"靖共尔位"的"共"应该如前作"恭"解,那么这一句的意思就是要恪尽职守。所以,如果前三章的"共人"解释成忠于职守的僚友,那么再在后面敦劝他"靖共尔位",显得有些多余。可是,如果把"共人"解释成不仕而隐居的人,那么前面诗人已经透露出悔仕乱世、向往归隐的意思,后面却以恭谨尽职来自勉,显然是矛盾的。而且,如果说是退隐之人,那就不可能有所谓的"职"来守了。所以,历来的注解都试图解决这一矛盾,力图能够将诗义自圆其说。

其实这首诗与《四月》《北山》一样,都是来说明诗人感慨征戍久役、劳逸不均的苦役之情。这里说的"共人"应该就是指跟作者一样,一心效命王室、努力忠于职守的下层小吏。所以,诗人在想到他们的时候,才会油然而生一种同病相怜、眷然怀恋的感情,诗中所说的"涕零如雨""睠睠怀顾",正好是这种情绪的写照。"念彼共人"的重章复沓,也是为了展示诗人情感演变的轨迹。他虽然忧伤孤独,也疲于奔命,但是对于王事,对于自己的职守,还是不敢也不能懈怠。诗人以"共人"作为自己的榜样,努力事君、尽心王命。所以,有了这样的铺垫,后面的两章转入对"君子"的劝勉,看起来就显得诗义顺畅了。从诗义来看,后面的第四、五章应该是诗人对上位者的劝诫。诗中劝诫他们"无恒安处"的言外意思,就是当时的"君子"实际上是安居逸乐的,这与诗人的奔波劳碌、疲于奔命正好形成了鲜明对比。诗人劝诫"君子"要勤政尽职,正说明他们不是与"共人"一样一心为了社稷百姓而操劳,"神之听之"这些看似祝愿的话语中也就有了不可言说的弦外之音。

这首诗采用赋体手法,没有利用比兴的委婉手法,而是直抒胸臆,在叙事中寄托诗人的感情,看似平铺,实则是娓娓道来,更加感人。

鼓　钟[1]

鼓钟将将[2],淮水汤汤[3],
忧心且伤。
淑人君子[4],怀允不忘[5]。

鼓钟喈喈[6],淮水湝湝[7],
忧心且悲。
淑人君子,其德不回[8]。

鼓钟伐鼛[9],淮有三洲[10],
忧心且妯[11]。
淑人君子,其德不犹[12]。

鼓钟钦钦^[13],鼓瑟鼓琴,

笙磬同音^[14]。

以雅以南^[15],以籥不僭^[16]。

【注释】

[1]鼓:敲击。[2]将(qiāng)将:同"锵锵",象声词,描写钟声响亮。[3]淮水:即今淮河。汤(shāng)汤:大水涌流之貌,犹荡荡。[4]淑人君子:美德之人。淑,善。[5]怀:思念。允:信,确实。一说为语助词。[6]喈(jiē)喈:象声词,形容钟声美妙和谐。[7]湝(jiē)湝:水流之貌,犹"汤汤"。[8]回:邪。[9]伐:敲击。鼛(gāo):大鼓。[10]三洲:淮河水中的三个小洲。[11]妯:因悲伤而动容、心绪不宁。[12]犹:已。[13]钦钦:象声词,犹"将将"。[14]磬(qìng):古乐器之名,用玉或美石制成,有孔穿绳索悬于架上,敲击发声。[15]以:为,作,指演奏、表演。雅:雅乐,指天子之乐,或周王畿之乐调,即正乐。南:南方江汉地区的乐调。[16]籥:乐器名,似排箫。古代羽舞时边吹籥,边持翟羽舞蹈。不僭:犹言按部就班,和谐合拍。僭,超越本分,此训为乱。

【译文】

敲起鼓钟音铿锵,淮水浩浩又荡荡,

我心忧愁且悲伤。

遥想遥远好君子,深切怀念永难忘。

敲起鼓钟音和谐,淮水湝湝不停歇,

我心忧愁且悲切。

遥想遥远好君子,德行正直且无邪。

敲起鼓钟擂大鼓,鼓声回荡在三洲,

我心悲哀且难受。

遥想遥远好君子,美德传扬垂千秋。

敲起鼓钟音钦钦,又鼓瑟来又弹琴,

笙磬谐调又同音。

配以雅乐和南乐,籥管合奏音更真。

【题解】

本诗的主旨是诗人在淮水三洲上通过欣赏西周时期的大雅之乐,从音乐中生出对古代圣贤创造出美好音乐的功德的羡慕和赞许。但是,本诗主旨却为《毛诗序》所曲解,认为是"刺幽王也",毛传中说:"幽王用乐,不与德比,会诸侯于淮上,鼓其淫乐以示诸侯,贤者为之忧伤。"其实诗中所写的音乐皆是大雅之乐,与所谓的郑、卫"淫乐"根本沾不上边,所以东汉的郑笺就指出:"为之忧伤者,'嘉乐不野合,牺象不出门'。今乃于淮水之上作先王之乐,失礼尤甚",郑玄是以奏乐地点不合于礼来解释贤者闻乐忧伤的原因的。但是,出于疏不破注的旧例,郑玄为了弥合《毛诗序》所言刺诗也不得不作曲解。

关于此诗是不是"刺幽王",方玉润持否定之说,他在《诗经原始》中指出:"此诗循文案义,自是作乐淮上,然不知其为何时、何代,何王、何事。小序漫谓刺幽王,已属臆断。欧阳氏云:旁考《诗》《书》《史记》,皆无幽王东巡之事。《书》曰'徐夷并兴',盖自成王时徐戎及淮夷已皆不为周臣;宣王时尝遣将征之,亦不自往。初无幽王东至淮徐之事。然则不得作乐于淮上矣。当阙其所未详。"方玉润的说法是比较客观的议论。但是,汪梧凤则持肯定之见,他在《诗学女为》中引用《竹书纪年》中记载的幽王十年春,周幽王曾经和诸侯在太室会盟,当年秋天,周幽王又率领王师伐申之事,加上《左传》所载楚灵会于申,由这三条来说明周幽王确有东巡之事,而且淮水出南阳胎簪山,其地与申、太室均豫川地,以此认定《鼓钟》为写周幽王之事。

方、汪之说,都可以自成一说。但是,如果从诗中"以雅以南"的描述来看,这首诗不一定是为了周王东征、东巡而作。国风中的周南、召南貌似是两个地域,古代皆以为这是地理上的区分,认为是周公和召公当年划陕而治的结果,是两地民风。但从当代的研究成果来看,周南、召南好像可以理解成周公南征、召公南征,因涉其地而搜集到的诗,在返回镐京之后,合之于雅乐以供周王观察民风之用。如果这一说法能够成立的话,那么这首诗就不必是周幽王或者周昭王之作了,完全可以出于王室的某位大臣,在出征、巡视王畿东南地区之时,在淮水上所作。至于其何以感伤?或因其听到了编钟锵锵作响,面对淮河之水奔腾浩荡的景象,难免触及自身之情;或因忆古,怀念周初之时的那些贤臣名将;或因感今,对当今世风日下的现实感到不满。总之,这首诗的主旨就在于此,连续三章反复表达此种情绪,诗人的道德责任之感、忧患之识非常强,音乐是最能打动人的,通过这样的音乐所作之诗,显然激起了他的怀古之情。

这首诗叙述了大雅之乐的演奏场面,把笙、磬、雅、南、籥、钟、鼓、琴、瑟等多种乐器共同演奏的场景呈现在后人面前。本诗的前三章写听到钟鼓铿锵之音,面对汩汩滔滔的淮水,不禁悲从中来,想到了"淑人君子",对他们的德行产生向往之情,最后一章则通过描写钟鼓齐鸣、琴瑟和谐的美妙乐境,展现出大雅之乐的和合之美。诗可以观,通过这首诗,我们可以了解周人在乐器使用方面的情况,对其音乐形式和音乐演奏的方法技巧都有一定的认识,从而能够更好地理解周人的音乐世界,对周人的音乐观念有更为深入的认知。

楚　茨[1]

楚楚者茨[2],言抽其棘[3]。
自昔何为?我艺黍稷[4]。
我黍与与[5],我稷翼翼[6]。
我仓既盈,我庾维亿[7]。
以为酒食,以享以祀[8]。
以妥以侑[9],以介景福[10]。

济济跄跄[11],絜尔牛羊[12],

以往烝尝[13]。

或剥或亨[14],或肆或将[15]。

祝祭于祊[16],祀事孔明[17]。

先祖是皇[18],神保是飨[19]。

孝孙有庆[20],报以介福[21],

万寿无疆。

执爨踖踖[22],为俎孔硕[23]。

或燔或炙[24],君妇莫莫[25]。

为豆孔庶[26],为宾为客。

献酬交错[27],礼仪卒度[28],

笑语卒获[29]。

神保是格[30],报以介福,

万寿攸酢[31]。

我孔熯矣[32],式礼莫愆[33]。

工祝致告[34],徂赉孝孙[35]。

苾芬孝祀[36],神嗜饮食。

卜尔百福[37],如畿如式[38]。

既齐既稷[39],既匡既敕[40]。

永锡尔极[41],时万时亿[42]。

礼仪既备,钟鼓既戒[43]。

孝孙徂位[44],工祝致告。

神具醉止[45],皇尸载起[46]。

鼓钟送尸,神保聿归[47]。

诸宰君妇[48],废彻不迟[49]。

诸父兄弟[50],备言燕私[51]。

乐具入奏[52]，以绥后禄[53]。

尔肴既将[54]，莫怨具庆[55]。

既醉既饱，小大稽首[56]。

神嗜饮食，使君寿考[57]。

孔惠孔时[58]，维其尽之[59]。

子子孙孙，勿替引之[60]。

【注释】

[1]茨：蒺藜。[2]楚楚：植物丛生茂密之貌。[3]言：爰，于是。抽：除去，拔除。棘：刺，指蒺藜。[4]蓺：即"艺"，种植。[5]与与：茂盛之貌。[6]翼翼：整齐之貌。[7]庾：露天粮囤，以草席围成圆形。维：是。亿：形容多。[8]享：飨，上供，祭献。[9]妥：安坐。侑：劝进酒食。[10]介：借为"匄"，求。景福：大福。[11]济济：严肃恭敬貌。跄跄：步趋有节貌。[12]絜：同"洁"，洗清。[13]烝：冬祭名。尝：秋祭名。[14]剥：宰割肢解。亨：同"烹"，烧煮。[15]肆：陈列，指将祭肉盛于鼎俎中。将：捧着献上。[16]祝：太祝，掌管祭礼的人。祊：设祭的地方，在宗庙门内。[17]孔：很。明：备，指仪式完备。[18]皇：往。一说为彷徨，即神灵徘徊。[19]神保：神灵，指祖先之灵。飨：享受祭祀。[20]孝孙：主祭之人。庆：福。[21]介福：大福。[22]执：执掌。爨：炊，烧菜煮饭。踖踖：恭谨敏捷之貌。[23]俎(zǔ)：祭祀时盛牲肉的铜制礼器。硕：大。[24]燔：烧肉。炙：烤肉。[25]君妇：主妇，此指天子、诸侯的正妻。莫莫：恭谨。[26]豆：食器，专用于放置肉羹。庶：众多，此指器皿内食品繁多。[27]献：主人劝宾客饮酒。酬：宾客向主人回敬。[28]卒：尽，完全。度：法度。[29]获：得时，恰到好处。[30]神保：神灵，神的美称。格：至，来到。[31]攸：乃。酢：报。[32]熯：通"戁"，敬惧。[33]式：发语词。愆：过失，差错。[34]工祝：太祝。致告：代神致辞，以告祭者。[35]徂：往，一说通"且"。赉：赐予。[36]苾：浓香。孝祀：犹享祀，指神享受祭祀。[37]卜：给予，赐予。[38]如：合。畿：借为"期"。式：法，制度。[39]齐：通"斋"，庄敬。稷：疾，敏捷。[40]匡：正，端正。敕：通"饬"，严整。[41]锡：赐。极：至，指最大的福气。[42]时：是，一说训为或。[43]

戒:备,一说训为告。[44]徂位:指孝孙回到原位。[45]具:俱,皆。止:语助词。[46]皇尸:代表神祇受祭的人。皇,大,赞美之词。载:则,就。[47]聿:乃。[48]宰:膳夫,厨师。[49]废彻:撤去祭品。废,去。彻,通"撤"。不迟:不慢。[50]诸父:伯父、叔父等长辈。兄弟:同姓之叔伯兄弟。[51]备:尽,完全。言:语助词。燕私:祭祀之后在后殿宴饮同姓亲属。燕,通"宴"。[52]具:俱。入奏:祭在宗庙前殿,祭后到后面的寝殿举行家族私宴,进入后殿演奏。[53]绥:安,此指安享。后禄:祭后的口福。禄,福,此指饮食口福。[54]将:美好。[55]莫怨具庆:指参加宴会的人皆相庆贺而无怨词。[56]小大:指尊卑长幼的各种人。稽(qǐ)首:跪拜礼,双膝跪下,叩头至地,是最恭敬的礼节。[57]寿考:长寿。考,老。[58]孔:甚,很。惠:顺利。时:善,好。[59]维:同"唯",只有。其:指主人。尽之:尽其礼仪,指主人完全遵守祭祀礼节。[60]替:废。引:延长。

【译文】

原野长满茂盛的蒺藜,大家一起清除荆棘。
为什么从前要这样做?因为要开荒种粮。
田里小米长得茂盛,高粱在地里排得整齐。
粮食堆满了谷仓,囷里装得满满当当。
用它们做成美酒佳肴,献祭给列祖列宗。
请他们来享用祭品,因而对我们赐福。

助祭要恭敬端庄,祭品牛羊要涮洗干净,
以之奉献冬烝秋尝。
宰割烹煮各有人做,分盛捧献依礼而行。
司仪先祭于庙门之内,那仪式隆重辉煌。
祖宗光临享用祭品,祖灵将之品尝。
子孙一定能获得福分,赐予洪福无量,
赖祖先保佑万寿无疆。

掌膳的厨师谨慎行事,盛肉的铜器硕大无比。
烧肉烤炙各有人做,主妇心怀敬畏举止得体。
盘碟中的食品多么丰盛,席上宾客济济一堂。
主客敬酒酬答来往,举动合规矩有礼有样,
谈笑有分寸合乎时宜。
祖宗的神祇大驾光临,赐福回报子孙的心意,
万寿无疆洪福与天齐。

祭祀中我们极其恭谨,因而礼仪周全没毛病。
于是司仪向大家致辞,赐福给主祭孝子贤孙。
上供的祭品美味芬芳,神灵很喜欢又吃又饮。
要赐给你众多的福分,祭祀遵法度按期举行。
态度恭敬而举止敏捷,庄严隆重又小心谨慎。
因而永赐你极大福分,福禄绵绵永长无穷尽。

各项仪式都已经完成,钟鼓之乐正准备奏鸣。
孝孙也回到原来位置,司仪致辞向大家宣称。
神灵都已喝得醉醺醺,神尸起身离开那神位。
把钟鼓敲起送走神尸,祖宗神祇于是转回程。
那边众厨师和主妇们,很快地撤去肴馔祭品。
在场的诸位宗族子弟,一起来参加家族宴饮。

乐师开始演奏美好曲调,大伙齐齐享用祭后的酒肴。
这些酒菜味道实在美妙,感谢神灵赐福莫再烦恼。
兄弟宾客都吃得酒足饭饱,叩头致谢有老有少。
神灵爱吃这美味佳肴,他们将赐予您多福多寿。
祭祀之礼顺利圆满,全赖主人竭心尽力恪守孝道。
愿子孙们永远继承祭礼,这样自然就会福寿永葆。

【题解】

这首诗应该是周王祭祀祖先所用的一首乐歌。《毛诗序》曰:"刺幽王也。政烦赋重,田莱多荒,饥馑降丧,民卒流亡,祭祀不飨,故君子思古焉。"这一说法太过迂腐,附会的意思过于明显。所以,朱熹在《诗序辨说》里反驳道:"自此至《车舝》凡十篇,似出一手,辞气和平,称述详雅,无风刺之意。《序》以在变雅中,故皆以为伤今思古之作。《诗》固有如此者,然不应十篇相属,绝无一言以见其为衰世之意也。"朱熹的解释,相对更加符合本诗诗义。其实,这首诗从头至尾都是言祭祀的,本诗的内容基本包含了整个祭祀的过程,大致相当于《大雅》中的《行苇》《既醉》《凫鹥》《假乐》等数篇内容。

只不过《大雅》中的祭祀者是天子,而《楚茨》中的祭祀者更像是普通的卿大夫。就如朱熹在《诗集传》中所指出的那样,"此诗述公卿有田禄者力于农事,以奉其宗庙之祭"。后世学者有不认可朱熹这一观点的,他们认为祭祀者绝不是周王本人。例如,范家相在《诗渖》中就说:"按《左传》引'我疆我理'二句,明云先王疆理天下物土之宜,而布其利,则非公卿可知。《周礼·钟师》云:尸出入奏《肆夏》。又《左传》:金奏《肆夏》之三。诗曰:'鼓钟送尸。'是金奏《肆夏》也,公卿焉得用之?《郊特牲》曰:大夫之奏《肆夏》,由赵文子始也。如以为公卿大夫之诗,则仍是衰世之音矣。"他在这里明确指出了祭祀者应该是周王而非卿大夫的四条例证。其后,胡承珙也力主此说,他在《毛诗后笺》中也指出:"《集传》公卿之说,不独初祭求神、鼓钟送尸非公卿所有;即如絜牛骍牡之牲、君妇诸宰之号、奏寝之乐、燕毛之礼、千仓万箱之入、四方八蜡之祭,皆非公卿所宜有也。"

但是范家相与胡承珙的论说也有漏洞,所以在今人的讨论中,有人在研究文章中指出这首诗的祭祀者不是周王。例如,郭沫若在《青铜时代》中指出:"这首诗,在年代上比较更晚,祭神的仪节和《少牢馈食礼》相近。彼礼,郑玄云'诸侯之卿大夫祭其祖祢于庙之礼',虽不一定就是这样,但足见其礼节之晚。主祭者的'孝孙'可能是周王,可能是那一国的诸侯,也可能是卿大夫。在春秋末年鲁之三家已用'雍彻',季氏已用'八佾舞于庭',天子诸侯卿大夫的仪式并没有什么区别了。"从历史发展规律而言,郭氏此说较为可信。

而且,陈子展也说:"我们以为《楚茨》《信南山》《甫田》《大田》可能是西周初年王室也就是大奴隶主一家举行宗庙方社田祖等祭祀所用的诗乐。诗里称我,我孝孙,像是周王自称;诗里称尔,尔孝孙,像是诗人称周王。我以为此诗非孝孙自作,当是史巫尸祝之流所作。"从郭沫若、陈子展的分析中,大致可以得出此诗并不一定是周王所作而用作祭祀的结论。而且,从祭祀祖先的角度来说,卿大夫的世系出于周王,对本族的共祖的祭祀,也在情理之中。所以,范家相所说的"先王疆理天下物土之宜,而布其利,则非公卿可知"一条并不能成立。

本诗是对周代祭祀活动的整体描写,其祭祀时的步骤十分清晰,反映了周代的民俗特征。本诗共七十二句,从祭祀的先后过程来看,可以分为六章。第一章写祭祀前的情况,描述了当时之人在清除掉田地里的蒺藜荆棘之后种下黍稷,通过辛勤的努力获得大丰收。丰足的粮食堆满仓廪,一部分酿成了美好的酒,一部分做成了可口的饭,可以之献神、祭祖,祈求福佑。第二章则是对祭祀流程的描写,这里的人步履齐整严肃,衣着和仪态端庄,把祭祀用的牛羊清洗干净,精心烹饪,然后盛在鼎俎中奉献给祖宗,祖宗神明享用祭品之后就降福给祭祀之人。第三章则是对祭祀场景的描绘。庖厨之人都恭谨敏捷,负责祭祀的主妇也都勤勉侍奉,而宾主之间敬酒、酬酢,让整个仪式显得井然有序,笑语嫣嫣中一切都好像恰到好处。第四章写主持祭祀礼仪的"工祝",代表被祭祀的祖宗神明来致辞,表示对祭祀中的祭品感到满意,祭祀活动合乎法度,祭祀场合庄严隆重,所以才准备赐给祭祀者多多的福禄。第五章写整个祭祀的仪式完成之后钟鼓齐奏,主祭人已经回归原位,而"工祝"宣告祖宗神明也都有醉意,代神受祭的"皇尸"也就随之起身引退,最后在钟鼓声中送走了"皇尸"和祖宗神明、撤去祭品,同族之中才开始宴饮,共叙天伦之乐。第六章描写祭祀后的私宴之欢,在雅乐的伴奏下,大家一面享受祭后的美味佳肴,一面互相祝福,和谐美满。

诗人运用细腻翔实的笔触,通过铺陈的手法,把祭祀中的一幅幅画面都描绘得细致入微,让人有身处其中的感觉。整首诗结构严谨,风格典雅,从序曲到乐章的展开再到尾声,细细汩汩流淌不尽。从这首诗中,我们可以看到西周时期的百姓在祭祀祖宗神明之时的那种热烈庄严和祭祀之后家族欢宴时的融洽欢欣。

信 南 山[1]

信彼南山,维禹甸之[2]。
畇畇原隰[3],曾孙田之[4]。
我疆我理[5],南东其亩[6]。

上天同云[7],雨雪雰雰[8]。
益之以霡霂[9],既优既渥[10]。
既沾既足[11],生我百谷。

疆埸翼翼[12],黍稷彧彧[13]。
曾孙之穑[14],以为酒食。
畀我尸宾[15],寿考万年。

中田有庐[16],疆埸有瓜。
是剥是菹[17],献之皇祖[18]。
曾孙寿考,受天之祜[19]。

祭以清酒[20],从以骍牡[21],
享于祖考。
执其鸾刀[22],以启其毛,
取其血膋[23]。

是烝是享[24],苾苾芬芬[25]。
祀事孔明,先祖是皇。
报以介福,万寿无疆。

【注释】

[1]信:通"伸",长远之貌。南山:即终南山,在陕西省西安市长安区南。[2]维:是。禹:大禹。甸:治理。[3]畇畇:土地经垦辟后的平展整齐之貌。畇,平整土地。原隰:泛指全部田地。原,广平或高平之地。隰,低湿之地。[4]曾孙:后代子孙。田:垦治田地。[5]疆:田界,此处用作动词,划田界。[6]南东:用作动词,指将田垄开辟成南北向或东西向。[7]上天:冬季的天空。同云:天空布满阴云,浑然一色。[8]雨雪:下雪。雨,作动词,降落。雰雰:纷纷。[9]益:加上。霡霂:小雨。[10]优:充足。渥:湿润。[11]沾:沾湿。[12]埸:田界。翼翼:整齐之貌。[13]彧彧:同"郁郁",茂盛之貌。[14]穑:收获庄稼。[15]畀:给予。[16]庐:草庐,房屋。一说"芦"之假借,即芦菔,今称萝卜。[17]菹:腌菜。[18]皇祖:先祖之美称。[19]祜:福。[20]清酒:清澄的酒,祭祀时用。[21]骍:赤黄色的牲畜。牡:雄性兽,此指公牛。[22]鸾刀:带铃的刀。[23]膋:脂膏,此指牛油。[24]烝:冬祭。享:祭献,上供。享,即"烹",煮。[25]苾:浓香。

【译文】

终南山山势绵延不断,这是大禹开辟的土地。
成片的田地平展整齐,后代子孙们在此垦田。
划分地界又开掘沟渠,田垄纵横向四方伸展。

冬日天空中阴云密布,雪花纷纷扬扬地坠落。
细雨溟溟蒙蒙下不停,那水分如此丰沛足量。
滋润大地并灌溉四方,让我们庄稼蓬勃生长。

田地的疆界齐齐整整,小米高粱多苗壮茂盛。
子孙们能够获得丰收,用谷物制作而成酒食。
可奉献神尸款待宾朋,愿神灵保佑赐我长生。

大田中间有居住房屋,田埂边长着瓜果菜蔬。

削皮切块腌渍成咸菜,奉献给我们伟大先祖。

他们的后代福寿无疆,都是依赖上天的赐福。

祭坛上满杯清酒倾倒,再供奉公牛色红如枣,

先祖灵前将祭品献好。

操起缀有金铃的鸾刀,剥开公牛牺牲的皮毛,

取出它的鲜血和脂膏。

于是进行冬祭献祭品,它们散发出阵阵芳香。

仪式庄重而有条不紊,列祖列宗们驾临徜徉。

愿神灵赐以洪福无量,子孙们享福万寿无疆。

【题解】

本诗与《楚茨》都是描写周人祭祖祈福的诗篇,但两者也有不同之处。一般来说,学界普遍认为《楚茨》说的是"以往烝尝",兼写秋、冬二祭;而本诗则是"是烝是享",仅写年终岁末的冬祭。其实,《楚茨》所言乃是祭祀祖先的典礼,而本诗则是祭祀土地的典礼,并不是简单的祭祀时节所导致的祭祀典礼的不同。

周人以农立国,非常重视农业生产,在农业生产中有两个不可或缺的因素,一是对农业的发明者的祭祀,即周族祖先后稷,所以周人奉播植百谷的农神后稷为始祖,为了取得丰收,经常举行祭祀活动。另外,对于农业的祭祀,还有一个非常重要的因素,就是对土地的祭祀,在周朝就是祭土。本诗中一再强调农田的疆界、灌溉等整理活动,以及田地中的房屋、瓜果等,这才是本诗的重点。而周人祭祀之时要沟通上下,必然依靠先祖,所以在祭天时后稷、文王要配享,而在祭祀土地之时,自然祖先也要配享,大禹最大的功业就是将天下的土地进行治理,所以本诗一开始就点明了诗篇的主旨,而后面两章就是写祭祀土地时祖先配享的过程。《毛诗序》曰:"刺幽王也。不能修成王之业,疆理天下,以奉禹功,故君子思古焉。"可见是附会之言。

这首诗的第一章写开垦荒地,开篇就说"信彼南山,维禹甸之",描绘的正是西周时期宗周镐京附近的京畿地区。在诗人看来,这王畿之内的大片土地,正是当年夏禹在治水时开辟出来的。而后说"我疆我理,南东其亩",通过疆理田土把西周时期井田制的产生交代出来。第二章写一年之中的风调雨顺,春时小雨如酥润泽大地,冬日彤云密布、瑞雪降临,才使得一年中五谷丰登。第三、四、五章写以饮食、瓜菹、清酒、牺牲来祭祀祖先神明,一方面感谢祖先的庇佑,一方面展示子孙的恭敬。第六章写祭祀典礼的成功,在冬日进享各色祭品之后,祭祀典礼显得隆重光彩,也使得子孙后人皆有福报。

从整首诗歌来看,确实是属于对农业生产的赞颂,就其用意来看,也确实属于对农业土地的祭祀。从这首诗的写作内容可以看出周人对于关中土地的重视,也可以看出周人在农业祭祀中的风俗仪式。周人所看重的是土地,没有土地就没有农业收获。但是周人更看重的是本族对于土地的治理,以使农业生产得以顺利进行。众人重视先王的治理之功,就是那个时代理性思维的一个表现。而对于祖先的配享,也是其重视血缘的必然选择。

甫　　田[1]

倬彼甫田[2],岁取十千[3]。
我取其陈[4],食我农人[5]。
自古有年[6],今适南亩[7]。
或耘或耔[8],黍稷薿薿[9]。
攸介攸止[10],烝我髦士[11]。

以我齐明[12],与我牺羊[13],
以社以方[14]。
我田既臧[15],农夫之庆。
琴瑟击鼓,以御田祖[16]。
以祈甘雨[17],以介我稷黍,

以穀我士女[18]。

曾孙来止[19]，以其妇子。

馌彼南亩[20]，田畯至喜[21]。

攘其左右，尝其旨否[22]。

禾易长亩[23]，终善且有[24]。

曾孙不怒，农夫克敏[25]。

曾孙之稼，如茨如梁[26]。

曾孙之庾[27]，如坻如京[28]。

乃求千斯仓，乃求万斯箱[29]。

黍稷稻粱，农夫之庆。

报以介福[30]，万寿无疆。

【注释】

[1]甫：大。[2]俾：广阔。[3]十千：多的意思。[4]陈：陈旧的粮食。[5]食：拿东西给人吃。[6]有年：丰收年。[7]适：去，至。[8]耘：锄草。耔：培土。[9]黍稷：谷类作物。薿薿：茂盛之貌。[10]攸：乃，就。介：长大。止：至。[11]烝：进呈。髦士：英俊人士。[12]齐明：即粢盛，祭祀用的谷物。[13]牺：祭祀用的纯毛牲口。[14]以：用作。社：祭土地神。方：祭四方神。[15]臧：好，此指丰收。[16]御：同"迓"，迎接。田祖：指神农氏。[17]祈：祈祷求告。[18]穀：养活。士女：贵族男女。[19]曾孙：周王面对神灵和祖先的自称。止：语助词。[20]馌：送饭。[21]田畯：农官。[22]旨：美味。[23]易：治理。[24]终：既。有：富足。[25]克：能。敏：勤快。[26]茨：屋盖，形容圆形之谷堆。梁：长方形的谷堆。[27]庾：露天粮囤。[28]坻：小丘。京：冈峦。[29]箱：箱子。[30]介福：大福。

【译文】

这是一望无际的广阔田地，每年产出粮食多到数不清。

我只需拿出往年的库存粮，就能养活我治下的老百姓。
自古以来就有这样好年景，今天我去巡视南边这块地。
看到有的除草有的培土垄，黍米高粱都长得非常茂盛。
就在这座富丽堂皇的行宫，我要犒劳那些能干的臣工。

供上我用五谷烹制的美食，献上我纯白羔羊的牺牲品，
祭祀皇天后土感谢四方神。
我普天王土一派五谷丰登，这是天下百姓的福气幸运。
弹起琴弦敲起大鼓响天震，一起来迎接农事的始祖神。
我们虔诚地祈求天降甘霖，保佑来年五谷杂粮大丰收，
养活我治下万千男女子民。

周王满怀喜悦来田间巡视，与他的妻子和儿子们同行。
带来精美的食物慰劳百姓，田官们见了这情景真高兴。
招呼身边的农夫们聚拢来，大家一起分享美味好心情。
庄稼长势茂盛遮蔽了田垄，今年定是五谷丰登好年景。
周王喜在心头却不怒自威，农夫们感恩戴德勤于农功。

周王土地上收割下的庄稼，堆得密如茅屋高如车顶梁。
粮食装满周王座座米粮仓，高得赛过那丘陵和小山岗。
还需要再建造一千座仓库，还需要再打造一万辆车厢。
年年黍米稷稻粱五谷丰登，普天下的老百姓幸福无量。
祈求上苍赐予我大福厚禄，保佑我大周王室万寿无疆。

【题解】

本诗与《楚茨》《信南山》一样，是农业活动的反映。但是与前两者不同，本诗的重点在于反映当下农业生产者的辛勤劳动。至于本诗的主旨，《毛诗序》说："刺幽王也。君子伤今思古焉。"郑笺附会其说："刺者刺其仓廪空虚，政烦赋重，农人失职。"这种解释显然是汉人出于诗歌政治目的的一厢情愿

的想象,并没有从诗歌本身出发,对诗歌的内容进行分析。所以,历来反对这种牵强解释的声音从其产生以来就没有停止,宋人朱熹首先对此说表示异议,他认为"此诗述公卿有田禄者,力于农事,以奉方社田祖之祭",认为本诗是为了农业生产而作,是奉祀田祖的祭祀活动。朱熹之说,较为符合本诗的原意。本诗对在甫田中从事农业生产的各个方面进行了描写,对农业的活动地点"南亩"作了交代,对农业活动的形式"或耘或耔"作了描述,对从事农业活动的"农夫""士女"等都作了具体的描绘,还对掌管农业生产的管理者也予以说明。本诗的重点就是对整个农业活动作出概括,是对"田祖"的祭祀,与对农神后稷、土地之神的祭祀一样,同样属于周人最为看重的祭祀典礼——农业祭典之一。

至于《甫田》所描述的具体地理位置,历代的解释有所不同。韩诗对"圃草"的解释是"甫田之草也。郑有甫田。音补,谓圃田,郑薮也",认为是郑国之地。《尔雅·十薮》也说"郑有圃田"。《吕氏春秋·有始览》又说"梁之圃田",梁地即郑国故地。《水经注》对此解释得较为清楚:"渠水自河与济乱流,东径荥泽北,东南分济,历中牟县之圃田泽北,与阳武分水。泽多麻黄草,故《述征记》曰:践县境便睹斯卉,穷则知逾界。《诗》所谓东有圃草也。"按照古人的理解,甫田之地当在成周之地,后为郑国所有。但是,每个地方都有农业生产,不能说为了祭祀农业而专门到成周,这既不便于周王的活动,也不符合当时农业的实际情况。而且,农业祭祀中,其所指向的内容或者用以代表农业所要祭祀的对象,往往是来自本族的早期记忆,至晚也不能在周人立国数十年之后,才开始了对农业活动的祭祀。所以,从这个角度来说,以为甫田就是郑国的地名甫田,过于拘泥于成说。甫田应该就是指岐周或者关中的某一地名,或者干脆就是一个专有名词,就是指祭祀田祖的场所。凡是用作祭祀田祖的田地皆可以称之为甫田,后来成为成周京畿之内的地名。

诗中自称"曾孙",从西周时期在祭祀祖先神明时不同人的自称习惯来看,作者应该是周室在位的周王本人。因此,这应是暮春时节周王祭祀四方之神、土地神和农神的祈年乐歌。

本诗可以分为四章。第一章开篇就描述农事,为下面章节中的祭祀活动作铺垫。第二章描写为了祈盼丰收,周王特地虔诚地举办了祭祀仪式。第三章进一步写主祭者,也就是周王在仪式之后的亲耕活动,这一章的内容很有生活气息,而周王馌田的这一传统也就成为历代帝王劝农劝耕的经典礼仪,历来都被视为德政。第四章写一年的丰收景象和周王的美好祝愿,充满了丰收之后的喜悦,让人不觉沉醉在一种满足和欢乐当中。

诗中展现给我们的是西周时期先王、先民对于农业的重视,在"民以食为天"的国度里对于与农业相关的神灵的无限崇拜。而其中夹杂着对农事和王者馌田的描写,正反映了我国农业活动的原始风貌。

大　田[1]

大田多稼[2],既种既戒[3],
既备乃事[4]。
以我覃耜[5],俶载南亩[6]。
播厥百谷[7],既庭且硕[8],
曾孙是若[9]。

既方既皂[10],既坚既好[11],
不稂不莠[12]。
去其螟螣[13],及其蟊贼[14],
无害我田稚[15]。
田祖有神[16],秉畀炎火[17]。

有渰萋萋[18],兴雨祁祁[19]。
雨我公田[20],遂及我私[21]。
彼有不获稚[22],此有不敛穧[23]。
彼有遗秉[24],此有滞穗[25],
伊寡妇之利[26]。

曾孙来止,以其妇子。

馌彼南亩[27],田畯至喜[28]。

来方禋祀[29],以其骍黑[30],

与其黍稷[31]。

以享以祀,以介景福[32]。

【注释】

[1]大田:面积广阔的农田。[2]稼:种庄稼。[3]既:已经。种:指选种子。戒:同"械",此指修理农业器械。[4]乃事:这些事。[5]覃:"剡"的假借,锋利。耜:古代一种似锹的农具。[6]俶载:开始从事。[7]厥:其。[8]庭:通"挺",挺拔。硕:大。[9]曾孙是若:顺了曾孙的愿望。若,顺。[10]方:通"房",指谷粒已生嫩壳,但还没有合满。皂:指谷壳已经结成,但还未坚实。[11]既坚既好:指籽粒坚实、饱满。[12]稂:指穗粒空瘪的禾。莠:田间似禾的杂草。[13]螟:吃禾心的害虫。螣:吃禾叶的青虫。[14]蟊:吃禾根的虫。贼:吃禾节的虫。[15]稚:幼禾。[16]田祖:农神。[17]秉:执持。畀:给予。炎火:大火。[18]有渰:即"渰渰",阴云密布之貌。[19]祁祁:徐徐。[20]公田:公家的田。古代井田制,井田九区,中间百亩为公田,周围八区,八家各百亩为私田。八家共养公田,公田收获归农奴主所有。[21]私:私田。[22]稚:低小的穗。[23]穧:已割而未收的禾把。[24]秉:把,捆扎成束的禾把。[25]滞:遗留。[26]伊:是。[27]馌:送饭。南亩:泛指农田。[28]田畯:周代农官,掌管监督农奴的农事工作。[29]禋祀:升烟以祭,古代祭天的典礼,也泛指祭祀。[30]骍:赤色牛。黑:指黑色的猪羊。[31]与:加上。[32]介:"丐"的假借,祈求。景福:大福。

【译文】

广阔的田地将开始种庄稼,农夫们忙着选种整修农具,

那些准备工作都已经就绪。

我就扛着锋利的板锹下地,我从南北垄向的地块开始。

播下五谷杂粮稻麦黍菽稷，棵棵庄稼长得挺直又健壮，
曾孙看了喜上眉梢心顺意。

禾苗开始秀穗进入灌浆期，很快籽粒坚硬开始成熟了，
地里没有秕禾也没有杂草。
农夫们除掉食心虫食叶虫，还有那些咬根咬节的虫子，
不教害虫祸害我的嫩苗苗。
祈求田祖农神发发慈悲吧，把害虫们付之一把大火烧。

高天上浓厚的流云满山飘，小雨渐渐沥沥润如酥奶酪。
先灌溉好我主人家的公田，再把我们农奴家的私田浇。
那里有没割下来的嫩棵子，这里有没捆起来的稻谷草。
那里有丢落的束束麦个子，这里遗漏的禾穗子也不少，
都成了孤寡老妇的手中宝。

周王亲到田间地头来视察，携妻带子和农夫们把话唠。
到南北垄向的田头把饭送，管农业的小官儿喜上眉梢。
周王亲临恭恭敬敬来祭祀，献上红牛黑猪做的牺牲品，
供上五谷杂粮黍菽稷麦稻。
虔诚祭祀进献供品把香烧，祈求上苍降下大福禄位高。

【题解】

这首诗是《甫田》的姊妹篇，都是周王祭祀田祖等祖先神明的祈年之诗。《甫田》写周王春天之时亲祭亲耕，祈求粮食生产，希望来年能有"千斯仓""万斯箱"的大丰收。《大田》则是写周王视察秋天的丰收，祈求祖先神明庇佑今后能够继续降临福祉。春之耕，秋之收，一前一后，两篇合起来为后世之人了解西周时期的农业生产提供了丰富的史料，是《诗经》里重要的农事诗。

全诗共分为四章，前两章主要是铺陈，追叙了对春耕的高度重视与精心

准备,写了西周时期特有的井田制下原始大生产耕作的场面,从选择良种到修缮农具,再到田间管理、除杂草、去虫害,为后续描写丰收祭祀作铺垫。第三章实写丰收,先说风调雨顺的情况,再写丰产丰收的场面,而且"伊寡妇之利"一句,兼顾老弱矜寡之人,又使诗义得到升华。所以,尽管《毛诗序》说这首诗是"刺幽王也。言矜寡不能自存焉",但后世之人不能信服,故而朱熹在《诗序辨说》中驳道:"此序专以'寡妇之利'一句生说",认为此诗还是赞美西周时期美政的。第四章写祭祀田祖,祭祀四方神,牺牲粢盛,恭敬祇奉,肃穆虔诚,为黎民为国祚祈福求佑。其中第三章展现的内容最为重要,描述也最为精彩,其他各章如众星拱月,起到陪衬的效果。

这首诗主要通过赋法,以白描的方式,为后世描绘出一幅西周时期农业生产方面的民情风俗画。其中的人物,有普通的农人妇子,弱小的寡妇,监督的田官,上层的"曾孙",虽每一个都看似着墨不多,实则却各有各的身份动作,给人以真实感受,足令人回味无穷。

瞻 彼 洛 矣[1]

瞻彼洛矣,维水泱泱[2]。
君子至止[3],福禄如茨[4]。
韎韐有奭[5],以作六师[6]。

瞻彼洛矣,维水泱泱。
君子至止,鞞琫有珌[7]。
君子万年,保其家室[8]。

瞻彼洛矣,维水泱泱。
君子至止,福禄既同[9]。
君子万年,保其家邦。

【注释】

[1]洛:洛水。古有二洛水,一发源于陕西西北,流入渭水;一发源于陕西南部,经洛阳而流入黄河。[2]泱泱:水势盛大之貌。[3]君子:此指周王。止:语助词。[4]如茨:形容多。茨,茅草屋盖。[5]韎韐:韦弁,戎装。韎,用茜草染成赤黄色的革制品。韐,蔽膝。此为天子有兵事时所穿。有奭:形容韎韐的颜色鲜红。奭,赤色之貌。[6]作:起也。六师:六军。古时天子六师,每师2500人。[7]鞸:刀鞘,古代又名刀室。琫:刀鞘口周围的玉饰。有珌:即"珌珌",玉饰花纹美丽之貌。[8]家室:国家。[9]既同:指福气聚集。既,完全。同,汇聚。

【译文】

> 望着眼前那洛水,水势茫茫在流淌。
> 周王来到洛水滨,福禄多如茅茨样。
> 蔽膝闪着赤色光,六军统帅检阅忙。
>
> 望着眼前那洛水,水势茫茫在流淌。
> 周王来到洛水滨,剑鞘饰玉真堂皇。
> 周王将享万年福,保他家室永兴旺。
>
> 望着眼前那洛水,水势茫茫在流淌。
> 周王来到洛水滨,福禄全聚他身上。
> 周王将享万年福,保其国家永安康。

【题解】

此诗当作于周宣王统治时期。周宣王到洛水之滨会同诸侯检阅六军,诸侯赞美周宣王福德无疆而作此诗。但《毛诗序》以为:"刺幽王也,思古明王能爵命诸侯,赏善罚恶也。"周宣王时期人才济济,宣王本人也能知人善任,曾命名臣方叔、召虎、仲山甫、尹吉甫等人,北伐猃狁,南征淮夷,讨平徐戎，一时之间使得诸侯听命，一派文治武功、赫然中兴之势。文者必以武备，"国之大事，在祀与戎"，戎事除了战场厮杀，更要注重平时的训练，宣王用兵之前必然要以讲武为务，这首诗说的就是宣王在东都会诸侯以讲武，诗人作诗赞美这一国家大事。

这首诗共分为三章。第一章起笔"瞻彼洛矣，维水泱泱"，显得雍容大方，既点明周王会诸侯讲武的地点在西周成周，也就是后人所说的东都洛邑，又以洛水的深广暗喻周王的睿智圣明像洛水一样深广有度。接着以"君子至止，福禄如茨"两句，表明周王莅临洛邑，会合诸侯以讲习武事，正是周王勤于国家大事的表现。正所谓"国之大事，在祀与戎"，周王既然能亲临戎政，便能够"福禄如茨"，使周室之内皆受其赐。末尾两句"鞸鞸有奭，以作六师"，既将戎服"鞸鞸"的细节展现出来，又把发动六军讲习武事的大场景点明，可谓大小呼应、动静有序。

第二章意在赞美，"君子至止，鞸琫有珌"两句，将周王讲武视师时的穿戴佩剑等描绘出来，以显示整个周师军容的整肃、威仪的崇隆，所以才有了诗人"君子万年，保其家室"的赞美，这一句好像是亲临其地见到周师盛荣而发出的欢呼性的赞颂。

第三章从句型上来看基本上与第二章相同，但意义略有区别。"君子至止，福禄既同"两句，既与第一章之"福禄如茨"相应，也交代了周王在讲武检阅六师之后，进行大赏之礼，使与会的诸侯及周师中的将佐们都能得到鼓励。大赏之后，才能使得人心归聚，一片欢欣鼓舞之中才能做到"君子万年，保其家邦"。

裳 裳 者 华[1]

裳裳者华，其叶湑兮[2]。
我觏之子[3]，我心写兮[4]。
我心写兮，是以有誉处兮[5]。

裳裳者华,芸其黄矣[6]。

我觏之子,维其有章矣[7]。

维其有章矣,是以有庆矣。

裳裳者华,或黄或白。

我觏之子,乘其四骆[8]。

乘其四骆,六辔沃若[9]。

左之左之[10],君子宜之[11]。

右之右之,君子有之[12]。

维其有之,是以似之[13]。

【注释】

[1]裳裳:"堂堂"的假借,花鲜明美盛貌。华:花。[2]湑:叶子茂盛貌。[3]觏:遇见。之子:此人。[4]写:通"泻",心情舒畅。[5]是以:因此。誉处:指君臣处于美好的声誉之中。[6]芸其:即"芸芸",花色彩浓艳貌。[7]章:文章,指其人有教养、有才华。[8]骆:黑鬣黑尾的白马。[9]六辔:六条缰绳。沃若:光滑柔软貌。[10]左:和下文的"右",指左右辅弼,君子的帮手。[11]君子:指前所言"之子"。宜:安定。[12]有:取。意为取用他们。[13]似:当为"嗣"之假借,继承。

【译文】

鲜花盛开多辉煌,叶子茂盛绿苍苍。

遇见这位贤君子,我的心情真舒畅。

我的心情真舒畅,因有美誉大家享。

鲜花盛开多辉煌,怒放黄花多鲜亮。

遇见这位贤君子,才华横溢有教养。

才华横溢有教养,因此喜庆事儿降。

鲜花盛开多辉煌,有的白色有的黄。

遇见这位贤君子,驾着四马气昂扬。

驾着四马气昂扬,六根缰绳闪着光。

左边有人来辅佐,君子应付很适宜。

右边有人来相佑,君子发挥有余地。

只因君子有其长,所以祖业能承继。

【题解】

　　本诗是周王赞美诸侯的诗歌,《毛诗序》以为"刺幽王也。古之仕者世禄,小人在位,则谗谄并进,弃贤者之类,绝功臣之世焉",但看诗义并无此种情绪在内,也无半点不满的存在。所以,朱熹《诗集传》就否定了《毛诗序》讽谏的说法,以为此系天子称赞诸侯之词,用以应答那首天子会诸侯于东都讲武时诸侯赞颂天子所作的《瞻彼洛矣》。魏源《诗古微》以为此诗为"朝于东都所作"。但是,在《诗经》的使用场合上,是十分有选择性的。颂之作是为了宗庙大祭祀而作,而《大雅》之作则是为了周王室大的活动而作,至于《小雅》则往往应用于小的场合。朱熹和魏源等人虽然认识到了本诗与《瞻彼洛矣》的应和关系,但未能从此诗的所作角度考虑。李峰《西周的灭亡》一书指出,西周中晚期自穆王之后,基本上与东部诸侯失去联系,历史上可以追溯到的,能够与考古材料相印证的,只有周宣王时与东部诸侯——韩侯进行过联姻。本诗从诗歌的感情和节奏上来看,整首诗轻快而略带跳跃感,诗的应用场合应该非常喜悦,而且又不止于庄严肃穆。"裳裳者华",以花的盛开引出全诗,更加像婚姻场合的用诗了。结合《瞻彼洛矣》来看,这首诗十分像是对这种王室与诸侯联姻的赠答之诗。

　　而且这首诗在《小雅》中的编次较为靠后,所以较为符合产生于宣王时期的时代判断。若将本诗的所作年代定于周宣王,其作诗的意图定为与韩侯之间联姻的答谢之词。那么本诗与《瞻彼洛矣》的诗旨就更加清晰了,诗中所说的君子就是周宣王,而所"觏之子"就是韩侯。

　　全诗共分为四章,每章都是六句。本诗的前三章重章复沓,每章的前两句写花起兴,从"其叶湑兮"到"芸其黄矣"再到"或黄或白",通过对花繁叶茂的描写来烘托诗中人物的欢娱。第四章与前三章不同,在节奏和用韵两方面都变得舒缓起来,"左之左之,君子宜之。右之右之,君子有之",以互见的方式来写君子无所不能的才华。正是如此,也使得前面三章的赞美和欢娱有了理性依据。最后以"维其有之,是以似之"来总括全篇,既指出君子表里如一,又赞美他德容兼美。

　　整首诗以花起兴来展现人物之美,节奏变化错落有致,结构安排收束得当,读起来不但兴味盎然,而且还少了阿谀献媚之感,是一首轻松欢快、雅致端庄的诗。

桑　扈[1]

交交桑扈[2],有莺其羽[3]。
君子乐胥[4],受天之祜[5]。

交交桑扈,有莺其领[6]。
君子乐胥,万邦之屏[7]。

之屏之翰[8],百辟为宪[9]。
不戢不难[10],受福不那[11]。

兕觥其觩[12],旨酒思柔[13]。
彼交匪敖[14],万福来求[15]。

【注释】

　　[1]桑扈:鸟名,又叫窃脂、青雀。[2]交交:鸟鸣声。[3]莺:文采斐然貌,喻诸侯有才华。[4]君子:此指群臣。胥:语助词。[5]祜:福禄。[6]

领：鸟颈。[7]万邦：各诸侯国。屏：屏障，喻重臣。[8]之：是。翰："干"的假借，支柱。[9]百辟：各国诸侯。宪：法度。[10]不：语助词，下同。戢：克制。难：通"傩"，行有节度。[11]那：多。[12]兕觥：牛角酒杯。觩：弯曲貌。[13]旨酒：美酒。思：语助词。柔：指酒性温和。[14]彼：指贤者。交："傲"的假借。匪敖：不傲慢。敖，通"傲"，倨傲，傲慢。[15]求：同"逑"，聚集。

【译文】

> 交交鸣叫桑扈鸟，身被华丽好羽毛。
> 大人君子多快乐，当受上天的福报。
>
> 交交鸣叫桑扈鸟，颈间羽色好美妙。
> 大人君子多快乐，保卫家国有依靠。
>
> 国家屏障和栋梁，诸侯以你为榜样。
> 克制自己守礼节，受福多得难计量。
>
> 牛角酒杯弯又弯，美酒醇厚味道香。
> 贤者交往不倨傲，万福汇聚你身上。

【题解】

这是一首描写周王宴飨诸侯之诗。与《小雅》中的多数作品一样，后世解诗者多把这首诗指为刺诗，像《毛诗序》就指为"刺幽王"之作，唐代孔颖达也根据此意解释为"以其时君臣上下升降举动皆无先王礼法威仪之文焉，故陈当有礼文以刺之"。但从这首诗的诗义本身来看，与讽刺无关，只是描写周王宴会诸侯时的喜乐场景，更像一首宴饮时的助兴乐歌。

本诗的前两章均以"交交桑扈"起兴，通过描写欢然鸣叫的青雀、光彩明亮的羽毛这一浅近的自然物象来引出全诗所要记叙的事件，并隐隐暗合诗中将要抒发的感情，为下面描绘宴饮场合营造出明快而又欢乐的氛围，仿佛自然界的青雀和宴饮者之间存在着一种相互作用的心理感应,大大增强作品的生动性和可读性。

从内容来看,因为这首诗是周王宴会诸侯的乐歌,所以它不能被简单地理解为助兴的劝饮之歌,还具备浓郁的政治色彩,明显有周王团结诸侯的意思。诗中开篇便指出"君子",也就是周王所宴请的诸侯,之所以能够快乐,全是来自上天所赐的福禄,接着又强调与会的诸侯对于国家的重要性,同时对与会诸侯提出"不戢不难"和"彼交匪敖"的要求,要求他们学习好的榜样,为天下做到"之屏之翰,百辟为宪"的模范作用,这样保持下去才能够做到第四章所说的"兕觥其觩,旨酒思柔",也才能够为自己争取到"万福来求"。诗中周王通过赞美和警示并举的手段,来笼络诸侯,政治意味明显。

不过从总体来看,这首诗的赞美意味还是浓厚的,所以《左传》中在宴会之时,也经常以此诗来作收束宴席之用。

鸳　鸯[1]

鸳鸯于飞,毕之罗之[2]。
君子万年,福禄宜之[3]。

鸳鸯在梁[4],戢其左翼[5]。
君子万年,宜其遐福[6]。

乘马在厩[7],摧之秣之[8]。
君子万年,福禄艾之[9]。

乘马在厩,秣之摧之。
君子万年,福禄绥之[10]。

【注释】

[1]鸳鸯:鸭科水鸟名,雌雄双居,永不分离,故称之为"匹鸟"。[2]毕:

长柄的捕鸟小网。罗:无柄的捕鸟网。[3]宜:即安。[4]梁:筑在水中拦鱼的石坝,即鱼梁。[5]戢(jí):插。谓鸳鸯栖息时将喙插在左翅下。[6]遐:长远。[7]乘:四匹马拉的车子。乘马即拉车的马。厩:马棚。[8]摧:通"莝",铡草喂马。[9]艾:养。一说为辅助。[10]绥:安。

【译文】

鸳鸯双飞不分开,遭遇大小罗与网。

祝福君子寿万年,一同来安享福禄。

鸳鸯在鱼梁相偎,喙儿插进左翅膀。

祝福君子寿万年,幸福一生绵绵长。

拉车辕马在马房,每天喂草喂杂粮。

祝福君子寿万年,福禄把他来滋养。

拉车辕马在马槽,每天喂粮喂饲草。

祝福君子寿万年,福禄齐享永相保。

【题解】

对此诗背景及主旨的解释历代有不同说法,一种说法以《毛诗序》为代表,认为此诗为讽刺周幽王而作:"刺幽王也。思古明王交于万物有道,自奉养有节焉。"其后孔颖达又进一步阐述这一观点,指出:"前二章鸳鸯为兴,言交于万物有道奉一物以例余也。后二章又以刍秣之式兴奉养有节。"但是,以明代何楷为代表的另一种观点认为这只是简单的祝贺新婚之诗,他在《诗经世本古义》中指出:"以《白华》之诗证之,其第七章曰:'鸳鸯在梁,戢其左翼,之子无良,二三其德。'是诗亦有'在梁'二语,词旨昭然。诗人追美其初昏(婚)。凡诗言'于飞'者六,其以雌雄连言者,惟'凤凰于飞'及此'鸳鸯于飞'耳。《乘马》二章,皆咏亲迎之事而因以致其祷颂之意。《汉广》之诗曰:'之子于归,言秣其马'亦同。"这一说法,为清人姚际恒、方玉润所赞同,都主张这只是一首祝贺新婚的诗。关于本诗的写作年代,方玉润认为此诗是写周幽王初婚。

这首诗中,前两章通过鸳鸯起兴赞美男女双方才貌匹配,爱情忠贞,后两章通过马来起兴祝福其生活富足美满。鸳鸯是成双成对的鸟,马和西周时期的亲迎之礼有关,故可以认为这是一首同婚姻有关的诗歌。

频　弁[1]

有频者弁,实维伊何[2]?
尔酒既旨[3],尔肴既嘉[4]。
岂伊异人[5]? 兄弟匪他。
茑与女萝[6],施于松柏[7]。
未见君子,忧心奕奕[8];
既见君子,庶几说怿[9]。

有频者弁,实维何期[10]?
尔酒既旨,尔肴既时[11]。
岂伊异人? 兄弟具来。
茑与女萝,施于松上。
未见君子,忧心怲怲[12];
既见君子,庶几有臧[13]。

有频者弁,实维在首。
尔酒既旨,尔肴既阜[14]。
岂伊异人? 兄弟甥舅。
如彼雨雪[15],先集维霰[16]。
死丧无日[17],无几相见[18]。
乐酒今夕,君子维宴。

【注释】

[1]俅:帽子上有棱角之貌。[2]实维伊何:是为伊何。实,犹"是"。维,为。伊,语助词。[3]旨:美。[4]肴:荤菜。[5]伊:是。异人:外人。[6]茑、女萝:都是善于攀缘的蔓生植物。[7]施:延伸,攀缘。[8]奕奕:心神不安之貌。[9]说怿:欢欣喜悦。说,通"悦"。[10]何期:犹言"伊何"。期,通"其",语末助词。[11]时:善,美。[12]忡忡:忧愁之貌。[13]臧:善。[14]阜:多,指酒肴丰盛。[15]雨雪:下雪。[16]霰:雪珠。[17]无日:不知哪一天。[18]无几:没有多久。

【译文】

鹿皮礼帽真漂亮,戴着皮帽为哪般?
你的酒浆都甘醇,你的肴馔都很香。
来的哪里有外人? 都是兄弟坐一堂。
爬藤茑草与女萝,攀缘松柏才生长。
未曾见到君子面,忧心忡忡实难当;
既已见到君子面,才有喜悦没忧伤。

鹿皮礼帽真漂亮,戴着皮帽为哪般?
你的酒浆都甘醇,你的肴馔也很香。
来的哪里有外人? 兄弟都来聚一堂。
爬藤茑草与女萝,攀缘松柏才生长。
未曾见到君子面,忧思满怀实难当;
既已见到君子面,没有烦恼喜洋洋。

鹿皮礼帽真漂亮,端端正正戴头顶。
你的酒浆都甘醇,你的肴馔真丰盛。
来的哪里有外人? 都是兄弟和舅甥。
如同雪花飘眼前,冰珠阵阵坠满天。

死亡日子难逆料,时间无多难相见。

今夜开怀应畅饮,君子行乐唯欢宴。

【题解】

这首诗应该作于周幽王时期。《毛诗序》认为是"诸公刺幽王"之作,而朱熹《诗集传》却认为是周王"燕兄弟亲戚"之诗。仅仅从诗歌字面的意思看,这首诗写的是当时的一个贵族邀请兄弟、姻亲来家中宴饮作乐,而赴宴之人为了表示对宴会主人的赞美作了这首诗。

其实,在我们今天看来,《毛诗序》所言是这首诗的用途,而朱熹所言则是这首诗所写的内容,两者看似矛盾而实际则不然。这首诗所写的内容是诗作当时的用意,而《毛诗序》所言的刺幽王则是将诗作本身作了曲解,以适用于用诗者的意图,所以从根本上来说并不完全冲突。就诗作本身来看,这首诗以赴宴者的口气写成,写的不仅是宴席的丰盛,最主要的是要写出举办宴席的用意是为了加强兄弟亲戚之间的关系,更是对举办宴席者的赞美,凸显了贵族间彼此依附的关系。

全诗分为三章,每章开端先写贵族们一个个戴着华贵的圆顶皮帽赴宴,而后描述宴会的丰盛,酒"既旨",肴"既嘉""既时""既阜",反复陈述美酒佳肴的醇香、丰盛,最后才是赴宴之人对与主人亲密关系的描述和对主人的赞扬。不过,本诗的第三章"如彼雨雪,先集维霰"后,出现了对今日欢聚之后生活的担忧,欢乐的宴饮之中流露出一种黯淡低落的情绪。

如果从诗作的写作用意来看,这首诗的写作内容和写作目的,以及其本身的含义更容易理解。西周时期,封建宗法制度之下,每一宗必有一位宗子和宗妇。他们是一个宗族集团的核心,宗族集团举行祭祀和大的宴会往往都是在宗子和宗妇的主持之下进行的。这首诗中所描写的场景,十分符合宗子宗妇主持家庭宴饮活动。首先说明的一点是,诗中开篇所提到的"颀弁",是一种礼帽,往往是在举行大的典礼活动时穿戴的。其次,诗中所说的君子,也不应该局限于周王,纵观先秦文献可知,称君子者不一定是君主,而且在《诗经》中也有很多君子是指向卿大夫和将帅的,所以此处的君子更适合指向举行宴会的"宗子"。最后,这种大的兄弟宗族之间的宴会往往是在举行大祭祀之后进行的,这也符合古代的祭祀礼仪。祭祀之后的宴饮活动中,最后言生死之事总是殊途同归,而兄弟之间也往往会出现生死一别的情况,这也符合祭祀活动时人的内心活动。所以,从这首诗的写作用意来看,应该更符合一般情况之下的宗子宗妇在祭祀活动之后宴请赴祭者的场景,这也与《小雅》中多数属于周王以外普通贵族阶层的用诗情况相符合。这首诗是对西周时期宗族活动的真实记录,反映了西周时期族属群体之间的融洽关系,也反映了周礼中宗族结构的具体实践形式,对于我们今天理解周人的生活状态、礼仪风俗,以及周人内心的精神世界都有极大的帮助。

车 辖[1]

间关车之辖兮[2],思娈季女逝兮[3]。
匪饥匪渴[4],德音来括[5]。
虽无好友,式燕且喜。

依彼平林[6],有集维鷮[7]。
辰彼硕女[8],令德来教。
式燕且誉[9],好尔无射[10]。

虽无旨酒,式饮庶几[11]。
虽无嘉肴,式食庶几。
虽无德与女,式歌且舞。

陟彼高冈,析其柞薪。
析其柞薪,其叶湑兮[12]。
鲜我觏尔[13],我心写兮[14]。

高山仰止,景行行止[15]。

四牡騑騑[16]，六辔如琴。
觏尔新婚，以慰我心。

【注释】

[1]舝：同"辖"，车轴头的铁键。[2]间关：象声词，车行时发出的声响。[3]娈：妖媚可爱之貌。季女：少女。逝：往，指出嫁。[4]饥、渴：《诗经》多以饥渴隐喻男女性事。[5]括：犹"佸"，会合。[6]依：茂盛之貌。[7]鷮：鸟名，即长尾野鸡。[8]辰：通"珍"，美好。或训为善，亦通。[9]誉：通"豫"，安乐。[10]无射：不厌。亦可作"无斁"。[11]庶几：此犹言"一些"。[12]湑：茂盛貌。[13]鲜：犹"斯"，此时。觏：遇合。[14]写：通"泻"，宣泄，指欢悦、舒畅。[15]景行：大路。[16]騑騑：马走不停之貌。

【译文】

迎亲车轮车辖响，美丽少女要出阁。
不再饥渴慰我心，有德淑女来会合。
宴会虽然没好友，宴饮相庆自快乐。

丛林茂密满平野，长尾锦鸡栖树上。
女子健康有美貌，德行良好有教养。
宴饮相庆真愉悦，爱意不绝情绵长。

虽然没有那好酒，但愿你能喝一盏。
虽然没有那好菜，但愿你能吃一点。
虽然德行难配你，且来欢歌舞翩跹。

登上高高那山岗，柞枝劈来当柴烧。
柞枝劈来当柴烧，柞叶茂盛满树梢。
此时我能接到你，心中烦恼全消掉。

巍峨高山要仰视，平坦大道能纵驰。

驾起四马快快行，挽缰如调琴弦丝。

今遇新婚好娘子，满怀欣慰称美事。

【题解】

本诗的主旨历来有两说。一说以《毛诗序》为代表，主张是讽谏周幽王之作，"《车舝》，大夫刺幽王也。褒姒嫉妒，无道并进，谗巧败国，德泽不加于民。周人思得贤女以配君子，故作是诗也"。但此说早为古人所驳斥，如清代姚际恒《诗经通义》中就引邹肇敏之言："思得娈女以间其宠，则是张仪倾郑袖，陈平给阏氏之计耳。以嬖易嬖，其何能淑？且赋《白华》者安在？岂真以不贤见黜？诗不讽王复故后，而讽以别选新昏，无论艳妻骄扇，宠不再移，其为倍义而伤教，亦已甚矣。"此诗的主旨，当以朱熹《诗集传》中所说的"此宴乐新昏之诗"更为贴合。

全诗共分为五章，都是通过男子的口吻来叙述娶妻途中的喜乐，以及他对良配佳女的思慕。第一章先描述启程娶妻，从娶亲的车驾声中开始。随着"间关"的车驾之声，主人公朝思暮想、魂牵梦绕的佳人就要出嫁了。"匪饥匪渴，德音来括"流露出主人公的欣喜之情，这感情是对女子美德的崇慕，是比较纯真而又高尚的。第二章写婚车行驶的过程，从途经的林莽中成双成对的野鸡，主人公想到了婚车中的"硕女"，由于她美好的教养和品德，让主人公忍不住立誓"式燕且誉，好尔无射"，表达他矢志不渝的爱。第三章则延续第二章结尾的情感表达，是主人公对"硕女"情真意切的倾诉。第四章写婚车途经高山，"陟彼高冈，析其柞薪。析其柞薪，其叶湑兮"，主人公忍不住由"柞薪"想到了娶妻。通过"其叶湑兮"的表述，用柔嫩鲜艳的绿叶来映照新妇的光彩，面对这样的佳配，主人公的高兴之情溢于言表，"鲜我觏尔，我心写兮"。第五章写婚车归于大道，面对佳偶，远眺大路，主人公深情满怀，"高山仰止，景行行止"通过比喻的方式来说"硕女"那美丽的形体和坚贞的德行，正像高山大路一样令人敬仰和向往，满含着对未来新婚生活的向往之情。

这首诗写景阔达，感情跌宕起伏。方玉润指出："前后两章实赋，一往

迎,一归来。二、四两章皆写思慕之怀,却用兴体。中间忽易流利之笔,三层
反跌作势,全诗章法皆灵。"直指本诗是雅诗中优秀的抒情诗篇。

青　　蝇[1]

营营青蝇[2],止于樊[3]。
岂弟君子[4],无信谗言[5]。

营营青蝇,止于棘[6]。
谗人罔极[7],交乱四国[8]。

营营青蝇,止于榛[9]。
谗人罔极,构我二人[10]。

【注释】

　　[1]青蝇:苍蝇,喻谗人。[2]营营:象声词,拟苍蝇飞舞的声音。[3]
止:停下。樊:篱笆。[4]岂弟:同"恺悌",平和有礼,平易近人。[5]谗言:
挑拨离间的坏话。[6]棘:酸枣树。[7]罔极:指行为没有准则。[8]交:都。
乱:搅乱,破坏。[9]榛:榛树,一种丛生灌木。[10]构:播弄,陷害,指离间。

【译文】

苍蝇乱飞声营营,飞到篱笆把身停。
平易近人的君子,不要听信那谗言。

苍蝇乱飞声营营,飞到酸枣树上停。
谗人之言没有准,扰乱四方不太平。

苍蝇乱飞声营营,飞到榛树枝上停。

谗人之言没有准,离间我俩的感情。

【题解】

　　本诗的主旨较为明确,《毛诗序》指出《青蝇》是"大夫刺幽王也",认为诗中所说的"君子"就是周幽王。王先谦《诗三家义集疏》引用《易林·豫之困》"青蝇集藩,君子信谗;害贤伤忠,患生妇人",来说明这首诗是"幽王信褒姒之谗而害忠贤"之作。

　　从诗作的本义来看,这是《小雅》中一首非常著名的谴责诗,讽刺统治者听信谗言,斥责谗人害人祸国。从诗的写作内容来判断,这首诗的写作年代应该在周幽王时。周幽王时期党争是最严重的,甚至直接导致了西周王朝的覆亡。当时争斗的双方,谷口义介认为是周王室的两个传统联姻对象,即姒姓集团和姜姓集团,而隐藏于其后的是姜姓集团所代表的东方封国利益群体和姒姓集团所代表的西方封国利益群体。沈载勋则认为不应该是单纯的东西方的地方性对立,而是周幽王的中央朝廷之中出现了党争,一派是幽王、伯服、虢氏,另一派是太子宜臼、申鲁郑三个诸侯国。不管是哪一类的党争,总之可以看出周幽王时期两个利益群体之间的争斗是十分激烈的,甚至到了废立太子和引戎入犯的境地。

　　但是,至于说本诗中所谓的谗人是褒姒,也确实无证据。而且,据今人的研究,谗人的具体指向,应该更适合于周幽王时期的一派人物,而非是一个人。根据《今本竹书纪年》记载,幽王时期的执政大臣有两位,一位是"尹氏",一位是"皇父",这两位是受到周王赐命的大臣,很符合本诗所谓的"构我二人"中的二人。从二者的地位来说,尹氏是执政卿很明确了,皇父是何人?皇父其实在周宣王之时已经有了,宣王二年和宣王四十六年,皇父两次被任命为太师之职,可见是一位非常有地位的人物。而且从1933年岐周故地发现的一批青铜器铭文中可以知晓,确实有一位皇父存在,而且是在西周晚期。李峰曾经指出周幽王之时有党争,其中一方就是周宣王遗留下来的旧臣,一方是周幽王以及其身边的近臣。皇父与尹氏应该就是这一批旧臣的领袖,在幽王时期的党争中败北,从而被排挤出朝廷,《今本竹书纪年》载"幽王五年,皇父作都于向",应该就是这一场党争中失败者被排挤出朝廷、迁居边地的反映。这样一来,诗作中的谗人,应该是指周幽王的近臣一派,不一定完全指向褒姒。而构陷的"二人",狭义地说就是尹氏和皇父,从广义来说则是指二者所代表的旧臣一派。而作诗者很有可能就是皇父或者尹氏,或者说是二人同属的旧臣集团中的一位假托二人所作,所以,后世说此诗系卫武公之作,恐非如此。

本诗具有很强的艺术表现力,其艺术表现手法具有极大的借鉴意义,对后世影响很大。本诗的三章内容均通过"营营青蝇"来取喻起兴,把苍蝇四处飞舞、不停播乱的特性和谗人四处谗间、恣意构陷的特点联系起来,将人们对苍蝇的真实厌恶之感带入对谗人的厌恶之情中。取喻确切传神,极富警示意义。

宾 之 初 筵[1]

宾之初筵,左右秩秩[2]。

笾豆有楚[3],殽核维旅[4]。

酒既和旨[5],饮酒孔偕[6]。

钟鼓既设,举醻逸逸[7]。

大侯既抗[8],弓矢斯张[9]。

射夫既同[10],献尔发功[11]。

发彼有的[12],以祈尔爵[13]。

籥舞笙鼓[14],乐既和奏。

烝衎烈祖[15],以洽百礼[16]。

百礼既至,有壬有林[17]。

锡尔纯嘏[18],子孙其湛[19]。

其湛曰乐,各奏尔能[20]。

宾载手仇[21],室人入又[22]。

酌彼康爵[23],以奏尔时[24]。

宾之初筵，温温其恭。

其未醉止[25]，威仪反反[26]。

曰既醉止[27]，威仪幡幡[28]。

舍其坐迁[29]，屡舞仙仙[30]。

其未醉止，威仪抑抑[31]。

曰既醉止，威仪怭怭[32]。

是曰既醉，不知其秩[33]。

宾既醉止，载号载呶[34]。

乱我笾豆，屡舞僛僛[35]。

是曰既醉，不知其邮[36]。

侧弁之俄[37]，屡舞傞傞[38]。

既醉而出，并受其福。

醉而不出，是谓伐德[39]。

饮酒孔嘉，维其令仪[40]。

凡此饮酒，或醉或否。

既立之监[41]，或佐之史[42]。

彼醉不臧[43]，不醉反耻。

式勿从谓[44]，无俾大怠[45]。

匪言勿言[46]，匪由勿语[47]。

由醉之言，俾出童羖[48]。

三爵不识[49]，矧敢多又[50]？

【注释】

[1]初筵：宾客初入席时。筵，铺在地上的竹席。[2]左右：席位东西，主人在东，客人在西。秩秩：恭敬有序之貌。[3]笾豆：古代食器、礼器。有楚：即"楚楚"，陈列整齐之貌。[4]殽核：殽为豆中所装的食品，核为笾中所装的

干果。旅:陈放。[5]和旨:醇和甜美。[6]孔:很。偕:通"皆",遍。[7]举醻:举杯。醻,同"酬"。逸逸:同"绎绎",连续不断。[8]大侯:射箭用的大靶子,用虎、熊、豹三种皮制成。一般的侯也有用布制的。抗:高挂。[9]斯:语助词。张:张弓搭箭。[10]射夫:射手。[11]发功:发箭射击的功夫。[12]有:语助词。的:侯的中心,即靶心。[13]祈:求。爵:饮酒器具。[14]籥舞:执籥而舞。籥是一种竹制管乐器,据考形如排箫。[15]烝:进。衎:娱乐。[16]洽:使和洽,指配合。[17]有壬:即"壬壬",礼状盛大之貌。有林:即"林林",礼多之貌。[18]锡:赐。纯嘏:大福。[19]湛:和乐。[20]奏:进献。[21]载:则,便。手:取,择。仇:匹,指对手。[22]室人:主人。入又:又入,指主人亦随宾客入射以耦宾,即耦射。[23]康爵:空杯。[24]时:射中的宾客。[25]止:语助词。[26]反反:谨慎凝重。[27]曰:语助词。[28]幡幡:轻浮无威仪之貌。[29]舍:放弃。坐:同"座",座位。[30]仙仙:同"跹跹",飞舞之貌。[31]抑抑:谨慎严肃之貌。[32]怭怭:轻薄粗鄙之貌。[33]秩:常规。[34]号:大声乱叫。呶:喧哗不止。[35]傲傲:身体歪斜倾倒之貌。[36]邮:通"尤",过失。[37]弁:皮帽。俄:倾斜不正。[38]傞傞:醉舞不止之貌。[39]伐德:败德。[40]令仪:美好的仪表礼节。[41]监:酒监,宴会上监督礼仪的官。[42]史:酒史,记录饮酒时言行的官员。燕饮之礼必设监,不一定设史。[43]臧:好。[44]式:发语词。[45]俾:使。大怠:太轻慢失礼。[46]匪言:指不该问话。[47]匪由:指不合法道的话。[48]童羖:没角的公山羊。[49]三爵:三杯。不识:不知。[50]矧:何况。

【译文】

客人刚来到筵前准备入席,分左右两列落座谦让有序。
竹笾木豆排列得整整齐齐,笾豆里的食品是那样精致。
酒是那样醇厚柔和又甜美,喝起酒来大家都非常满意。
编钟和金鼓都已经摆弄好,宾主举杯敬酒从容又安逸。
天子的熊靶已经竖立起来,箭在弦上强弓也已经拉开。
射手们已经聚集到靶场上,把你们的射箭本领拿出来。
开弓放箭每发都要射中靶,为的是罚你饮酒欢乐开怀。

执篙而舞吹起笙来敲响鼓，各种乐器一齐奏响多和谐。
向创业的先祖们敬献乐舞，以便附和燕礼的繁文缛节。
繁复的礼制仪轨一一演遍，场面隆重盛大又气氛热烈。
上神传旨赐你们纯洁祝福，子子孙孙永远幸福又安康。
子孙万代幸福安康又快乐，尽情展示你们的本领特长。
客人们手执酒杯寻找对手，陪酒的出来进去忙个不休。
宾主们倾满美酒举杯痛饮，向列祖列宗进献时鲜祭品。

客人们刚到未入席饮酒前，一个个温文尔雅恭谨庄严。
当他们还没有喝醉的时候，一个个保持形象顾着脸面。
等他们酩酊大醉以后再看，一个个举动轻浮丧尽威严。
离开自己的座位到处乱转，不停地手舞足蹈姿态翩跹。
当他们还没有喝醉的时候，一个个保持形象谦抑低调。
等他们酩酊大醉以后再看，一个个放浪形骸举止轻佻。
这都是喝酒不节制惹的祸，不知道自己的轻重乱了套。

客人喝醉酒以后你就看吧，又是大呼小叫还吵闹不迭。
打翻了我筵席上的笾和豆，手上乱抓乱挠步态也歪斜。
这都是喝酒不节制惹的祸，不知道自己犯下多大过错。
头上歪戴着帽子出尽洋相，还总是狂呼不止醉舞婆娑。
如果喝醉了酒你及时离席，宾主双方你好我好享清福。
如果喝醉了酒还赖着不走，这就叫害人害己自取其辱。
饮酒本是件非常好的事情，关键是要保持形象讲风度。

总的来讲吧饮酒这件事情，有人保持清醒有人醉糊涂。
一般都要现场设立监酒官，有的还辅设个史官来监督。
有人喝酒喝醉了当然不好，也有人喝不醉反倒不满足。
好事者不要再殷勤地劝酒，别让好酒之辈太放纵轻忽。

不该说的话不能张口就来,无根无据的话不要胡乱说。

醉酒之后言语无序失身份,罚他拿没角的小公羊赔罪。

三杯酒之后醉意便要显现,哪里还敢多饮多喝没节制?

【题解】

本诗是写西周贵族之间宴饮取乐的一首诗,《毛诗序》认为:"《宾之初筵》,卫武公刺时也。幽王荒废,媟近小人,饮酒无度,天下化之,君臣上下沉湎淫液。武公既入,而作是诗也。"而后,郑玄解释"淫液者,饮食时情态也。武公入者,入为王卿士",也认为是卫武公讽刺周幽王之作。

单从诗作的内容来看,并不能看出诗作中讽刺的含义,也不能看出卫武公为其作者的痕迹。所能看出的就是这首诗是描写贵族欢饮场面,"以祈尔爵"和"以奏尔时"说的都是饮酒欢宴时举行的射礼和百礼所要达到的目的。第三章所说的宴饮之后的对比,实际上说明宴饮举行得很顺利,也很成功。"既醉而出"而受福泽,和后面所说的"不醉反耻",正好说明了这一点。而诗中所说的"饮酒孔嘉,维其令仪"并不是说完全要严肃端庄,而是指不要破坏饮酒场合的礼仪而已。所以《礼记》郑注也曾言及饮酒礼仪,一方面不能太醉,以至于失态,另一方面也不能完全端坐而使饮酒的气氛不能尽兴。这与本诗所言正好相符。所以说,本诗实际上是对周王朝贵族之间宴饮场合的一个切面描写,所突出的是宴饮的欢乐和宴饮过程中的一些礼节,这既反映了周人宴乐活动的基本内容和流程,也反映了周人宴乐活动的标准礼仪,符合周礼人文至上的核心精神。这一点也值得我们今天学习和借鉴,饮酒作乐是为了沟通感情,饮酒要适度,既不能过分沉湎于酒乐,也不能过于拘束,应该随乐而乐、自持有度。至于说本诗是用来刺周幽王的,这属于用诗的范畴,不再是单纯的诗作原意了。

从艺术角度来看,这首诗章法严谨,结构明晰,遣词措意如信手拈来却富含深意。例如,诗中屡用叠词,有"左右秩秩""举醻逸逸""温温其恭""威仪反反""威仪幡幡""屡舞仙仙""威仪抑抑""威仪怭怭""屡舞傲傲""屡舞傞傞"等,这样的遣词看似是刻意为之,但是却恰到好处,很符合宴会的盛大场面,让诗歌所写的场景一下子宏阔起来。

鱼　藻

鱼在在藻,有颁其首[1]。
王在在镐[2],岂乐饮酒[3]。

鱼在在藻,有莘其尾[4]。
王在在镐,饮酒乐岂。

鱼在在藻,依于其蒲[5]。
王在在镐,有那其居[6]。

【注释】

[1]颁:头大之貌。[2]镐:西周都城,在今陕西省西安市。[3]岂乐:欢乐。[4]莘:尾巴长之貌。[5]蒲:多年生草本植物,叶长而尖,多长在河滩上。[6]那:安闲之貌。

【译文】

鱼在哪儿在水藻,肥肥大大头儿摇。
王在哪儿在镐京,欢饮美酒真逍遥。

鱼在哪儿在水藻,悠悠长长尾巴摇。
王在哪儿在镐京,欢饮美酒真美好。

鱼在哪儿在水藻,贴着蒲草多安详。
王在哪儿在镐京,居住安乐好地方。

【题解】

这是一首赞美君贤民乐的诗歌。《毛诗序》以为"刺幽王也。言万物失其性,王居镐京,将不能以自乐,故君子思古之武王焉",是以用为意,于诗文本无稽可考。本诗所写的内容,就是简单的民逸而王乐,属于典型的雅乐之作。当然《小雅》中大多数诗歌是有专门用意的,从逻辑上讲应该有其作诗时的目的。从这首诗所写作的地点来看,在周王室伐商之后的都城镐京,周王在镐京中饮酒安居。而前面的鱼藻所指向的地点,可以与西安市长安区的镐京遗址相对比参照。据近年来的考古发现,以及原有的文献记载可知,镐京的城市规划是非常合理的。镐京城是周武王所建,成为周王室近300年的都城,称之为宗周。宗周所指,也代表了周民族和周王朝的整个精神支柱,周礼即源于岐周而定于宗周。镐京分为王城和郊野,在郊外又建有灵沼、灵囿等场所,以供游乐之用。此处所说的鱼之所在,一方面可以理解为是镐京周边的沣水,要是进一步推测的话,很有可能就是指镐京的灵沼。周王在镐京灵沼之中饮酒作乐,而灵沼之中的鱼儿悠闲自在,鱼的体型肥美且大,也说明王与自然相得益彰。以此再来推测,这就是王在都城安逸自得,民在治下也得以安享自在。从这一角度来说,这首诗实际上反映了镐京所代表的周礼的精神,即要予民自在。

全诗共三章,每章四句。本诗通过"鱼在在藻"取喻起兴,"鱼"和"王"、"藻"和"镐"在意象和结构上严格对应,起兴的意思昭然。而后通过对鱼的形态的细致描写,将鱼在藻中摇头摆尾摹写成"依于其蒲",可谓意趣盎然。郑玄就认为这首诗是"以在藻依蒲为鱼之得所,兴武王之时民亦得所",虽然武王之说无法确证,却也揭示了鱼、藻起兴的一层映射关系。诗人通过歌咏水中之鱼能够得其所乐,实则借喻西周初年百姓安居乐业的社会氛围,以欢快热烈的语言来充分展现西周初年上下同乐的主题。因此,从形式、内容之间结合的完美程度来看,这首诗在雅诗中也是突出之作。

采　菽[1]

采菽采菽,筐之筥之[2]。

君子来朝,何锡予之?

虽无予之,路车乘马[3]。
又何予之? 玄衮及黼[4]。

觱沸槛泉[5],言采其芹。
君子来朝,言观其旂。
其旂淠淠[6],鸾声嘒嘒[7]。
载骖载驷,君子所届[8]。

赤芾在股[9],邪幅在下[10]。
彼交匪纾[11],天子所予。
乐只君子[12],天子命之。
乐只君子,福禄申之[13]。

维柞之枝,其叶蓬蓬。
乐只君子,殿天子之邦[14]。
乐只君子,万福攸同。
平平左右[15],亦是率从。

汎汎杨舟,绋纚维之[16]。
乐只君子,天子葵之[17]。
乐只君子,福禄膍之[18]。
优哉游哉[19],亦是戾矣[20]。

【注释】

　　[1]菽:大豆。[2]筥:筐,古谓方者为筐、圆者为筥。[3]路车:即辂车,古时天子或诸侯所乘的礼制之车。[4]玄衮:古代上公礼服。黼:黑白相间花纹的礼服。[5]觱沸:泉水涌出之貌。槛泉:正向上涌出的泉水。[6]淠淠:旗帜飘动之貌。[7]鸾:一种铃。嘒嘒:铃声响动有节奏。[8]届:到。[9]芾:蔽膝。[10]邪幅:裹腿。[11]彼交:不急不躁。彼,通"匪"。交,通

"绞",急。纾:怠慢。[12]只:语助词。[13]申:重复。[14]殿:镇抚。[15]
平平:治理。[16]绋:粗大的绳索。纚:系。[17]葵:借为"揆",度量。[18]
�:厚赐。[19]优哉游哉:悠闲自得貌。[20]戾:安定。

【译文】

采大豆呀采大豆,方筐圆筥里面装。
诸侯君子来朝见,王用什么赏赐他?
纵没什么赠予他,驷马路车赐他乘。
还用什么赠予他? 花纹礼服已制成。

翻腾喷涌泉水边,我去水中采水芹。
诸侯都来朝见王,看那旗帜渐渐近。
他们旗帜猎猎扬,鸾铃传来真动听。
三马四马驾大车,诸侯乘坐到明堂。

红色护膝大腿上,裹腿在下斜着绑。
不致怠慢不骄狂,天子因此有赏赐。
诸侯君子真快乐,天子策命颁给他。
诸侯君子真快乐,又有福禄赐予他。

柞树枝条一丛丛,它的叶子密密浓。
诸侯君子真快乐,镇邦定国天子重。
诸侯君子真快乐,万种福分来聚拢。
左右属国善治理,于是他们都顺从。

杨木船儿水中漂,索缆系住不会跑。
诸侯君子真快乐,天子量才用以道。
诸侯君子真快乐,福禄厚赐好关照。
从容不迫很自在,生活安定多逍遥。

【题解】

此诗的主旨应该是西周之时诸侯朝见周王,周王对诸侯朝见给予丰厚赏赐的赞颂之诗。《毛诗序》谓:"刺幽王也,侮慢诸侯。诸侯来朝,不能锡命以礼数征会之,而无信义,君子见微而思古焉",从诗本身来看,并不能得出这样的结论。至于以为此诗作于康王即位抑或宣王中兴之时,虽可备一说,却无实证。朱熹《诗集传》认为本诗是"此天子所以答《鱼藻》也",认为两首诗是一组,前者为诸侯美天子,后者为天子答诸侯。其说法很有借鉴意义,从《诗经》中诗歌用途方面给予了解释。

诚然,《诗经》中大小雅的诗作是具有很明确的应用礼节和应用场合的,所以从《小雅》中正平和的气象来看,这首诗与《鱼藻》一诗非常切合,是《小雅》中比较符合雅乐的诗作。从这一点来说,本诗的应用礼节和应用场合,应该十分正式。而且结合《鱼藻》中言天子与百姓,本诗中言诸侯与天子,也十分像是一组应答之诗。可是从诗的用途来说,简单的应答之作不足以说明本诗的用意。

从周朝礼仪形式以及实际应用来说,这首诗所反映的应该是西周时期周王室与诸侯之间的一种常态化的朝见和赐命制度。诸侯作为天子封臣,赐予邦国,享有在邦国之内的治理、军事、外交等权利,同时还需要履行他们对于周王室的责任,即要定时朝贡、依照命令进行军事活动等。其中,最为常态化的就是诸侯对周王室的朝见活动,其作为周王朝中央与地方的一种礼仪活动,是最为隆重也是最为符合封建制度的礼仪活动。在诸侯来朝的时候,天子需要对其进行封赐,赐的内容有物质性的,也有非物质性的。如诗中提到的"路车乘马"和"玄衮及黼"等都属于物质性的赏赐,而"天子命之"和"福禄申之"则属于非物质性的赏赐。这两种赏赐并不是截然不同的,而是联系在一起的。天子对诸侯的赐命,要遵循相关的原则,即礼仪等级,根据不同的礼仪等级赐予不同的物品。

而最重要的则是重新赐命,这种一般只发生在诸侯继位的时候,新立的诸侯需要到天子之所进行朝见,以表明他对于周王室和天子的恭顺,这种称为"质命"。天子对于诸侯的"质命",需要进行新的赐命,予以认可其合法地继承本国。在这种盛大的场合之中,必然是要有一定的礼乐作辅助的。赐命诸侯的场所是在周人的宗庙之中,其所用之诗应该是非常中正平和的,本诗就十分符合这一场景。所以说,本诗从本义上说,很有可能就是周王朝赐命制度的一首辅助礼乐用诗。这首诗也体现了周人对于赐命内容的重视程度不同,对于物质性的赏赐是当作第二位来看待的,最重要的是要由天子所"命",即权力的合法来源,这与周王朝历来重视天命和天德的思想观念是一致的。

全诗虽时有比兴,但总体上还是用的赋法。整首诗氛围欢快、热烈、隆重,通过"虽无予之,路车乘马。又何予之?玄衮及黼"的复沓申述,渲染出诸侯来朝的声势之隆。而后则是通过近乎白描的手法,将"君子来朝"的所见所闻一一交代出来,先从"言观其旂"的旗帜写起,"其旂淠淠,鸾声嘒嘒",与车上旗帜相配的是车驾上的鸾铃和鸣,再写诸侯车驾中"载骖载驷,君子所届"的驷马、骖乘。而后以赋法铺排,将诸侯朝见周王而受到赐命的情景一一写出。从"赤芾在股,邪幅在下"的衣着,到"彼交匪纾"的仪态,既有声威,又合礼仪,而后则通过对来朝诸侯卓著功勋的颂扬,表达对来朝诸侯的无限赞美之情。最后以"汎汎杨舟,绋纚维之"来比喻,将缆绳系住的杨木船比喻诸侯和天子之间的关系,诸侯为天子守国安邦,天子给予诸侯丰赏。所以,"乐只君子,天子葵之。乐只君子,福禄脦之",诸侯应该奋勉,这样才能够"优哉游哉,亦是戾矣"。全诗将诸侯朝见周王的场景描绘得十分清晰,从未见到远见再到近见,整首诗为读者再现了一幅诸侯朝见天子时的历史画卷。

角　弓[1]

骍骍角弓[2],翩其反矣[3]。
兄弟昏姻[4],无胥远矣[5]。

尔之远矣,民胥然矣[6]。

尔之教矣[7]，民胥效矣[8]。

此令兄弟[9]，绰绰有裕[10]。
不令兄弟[11]，交相为愈[12]。

民之无良，相怨一方。
受爵不让，至于己斯亡[13]。

老马反为驹，不顾其后。
如食宜饇[14]，如酌孔取[15]。

毋教猱升木[16]，如涂涂附[17]。
君子有徽猷[18]，小人与属[19]。

雨雪瀌瀌[20]，见晛曰消[21]。
莫肯下遗[22]，式居娄骄[23]。

雨雪浮浮[24]，见晛曰流。
如蛮如髦[25]，我是用忧。

【注释】

[1]角弓：两端用兽角装饰的弓。[2]骍骍：弦弓调和貌。[3]翩：此指反过来弯曲貌。[4]昏姻：指姻亲。[5]胥：相。远：疏远。[6]胥：皆。然：这样。[7]教：教导。[8]效：仿效，效法。[9]令：善。[10]绰绰：宽裕舒缓之貌。裕：宽大。[11]不令：不善，指弟兄不相友善。[12]愈：病，此指残害。[13]亡：通"忘"。[14]饇：饱。[15]孔：恰如其分。[16]猱：猿类，善攀缘。[17]涂：泥土。附：沾着。[18]徽：美。猷：道。[19]与：从。属：依附。[20]瀌瀌：雪盛貌。[21]晛：日气。[22]遗：通"隤"，柔顺貌。[23]式：用，因也。娄：借为"屡"。[24]浮浮：与"瀌瀌"同义。[25]蛮、髦：南蛮与夷髦，

古代对西南少数民族的称呼。

【译文】

> 调好角弓绷紧弦，弦弛便向反面转。
> 兄弟姻亲一家人，相互亲爱不疏远。
>
> 你和兄弟太疏远，百姓就会跟着干。
> 你能言传加身教，百姓互相来仿效。
>
> 彼此和睦亲兄弟，感情深厚少怨怒。
> 彼此不和亲兄弟，相互残害全不顾。
>
> 百姓心地如不善，就会相互成积怨。
> 接受爵禄不相让，轮到自己道理忘。
>
> 老马当作驹使唤，不顾其后生祸患。
> 如像吃饭只宜饱，又像喝酒不贪欢。
>
> 猴子爬树不用教，如泥涂墙容易牢。
> 君子善政去引导，小民自然跟着跑。
>
> 雪花落下满天飘，一见阳光全消融。
> 居于上位不谦恭，别人学样耍高傲。
>
> 雪花落下飘悠悠，一见阳光化水流。
> 无良小人像蛮髦，对此我心深烦忧。

【题解】

关于本诗的主旨，《毛诗序》认为是"父兄刺幽王也"，周王室的大臣们不满意周幽王"不亲九族而好谗佞"导致周王室之内骨肉相怨,因此才作诗讽谏。当然,诗中所刺是否一定是周幽王还存疑,但把这首诗理解为周王室之内父兄刺周王亲近小人,不敦睦九族而使得骨肉相怨,则应该可信。从周王朝的统治制度来看,这首诗中的父兄子弟,是周王室统治的基础,既是宗法制度的基础,也是家族制度的根本。这种依靠父兄子弟以治理天下的政治模式,实际上就是周王朝的血缘政治模式。在周王朝处于上升发展期的时候,这种政治模式确实起到了非常有效的统治力。例如,周初武王崩之后,周公、召公联合辅政,以维持中央的稳定;同时,地方之上,鲁公、齐侯等从王师征讨淮夷商奄等,都是依靠这种父兄子弟的政治模式。所以,在周朝的政治观念之中,重用兄弟亲戚才是正确的统治路径。但是到了西周中晚期,中央和地方之间的政治矛盾日渐突出,完全依靠原本的封建宗法来维持政治统治已然不能解决新的问题。这一时期,正好就是周王室出现动乱的时期,以周孝王之后的夷王继位为开始,其后又经历了周厉王、周幽王,虽然一度出现宣王中兴,但是对于原有统治模式的冲击力度还是巨大的。本诗可能就是以这种矛盾为背景而写作的,当然具体的时代不好直接判断。

这首诗从一开始就言"兄弟昏姻,无胥远矣",这实际上就是对周王室统治经验的总结。然后说民效然,也是对王朝治民经验的总结。这首诗从根本上来说,其实是对西周近300年治国经验的肯定,通过西周时期以家为国的宗法思想来阐述宗族之间相互依存的纽带关系。虽然在第一章提及兄弟、婚姻,好像是将同姓兄弟与异姓姻亲并说,但从第三章只提兄弟却不再言及婚姻来看,诗的重点还是落在同姓同宗的兄弟关系上。

全诗共分为八章。第一章"骍骍角弓,翩其反矣",用角弓不可松弛来暗喻兄弟之间不可疏远。第二章点明如果疏远王室父兄,将会带来无尽的危害。"尔之远矣,民胥然矣。尔之教矣,民胥效矣",指出周王与同宗兄弟疏远,结果必然是上行下效,导致民风丕变,进而导致教化不存。这里都是用语气词来煞尾,全然一副父兄语重心长的口气。第三章用兄弟之间善与不善两种不同结果之间的对比,来增强诗人的说服效果。第四章通过"民之无良,相怨一方。受爵不让,至于己斯亡",把疏远兄弟导致同宗之间相互怨怒,为小利而忘大义,弃德行于不顾的现实直接揭露出来。第五、六两章则是不断劝诱周王,引导周王行事要合乎礼仪,才能产生上下相劝的效果,正与"君子之德风,小人之德草"的经典之语一致。

因为整首诗都用的是父兄劝慰子弟的口吻,所以,陈子展在《诗经直解》中引孙鑛之语说这首诗的整体风格是"少微婉,多切直"。正因为是父兄劝慰子弟的口吻,全诗一气贯通,取譬、直言都能随意而发,在看似光怪陆离的比喻之中显示出一种酣畅奔涌的激情,故而孙鑛说这首诗是"风骨自高奇"。

菀　柳[1]

有菀者柳,不尚息焉[2]。

上帝甚蹈[3],无自昵焉[4]。

俾予靖之[5],后予极焉[6]。

有菀者柳,不尚愒焉[7]。

上帝甚蹈,无自瘵焉[8]。

俾予靖之,后予迈焉[9]。

有鸟高飞,亦傅于天[10]。

彼人之心,于何其臻?

曷予靖之[11],居以凶矜[12]?

【注释】

[1]菀:树木枯萎。[2]尚:庶几。[3]蹈:动,变化无常。[4]昵:亲近。[5]俾:使。靖:谋。[6]极:同"殛",惩罚。[7]愒:休息。[8]瘵:病。[9]迈:行,指放逐。[10]傅:至。[11]曷:为什么。[12]矜:危。

【译文】

一株柳树要枯萎,不要依傍去休息。

上帝心思反复多,不要和他太亲密。

当初让我谋国政,而后受罚遭排挤。

一株柳树要枯萎,不要依傍寻阴凉。

上帝心思反复多,不要自己找祸殃。

当初让我谋国政,如今放逐到远方。

鸟儿即使飞得高,还要依附于青天。

那人心狠不可测,走到何处是极限?

为何要我谋国政,反又突兀遭凶险?

【题解】

本诗的主旨较为明确,《毛诗序》指出是因为周幽王"暴虐无亲,而刑罚不中,诸侯皆不欲朝,言王者之不可朝事也",导致臣下作诗"刺幽王也"。此诗作者原本居于王之左右,能够共谋国政,其地位身份必然很高,而且周王对其态度是前倨后恭,从这几点可以判断,这个作者很可能就是被周幽王放逐于边地"向"的皇父,而"上帝"则可能是周幽王。

首先,周幽王继位初期,秉持政权的是尹氏和皇父,这在《今本竹书纪年》中记载得很明确,先后两次受到赐命,任命皇父为太师。诗中所谓的"俾予靖之",与皇父担任"太师"一职有很大的相似性。皇父不但担任中央政权的太师,还曾经担任王朝将领,率军平叛,《大雅·常武》就记载了皇父参与伐淮夷的事件,"赫赫明明,王命卿士,南仲大祖,大师皇父。整我六师,以修我戎,既敬既戒,惠此南国",这与《今本竹书纪年》中记载的内容相同。

其次,从皇父的整治作为来看,这首诗中所言的"俾予靖之",与《节南山》一诗中所谓的"尹氏大师"是"秉国之钧",其功劳是"俾民不迷""俾民不宁"等,正好相符。所以,从这一点来说,本诗所言的"予"极有可能就是皇父。

最后,从周幽王的角度来看,幽王继位之初,对于尹氏、皇父等老臣并没有立刻驱逐,而是在继位4年后才对他们动手。这一方面或许是因为尹氏、皇父等人手握重权,幽王新立,并无把握将其制服;另一方面或许是其祖父周厉王的例子摆在面前,当时的朝政并非由周王一人秉持,而是要依靠周族内姬姓贵族共同掌管。

总之,周幽王选在了继位 4 年之后才对老臣一派动手,这与诗中所言的"俾予靖之,后予极焉"相符合。所以,对于本诗所言的内容,应该是作者假托皇父所作,皇父为周宣王的重臣和高级将领,在宣王死后,受命辅佐周幽王,与尹氏共同秉政,而后因为周幽王势力逐渐强大,政治分歧日益明显,政局也变得日渐严峻,以尹氏、皇父为首的旧臣派与以周幽王为首的新兴势力之间必然要有一个决断,最终皇父被赶出朝廷,远赴东国的向地。以此来说,本诗更加容易理解。

都 人 士[1]

彼都人士,狐裘黄黄[2]。
其容不改[3],出言有章[4]。
行归于周,万民所望[5]。

彼都人士,台笠缁撮[6]。
彼君子女,绸直如发[7]。
我不见兮,我心不说[8]。

彼都人士,充耳琇实[9]。
彼君子女,谓之尹吉[10]。
我不见兮,我心苑结[11]。

彼都人士,垂带而厉[12]。
彼君子女,卷发如虿[13]。
我不见兮,言从之迈[14]。

匪伊垂之,带则有余。

匪伊卷之,发则有旟[15]。

我不见兮,云何盱矣[16]。

【注释】

[1]都人士:京都人士。[2]黄黄:形容狐裘的毛色鲜艳。[3]容:仪容风度。[4]章:言谈之中有文采。[5]望:仰望。[6]台笠:苔草编成的草帽。台,通"苔",莎草,可制蓑笠。缁撮:黑布制成的束发小帽。[7]绸直:头发稠密而直。绸,通"稠"。如发:她们的头发。[8]说:同"悦"。[9]充耳:又名瑱。琇:一种宝石。实:言琇之晶莹可爱。[10]尹吉:嫁给尹氏的姞姓姑娘。[11]苑结:即郁结,指心中忧闷、抑郁。苑,一本作"菀"。[12]垂带:腰间所系下垂之带。厉:通"裂",即系腰的丝带垂下来。[13]卷发:蜷曲的头发。虿:蝎类的一种。[14]言:语助词。从之:因之。迈:旧训为"行",此言愿从之行。[15]旟:扬,上翘之貌。[16]盱:"吁"的假借,忧伤。

【译文】

当日京都的人士,穿着狐裘毛色黄。
他们仪容仍没改,言谈中出口成章。
回到西周旧都城,引得万民仰首望。

当日京都的人士,头戴草笠丝带飘。
娴雅端庄贵族女,稠密头发如丝绦。
不见往日的景象,心里郁闷又苦恼。

当日京都的人士,耳饰晶莹真漂亮。
娴雅端庄贵族女,人称尹姞好姑娘。
不见往日的景象,心中郁郁实难忘。

当日京都的人士，丝绦下垂身边飘。

娴雅端庄贵族女，卷发犹如蝎尾翘。

不见往日的景象，跟随他们身后瞧。

不是故意垂丝带，丝带本来有余长。

不是故意卷曲发，头发本来向上扬。

不见往日的景象，心情怎能不忧伤。

【题解】

本诗的主旨明确，朱熹《诗集传》中指出是"乱离之后，人不复见昔日都邑之盛，人物仪容之美，而作此诗以叹惜之"。现在的学术界对于此诗的观点大致相同，都认为是周平王东迁之后，旧日的一位贵族回到了西周宗周之所，因他风度翩翩，不改仪容，言谈举止之间尽显温文尔雅，而与他俱来的女儿也是端庄娴雅，质朴可爱。所以，见到他的宗周遗民都很仰慕他，因而勾起了诗人对旧日镐京繁华之时的人物景象的思念，故而写下此诗。

但是，本诗中所言的"尹吉"，诸家注说都认为是"尹姞"，是尹氏、姞氏的合婚。但是，按照陈絜《商周姓氏制度研究》中所指出的，尹姞不是尹氏、姞氏的合婚，而是指尹氏、姞姓，尹是夫家氏族之号，姞是父家之姓。而且尹姞这一称谓，在西周出土的青铜器铭文中屡次出现，如宗仲壶的铭文就有"宗仲作尹姞壶"。由此可知，诗作中所言的尹姞，并非郑笺所谓的"尹氏、姞氏，周室婚姻之旧姓"，而是有所具体指向的。这里的尹姞，联系近年出土的尹姞鬲铭文中所说的井氏中的穆公一支，其妻子就是尹姞，穆公为之作宗室緜林，可见尹姞确不应该简单地被当作周室的联姻对象，而应该是诗中所谓的"都人士"之女。从出土的一系列井氏的青铜器中可知，这一族包含很多分支，其地位都不会太低，其中就有益公、穆公、武公等。而且从诸多的尹姞器物来看，尹氏与姞姓的联姻应该是固定而持久的。

知道尹姞所指是都人士之女，那么再来看这首诗就会有不同的理解，不必局限于贵族旧地重游感慨黍离之悲了。诗作从一开始就写了都人士的形貌，交代了这位士的阶层，"狐裘黄黄"说明此士应该是诸侯一级的人物。这位都人士将要到周都镐京,不是单纯故地重游,应该是送女出嫁的。姞姓女子,将要嫁给周都镐京的大族尹氏为妻。而这首诗的作者,应该是尹氏的一员。作者的用意,应该是为了赞美与之联姻的姞姓一族,从其岳父也就是姞姓的诸侯开始,赞美他"狐裘黄黄""台笠缁撮""充耳琇实""垂带而厉",对其地位给予尊敬,对其身份予以颂扬。同时,对于将要迎娶的妻子尹姞,也是不吝溢美之言。从这一点来看,这首诗本就是尹氏为了迎娶姞姓女子所作的礼仪性用诗。其后,极有可能就成为尹氏结婚之时必用的婚宴乐诗,用以酬答送亲者。这样说来,这首诗也不必作于周幽王或者周王朝晚期,很有可能原本就有的,《诗经》只是对其收录而已。

理解这首诗的写作背景和用意之后,可以更好地帮助我们去理解西周时期的婚姻状况,也有助于我们了解当时婚礼举行之时的情况,对于西周时期族群之间联姻的考察也很有帮助。可以说,这首诗交代了周人普通姓族之间的婚姻状态,可以视作当时周都镐京地区婚礼用诗用乐的典型代表,对于研究周人镐京地区的民俗民情有极大的帮助,对于考察周人都城镐京周围的族属情况也有裨益。

采　　绿[1]

终朝采绿[2],不盈一匊[3]。
予发曲局[4],薄言归沐[5]。

终朝采蓝[6],不盈一襜[7]。
五日为期[8],六日不詹[9]。

之子于狩[10],言韔其弓[11]。
之子于钓,言纶之绳[12]。

其钓维何[13]?维鲂及鱮[14]。

维鲂及鲔,薄言观者[15]。

【注释】

[1]绿:通"菉",草名,即荩草。[2]终朝:整个早晨。[3]匊:同"掬",两手合捧。[4]曲局:弯曲,指头发弯曲蓬乱。[5]薄言:语助词。归沐:回家洗浴。[6]蓝:草名。此指蓼蓝,可作染青蓝色的染料。[7]襜:护裙。[8]五日:五天,并非确指。期:约定的时间。[9]六日:六天,并非确指。詹:至,来到。[10]之子:此子。狩:打猎。[11]韔:弓袋,此处用作动词,是说将弓装入弓袋。[12]纶:钓丝。此处用作动词,即整理丝绳的意思。[13]维何:是什么。维,是。[14]鲂:鳊鱼。鲔:鲢鱼。[15]观者:此指钓的鱼众多。

【译文】

整天在外采荩草,采了一捧还不到。

我的头发乱蓬蓬,赶快回家梳洗好。

整天在外采蓼蓝,衣兜也还没采满。

本来说好五天归,过了六天还不回。

此人外出去狩猎,我就为他装弓箭。

此人外出去垂钓,我就为他理好线。

他所钓的是什么？鳊鱼鲢鱼真不错。

鳊鱼鲢鱼真不错,竟然钓到这么多。

【题解】

本诗主旨比较明晰,应该是一位妇女对自己在外丈夫的思念之诗。《毛诗序》以为"刺怨旷也。幽王之时多怨旷者也",是强行解绘之言。陈启源本着毛诗的解说,在《毛诗稽古编》中说:《叙》云刺怨旷也,盖谓刺时之多怨旷耳。征役过时,王政之失,故复申言之云,幽王之时多怨旷者也","征役频兴,室家暌隔,民生愁困,谁实使然?"反不如陈子展在《诗经直解》中讲的"君子于役,过期不归,妇女怨思之作"更为妥帖。

本诗共分为四章。第一、二两章是实写。第一章开篇说"终朝采绿,不盈一匊",主人公手在采菉,心却已飞越山水,心手不应,自然采菉难满一掬。转言"予发曲局,薄言归沐",主人公要去梳洗,为了那随时可能归来的君子。第二章中"五日为期,六日不詹",写出主人公在期待已经逾期不回的君子,在"终朝采蓝"的时间里,主人公每时每刻都会有甜蜜的联想,渴盼着归来的君子。第三、四两章是虚写,龚橙《诗本谊》认为本诗是"西周民风",确属于探骊得珠。而且闻一多在《诗经通义》中还指出"《国风》中凡言鱼,皆两性间互称其对方之廋语",也是探源之词。

本诗确有思念丈夫的意思,但是大可不必将其理解为怨旷之诗。诗中描写的内容,实是周人日常活动的一种写实。居家的妇人,需要采菉采蓝,以作织染之用。而丈夫则需要外出打猎,还有捕鱼活动。这一场景对于当时周都镐京及其周边的关中来说,是十分贴切的。所以,这首诗所反映的就是周人的日常生活。了解了本诗的内容,有助于我们今天来理解周人的生活世界和情感世界。周人的日常生活,就是纺织和渔猎,但是其情感世界却非常丰富,女子对于自我形象的看重,说明了当时女子对于美的认识,也说明了女子在男女关系中并非完全被动接受,而是着眼于主动,更倾向于积极地维护夫妻之间的感情。这种生活上的情趣,是周人普通民众之间的真实反映,今日所谓的周代阶级压迫等,虽然是真实的,但是不能一概抹杀当时人们的生活乐趣。周人对于两性婚姻的重视,女子对于自身美的看重,就是对于生活的最为朴实却又最为真切的情感流露。这种生活状态,比之于今日,一点也不逊色,相反,我们今日的生活世界和情感世界中越来越缺少这种真挚而涓涓的情感表露。后人对于周人生活的向往,很大程度上是对其生活态度的追慕,值得我们深思。

黍　苗

芃芃黍苗[1]，阴雨膏之。
悠悠南行，召伯劳之。

我任我辇[2]，我车我牛。
我行既集[3]，盖云归哉[4]。

我徒我御，我师我旅。
我行既集，盖云归处。

肃肃谢功[5]，召伯营之。
烈烈征师[6]，召伯成之。

原隰既平[7]，泉流既清。
召伯有成，王心则宁。

【注释】

[1]芃芃：草木繁盛貌。[2]辇：人推挽的车子。[3]集：完成。[4]盖：同"盍"，何不。[5]肃肃：严正之貌。功：工程。[6]烈烈：威武之貌。[7]原：高平之地。隰：低湿之地。

【译文】

黍苗生长很苗壮，好雨及时来滋养。
众人南行路途遥，召伯慰劳心舒畅。

我挽辇来你肩扛，我扶车来你牵牛。

出行任务已完成，何不今日回家去。

我驾驭车你步行，我身在师你在旅。
出行任务已完成，何不今日回家去。

快速严整修谢邑，召伯苦心来经营。
威武师旅去施工，召伯精心来组成。

高田低地已修平，井泉河流已疏清。
召伯致谢大功成，宣王心里得安宁。

【题解】

《黍苗》的诗旨及写作背景比较明晰，在诗中也有交代，即周宣王时赞美功臣召穆公营治谢邑之功。至于《毛诗序》中所说的"刺幽王也。不能膏泽天下，卿士不能行召伯之职焉"，显而易见是曲解，所以前人辩驳较多，具有代表性的是朱熹，他曾经指出"此宣王时美召穆公之诗，非刺幽王也"，直指主题，可谓干净利落。

其实，这首诗本就是纪实之作，要对作品有较为深刻的理解，须知其写作背景。召公是周朝的重要执政卿，按照周人的执政习惯，一般由周公或召公出任周王的执政卿，后期也遵循着这种二臣共同辅佐周王的制度。召公在周厉王时期，是其重要的大臣，因劝谏厉王而著名。其后，厉王因革新政治而被触动利益集团的国人赶出了宗周镐京，开始了10多年的共和执政。再后来，周宣王继位。宣王继位之前，即国人暴动之时，是召公将其隐匿于家中，以己子代替当时的太子静。其后又在召公的主持下，周宣王最终于周厉王出奔并死于彘之后，继承了王位。

宣王继位时，整个周王朝处于内外交困的情况下。《史记·周本纪》记载当时"宣王即位，二相辅之，修政，法文、武、成、康之遗风，诸侯复宗周"。在其执政的40多年中，周宣王可谓是"内修政事，外攘夷狄，复文武之境土"，故而史称宣王中兴。身为一代贤君，周宣王知人善任，在当时重用了一批贤能之士,如仲山甫、尹吉甫、方叔、召虎等。而本诗中的召公便是召虎,是周宣王时期重要而又特殊的一员,不仅是国之柱臣,更是宣王本人的救命恩人,也是继位的辅佐大臣。诗中叙述的就是周宣王时期,为了有效地加强对游离于周王室边缘的南方诸族如淮夷、楚国等的控制,周宣王下令徙封其母舅申伯至谢地,并命召公带领王师和徒役之众前往替申伯经营谢邑。当召公把营建任务圆满完成之后,随行者或者说谢邑的百姓便作诗来歌颂他。《大雅》中还收录了一首关于周宣王时期的大臣尹吉甫的诗——《崧高》,其也是叙述申伯迁居封地谢邑的事,可见当时申伯封谢确实是件大事。

本诗共五章,每章四句。第一章首句"芃芃黍苗,阴雨膏之",以黍苗遇雨来起兴,引出召伯率领王师南行营建谢邑之事如黍苗得时雨滋润一般。也正是因为这样,召伯主持营建谢邑的工程才能迅捷有序地展开。以起兴开头,让这首诗平添了几许轻松的抒情味。第二、三两章反复吟诵,既写建筑谢城的辛劳和勤恳,又写工程完毕之后远离故土的役夫和兵卒无限的思乡之情。第四章指出谢邑得以快速高质量地建成,完全是在召伯苦心经营之下取得的结果。第五章言召伯营治谢邑任务的完成对于周王朝的重大意义。

周宣王当时面临着严峻的政治形势,当时封建制度与血缘政治结构之间的必然矛盾,导致了诸侯国与中央之间的离心离德,趁此时机,四夷的边患也纷纷起来。为了改变这种政治形势,周宣王采取了一系列的措施,如与东方的韩侯结亲,以重新建立起东方平原上的诸侯国与中央王朝的联系,又屡次征伐戎狄之族,虽然有败绩,但是总的来说成功挽回了西周中叶以来的颓势。为了更加稳定地解决边患和当时的政治危机,周宣王采取了周初建国之时,分封诸侯于边境要地的措施,将其亲信之人封于各地。其中,在南方江汉地带,周宣王就将其母舅申侯南迁,徙封于谢。这个时候,谢邑作为周王朝挟控南方诸国的重镇已建成,周宣王心中当然舒坦多了。"召伯有成,王心则宁",于篇末点题,为全诗睛目。我们今日可以想见,当时居于镐京的周宣王,在都城之中运筹帷幄,将天下纳入己胸,然后一一指点,使得将要倾塌的西周大厦再次端正。正是关中平原给了周宣王重新经营天下的底气,也是肥沃的秦川为召伯南征和营建新城提供了物质基础。

隰　　桑[1]

隰桑有阿[2]，其叶有难[3]。
既见君子[4]，其乐如何！

隰桑有阿，其叶有沃[5]。
既见君子，云何不乐！

隰桑有阿，其叶有幽[6]。
既见君子，德音孔胶[7]。

心乎爱矣，遐不谓矣[8]？
中心藏之，何日忘之！

【注释】

　　[1]隰：低湿的地方。[2]阿：通"婀"，柔美之貌。[3]难：通"娜"，盛貌。[4]君子：指所爱者。[5]沃：柔美。[6]幽：通"黝"，青黑色。[7]德音：善言。孔胶：很缠绵。[8]遐：何。谓：告诉。

【译文】

洼地桑树多婀娜，叶儿茂盛掩枝柯。
我看见了心上人，内心欢喜何堪说！

洼地桑树多婀娜，枝柔叶嫩舞婆娑。
我看见了心上人，如何叫我不快乐！

洼地桑树多婀娜，叶儿浓密黑黝黝。

我看见了心上人,情思牢靠不动摇。

心中既已爱上你,为何不敢对你提?
心中既已把你藏,等到何时会相忘!

【题解】

本诗从诗义表面来看应该属于爱情诗。但是,因为《诗经》在西周时期主要是为政治服务的,加之雅诗尤其是为诸侯、卿大夫的政治生活服务的,所以如果只把它当作写男女情事的诗来读,反而有些唐突诗义了。因而,朱熹、姚际恒、方玉润等人都主张这首诗是"喜见君子之诗"。其中,朱熹的解说尤为接近,他引《楚辞·九歌·山鬼》中的句子作为对照,指出"《楚辞》所谓'思公子兮未敢言',意盖如此。爱之根于中者深,故发之迟而存之久也"。

本诗的结构较为有趣,开始的三章重章叠唱。第一章头两句中的"阿难"即"婀娜"两字,本是联绵词,诗中将"阿""难"拆开用,第二、三章又将"难"换作"沃""幽"两字,着意描写了嫩桑的光华颜色和柔美仪态。而且,以柔桑来起兴,通过所见到的桑林枝叶茂盛、浓翠欲滴、婀娜多姿,来引出少女少男的幽会,令人触景生情,思念心中之人。第四章写的是年轻人心中对爱情的渴望,对心中之人的思念,思念之中又生出些担忧,深恐对方对自己不是真情,所以有了这般的爱情苦恼、矛盾心理。最后,以"中心藏之,何日忘之"点露出自己的一往情深,也展现了年轻人对于爱情的信念。因此,"中心藏之,何日忘之"才具有了极大的魅力,是千古传颂的名句。

这种大胆而又真切的爱情,是西周以后2000多年的封建社会中不敢想、不敢言,更不敢去实践的。时至今日,能够如千年之前的古人如此直白真切地说出自己内心所想的爱情,也是需要勇气的。当时的周人,从豳地到岐山,再到沣河两岸的宗周丰京镐京、关中河川大地,给了时人追求真挚爱情的勇气,也给了周人热爱生活的积极态度,我们今日仍生活在这片土地之上,应该学习周人大胆真挚的生活态度。

白　华[1]

白华菅兮[2]，白茅束兮[3]。
之子之远[4]，俾我独兮[5]。

英英白云[6]，露彼菅茅[7]。
天步艰难[8]，之子不犹[9]。

滮池北流[10]，浸彼稻田。
啸歌伤怀[11]，念彼硕人[12]。

樵彼桑薪[13]，卬烘于煁[14]。
维彼硕人，实劳我心[15]。

鼓钟于宫[16]，声闻于外。
念子懆懆[17]，视我迈迈[18]。

有鹙在梁[19]，有鹤在林[20]。
维彼硕人，实劳我心。

鸳鸯在梁，戢其左翼[21]。
之子无良，二三其德[22]。

有扁斯石[23]，履之卑兮[24]。
之子之远，俾我疧兮[25]。

【注释】

　　[1]白华:即"白花"。[2]菅:茅之一种,一名芦芒。[3]白茅:即丝茅。

[4]之远:往远方。[5]俾:使。[6]英英:又作"泱泱",云洁白之貌。[7]露:指水汽下降为露珠,兼有沾濡的意思。[8]天步:天运,命运。[9]不犹:不如。一说不良。[10]滮:水名,在今陕西省西安市北。[11]啸歌:谓号哭而歌。伤怀:忧伤而思。[12]硕人:高大的人,犹"美人"。此处当指其心中的英俊男子。[13]樵:薪柴。桑薪:桑木柴火。[14]卬:我。女子自称。煁:越冬烘火之行灶。[15]劳:忧愁。[16]鼓钟:敲钟。鼓,敲。[17]懆懆:愁苦不安之貌。[18]迈迈:不高兴。[19]鹙:水鸟名,又称秃鹙。梁:鱼梁,拦鱼的水坝。[20]鹤在林:鹤为高洁之鸟,反在林,比喻所爱之人已远去。[21]戢其左翼:鸳鸯把嘴插在左翼休息。[22]二三其德:三心二意,指感情不专一。[23]有扁:即"扁扁",乘石之貌。乘石是乘车时所踩的石头。[24]履:踩,指乘车时踩在脚下。[25]疧:因忧愁而得相思病。

【译文】

芬芳菅草开白花,白茅束好送给他。
如今这人去远方,使我孤独守空房。

浓浓云雾空中飘,沾湿菅草和丝茅。
我的命运多艰难,他还不如云露好。

滮水缓缓向北流,浸润稻田绿油油。
边号边歌心伤痛,思念之人在心头。

砍那桑枝作薪柴,烧在灶里暖我身。
想起那个健壮人,实在让我心伤透。

宫内敲起大乐钟,声音必定外面闻。
怀念使我神不宁,你却视我如路人。

丑恶秃鹙在鱼梁,高洁白鹤在树林。

想起那个健壮人,实在使我心煎熬。

一对鸳鸯在鱼梁,嘴插翅下睡正香。
可恨这人没良心,三心二意把我忘。

扁扁平平乘车石,虽然低下有人踩。
恨他离我如此远,让我痛苦实难挨。

【题解】

本诗的主旨很简单,就是弃妇怨诗。《毛诗序》认为:"《白华》,周人刺幽后也。幽王娶申女以为后,又得褒姒而黜申后。故下国化之,以妾为妻,以孽代宗,而王弗能治,周人为之作是诗也。"虽然《诗经》中确有很多怨妇被弃的诗作,但是这首诗出现在雅诗之中,就不能简单当成一般的弃妇之诗了,所以《毛诗序》对本诗的解说倒也是较为合理的,故而朱熹在《诗序辨说》中赞道:"此事有据,《序》盖得之。"古人多以为此诗是周幽王原妻申后所作,这是可信的。

弃妇在任何朝代都是存在的,即使如今日之文明社会,也多背弃之事。可是本诗的突出之处,在于其背景。这首诗如果果真像《毛诗序》、朱熹之说一样,是申后被弃之后所作,则可以反映出很多西周晚期的重要史实,也可以当作考察西周民情的重要参证。当年繁华如锦、长存百代的宗周都城镐京,被犬戎攻破,其直接原因就是申后被废,太子被绌。申后的遭遇固然令人同情,但这一事件所带来的连锁反应,也是值得深思的。诗作的重点是申后在被遗弃的伤怀中,仍然带有对幽王的种种思念和幽怨。而诗作背后则是镐京周人的深切痛苦,甚至是整个关中人民的痛苦。当犬戎攻破镐京之时,死在骊山脚下的不光是周幽王和褒姒,更多的是普通的周人。在周平王东迁之后,他们陷入了数百年的苦难之中。若将此诗理解为周人借申后之口来表达对幽王因一己之私而招来灭顶之灾的怨恨,也是说得通的。其言"之子之远",或说的就是周王室东迁,弃关中人民于不顾。

本诗共八章,每章四句。第一章用菅草、白茅来起兴,引出夫妇之间的亲爱正是人间伦常之理。第二章同样用菅草、白茅起兴,不过却是反兴,以白云普降甘露滋润那些菅草和茅草,来反映丈夫违背伦常、抛弃妻子。第三章同样用反兴,通过描写北流的滮池来灌溉稻田,反衬出无情丈夫对妻子的德薄之行。第四章总承前面三章起兴和反兴的意思,以桑薪不得其用,来兴起女主人公身具美德却不被丈夫赏识,竟遭遗弃的命运。而取代自己的那个"维彼硕人",却是"妖大之人",虽无德行却因媚惑丈夫取代了自己的位置,实在是人间失格。第五章以钟声闻于外兴起周幽王的申后无辜被废之事,令国人尽知。第六、七两章以偶居不离的鸳鸯能够相亲相爱,来反兴人间的无情无德之人却不能与己共白头,大有人不如物之感。第八章以扁石被踩的低下地位兴起申后被黜之后,"之子之远,俾我疧兮",前途茫然、忧思成疾。

诗作的真挚感情与艺术特色结合得十分自然贴切,首章以咏叹起兴,三句都用"兮"字来煞尾,末章以咏叹结束,也用"兮"字来结句。中间各章语气急促,读起来似乎有将心中愤苦之情一气宣泄干净的气势,于缓急之间,颇有章法,所以虽然是一首悲苦之诗,却在诵读之时有余音绕梁之感。

绵　　蛮[1]

绵蛮黄鸟,止于丘阿[2]。
道之云远,我劳如何。
饮之食之,教之诲之。
命彼后车[3],谓之载之。

绵蛮黄鸟,止于丘隅。
岂敢惮行[4],畏不能趋[5]。
饮之食之,教之诲之。
命彼后车,谓之载之。

绵蛮黄鸟,止于丘侧。

岂敢惮行,畏不能极^[6]。

饮之食之,教之诲之。

命彼后车,谓之载之。

【注释】

[1]绵蛮:小鸟羽毛细密之貌。[2]丘阿:山坳。[3]后车:副车。[4]惮:畏惧,惧怕。[5]趋:快走。[6]极:到达终点。

【译文】

毛茸茸的小黄鸟,栖息在那山坳中。

道路漫长又遥远,我行一路多劳苦。

让他吃饱又喝足,教他通情又达理。

叫那随从的副车,让他坐上拉他走。

毛茸茸的小黄鸟,栖息在那山脚下。

哪里是怕徒步走,只怕太慢难走到。

让他吃饱又喝足,教他通情又达理。

叫那随从的副车,让他坐上拉他走。

毛茸茸的小黄鸟,栖息在那山丘旁。

哪里是怕徒步走,只怕不能走到底。

让他吃饱又喝足,教他通情又达理。

叫那随从的副车,让他坐上拉他走。

【题解】

本诗的主旨很明确,就是行役之人苦于长途跋涉,又困于饥渴,在十分无奈的时候,遇上了一位好心的贵族,把他载在副车上,并给他吃喝,还安慰他,开导他,他很感动,作此诗以表达感激之情。《毛诗序》言本诗是"微臣刺乱也",认为是讽谏之诗。本诗从起兴的手法、反复咏叹的诗歌形式上看,有点类似于民间谣谚,所以清人龚橙的《诗本谊》就直接把它划入《诗经》中的风诗一类。

然细察诗原文,《毛诗序》所言与诗文略有扞格。本诗中的黄鸟,诸家以为是起兴之物,实则应该是"我"之自喻。黄鸟停于丘,正如行役之人止于山脚一般。黄鸟即黄雀,本不善飞,加上长途跋涉,所以不停地休止。行役之人也是如此,行役途远,人必困顿,休止于途也是常情。而又畏惧不能到达目的地,故而不停地感叹,要表达出自己力不能行而又不得不行的那种无奈。最为奇特之处,就是本诗采取民歌对答的形式,诗中两个主人公,一个是行役之人,困于途远而感叹,一个是君子,路遇行役之人而援之以手。一唱一答,使得诗作本身兴致盎然。君子的行为,深具德行,使人有夏夜饮冰、冬日烘火的感觉,所以此诗妙处就在于此,易使人产生共鸣。

从整体上来看,这首诗其实是一首符合《诗经》原本用途、颇具音乐特质的声乐作品。这首诗每一章的前半部分,如果把它们组合起来就能构成完整的叙事结构。虽然从整体上看诗的节奏舒缓、情绪低沉,读起来甚至显得有点压抑,但是却能够准确地传递出行役之人内心的愁苦之情。而每一章的后半部分,形式基本相同,节奏与前半部分大不相同,明显变得轻快起来,情绪也十分高昂,透着一股乐观向上的情绪,将本诗的主题进一步升华。所以,这首诗不单是一首叙悲苦的诗,还是一首悲苦中有坚毅、有信心的诗,旋律多变,演绎起来一定十分美妙。

瓠　叶[1]

幡幡瓠叶[2],采之亨之[3]。
君子有酒,酌言尝之[4]。

有兔斯首[5],炮之燔之[6]。
君子有酒,酌言献之[7]。

有兔斯首,燔之炙之[8]。
君子有酒,酌言酢之[9]。

有兔斯首,燔之炮之。
君子有酒,酌言酬之[10]。

【注释】

[1]瓠:葫芦科植物。[2]幡幡:翻翻,反复翻动之貌。[3]亨:同"烹",煮。[4]酌:斟酒。言:语助词。尝:品尝。[5]斯:语助词。首:头,只。一说斯首即白头,兔小者头白。[6]炮:周八珍的制作方法之一。燔:用火烤熟。[7]献:主人向宾客敬酒曰献。[8]炙:将肉类在火上熏烤。[9]酢:回敬酒。[10]酬:劝酒。

【译文】

风吹瓠叶翩翩舞,采来做菜又煮汤。
君子备有好醇酒,斟满酒杯请客尝。

野兔肉儿鲜又嫩,煨烤之后味道香。
君子备有好醇酒,斟满敬客喝一杯。

野兔肉儿鲜又嫩,熏烤之后成佳肴。
君子备有好醇酒,斟满回敬礼节到。

野兔肉儿鲜又嫩,煨烤之后成美味。
君子备有好醇酒,斟满劝饮又一杯。

【题解】

本诗的主旨不明,历来争议较大。《毛诗序》中指出这首诗是"大夫刺幽王也",认为周幽王时期"上弃礼而不能行,虽有牲牢饔饩不肯用也,故思古之人不以微薄废礼焉"。但是,早有古人指出《毛诗序》的说法过于武断,一是缺少文本依据,二是过于迂曲。仅从诗歌本义和毛传、郑笺的记载来看,这首诗的主题更合乎燕饮朋友之诗。

全诗共四章,以赋法直叙,颇具雅诗特点。然而,作者又在诗中反复咏叹,使得本诗从风格上来看似乎又与风诗相近。所以,清代的龚橙在《诗本谊》中认为这首诗是反映"西周民风"的诗歌。

本诗第一章以起兴开始,用瓠叶这一《诗经》中常用的典型意象,来叙述这场宴席上菜肴的粗陋、简约,但是,主人并没有因为菜肴的简陋微薄而废礼,反而是真挚地将这些原本略显简陋的食材"采之亨之",配之以酒,邀请宾客一同品尝。诗中代词连用使得诗歌本身节奏明快、情绪欢跃、热烈高昂。诗的后三章以白兔为叙述对象,从另一面写出了主人家菜肴的简陋。据《钦定诗经传说汇纂》介绍,《诗经》那个时代,荤菜有"六牲"——豕、牛、羊、鸡、鱼、雁,凡是贵族宴请客人,按照礼节要求自然应该备足"六牲",像诗中所说的兔子不在"六牲"之列,仅仅是辅助宴饮的珍馐野味之一,是不能登大雅之堂的。关于这一点,可以《诗经》中的宴饮之诗来做证,比如《伐木》一诗有"肥羜""肥牡",《鱼丽》一诗有"鲿""鲨""鲂鳢""鰋鲤",而反观《瓠叶》一诗中仅有"瓠叶""兔首",相比之下厚薄奢简一眼可知。可是主人并没有因为饮食上的微薄而废弃燕饮之礼,礼至意切,觥筹交错中反而更显出待客之道。

而且,从本诗的价值来看,本诗虽然算不上是雅诗中的上品,艺术性稍逊,可是却具有一定的历史价值,描绘了我们先人悠久的饮食文化传统,展现了我们所谓的礼仪之邦独具的尚礼之风。诗中对于周人普通民众之间的宴饮活动的描写,是我们了解周人日常世界的一个重要参证,其中对于日常所食之物的描写,使我们了解了除贵族之家"六牲"之外的平民饮食。而且诗中所写的日常之家的宴饮,也要遵循尝、献、酢、酬的饮酒礼仪,是我们了解周人礼制生活的一个重要方面。从本诗中可以知道,周人的礼制生活,不仅仅属于贵族阶层,随着周民族统治的稳固,周人的礼制活动也日渐深入各个社会阶层。虽不能尽享美味,但是礼节、礼义则融入了每一个周人的精神世界中。对于今天来说,周人这种精神也是值得我们学习和借鉴的。礼仪之邦,指的不仅仅是上层社会或者政府机构,更重要的是要将传统的美德和礼仪深入基层,深入每一个人的内心,形成整个社会的尚礼风气。

渐 渐 之 石[1]

渐渐之石,维其高矣[2]。
山川悠远,维其劳矣[3]。
武人东征[4],不皇朝矣[5]。

渐渐之石,维其卒矣[6]。
山川悠远,曷其没矣[7]。
武人东征,不皇出矣[8]。

有豕白蹢[9],烝涉波矣[10]。
月离于毕[11],俾滂沱矣[12]。
武人东征,不皇他矣[13]。

【注释】

[1]渐渐:同"巉巉",险峭之貌。[2]维其:犹"何其"。[3]劳:劳苦。[4]武人:指东征将士。[5]皇:同"遑",闲暇。[6]卒:同"崒",高峻而危险之貌。[7]曷其没:言何时是个尽头。[8]出:出险。[9]蹢:蹄子。[10]烝:众多。[11]离:同"丽",依附。毕:星宿名。[12]俾:使。滂沱:大雨之貌。[13]不皇他:无暇顾及其他。

【译文】

峰峦层石真峻峭,高耸入云与天高。
山多水重路迢迢,日夜行军多辛劳。

将帅士兵东征去,不论早晚忙赶路。

峰峦层石真峻峭,危险陡峭难攀登。
山川逶迤又遥远,不知何时到终点。
将帅士兵东征去,一直向前不顾险。

白蹄子的大肥猪,跳入水中踏波过。
月亮靠近天毕星,大雨滂沱汇成河。
将帅士兵东征去,其他事情没空做。

【题解】

该诗记述的是军士东征途中的劳苦之情。《毛诗序》认为"《渐渐之石》,下国刺幽王也。戎狄叛之,荆舒不至,乃命将率东征。役久病于外,故作是诗也",其说包含两个问题,即定此篇是诸侯国为刺幽王而作,其具体所指是为幽王东征荆舒因役久而作。但是,在周幽王时代的文献中并无东征楚役的记载,所以后世学者对此多有辩驳。此诗可能是下级军官所作,自述东征劳苦,似是途中之作。朱熹《诗集传》认为本诗是"将帅出征,经历险远,不堪劳苦而作此诗也",其说颇有代表性。

本诗与《小雅》中许多描写战争的诗歌并不完全一样,《六月》所写是宣王时期尹吉甫北伐玁狁,《采芑》所写是宣王命方叔伐楚,两首诗都是重点描写战争的重大场面和将帅凯旋之功;《采薇》与本诗虽然都是写普通士兵,但是前者重点从时间线索上给予提示,在于说久役,本诗则不然,在时间上没有着墨太多,只是写战争的急促,不给人喘息的机会,接到命令就要出发,而且除此之外,再无战前的准备活动。从这首诗所描写的内容来看,这里所说的东征,很有可能是周平王的东迁,将士跟随一起护送平王并迁往东部。

首先,诗中所说的战争发生得非常紧张急促,未给人以准备时间。但是,古代作战最讲究的就是兵马粮草的准备工作,诗中不止一次提到"不皇",又说不顾休息、不顾时间、不顾危险、不顾其他事情,只知道东征。这在西周其他时期是不可能存在的,只有周平王之时,才有这种危急情况。当时,犬戎已经攻破镐京,周族在关中的据点方国基本上都已经陷落,关中大地上,宗周四边皆是敌人,周平王在此危急之时,受到晋、郑、秦等护卫,迁往东都,旅途中危机四伏,这在史书上是有明确记载的。可想而知,这种迁徙虽曰东征,其实与逃亡是很相似的,所以才时间紧迫而无法完全准备好,只知道一味地迁往东方。

其次,诗中所描写的环境,与平王东迁一路所遇到的很相近。其言"渐渐之石,维其高矣",古人多以为是起兴的描写,但是如将其坐实,则更有意味。周人东征,一则是今江苏、山东等地的淮夷和商奄,一则是江汉流域的楚国群舒,这两个地方的情况与诗中所写的地理环境并不符合。而平王东迁过程中要经过函谷关,穿过秦岭,这正与诗中所写的陡峭而又延绵不绝的高山环境相似。

最后,诗中所谓的"不皇出矣",朱熹解释为"但知深入不暇谋出也"。将此理解为将士勇敢、不畏生死是可以的,可是如果将其理解为贵族和将士随着平王东迁,处于东都而不能再返回宗周镐京和关中故土,似乎更为妥帖,也更能够表达出诗中作者那种"不皇"而又无奈,渴望回归而又无尽头的离乡背国之情。

苕 之 华[1]

苕之华,芸其黄矣[2]。
心之忧矣,维其伤矣[3]!

苕之华,其叶青青。
知我如此,不如无生!

牂羊坟首[4],三星在罶[5]。
人可以食,鲜可以饱[6]!

【注释】

[1] 苕:植物名,又叫凌霄或紫葳。华:同"花"。[2] 芸其:芸然,一片黄色之貌。[3] 维其:何其。[4] 牂羊:母羊。坟首:头大。[5] 三星:泛指星光。罶:捕鱼的竹器。[6] 鲜:少。

【译文】

> 凌霄开了花,花儿颜色黄。
> 内心真忧愁,痛苦又悲伤!
>
> 凌霄开了花,叶子颜色青。
> 早知是这样,不如不降生!
>
> 母羊头很大,鱼篓映星光。
> 人有食可吃,岂望饱肚肠!

【题解】

本诗的主旨较为清晰,应当是时人哀饥民之不幸而作。《毛诗序》认为"《苕之华》,大夫闵时也",这是因为"幽王之时,西戎、东夷交侵中国,师旅并起,因之以饥馑",所以君子"闵周室之将亡,伤己逢之,故作是诗也"。这一说法基本没有分歧,《易林·中孚之讼》中虽然没有明确指出是周幽王时期所作,但是也认同"牂羊羵首,君子不饱。年饥孔荒,士民危殆"的感时哀民主题。

全诗很短,一共三章。前两章开头两句互文见义,以苕华起兴,一面是苕花盛开,沃若葱茏,充满生机,一面却是荒年人民难以为生。诗人痛心之下,哀矜生民身处荒年、在饥饿生死边缘痛苦挣扎。为此,诗人伤心不已,竟然发出"不如无生"的悲叹,悲哉、痛哉、愤极、恨极。第三章"牂羊"两句,方玉润称之"造语甚奇",甚至有些突兀,可是联想到下面"人可以食,鲜可以饱"的呼号,便一切明了。那种情况下,吃草的羊都已瘦得无肉可吃,何况是饥饿已久的人呢？这首诗真实可信,反映出西周晚期的人民在苦难中艰难挣扎的社会现实,极具现实主义的精神力量。

其实,这首诗应该与《雨无正》参照着读。《雨无正》言犬戎侵占关中之地后,周人丧失家园,"周宗既灭"而"大夫离居","降丧饥馑"而"既伏其辜"。《渐渐之石》写周宗既灭而平王东迁,本诗写"降丧饥馑"而百姓受难。这与西周晚期的历史是很相似的。西周晚期虽然有地震等自然灾害,但是在犬戎攻破镐京之前,也就是周幽王继位4年之前,镐京和关中地带并无大的战事发生,所发生的战事也是主动出击,对于宗周和关中来说,年景不好是有可能的,但是诗中所说的"心忧"而伤,以至于"不如无生",则远远超出了一般的饥馑年份普通民众的内心感情。唯一合理的解释就是,本诗作者当是留在镐京的周人,并没有随着平王东迁,其所面临的是犬戎的攻伐和关中家园的满目疮痍,所以才发出了"知我如此,不如无生"的感慨。

何 草 不 黄

何草不黄？何日不行[1]？
何人不将[2]？经营四方。

何草不玄[3]？何人不矜[4]？
哀我征夫,独为匪民。

匪兕匪虎[5],率彼旷野[6]。
哀我征夫,朝夕不暇。

有芃者狐[7],率彼幽草。
有栈之车[8],行彼周道[9]。

【注释】

[1]行:出行。此指行军、出征。[2]将:出征。[3]玄:发黑腐烂。[4]

矜：通"鳏"，无妻者。征夫离家，等于无妻。[5]兕：野牛。[6]率：沿着。[7]芃：兽毛蓬松。[8]栈：役车高高之貌。[9]周道：大道。

【译文】

什么草儿不枯黄？什么日子不奔忙？
什么人儿不从征？往来经营走四方。

什么草儿不腐化？什么人儿似鳏夫？
可悲我等出征人，身份邈贱如尘土。

既非野牛又非虎，穿行旷野不停步。
可悲我等出征人，白天黑夜都忙碌。

野地狐狸毛蓬松，往来出没深草丛。
役车高高载征人，驰行在那大路上。

【题解】

本诗主旨明确，是征夫伤时哀身之作。全诗通过"哀我征夫"这样一个征役之人的口吻来娓娓道出，苦楚之中别有一份无奈。第一、二两章以"何草不黄""何草不玄"来起兴，反映那些无时无刻不在行役的征役之人，对征夫来说，"经营四方"便是既定之宿命。而"何人不将"又把"哀我征夫"的个人宿命延伸扩展到整个西周社会。可见，此诗描写的绝不是因为"念吾一身，飘然旷野"而生的个人感伤，而是如李益《从军北征》中所反映的"碛里征人三十万"的时代、社会悲剧。这是一轮旷日持久、波连全民的大规模兵役，征人眼中的家与国就成了连天的衰草和无止境的奔波。

因此，第三、四两章直接对此发出了怨言，指出征夫不是野牛、老虎，更不是那穿越林莽的狐狸，他们是人，却为何要与这些野兽长年在旷野、幽草中相伴度日呢？不过，征夫是社会底层之人，在时代大背景之下，他们无力改变命运，虽有怨叹，却不得不"有栈之车，行彼周道"，继续自己征夫的命途。

　　这种前途毫无希望,而自己又无从改变的时代悲剧,通过征夫自己的口吻来哭诉,更令人对征夫的悲苦产生唏嘘之情,深得风诗之旨。所以,方玉润在《诗经原始》中也指出"盖怨之至也! 周衰至此,其亡岂能久待? 编诗者以此奠《小雅》之终,亦《易》卦纯阴之象"。从这样一首如泣如诉的小诗中,后人看到的却是时代大背景下西周王朝走向灭亡的必然趋势。

　　此诗的后两章情景交融,实在是诗歌艺术中的上品之作。所以,方玉润称之为"所谓'亡国之音哀以思',诗境至此,穷仄极矣"。

大　雅

文　王[1]

文王在上，於昭于天[2]。
周虽旧邦[3]，其命维新[4]。
有周不显[5]，帝命不时[6]。
文王陟降[7]，在帝左右[8]。

亹亹文王[9]，令闻不已[10]。
陈锡哉周[11]，侯文王孙子[12]。
文王孙子，本支百世[13]。
凡周之士[14]，不显亦世[15]。

世之不显，厥犹翼翼[16]。
思皇多士[17]，生此王国。
王国克生[18]，维周之桢[19]。
济济多士[20]，文王以宁。

穆穆文王[21]，於缉熙敬止[22]。
假哉天命[23]，有商孙子[24]。
商之孙子，其丽不亿[25]。
上帝既命，侯于周服[26]。

侯服于周，天命靡常[27]。
殷士肤敏[28]，裸将于京[29]。

厥作裸将,常服黼冔[30]。

王之荩臣[31],无念尔祖[32]。

无念尔祖,聿修厥德[33]。

永言配命[34],自求多福。

殷之未丧师[35],克配上帝[36]。

宜鉴于殷,骏命不易[37]。

命之不易,无遏尔躬[38]。

宣昭义问[39],有虞殷自天[40]。

上天之载[41],无声无臭[42]。

仪刑文王[43],万邦作孚[44]。

【注释】

[1]文王:姬昌。[2]於:叹词。昭:光明显耀。[3]旧邦:周人认为自身的立国当从尧舜时代的后稷算起,故自称旧邦。邦,即国。[4]命:天命。[5]有周:周王朝。有,指示性冠词。不:同"丕",大。[6]时:是。[7]陟降:上行曰陟,下行曰降。[8]左右:犹言身旁。[9]亹亹:勤勉不倦之貌。[10]令闻:美好的名声。不已:无尽。[11]陈:犹"重""屡"。锡:赏赐。哉:"载"的假借,初,始。[12]侯:于。孙子:子孙。[13]本支:以树木的本枝比喻子孙繁衍。[14]士:百官。[15]亦世:犹"奕世",即累世。[16]厥:其。犹:同"猷",谋划。翼翼:恭谨勤勉之貌。[17]思:语首助词。皇:美,盛。[18]克:能。[19]桢:支柱,骨干。[20]济济:有盛多、整齐美好、庄敬诸义。[21]穆穆:庄重恭敬之貌。[22]缉熙:光明。敬止:敬之,严肃谨慎。止,犹"之"。[23]假:大。[24]有:得有。[25]其丽不亿:其数极多。丽,数。不,语助词。亿,周制十万为亿,这里只是概数,极言其多。[26]周服:服周。[27]靡常:无常。[28]殷士:归降的殷商贵族。肤敏:勤敏地陈序礼器。[29]裸:古代一种祭礼。将:行。[30]常服:祭祀规定的服装。黼:古代有白黑相间花纹的衣服。冔:殷冕。[31]荩臣:忠臣。[32]无:语助词,无义。

[33]聿:语助词。[34]永言:长久。言,同"焉",语助词。配命:与天命相合。配,比配,相称。[35]丧师:指丧失民心。丧,亡,失。师,众,众庶。[36]克配上帝:可以与上帝的意思相称。[37]骏命:大命,也即天命。骏,大。[38]遏:止,绝。尔躬:你身。[39]宣昭:宣明传布。义问:美好的名声。义,善。问,通"闻"。[40]有:又。虞:审察,推度。[41]载:行事。[42]臭:味。[43]仪刑:效法。刑,同"型",模范,仪法,模式。[44]孚:信服。

【译文】

文王的神灵上升至天,高悬天上光明显耀。
周虽是古老的邦国,承受天命建立新王朝。
周朝光辉又荣耀,是完全遵照上帝的意旨。
文王神灵升降天庭,在上帝身边多么崇高。

勤勉进取的周文王,美名永远传扬在人间。
上帝厚赐他兴起周邦,赏赐子孙洪福无边。
周文王的子孙后裔,世世代代地繁衍绵延。
凡周朝继承爵禄的卿士,累世都光荣尊显。

累世都能光荣尊显,深谋远虑恭谨辛勤。
贤良优秀的众多士人,在这个国度降生。
国家得以成长,皆因他们这些周朝的栋梁。
众多士人济济一堂,文王可以放心安宁。

文王的风度庄重而恭敬,行事光明正大又谨慎。
伟大的天命所决定,商的子孙成了周的属臣。
殷商的那些子孙后代,人数众多算不清。
上帝既已降下意旨,就该臣服周朝顺应天命。

商的子孙臣服周朝,可见天命无常会改变。

归顺的殷贵族服役勤敏，在京师祭飨做陪伴。

他们在裸礼上服役，身穿祭服头戴殷冕。

为王献身的忠臣，要感念你的祖先。

感念你祖先的意旨，修养自身的德行。

长久地顺应天命，才能求得多种福分。

商没有失去民心时，也能与天意相称。

应该以殷为借鉴，天命不是不会变更。

天命不是不会改变，你自身不要自绝于天。

传布显扬美好的名声，依据天意审慎恭虔。

上天行事总是这样，没声音没气味可辨。

效法文王的好榜样，天下万国永远信服。

【题解】

这首诗是《大雅》中的第一首，号称风诗、雅诗、颂诗的四始之一。本诗的主旨也十分明确，就是为了歌颂周王朝的奠基之人——周文王姬昌。关于本诗的主旨，《毛诗序》指出是"文王受命作周也"。郑玄则进一步解释为周文王"受天命而王天下，制立周邦"，为之作颂以歌之。周文王所受之命为何为天命？孔颖达解释为："言受命作周，是创初改制，非天命则不能然，故云受命，受天命也。"

而且，对于这首诗主旨的理解，战国时期的《吕氏春秋·古乐》篇中也明白地指出："周文王处岐，诸侯去殷三淫而翼文王。散宜生曰：'殷可伐也。'文王弗许。周公旦乃作诗曰：'文王在上，於昭于天。周虽旧邦，其命维新。'以绳文王之德。"朱熹在《诗集传》中也解释为"周人追述文王之德，明国家所以受命而代殷者，皆由于此，以戒成王"，指明此诗的创作年代应该是在西周初年，而本诗的作者则直指周公。

《诗经》中有多篇歌颂文王的诗，而以此篇为首。将此篇放在首位的原因在于，这一首是对文王受命的歌颂。受命理论是周朝推翻殷商统治，并建立起周王朝的依据。受命的合法性也就直接决定了王朝的合法性,所以《大雅》将此篇立为首篇,正是对姬周王室合法统治的申述。文王受命的说法,在周朝的文献记载中屡屡可见,《尚书·大诰》中说:"予惟小子,不敢替上帝命。天休于宁王(文王),兴我小邦周",以文王为兴周的天命所授之人。又《尚书·康诰》:"天乃大命文王,殪戎殷,诞受厥命",直言天命所授者文王,令其灭商。又《尚书·梓材》:"皇天既付中国民越厥疆土于先王,肆王惟德,用和怿先后迷民,用怿先王受命",这里所说的"先王受命",就是指文王膺受天命。而近年来出土的青铜器铭文中,也对文王受天命这一事件进行申述,如武王时代的《天亡簋》铭文:"衣(殷)祀于王不显考文王,事喜上帝,文王德才(在)上",康王时代的《大盂鼎》铭文:"不显文王,受天有大命",都是对文王受命这一事件的记载。文王受命被周人不厌其烦地述说,其原因就在于文王是其合法权力的来源。

歌颂文王,是《诗经》中雅颂类诗歌的基本主题之一。全诗共七章,每章八句。第一章从周文王得天命而兴国开始,指出周文王之所以能够建立新王朝乃是上帝的意旨。第二章指出周文王兴国之功德,能够福泽子孙宗亲,使得周室之内的子孙百代都可以得享福禄和荣耀。第三章指出周文王的子孙中,人才众多,而得益于此才使得周王朝能够世代保有天命,为万世之王业。第四、五两章指出天命无常,在周文王得天命兴建新邦的同时,也说明了旧邦之殷商乃是天命循环之故,所以即使周人取代殷人称王天下,也是德行所在、天命所系,被推翻的殷人只有臣服的份儿。第六章指出周人子孙应该以殷人亡国之事为鉴,敬天修德,才能够永久地保有天命,也才能够使后世子孙永保多福。第七章指出如何敬天修德,就是要周人子孙效法文王的德行,学习文王的勤勉,这样才可以得天福佑,长治久安。

周文王、周武王率领周人推翻殷商的统治,借用天命之说为自己建立统治提供理论依据。同时变更旧有的天命之说,提出"天命无常""唯德是从"的观点,认为上天只会选择有德之人来统治人民,如果统治者失德,便会被革去天命,而另以有德者来代替,文王就是以德而代殷兴周的。所以,周文王的子孙要以殷为鉴,吸取殷商亡国的教训,敬畏上帝,效法文王的德行,才能永保天命,这是本诗的中心意旨。

大　明

明明在下[1]，赫赫在上[2]。
天难忱斯[3]，不易维王[4]。
天位殷适[5]，使不挟四方[6]。

挚仲氏任[7]，自彼殷商[8]。
来嫁于周，曰嫔于京[9]。
乃及王季[10]，维德之行[11]。

大任有身[12]，生此文王[13]。
维此文王，小心翼翼[14]。
昭事上帝[15]，聿怀多福[16]。
厥德不回[17]，以受方国[18]。

天监在下[19]，有命既集。
文王初载[20]，天作之合[21]。
在洽之阳[22]，在渭之涘[23]。

文王嘉止[24]，大邦有子[25]。
大邦有子，伣天之妹[26]。
文定厥祥[27]，亲迎于渭。
造舟为梁[28]，不显其光[29]。

有命自天，命此文王。
于周于京，缵女维莘[30]。
长子维行[31]，笃生武王[32]。

保右命尔[33]，燮伐大商[34]。

殷商之旅，其会如林[35]。
矢于牧野[36]，维予侯兴[37]。
上帝临女[38]，无贰尔心[39]。

牧野洋洋，檀车煌煌[40]，
驷骥彭彭[41]。
维师尚父[42]，时维鹰扬[43]。
凉彼武王[44]，肆伐大商[45]，
会朝清明[46]。

【注释】

[1]明明：光彩夺目之貌。在下：指人间。[2]赫赫：明亮显著之貌。在上：指天上。[3]忱：信任。斯：句末助词。[4]易：轻率怠慢。维：犹"为"。[5]位：同"立"。殷适：指纣王。适，借作"嫡"，嫡子。[6]挟：控制，占有。四方：天下。[7]挚仲：太任，王季之妻，文王之母。挚，古诸侯国名，故址在今河南省汝南县一带，任姓。仲，指次女。[8]自彼殷商：挚国之后裔，为殷商的臣子，故说太任"自彼殷商"。自，来自。[9]嫔：妇，指做媳妇。京：周京。[10]乃：就。及：与。[11]维德之行：犹曰"维德是行"，只做有德行的事情。[12]大：同"太"。有身：有孕。[13]文王：姬。[14]翼翼：恭敬谨慎之貌。[15]昭：借作"劭"，勤勉。事：服侍，侍奉。[16]聿：犹"乃"，就。怀：徕，招来。[17]厥：犹"其"，他，他的。回：邪僻。[18]受：承受，享有。方：大。[19]监：明察。在下：指文王的德业。[20]初载：初始，指年轻时。[21]作：成。合：婚配。[22]洽：水名，现称金水河。阳：河北面。[23]渭：水名。涘：水边。[24]嘉止：即嘉礼，指婚礼。嘉，美好，高兴。止，语末助词。一说止为"礼"。[25]大邦：指殷商。子：未嫁的女子。[26]俔：如，好比。天之妹：天上的美女。[27]文：占卜的文辞。[28]梁：桥。此指连船为浮桥，以便渡渭水迎亲。[29]不：通"丕"，大。光：荣光，荣耀。[30]缵：续。

莘:国名。[31]长子:指伯邑考。行:离去,指死亡。[32]笃:厚,指天降厚恩。[33]保右:即"保佑"。命:命令。尔:犹"之",指武王姬发。[34]燮伐:袭击讨伐。燮,读为"袭"。[35]其会如林:极言殷商军队之多。会,借作"旝",军旗。[36]矢:同"誓",誓师。牧野:地名,在今河南省淇县一带,距商都朝歌70余里。[37]予:我,我们,自指周王朝。侯:乃,才。兴:兴盛,胜利。[38]临:监临。女:同"汝",指周武王率领的将士。[39]无:同"勿"。贰:同"二"。[40]檀车:用檀木造的兵车。[41]驷騵:四四赤毛白腹的驾辕骏马。彭彭:强壮有力之貌。[42]师:官名,又称太师。尚父:指姜太公。[43]时:是。鹰扬:奋发勇猛。[44]凉:辅佐。[45]肆伐:意同前文之"燮伐"。[46]会朝:会战的早晨。

【译文】

昊天伟大功德照人间,光彩特异显现于上天。
天命无常又不可揣测,一国之君做好也很难。
天命嫡子帝辛居王位,终又让他失国丧威严。

太任是挚国任家姑娘,也可以算是来自殷商。
她远嫁来到我们周原,在周京做了王季新娘。
就是太任和王季一起,推行德政有着好主张。

太任怀孕将要生儿郎,生下这位就是周文王。
这位伟大英明的君主,小心翼翼又恭敬谦让。
勤勉努力地侍奉上帝,带给我们无数的福祥。
他的德行光明又磊落,因此承受祖业做国王。

上帝在天明察人世间,文王身上天命集中现。
就在他还年轻的时候,皇天给他缔结好姻缘。
文王迎亲到洽水北面,就在那儿渭水河岸边。

文王筹备婚礼喜洋洋，殷商有位美丽的姑娘。
殷商这位美丽的姑娘，长得就像那天仙一样。
卜辞表明婚姻很吉祥，文王亲迎来到渭水旁。
造船相连作桥渡河去，婚礼隆重显得很荣光。

上帝有命正从天而降，天命降给这位周文王。
在周原之地京都之中，又娶来莘国姒家姑娘。
长子虽然早早已离世，幸还生有伟大的武王。
皇天佑护武王，命他前去袭击和讨伐那殷商。

殷商调来大批的兵将，军旗像那树林一样多。
我主武王在牧野誓师，他说只有我们最兴旺。
上帝监视天下的众将士，切记不可怀有二心。

牧野地势广阔无边垠，周朝战车光彩又鲜明，
驾车驷马健壮真雄骏。
还有太师尚父姜太公，如同那展翅飞的雄鹰。
他辅佐伟大的周武王，袭击殷商讨伐商王辛，
一朝之间使天下清平。

【题解】

本诗与《文王》一诗相似，也是为了歌颂周王朝的奠基之人而作的颂诗。《毛诗序》对于本诗的主旨辨析得很明确，指出"《大明》，文王有明德，故天复命武王也"，后世解诗者也基本认同这一观点，没有异说。

但是，关于本诗为何取名为"大明"，则后世揣测之言甚多。比如汉代的郑玄就解释为"二圣相承，其明德日以广大，故曰大明"，解释稍微玄远一些。反不如清代王先谦的解释明晰，他在《诗三家义集疏》中指出："马瑞辰云，《大明》盖对《小雅》有《小明》篇而言。《逸周书·世俘解》：'篇人奏《武》，王入进《万》，献《明明》三终。'孔晁注：'《明明》，诗篇名。'当即此诗。是此

诗又以《明明》名篇,即取首句为篇名耳。"

这首诗与《大雅》中的其他篇目如《文王》《生民》《公刘》《绵》《皇矣》等相连缀,从内容上来看俨然是一组周人记述本族开国的史诗。周人从其始祖后稷的诞生、经营农业,到先祖中的佼佼者公刘迁豳,到周人的太王——古公亶父迁岐,之后再经过王季的继续发展,到周文王伐密、伐崇,最后到周武王克商灭纣,将周人历史上每个重大的历史事件都叙述出来,所以后世的研究者多把它们看作一组周人部族的史诗。只不过,《诗经》的编者没有把它们按时代顺序编辑在一起,而是打乱次序分别编在《大雅》中的不同地方,应该还是出于用诗的考虑。

朱熹指出本诗与《文王》一样,是"追述文王之德,明周家所以受命而代商者,皆由于此,以戒成王"的作品。可是,从诗作本身而言很难看出是周公所作,也很难看出有警戒成王的意思。这首诗的特殊之处在于它对周民族历史长河中的女性祖先也进行了歌颂,是对远古以来民族史实的真实反映,是对女性地位的认可。在《大雅》次篇中出现了对三位周民族的母系祖先的歌颂,充分说明了在当时的祭祀场合之中,母系血缘也是得到充分重视的,这种现象与后来的《世本》等世系书籍,以及《史记》等历史文献中对民族史诗中女性地位的次要描写是不同的,这里不单单是将母系先祖视作民族起源的神话,更是从德行和繁衍后代,以及教育子孙等诸多层面对其地位进行更深刻的认知。所以说,《大明》一诗的价值绝对不容忽视。

本诗以"天命"为叙述逻辑,以王季、文王、武王的三代相继为基本叙事线索,集中交代了周族在这三代祖先之时的盛德之事。全诗共八章,从赞叹皇天伟大、天命难测说起以引出殷周代兴,先后歌颂了王季娶太任使得文王降生,才能承受天命"以受方国"。再说文王娶太姒生武王,才能继承天命完成"爕伐大商"的使命。而且诗作重点要写的也是周武王伐纣的牧野之战的盛大,其是本诗最集中、最突出要表现的重大历史事件。从这一点上来看,虽然全诗写了王季、太任、文王、太姒等周人先祖的功业,但是这些只不过是为了说明周人的奕世积功累仁才使得天命所佑,才能够为周武王克商代殷而立天下埋下积淀。其实诗的主旨是记叙周武王伐商的大功,所以后人指出这首诗其实是祭祀周武王的乐歌,这一说法应该值得相信。

绵

绵绵瓜瓞[1]，民之初生，
自土沮漆[2]。
古公亶父[3]，陶复陶穴[4]，
未有家室[5]。

古公亶父，来朝走马[6]。
率西水浒[7]，至于岐下[8]。
爰及姜女[9]，聿来胥宇[10]。

周原膴膴[11]，堇荼如饴[12]。
爰始爰谋，爰契我龟[13]。
曰止曰时[14]，筑室于兹[15]。

乃慰乃止[16]，乃左乃右，
乃疆乃理[17]，乃宣乃亩[18]。
自西徂东[19]，周爰执事[20]。

乃召司空[21]，乃召司徒[22]，
俾立室家[23]。
其绳则直，缩版以载[24]，
作庙翼翼[25]。

捄之陾陾[26]，度之薨薨[27]，
筑之登登[28]，削屡冯冯[29]。
百堵皆兴[30]，鼛鼓弗胜[31]。

乃立皋门[32]，皋门有伉[33]。

乃立应门[34]，应门将将[35]。

乃立冢土[36]，戎丑攸行[37]。

肆不殄厥愠[38]，亦不陨厥问[39]。

柞棫拔矣[40]，行道兑矣[41]，

混夷駾矣[42]，维其喙矣[43]。

虞芮质厥成[44]，文王蹶厥生[45]。

予曰有疏附[46]，予曰有先后[47]，

予曰有奔奏[48]，予曰有御侮[49]。

【注释】

[1]绵绵:连绵不绝的样子。瓞:瓜。[2]土:居住。沮(jǔ)漆:古二水名,均在今陕西省境内。[3]古公亶父:周王族十三世祖,后追称太王。古公是称号,亶父是其名。[4]陶:窑灶。复:古时的一种窑洞,即旁穿之穴。[5]家室:犹言"宫室"。[6]朝:早。走马:指避狄难。[7]率:沿着。浒:水涯。漆沮之侧也。[8]岐下:岐山之下。[9]爰:于是。姜女:指古公亶父之妃,姜氏。[10]聿:发语词。胥宇:犹言"相宅",就是考察地势,选择建筑宫室的地址。胥,相,视。[11]膴膴:肥沃之貌。[12]堇:旱芹。荼(tú):苦菜。饴:用米芽或麦芽熬成的糖浆。[13]契:锲,指刻龟甲占卜。龟:指占卜所用的龟甲。[14]曰:语助词。止:言此地可以居住。时:言此时可以动工。[15]兹:此,这里。[16]慰:安定。止:居住。[17]疆:划分疆界。理:治理土地。[18]宣:疏通沟渠。亩:整治田垄。[19]徂:往,去。[20]周:遍。[21]司空:管工程的官。[22]司徒:管土地和力役的官。[23]俾:使。[24]缩:捆绑。载:通"栽",筑墙的长板。[25]翼翼:动作整齐。[26]捄:盛土于筐。陾陾:众多之貌。[27]度:填土于筑板内。薨薨:填土声。[28]登登:相应声。[29]屡:通"塿",土墙隆起的部分。冯冯:削平墙面的声音。[30]堵:

五版为堵。兴:起。此言治宫室。[31]鼖:大鼓,长一丈二尺。弗胜:指鼓声盖不过人声。[32]皋门:王都的郭门。[33]伉:通"亢"。高大貌。[34]应门:王宫的正门。[35]将将:庄严雄伟之貌。[36]冢土:即大社,祭祀社神的地方。冢,大。土,通"社"。[37]戎:此处指犬戎,北方的游牧民族。丑:对边远民族的蔑称。攸:所。[38]肆:于是。殄:断绝。愠:怒。[39]陨:坠。问:通"闻",谓声誉。[40]柞:柞树。棫:白桵,与柞皆丛生灌木。[41]兑:通"达",通畅。[42]混夷:即昆夷。駾:突逃。[43]喙:疲劳困倦。[44]虞:古国名,在今山西省平陆县。芮:古国名,在今陕西省大荔县。质:评断。成:平。[45]蹶:感动。生:通"性"。[46]予:周人自称。曰:语助词。疏附:指能使疏者亲之臣。[47]先后:指君王前后辅佐之臣。[48]奔奏:指奔命四方之臣。奏,亦作"走"。[49]御侮:指捍卫国家之臣。

【译文】

大瓜小瓜瓜蔓长,周人最早发祥地,
本在沮水漆水旁。
太王古公亶父来,率民挖窖又开窑,
还没筑屋建厅堂。

太王古公亶父来,清早出行赶起马。
沿着河岸直向西,来到岐山山脚下。
接着娶了姜氏女,勘察当地的山水。

周原土地真肥沃,苦菜甜如麦芽糖。
开始谋划和商量,再刻龟甲看卜象。
预示定居好地方,在此修屋造住房。

于是在此安家邦,于是四处劳作忙,
于是划疆又治理,于是开渠又垦荒。
打从东面到西面,要管杂事一件件。

先召司空定工程,再召司徒定力役,
房屋宫室始建立。
准绳拉得正又直,捆牢木板来打夯,
筑庙动作好整齐。

铲土入筐腾腾腾,投土上墙轰轰轰,
齐声打夯登登登,削平凸墙嘭嘭嘭。
成百道墙一时起,人声赛过打鼓声。

于是建起郭城门,郭门高耸入云霄。
于是立起王宫门,正门雄伟气势豪。
于是修筑起大社,正当防戎那大盗。

既不断绝对敌愤,邻国也不失聘问。
柞栎白桵都拔去,道路畅通又宽正,
犬戎奔逃不敢来,疲惫困乏势不振。

虞芮两国争执平,文王启发感其性。
我有贤臣来依附,我有人才来辅佐,
我有良士善奔走,我有猛将御敌侵。

【题解】

本诗也是周人记述部族历史的颂诗。《毛诗序》说:"文王之兴,本由大王也。"方玉润《诗经原始》说《大雅》前三首都是述祖的诗歌,是对祖先功业的追溯,但是又各有其主题:"《文王》以天德言……故有天德者必膺天命,此《文王》之旨也。《大明》以人事言,故有王季即生大任,有文王即生大姒,有武王即生邑姜,奕世贤淑,互相缵承。……故人纪肇修者,人心亦附,此《大明》之旨也",而对于本诗的主旨,他认为是"以地利言,故曰'自土沮漆',曰

'至于岐下',曰'筑室于兹',凡属宗庙社稷,莫不制画昭然。使非去邠踰梁,何以臣服戎狄?故地利之美者地足以王,是则《绵》之诗旨耳。"

对于本诗的创作年代,孙鑛《批评诗经》说:"此诗不但称古公,且仍出其名,乃后又称文王。岂武王初克商,甫尊文王,尚未追王太王,是彼时作耶?"认为此诗有可能是武王刚刚伐灭殷商之时所作的,又根据本诗结尾的"收束"方式,认为应当是未克商时作的。还据此说明了文王应该实有受命称王之事。

关于周太王完整的事迹,最初见于《孟子·梁惠王下》:"昔者太王居邠,狄人侵之,事之以皮币不得免焉,事之以犬马不得免焉,事之以珠玉不得免焉,乃属其耆老而告之曰:'狄人之所欲者,吾土地也。吾闻之也,君子不以其所以养人者害人。二三子何患乎无君?我将去之。'去邠,逾梁山,邑于岐山之下居焉。邠人曰:'仁人也,不可失也!'从之者如归市。"《绵》当是周王朝贵族为纪念古公亶父开疆创业之事迹而作。《孟子》中的这段记载,与周民族史诗《绵》所追溯的历史有相近之处。从其内容来看,《绵》所述的历史更加符合当时的时代特征,也更为可信,可以视作研究先周历史的重要依据。

全诗共九章。从"绵绵瓜瓞"起兴,引出周人延绵不绝、生生不息的漫长历史,然后以记叙周太王率周族迁徙到岐山、建设周原为主要叙述主题。这首诗应该是用作祭祀周祖太王的,因为太王迁岐奠定了周人灭商建国的基础。所以,《鲁颂·闷宫》中也指出太王的功业是"后稷之孙,实维大王。居岐之阳,实始翦商。至于文武,缵大王之绪"。所以,全诗以迁岐为中心展开铺排描绘,疏密有致,"古公亶父,来朝走马。率西水浒,至于岐下",将周人长长的迁徙过程浓缩为四句短诗。而"爰及姜女"则将周人兴盛的另一原因点出,即周姜联姻。在"堇荼如饴"的原野上,周人刻龟占卜、商议谋划、尽心农耕、全力建筑,昭示着周人安居乐业的开始,也预示着周族的初兴。

本诗以时间为经,以空间为纬,经纬相融,情景交融,结构变幻,开合承启不着痕迹,略处点到即止,详处工笔刻画,错落有致,是《诗经》中难得的艺术珍品。

棫　朴[1]

芃芃棫朴[2]，薪之槱之[3]。
济济辟王[4]，左右趣之[5]。

济济辟王，左右奉璋[6]。
奉璋峨峨[7]，髦士攸宜[8]。

淠彼泾舟[9]，烝徒楫之[10]。
周王于迈[11]，六师及之[12]。

倬彼云汉[13]，为章于天[14]。
周王寿考[15]，遐不作人[16]。

追琢其章[17]，金玉其相[18]。
勉勉我王[19]，纲纪四方[20]。

【注释】

[1]棫朴：二者均为灌木名。棫，白桵。朴，枹木。[2]芃芃：植物茂盛之貌。[3]槱：聚积木柴以备燃烧。[4]济济：美好之貌。辟王：君王。[5]趣：趋向，归向。[6]奉：通"捧"。璋：即"璋瓒"，祭祀时盛酒的玉器。[7]峨峨：盛装壮美之貌。[8]髦士：俊士，优秀之士。攸：所。宜：适合。[9]淠：船行貌。泾：泾河。[10]烝徒：众人。楫之：举桨划船。[11]于迈：于征，出征。[12]师：军队，2500人为一师。[13]倬：广大。云汉：银河。[14]章：文章，文采。[15]寿考：长寿。[16]遐：通"何"。作人：培育、造就人。[17]追琢：雕琢。追，通"雕"。[18]相：内质，质地。[19]勉勉：勤勉不已。[20]纲纪：治理，管理。

【译文】

　　　　　　栎树朴树多茂盛，砍作木柴祭天神。
　　　　　　周王气度无人匹，群臣在左右簇拥。

　　　　　　周王气度无人匹，群臣左右捧璋瓒。
　　　　　　手捧璋瓒仪容壮，国士得体皆俊贤。

　　　　　　船行泾河波声碎，众人举桨齐划水。
　　　　　　周王启程去远征，六军随从紧紧跟。

　　　　　　宽广银河漫无边，银带灿烂贯高天。
　　　　　　我周王万寿无疆，培养人才谋虑全。

　　　　　　琢磨良材刻花纹，如金如玉品质佳。
　　　　　　我周王勤勉不已，统治天下理国家。

【题解】

　　此诗也是赞美周人先王的作品。但与《大雅》中前三首诗不同，本首诗赞美的对象究竟是哪一位先王，不像前三篇那样具体。诗中有"周王寿考"一句，而后世解诗者附会周文王活了 97 岁的古代传说，认为本诗赞美的对象是周文王。

　　本诗的主旨，历来歧见纷纭。《毛诗序》指出本诗主旨是"文王能官人也"，点明是为了赞美周文王能够选取人才并授以适当官职而作。但是，姚际恒在《诗经通论》中则提出"此言文王能作士也。小序谓'文王能官人'，差些，盖袭《左传》释《卷耳》之说"，认为这首诗主要赞美周文王能够培育造就人才、鼓舞振作人心。无论"作士"抑或"官人"，其实都指向的是周文王有盛德才能够使得周王朝人才鼎盛。

　　全诗共五章，每章四句，但是纵观全诗，除第二章外，其余四章均以兴为发端。从诗歌起兴的内容来看,认为此诗是赞美周文王"作士""官人"之说,似有不足。本诗以"棫朴"起兴,《毛诗序》中就解释为:"山木茂盛,万民得而薪之;贤人众多,国家得用蕃兴。"此是将棫朴喻贤人。但是朱熹在《诗集传》中却指出"芃芃棫朴,则薪之槱之矣;济济辟王,则左右趣之矣",认为本诗的意思是灌木茂盛,则为人所乐用,君王美好,则为人所乐从。其实,两种解释都有附会迁弯之嫌,"棫朴"之义,应该从史料中去探寻。据《竹书纪年》载:"文王之妃曰大姒,梦商庭生棘,太子发植梓树于阙间,化为松柏棫柞。以告文王,文王币率群臣,与发并拜吉梦",《艺文类聚》中也有相似的记载,其卷八十九《木部中·棘》引《周书·程寤》:"文王在翟,梦南庭生棘。小子发取周庭之梓树,树之于阙间,化为松柏棫柞。惊以告文王,文王召发于明堂,拜吉梦,受商大命,秋朝士",同书卷七十九也有记载,大致差不多,只是南庭改为了商庭,云:"《周书》曰:'大姒梦见商之庭产棘,太子发取周庭之梓树于阙,梓化为松柏棫柞。寤觉,以告文王。文王乃召太子发,占之于明堂。王及太子发并拜吉梦,受商之大命于皇天上帝。'"可见此棫朴当是周王室得到天命要兴起的象征物,而绝不只是贤人的隐喻。而且《大雅》前三首诗都是对周王室的历史进行追溯,是对其天命降授的述说,到此忽而化为对能官"贤人"的赞颂,于情理逻辑不合。"棫朴"为周文王受命的一种代表,是天命的物化象征。

旱　　麓[1]

瞻彼旱麓,榛楛济济[2]。
岂弟君子[3],干禄岂弟[4]。

瑟彼玉瓒[5],黄流在中[6]。
岂弟君子,福禄攸降[7]。

鸢飞戾天[8],鱼跃于渊。

岂弟君子,遐不作人^[9]?

清酒既载,骍牡既备^[10]。
以享以祀,以介景福^[11]。

瑟彼柞棫^[12],民所燎矣^[13]。
岂弟君子,神所劳矣^[14]。

莫莫葛藟^[15],施于条枚^[16]。
岂弟君子,求福不回^[17]。

【注释】

[1]旱麓:旱山山脚。[2]榛楛:两种灌木名。济济:众多之貌。[3]岂弟:即"恺悌",和乐平易。君子:指周文王。[4]干:求。[5]瑟:光色鲜明之貌。玉瓒:圭瓒,天子祭祀时用的酒器。[6]黄:用黄金制成或镶金的酒勺。流:用黑黍和郁金草酿造配制的酒,用于祭祀,即秬鬯。[7]攸:所。[8]鸢:鸷鸟名,即老鹰。戾:到,至。[9]遐:通"胡",何。作:作养。[10]骍牡:红色的公牛。[11]介:求。景:大。[12]瑟:众多之貌,与第二章的"瑟"字不同义。柞棫:栎树与白桵树。郑玄笺:"柞,栎也;棫,白桵也。"[13]燎:焚烧,此指燔柴祭天。[14]劳:慰劳。或释为保佑。[15]莫莫:同"漠漠",众多而没有边际之貌。葛藟:葛藤。[16]施:伸展绵延。条枚:树枝和树干。[17]回:奸回,邪僻。

【译文】

瞻望那旱山山脚下,榛树楛树又多又密。
和乐平易真是君子,和乐平易自有多福。

圭瓒酒具光鲜细腻,金勺之中鬯酒满溢。
和乐平易真是君子,天降福禄令人欣喜。

雄鹰展翅飞上蓝天,鱼儿摇尾跃在深渊。
和乐平易真是君子,怎会不去培养青年?

清醇甜酒已经斟满,红色公牛备作牺牲。
用它上供用它祭祀,用它求取大的福分。

柞树棫树多么茂盛,百姓砍来焚烧祭神。
和乐平易真是君子,神灵要来把你慰问。

葛藤片片到处长满,蔓延缠绕树枝树干。
和乐平易真是君子,求福有道不邪不奸。

【题解】

　　《旱麓》与《棫朴》及下一首《思齐》的创作主旨基本一样,都被认为是用来赞颂周文王的乐歌。关于本诗的主旨,《毛诗序》中指出"《旱麓》,受祖也","受祖"的意思,孔颖达认为是"言文王受其祖之功业",魏源《诗古微》说是"祭祖受福"。总之都是向祖先祈福,正合乎"周之先祖世修后稷、公刘之业,大王、王季申以百福干禄焉"的诗旨。但是,朱熹《诗集传》却认为这首诗是"咏歌文王之德"的,他在《诗序辨说》中指出"《序》大误,其曰'百福干禄'者,尤不成文理"。方玉润不同意以上两种解释,他在《诗经原始》中一方面指出《毛诗序》所说为"梦呓",同时又指出《诗集传》是"语殊泛泛",他认为此诗乃是"盖祭祀受福而言也",与《棫朴》连言"上篇言作人,于祭祀见其一端;此篇言祭祀,而作人亦见其极盛"。今人程俊英的《诗经译注》中将这首诗视作"歌颂周文王祭祖得福,知道培养人才的诗",也有可取之处。

　　本诗共六章,每章四句,以"岂弟君子"四字作为贯串整首诗的气脉。第一章前两句以旱山山脚下茂密的榛树、楛树起兴,也带有比意,解诗者往往从君与民两方面申说,认为是君主"以有乐易之德施于民,故其求禄亦得乐易",即因和乐平易而得福,因为能够得福而更和乐平易。第二章开始写"祭祖受福"的主题。"瑟彼玉瓒,黄流在中"两句,玉之白与酒之黄,互相映衬,色彩明丽,由文字而产生的视觉效果极佳,因此姚际恒《诗经通论》评之为"华语"。第三章用语用意奇崛,本来写祭祀现场,却突然宕出一笔去写飞鸢与跃鱼,章法结构显得摇曳多姿。尤其是"鸢飞戾天,鱼跃于渊"一句语义极其明晰,但语义背后的深意却值得反复玩味,大有"海阔凭鱼跃,天高任鸟飞"的意思。因此,后文所说的"岂弟君子,遐不作人",也就是说在上的周王应该努力去培养人才,好让他们发扬光大周人祖辈的德业。第四章继续写祭祀的现场,第五章接着写燔柴祭天之礼,从中可窥见周人祭祀所用的礼仪很隆重。第六章在第一、三章之后三用比兴,以生长茂密的葛藤在树枝树干上蔓延不绝来比喻上天将赐福给周人。

此诗通篇弥漫着温文尔雅的君子之风,这和祭祀的庄严仪式是相匹配的。从自然风物描写来看,既有"榛楛济济",也有"莫莫葛藟",一派风光。从祭祀场面来看,既有玉瓒黄流,又有清酒骍牡,色彩斑斓。从诗人内心来看,既有"福禄攸降"的良好祝愿,又有"遐不作人"的强烈期盼。诗章虽短,但内涵颇丰。

思　齐[1]

思齐大任[2],文王之母。
思媚周姜[3],京室之妇[4]。
大姒嗣徽音[5],则百斯男[6]。

惠于宗公[7],神罔时怨[8],
神罔时恫[9]。
刑于寡妻[10],至于兄弟,
以御于家邦[11]。

雍雍在宫[12],肃肃在庙[13]。

不显亦临[14],无射亦保[15]。

肆戎疾不殄[16],烈假不瑕[17]。
不闻亦式[18],不谏亦入[19]。

肆成人有德,小子有造[20]。
古之人无斁[21],誉髦斯士[22]。

【注释】

[1]思:发语词。齐:通"斋",端庄之貌。[2]大任:即太任。王季之妻,文王之母。[3]媚:美好。周姜:即太姜。古公亶父之妻,王季之母,文王的祖母。[4]京室:王室。[5]大姒:即太姒。嗣:继承,继续。徽音:美誉。[6]百斯男:众多男儿。百,虚指,泛言其多。斯,语助词,无义。[7]惠:孝敬。宗公:祖先。[8]神:此处指祖先之神。罔:无。时:所。[9]恫:哀痛。[10]刑:同"型",典型,典范。寡妻:嫡妻。[11]御:治理。[12]雍雍:和洽之貌。宫:家。[13]肃肃:恭敬之貌。庙:宗庙。[14]不显:不明,幽隐之处。临:临视。[15]无射:即"无斁",不厌倦。射,为古"斁"字。保:保持。[16]肆:所以。戎疾:西戎的忧患。殄:残害,灭绝。[17]烈假:指害人的疾病。瑕:与"殄"义同。[18]式:适合。[19]入:接受,采纳。[20]小子:未成年的人。造:造就,培育。[21]古之人:指文王。无斁(yì):无厌,无倦。[22]誉:美名,声誉。髦:俊,优秀。

【译文】

雍容端庄的太任,那是文王好母亲。
贤淑美好的太姜,王室之妇居周京。
太姒能继承美誉,多生男儿周族兴。

文王孝敬顺祖先,祖先神灵无所怨,
祖先神灵无所痛。

嫡妻示范作典型，兄弟示范也相同，
家国治理都亨通。

和谐家族真和睦，宗庙祭祀真恭敬。
暗处亦有神监临，修身不倦保安宁。

如今西戎不为患，灾疾亦不害人民。
未闻之事合法度，虽无谏者亦兼听。

如今成人有德行，后生小子有造就。
文王育人勤不倦，士子载誉皆俊秀。

【题解】

关于这首诗的主旨，《毛诗序》认为是"文王所以圣也"，也就是说是歌颂周文王的。其后，郑玄以"言非但天性，德有所由成"来解释周文王能够成圣的原因。孔颖达解释得更为清楚，他认为："作《思齐》诗者，言文王所以得圣由其贤母所生。文王自天性当圣，圣亦由母大贤，故歌咏其母，言文王之圣有所以而然也。"但是，严粲在《诗缉》中提出疑问，他说"谓文王之所以得圣由其贤母所生，止是首章之意耳"，即赞美周室三母只是首章的意思而非全诗之旨。其实这首诗的赞美对象还是周文王，赞美的是"文王之圣"，而非"文王之所以圣"。

学者多认为首章只是全诗的引子，全诗的发端、重心在以下四章。但是，据前文对《大明》的分析可知，西周在祭祀时，对于父系和母系的祭祀都是十分看重的。也就是说，《大明》所述的周室的三位女性，与本诗所述的三位女性都是在祭祀时进入周人祭祀系统的。本诗首章所言的周室的三位女性，就是本诗所要祭祀的对象，通过对三位女性的祭祀以祈求获得恩赐，这正是后面数章的基本内容。而且从考古发现可知，商周青铜器中有很多是为了祭祀母亲或者祖母而作的，这些青铜器的铭文也如《思齐》的诗作模式一样，先对母系祖先进行阐述，交代其姓氏以及与自己的关系，然后再写自己希望得到的祝福。所以说,这种青铜器铭文的写作模式,与《思齐》的模式是相同的。两者都是为了祭祀而作的,也都是针对女性先祖而作的。学者因其后几章无对三位女性的描写而认为这只是一种引子,则完全误解了本诗的主旨。

　　全诗共五章,前两章每章六句,后三章每章四句,合计为二十四句。第一章六句,赞美了"周室三母"——文王祖母周姜、文王生母大任和文王妻子大姒。但诗中对这三人的叙述顺序却并非按世系先后来进行的,而是先说大任,再说周姜,最后说妻子大姒。对此,陈子展在《诗经直解》中引孙鑛之言:"本重在太姒,却从太任发端,又逆推上及太姜,然后以'嗣徽音'实之,极有波折。若顺下,便味短。"第二章六句,有承上启下之用,前三句承上而来,即文王孝敬祖先使得祖神无怨无痛从而保佑文王,后三句说文王既以身作则于妻子,又作表率于兄弟,最后再由家及国,使得上下都有德化。第三章的前两句也是承上而来,以文王在家庭、宗庙的典型环境,说明他是如何处处以身作则、为人表率的。后两句"不显亦临,无射亦保"深化主题,言明文王孜孜不倦地保持美好节操。第四章的前两句"肆戎疾不殄,烈假不瑕",谓文王好善修德,所以才能使天下太平。第五章着力于"誉髦斯士"一句,与《甫田》"燕我髦士"、《棫朴》"髦士攸宜"的意思相同,都指出周文王勤于培养人才的德业。

　　薛瑄在《钦定诗经传说汇纂》中指出"《思齐》一诗,修身、齐家、治国、平天下之道备焉",从古人修德立业的逻辑上给予本诗以肯定,确实是值得玩味的,这首诗总体来说确实也反映出传统道德在文王身上的完美展现。

皇　　矣[1]

皇矣上帝,临下有赫[2]。

监观四方,求民之莫[3]。

维此二国[4],其政不获[5]。

维彼四国[6],爰究爰度[7]。

上帝耆之[8],憎其式廓[9]。
乃眷西顾[10],此维与宅[11]。

作之屏之[12],其菑其翳[13]。
修之平之[14],其灌其栵[15]。
启之辟之[16],其柽其椐[17]。
攘之剔之[18],其檿其柘[19]。
帝迁明德[20],串夷载路[21]。
天立厥配[22],受命既固[23]。

帝省其山[24],柞棫斯拔[25],
松柏斯兑[26]。
帝作邦作对[27],自大伯王季[28]。
维此王季,因心则友[29]。
则友其兄[30],则笃其庆[31],
载锡之光[32]。
受禄无丧[33],奄有四方[34]。

维此王季,帝度其心。
貊其德音[35],其德克明[36]。
克明克类[37],克长克君[38]。
王此大邦[39],克顺克比[40]。
比于文王[41],其德靡悔[42]。
既受帝祉,施于孙子[43]。

帝谓文王:无然畔援[44],
无然歆羡[45],诞先登于岸[46]。
密人不恭[47],敢距大邦,
侵阮徂共[48]。

王赫斯怒[49],爰整其旅[50],

以按徂旅[51]。

以笃于周祜[52],以对于天下[53]。

依其在京[54],侵自阮疆,

陟我高冈[55]。

无矢我陵[56],我陵我阿[57]。

无饮我泉,我泉我池。

度其鲜原[58],居岐之阳[59],

在渭之将[60]。

万邦之方[61],下民之王。

帝谓文王:予怀明德,

不大声以色[62],不长夏以革[63]。

不识不知,顺帝之则[64]。

帝谓文王:询尔仇方[65],

同尔弟兄[66]。

以尔钩援[67],与尔临冲[68],

以伐崇墉[69]。

临冲闲闲[70],崇墉言言[71]。

执讯连连[72],攸馘安安[73]。

是类是祃[74],是致是附[75],

四方以无侮。

临冲茀茀[76],崇墉仡仡[77]。

是伐是肆[78],是绝是忽[79],

四方以无拂[80]。

【注释】

[1]皇:光辉,伟大。[2]临:监视。下:下界,人间。赫:显著。[3]莫:

· 266 ·

通"瘼",疾苦。[4]二国:指夏、殷二朝,或指幽、郎,皆不确。[5]政:政令。不获:不得民心。获,得。[6]四国:天下四方。[7]爰:就。究:研究。[8]耆:读为"稽",考察。[9]式廓:犹言"规模"。式,语助词。[10]眷:思慕,宠爱。西顾:回头向西看。西,指岐周之地。[11]此:指岐周之地。宅:安居。[12]作:借作"柞",砍伐树木。屏:除去。[13]菑:指直立而死的树木。翳:通"殪",指死而扑倒的树木。[14]修:修剪。平:铲平。[15]灌:丛生的灌木。栵:斩而复生的枝杈。[16]启:开辟。辟:排除。[17]柽:木名,俗名西河柳。椐:木名,俗名灵寿木。[18]攘:排除。剔:剔除。[19]檿:木名,俗名山桑。柘:木名,俗名黄桑。[20]帝:上帝。明德:明德之人,指太王古公亶父。[21]串夷:即昆夷,亦即犬戎。载:则。路:借作"露",败。[22]厥:其。配:配偶。太王之妻为太姜。[23]既:犹"而"。固:坚固,稳固。[24]省:察看。山:指岐山。[25]柞、棫:两种树名。斯:犹"乃"。拔:拔除。[26]兑:直立。[27]作:兴建。邦:国。对:疆界。[28]大伯:即太伯,太王长子。[29]友:友爱兄弟。[30]则:犹"能"。[31]笃:厚益,增益。庆:吉庆,福庆。[32]载:则。锡:同"赐"。光:荣光。[33]丧:丧失。[34]奄:全,尽。[35]貊:同"莫",传布。[36]克:能。明:明察是非。[37]类:分辨善恶。[38]长:师长。君:国君。[39]王:称王,统治。[40]顺:使民顺从。比:使民亲附。[41]比于:及至。[42]悔:借为"晦",不明。[43]施:延续。[44]畔援:犹"盘桓",徘徊不进之貌。[45]歆羡:犹言"觊觎",非分的希望和企图。[46]诞:发语词。先登于岸:喻占据有利形势。[47]密:古国名,在今甘肃省灵台县一带。[48]阮:古国名,在今甘肃省泾川县一带,当时为周之属国。徂:往,至。共:古国名,在今甘肃省泾川县北,亦为周之属国。[49]赫:勃然大怒之貌。斯:犹"而"。[50]旅:军队。[51]按:遏止。徂旅:此指前来侵阮、侵共的密国军队。[52]笃:厚益,巩固。祜:福。[53]对:安定。[54]依:凭借。京:高丘。[55]陟:登。[56]矢:借作"施",陈设。此指陈兵。[57]阿:大的丘陵。[58]鲜:犹"巘",小山。[59]阳:山南边。[60]将:旁边。[61]方:准则,榜样。[62]大:注重。以:犹"与"。[63]长:挟,依恃。夏:夏楚,刑具。革:兵甲,指战争。[64]顺:顺应。则:法则。[65]仇方:与国,盟国。仇,同伴。方,方国。[66]弟兄:指同姓国家。[67]钩援:古代攻城的兵器。[68]临、冲:两种军车名。[69]崇:古国名,在今陕西省西安市鄠邑区一带。墉:城墙。[70]闲闲:摇动之貌。[71]言言:高大之貌。[72]讯:读为"奚",俘虏。连连:接连不断的状态。[73]攸:所。馘:古代战争时将所杀之敌割取左耳以计数献功,称"馘",也称"获"。安安:安闲从容之貌。[74]是:乃,于是。类:通"禷",出征时祭天。祃:师祭,至所征之地举行的祭祀;或谓祭马神。[75]致:招致。附:安抚。[76]茀茀:强盛之貌。[77]仡仡:高崇之貌。[78]肆:通"袭"。[79]忽:灭绝。[80]拂:违背,抗拒。

【译文】

天帝伟大而又辉煌,洞察人间慧目明亮。
监察照抚天下四方,洞悉民间疾苦灾殃。
正是殷商这个国家,它的政令不符民望。
想到天下四方诸国,于是认真思考思量。
天帝经过一番考察,憎恶殷商统治状况。
心怀希望向西顾盼,便把岐山赐予周王。

砍伐山林清理杂树,去掉那横卧的枯木。
将它修齐将它剪平,灌木丛丛枝杈簇簇。
将它挖去将它芟去,柽木棵棵椐木株株。
将它排除将它剔除,山桑黄桑杂生四处。
天帝迁来明德君主,彻底打败犬戎部族。
皇天给他选择佳偶,受命于天国家稳固。

天帝省视周地岐山,柞树棫树都已砍完,
苍松翠柏栽种山间。
天帝为周兴邦开疆,太伯王季始将功建。
就是这位祖先王季,顺从父亲心怀友爱。
尊敬他的两位兄长,使得福禄不断增添,
天帝赐他无限光荣。

承受福禄永不消减,天下四方皆归于周。

正是这位先王王季,天帝审度他的心胸。
将他美名传布称颂,他的品德清明端正。
是非类别自能分清,师长国君一身兼容。
统领如此泱泱大国,万民亲附百姓追随。
恩至文王依然如此,他的德行永远光辉。
天帝依然降恩赐福,延及子孙福泽无穷。

天帝赐命于文王:心不徘徊行不动摇,
不要去非分妄想,渡河要先登岸才好。
密国人不恭敬顺从,对抗周邦实在狂傲,
侵阮伐共气焰甚嚣。
文王对此勃然大怒,整顿军队奋勇征讨,
痛击敌人猖狂侵扰。
周国洪福至此大增,天下四方安乐陶陶。

密人凭着地势高险,出自阮国侵我边疆,
登临我国高山之上。
不要陈兵在那丘陵,那是我国丘陵山冈。
不要饮用那边泉水,那是我国山泉池塘。
文王审察那片山野,占据岐山南边地方,
就在那儿渭水之旁。
他是万国效法榜样,他是人民的好国王。

天帝告知周文王:你的德行我很欣赏,
不要看重疾言厉色,莫将刑具兵革依仗。
你要做到不声不响,永远遵循天帝意旨。
天帝还对文王说道:要与盟国协调商量,

联合同姓兄弟之邦。

用你那些爬城钩援,和你那些攻城车辆,

讨伐攻破崇国城墙。

临车冲车轰隆出动,崇国城墙坚固高耸。

抓来俘虏成群结队,割取敌耳安详从容。

祭祀天神求得胜利,招降崇国安抚民众,

四方不敢侵我国中。

临车冲车多么强盛,哪怕崇国城墙高耸。

坚决打击坚决进攻,把那顽敌斩杀一空,

四方不敢抗我威风。

【题解】

　　本诗的主旨与前面几首略同,都是叙述周王先祖事迹,以歌颂其功德的颂诗,从内容上看可视作周族的开国史诗。关于诗旨的讨论比较少,诸家的观点基本一致。《毛诗序》指出本诗就是"美周也",认为"天监代殷莫若周,周世世修德莫若文王"。郑笺曰:"天视四方,可以代殷王天下者,维有周尔。世世修行道德,维有文王盛尔。"孔颖达正义进一步作了详细解释:"作《皇矣》诗者,美周也。以天监视善恶于下,就诸国之内,求可以代殷为天子者,莫若于周。言周最可以代殷也。周所以善者,以天下诸国世世修德,莫有若文王者也,故作此诗以美之也。"今人程俊英《诗经译注》言本诗先述太王开辟岐山,打退昆夷;次述王季继承先祖德业,传位给文王;末述文王伐崇伐密的胜利事迹。

　　从《史记·周本纪》的记载可知周朝早期的历史:"古公有长子曰太伯,次曰虞仲。太姜生少子季历,季历娶太任,皆贤妇人,生昌,有圣瑞。"而后王季得立,并传至文王,为周朝的开创奠定了基础。本诗中所叙述的这些历史事件,都是事关周族之所以能够发展,之所以能够灭商建国的重大事件,从周太王、王季到周文王,他们都是西周王朝的肇基之人,对周族的发展和西周王朝的建立,作出了卓越的贡献,因此周族后人才要极力地赞美他们。在本诗的歌颂文字里,我们可以清楚地感受到周族后人所充溢着的对部族、祖先的深厚之爱。

全诗共八章,每章十二句。内容丰富,气魄宏大。前四章重点写太王,后四章写文王,俨然是一部周族的周原创业史。第一章从周太王得天眷顾、迁岐立国写起,第二章具体描述了太王在周原开辟与经营的情景,第三章写太王立业,王季继承,既合天命,又扩大了周族的福祉,并进一步奄有四方,第四章叙写王季的德音。然后,从第五章开始就写周文王的功业,先从上帝对文王的教导"无然畔援,无然歆羡,诞先登于岸"开始,叙写周文王抚平周边小族战事的起因,第六章叙写战斗形势的发展,第七章插写战前的情景,第八章写伐密灭崇战争的具体情景。这四章主要展现了在周文王治下的周,能够从一个小部族逐渐发展壮大,依靠的绝对不是后世所歌颂的单纯的礼乐教化,而主要是通过不断的武力征伐,扩张疆域,从而获得了灭商的实力。

由此可见,《皇矣》在叙述周族发展历史的过程时,是有顺序、有重点地攫取其中最为重要、最为周人所认可的事件来描述的。本诗中的描写,有对历史事件的叙述,也有对人物形象的塑造,还有大量有关战争的描绘,叙写内容极其繁富,描述规模极其宏阔,笔力遒劲而又条理分明。

灵　台[1]

经始灵台[2],经之营之。
庶民攻之[3],不日成之。
经始勿亟[4],庶民子来[5]。

王在灵囿[6],麀鹿攸伏[7]。
麀鹿濯濯[8],白鸟翯翯[9]。
王在灵沼[10],于牣鱼跃[11]。

虡业维枞[12]，贲鼓维镛[13]。
于论鼓钟[14]，于乐辟雍[15]。

于论鼓钟，于乐辟雍。
鼍鼓逢逢[16]，蒙瞍奏公[17]。

【注释】

[1]灵台：台名，在今陕西省西安市西北。[2]经始：开始计划营建。[3]攻：建造。[4]亟：同"急"。[5]子来：像儿子似的一起赶来。[6]灵囿：古代帝王畜养禽兽的园林名。[7]麀鹿：母鹿。[8]濯濯：肥壮之貌。[9]翯翯：洁白之貌。[10]灵沼：池沼之名。[11]牣：满。[12]虡：悬钟的木架。业：装在虡上的横板。枞：崇牙，即虡上的载钉，用以悬钟。[13]贲：借为"蕡"，大鼓。[14]论：通"伦"，有次序。[15]辟雍：文王离宫名。[16]鼍：即扬子鳄。逢逢：鼓声。[17]蒙瞍：古代对盲人的两种称呼。当时乐官乐工常由盲人担任。公：读为"颂"，歌。或通"功"，奏功，成功。

【译文】

开始建筑造灵台，设计经营善安排。
百姓一起来兴建，事半功倍成功快。
开始建筑莫着急，百姓如子争着来。

周王在那大园林，母鹿懒懒伏树荫。
母鹿肥壮好皮毛，白鸟羽翼真洁净。
周王在那大池沼，鱼满池塘争翻跃。

钟架横板崇牙配，大鼓大钟都齐备。
钟鼓节奏真和谐，离宫快乐不思归。

钟鼓节奏真和谐，离宫快乐不思归。

敲起鼍鼓响咚咚,瞽师奏歌有乐队。

【题解】

本诗的主旨很明确,《毛诗序》中指出"《灵台》,民始附也。文王受命,而民乐其有灵德以及鸟兽昆虫焉"。《孟子·梁惠王》中对此作了更详细的解释,指出"文王以民力为台为沼,而民欢乐之,谓其台曰灵台,谓其沼曰灵沼,乐其有麋鹿鱼鳖",认为灵台是文王以民力建成的。其后,孔颖达将毛说和孟说结合起来,指出"作《灵台》诗者,言民始附也。文王受天之所命,而民乐有其神灵之德,以及鸟兽昆虫焉。以文王德及昆虫,民归附之,故作此诗以歌其事",将之比附民乐和天命,稍显迂弯。不如陈子展《诗三百解题》所说:"《灵台》,为歌颂文王有台池苑囿离宫游观之乐而作",程俊英《诗经译注》说得更直白,认为这就是"一首记述周文王建成灵台和游赏奏乐的诗"。

灵台为文王所建,而后成为周朝天子必备的礼仪性建筑。灵台的样式是怎样的呢?《三辅黄图》卷五记载:"周灵台,高二丈,周回百二十步。"又程大昌《雍录》引魏王泰《括地志》:"灵台孤立,高二丈,周围一百二十步也。"二丈高的灵台,在当时人的眼中必然巍峨如山岳,难怪孙楚在《韩王故台赋》序中说:"台高十五仞,虽楼榭泯灭,然广基似于山岳。"如山岳般的灵台,其建成的用意是什么?是单纯为了游乐吗?显然不是,灵台是"神之精明",类似于原始的气象台和天文。毛传中说"神之精明者称灵,四方而高曰台",郑笺说:"天子有灵台者,所以观祲象,察气之妖祥也。文王受命而作邑于丰,立灵台。"由此来说,观台而曰"灵"者,文王化行,似"神之精明,故以名焉"的灵台确实有天文台的作用。孔颖达正义引《五经异义·公羊说》曰:"天子三台,诸侯二。天子有灵台以观天文,有时台以观四时施化,有囿台以观鸟兽鱼鳖。诸侯有时台、囿台。诸侯卑,不得观天文,无灵台。皆在国之东南二十五里。东南少阳用事,万物著见。用二十五里者,吉行五十里,朝行暮反也。"原本只是简单的天文台,被汉人解释成了仁义德化,刘向《说苑·修文》篇说"积恩为爱,积爱为仁,积仁为灵。灵台之所以为灵者,积仁也",成为德政的代表建筑。

因为灵台是天子用来观察天文星象的,而且诸侯不能立灵台。所以灵台的位置就十分明确,应该在周都即宗周之地。当然文王之时的灵台,显然是在岐周,那文王之后的灵台在何地?《水经》:"渭水会丰水后,越镐水沇水而东径长安城北。长安在丰邑之东也。"《公羊说》:"在国之东南二十五里。即长安西北四十里也。"《地理志》:"文王作丰。颜注云:今长安西北界灵台乡,丰水上。"焦循《学图》说:"僖十五年《左传》,秦伯舍晋侯于灵台,大夫请以入。杜注云:在京兆鄠县周之故台。则此灵台即文王之灵台也。"而《三辅黄图》载:"灵囿在长安西北四十二里,灵台在长安西北四十里。"又《长安志》:"丰水出长安县西南五十里。是丰邑在长安之西也。《黄图》以汉长安县言。今长安故城在西安府西北之十三里。"今人黄盛璋在《周都丰镐与金文中的菜京》一文中说:"根据文献记载归纳,丰京跟灵台的位置可知者约有三点。(一)灵台在丰水之东。《水经注》:自丰水北径灵台西,文王又引水为辟雍灵台。《三辅故事》:周作灵台在丰水东。(二)丰邑在丰水之西。《诗·大雅·文王有声》句下《郑笺》:丰邑在丰水之西,镐京在丰水之东。《帝王世纪》:丰在鄠县东,丰水之西。(三)丰、镐相去二十五里。虞挚《三辅决录》注:镐在丰水东,丰在滈水西,相去二十五里。此外皇甫谧、徐广等都说丰、镐相去二十五里。"由此可见,灵台就在今天西安市西咸新区沣渭新城的地理范畴之内。

本诗共四章,前两章每章六句,后两章每章四句。第一章写建造灵台,以"经之""营之""攻之""成之"等动词带同一代词宾语的句式,使得文气很连贯紧凑,显示出百姓乐于为王效命的热情,正如方玉润在《诗经原始》中所说的"民情踊跃,于兴作自见之"。第二、三章描绘周朝的灵囿、灵沼,写鹿、写鸟、写鱼,都简洁生动,充满活力。第四章写辟雍,描绘王者在观赏鹿鸟鱼野趣之外别有聆听钟鼓音乐的兴味。

下　武[1]

下武维周,世有哲王[2]。
三后在天[3],王配于京[4]。

王配于京,世德作求^[5]。
永言配命^[6],成王之孚^[7]。

成王之孚,下土之式^[8]。
永言孝思^[9],孝思维则^[10]。

媚兹一人^[11],应侯顺德^[12]。
永言孝思,昭哉嗣服^[13]。

昭兹来许^[14],绳其祖武^[15]。
於万斯年^[16],受天之祜^[17]。

受天之祜,四方来贺。
於万斯年,不遐有佐^[18]。

【注释】

[1]下武:在后继承。[2]世:代。哲王:贤明智慧的君主。[3]三后:指周的三位先王太王、王季、文王。[4]王:此指武王。配:指上应天命。[5]求:通"逑",匹配。[6]言:语助词。命:天命。[7]孚:使人信服。[8]下土:下界土地,也就是人间。式:榜样,范式。[9]孝思:孝顺先人之思,此系以孝代指所有的美德,举一以概之。[10]则:法则。此谓以先王为法则。[11]媚:爱戴。一人:指周天子。[12]应侯:武王之子,封于应,在今河南省宝丰县西南。[13]昭:光明,显耀。嗣服:后进,指成王。[14]兹:同"哉"。来许:同"后进"。[15]绳:承。祖武:指祖先的德业。武,足迹。[16]於(wū):感叹词。斯:语助词。[17]祜:福。[18]佐:辅佐。

【译文】

后能继前唯周邦,世代有王都圣明。

三位先王灵在天,武王配天居镐京。

武王配天居镐京,德行能够匹先祖。
上应天命真长久,成王也令人信服。

成王也令人信服,足为人间好榜样。
孝顺祖宗德泽长,德泽长久法先王。

爱戴天子这一人,能将美德来承应。
孝顺祖宗德泽长,光明显耀好后进。

光明显耀好后进,遵循祖先的足迹。
基业长达千万年,天赐洪福享受起。

天赐洪福享受起,四方诸侯来祝贺。
基业长达千万年,哪愁没人来辅佐。

【题解】

　　这首诗的主题应该也较为明晰,是为了赞颂周武王、周成王能够继承周族历代先王的德业而作,但是历来解诗者却有分歧。《毛诗序》指出本诗是"继文也",认为周武王有圣德,再受天命,能昭先人,所以是针对周武王继承文王之功所作的。郑玄也同意这一观点,说"继文者,继文王之业而成之",陈奂在《诗毛氏传疏》中补充说明"文,文德也。文王以上,世有文德,武王继之,是之谓继文"。宋代以后,逐渐对《下武》的诗旨有了新的看法,学者认为"下武"是不尚武,也就是偃武的意思,指出"下武"是世修文德、以武为下的意思。如陈子展《诗经直解》:"《下武》,康王即位,诸侯来贺,歌颂先世太王、王季、成王之德,并及康王善继善述之孝而作。此诗如非史臣之笔,则为贺者之辞。"本诗确是武王、成王之时所作的诗歌,其作成地点应该在宗周镐京,是颂美继承先王德业的乐歌。

本诗的篇章结构严谨,叙述逻辑层层递进,有条不紊。第一章开篇叙写周族世有明主,赞颂从周太王、王季直到周文王、周武王以来的贤君,第二章赞颂周武王、周成王,第三章叙写赞颂周成王的原因在于他能效法先人,第四、五两章赞颂周康王能继承祖德,第六章以四方诸侯来贺作结,将美先王、贺今王的主旨发挥得淋漓尽致。

文 王 有 声

文王有声,遹骏有声[1]。
遹求厥宁,遹观厥成。
文王烝哉[2]!

文王受命,有此武功。
既伐于崇[3],作邑于丰[4]。
文王烝哉!

筑城伊淢[5],作丰伊匹。
匪棘其欲[6],遹追来孝。
王后烝哉[7]!

王公伊濯[8],维丰之垣。
四方攸同,王后维翰[9]。
王后烝哉!

丰水东注,维禹之绩。
四方攸同,皇王维辟[10]。
皇王烝哉!

镐京辟雍[11]，自西自东，
自南自北，无思不服[12]。
皇王烝哉！

考卜维王，宅是镐京[13]。
维龟正之，武王成之。
武王烝哉！

丰水有芑[14]，武王岂不仕[15]？
诒厥孙谋[16]，以燕翼子。
武王烝哉！

【注释】

[1]遹：发语词。[2]烝：叹美君主之词。[3]于：本作"邘"，古邘国，故地在今河南省沁阳市。崇：古崇国，故地在今陕西省鄠邑区，周文王曾讨伐崇侯虎。[4]丰：故地在今陕西省西安市沣水西岸。[5]淢：假借为"洫"，即护城河。[6]棘：亟。[7]王后：指周文王。[8]公：同"功"。濯：本义是洗涤，引申为"光大"义。[9]翰：主干。[10]皇王：指周武王。[11]镐：即镐京，故地在今陕西省西安市沣水以东的昆明池北岸。[12]无思不服：王引之《经传释词》云："'无思不服'，无不服也。思，语助耳。"[13]宅：指择吉祥之地营建宫室。[14]芑：同"杞"。芑、杞都是己声字，古音同部，故杞为本字，芑是假借字，应释为杞柳。[15]仕：毛传释"仕"为"事"，古通用。[16]诒厥孙谋：言武王之谋遗子孙也。

【译文】

文王有着好声望，如雷贯耳大名享。
但求天下能安宁，终见功成国运昌。
文王真个是明王！

受命于天我文王,有这武功气势旺。
举兵攻克那崇国,又建丰邑真漂亮。
文王真个是明王!

挖好城壕筑城墙,作邑般配实在棒。
不纵私欲品行正,用心尽孝为周邦。
君王真个是明王!

文王功绩自昭彰,犹如丰邑那垣墙。
四方诸侯来依附,君王主干是栋梁。
君王真个是明王!

丰水奔流向东方,大禹功绩不可忘。
四方诸侯来依附,大王树立好榜样。
大王真个是明王!

落成离宫镐京旁,在西方又在东方,
在南面又在北面,没人不服我周邦。
大王真个是明王!

占卜我王求吉祥,定都镐京好地方。
依靠神龟定工程,武王完成堪颂扬。
武王真个是明王!

丰水边上杞柳壮,武王任重岂不忙?
留下治国好策略,庇荫子孙把福享。
武王真个是明王!

【题解】

本诗的主旨明晰,是为了歌颂周文王迁丰、周武王迁镐所作的乐歌。《毛诗序》说:"继伐也。武王能广文王之声,卒其伐功也。"孔颖达正义中也指出:"经八章,上四章言文王之事,下四章言武王继之,是继伐。首章言文王有声,武王则道广于文王,是能广文王令闻之声。二章言文王伐崇,武王则伐纣以定天下,是卒其伐功。经虽无武王广声、卒伐之事,于理则有,故序言亦以转互相明也。"方玉润在《诗经原始》中也认为如此,并且已经透露出对西周开国的周文王、武王继往开来之功业的颂美。

从周民族的历史来看,他们在漫长艰苦的发展历程中兴起,最早是由于周人始祖后稷被封于有邰,其后子孙散侪于戎族之中,直到后稷的第十代孙公刘从有邰迁到豳地,才使得周人又回归到了华夏正统之中。而后,周太王——古公亶父又从豳地迁到岐山,使得原本被戎狄包围的周人小族有了更好的发展空间,具有里程碑意义。而后,周文王有"西伯"之号,渐成西方大族,能够同殷纣王分庭抗礼,为灭殷奠定了坚实的基础。周武王秉承父志,又进一步扩展势力,再建都于镐京,终于完成了伐商灭殷的大业,建立了西周王朝。那么,西周王朝建立之后,周武王的子孙面临的是如何巩固周人历代先王传承下来的基业问题。本诗最后一章"丰水有芑,武王岂不仕?诒厥孙谋,以燕翼子",便恰恰点明了这个问题,可谓是画龙点睛之笔。

关于这首诗的创作时代历来有争议。因为诗中所写都是围绕周文王、周武王之事展开的,所以郑玄在《诗谱》中误以为是周文王、武王时所作之诗。朱熹在《诗集传》中将其断为周成王、周公以后所作之诗。根据《史记·周本纪》中记载周武王死后,"太子诵代立,是为成王。成王少,周初定天下,周公恐诸侯畔周,公乃摄行政当国。周公行政七年,成王长,周公反政成王,北面就群臣之位。兴正礼乐,度制于是改,而民和睦,颂声兴。成王既崩,太子钊遂立,是为康王。康王即位,遍告诸侯,宣告以文、武之业以申之,作《康诰》。故成、康之际,天下安宁,刑错四十余年不用"。本诗中所叙述的内容,都是追述周文王迁丰、周武王迁镐之事,又在最后一章中点出"诒厥孙谋,以燕翼子",这"子孙"应该是周成王、周康王,所以此诗产生的时代基本可以确定在成、康之际。

生　民

厥初生民[1],时维姜嫄[2]。

生民如何?

克禋克祀[3],以弗无子[4]。

履帝武敏歆[5],攸介攸止[6]。

载震载夙[7],载生载育,

时维后稷。

诞弥厥月[8],先生如达[9]。

不坼不副[10],无菑无害[11],

以赫厥灵。

上帝不宁[12],不康禋祀[13],

居然生子。

诞寘之隘巷[14],牛羊腓字之[15]。

诞寘之平林[16],会伐平林[17]。

诞寘之寒冰,鸟覆翼之[18]。

鸟乃去矣,后稷呱矣[19]。

实覃实讦[20],厥声载路[21]。

诞实匍匐[22],克岐克嶷[23],

以就口食[24]。

蓺之荏菽[25],荏菽旆旆[26]。

禾役穟穟[27],麻麦幪幪[28],

瓜瓞唪唪[29]。

诞后稷之穑[30]，有相之道[31]。

茀厥丰草[32]，种之黄茂[33]。

实方实苞[34]，实种实褎[35]。

实发实秀[36]，实坚实好[37]。

实颖实栗[38]，即有邰家室[39]。

诞降嘉种[40]，维秬维秠[41]，

维穈维芑[42]。

恒之秬秠[43]，是获是亩[44]。

恒之穈芑，是任是负[45]，

以归肇祀[46]。

诞我祀如何？

或舂或揄[47]，或簸或蹂[48]。

释之叟叟[49]，烝之浮浮[50]。

载谋载惟[51]，取萧祭脂[52]。

取羝以軷[53]，载燔载烈[54]，

以兴嗣岁[55]。

卬盛于豆[56]，于豆于登[57]，

其香始升。

上帝居歆[58]，胡臭亶时[59]。

后稷肇祀，庶无罪悔，

以迄于今。

【注释】

　　[1]厥初：其初。[2]时：是。姜嫄：传说中有邰氏之女，周始祖后稷之母。[3]克：能。禋：祭天的一种礼仪，先烧柴升烟，再加牲体及玉帛于柴上焚

烧。[4]弗:"祓"的假借,除灾求福的祭祀,一种祭祀的典礼。[5]履:践踏。帝:上帝。武:足迹。敏:通"拇",大拇指。歆:心有所感之貌。[6]攸:语助词。介:通"祄",神保佑。止:通"祉",神降福。[7]载震载夙:或震或肃,指十月怀胎。[8]诞:迫,到了。弥:满。[9]先生:头生,第一胎。如:而。达:滑利。[10]坼:裂开。副:破裂。[11]菑:同"灾"。[12]不宁:丕宁,大宁。不,丕。[13]不康:丕康。[14]寘:弃置。[15]腓:庇护。字:哺育。[16]平林:大林,森林。[17]会:恰好。[18]鸟覆翼之:大鸟张翼覆盖他。[19]呱(gū):小儿哭声。[20]实:是。覃:长。訏:大。[21]载:充满。[22]匍匐:伏地爬行。[23]岐:知意。嶷:识。[24]就:趋往。口食:生活资料。[25]蓺:同"艺",种植。荏菽:大豆。[26]旆:草木茂盛。[27]役:通"颖",禾苗之末。穟:禾穗丰硬下垂之貌。[28]幪:茂密之貌。[29]瓞:小瓜。唪:果实累累之貌。[30]穑:耕种。[31]有相之道:有相地之宜的能力。[32]茀:拂,拔除。[33]黄茂:嘉谷,指优良品种,即黍、稷。[34]实:是。方:同"放"。萌芽始出地面。苞:苗丛生。[35]种:禾芽始出。褎:禾苗渐渐长高。[36]发:发茎。秀:秀穗。[37]坚:谷粒灌浆饱满。[38]颖:禾穗末梢下垂。栗:栗栗,形容收获众多貌。[39]郐:当读作"颐",养。谷物丰茂,足以养家室的意思。[40]降:赐予。[41]秬(jù):黑黍。秠:黍的一种,一个黍壳中含有两粒黍米。[42]穈:赤苗,红米。芑:白苗,白米。[43]恒:遍。[44]亩:堆在田里。[45]任:挑起。负:背起。[46]肇:开始。祀:祭祀。[47]揄:舀,从臼中取出舂好之米。[48]簸:扬米去糠。蹂:以手搓余剩的谷皮。[49]释:淘米。叟叟:淘米的声音。[50]烝:同"蒸"。浮浮:热气上升貌。[51]惟:考虑。[52]萧:香蒿。脂:牛油。[53]羝:公羊。载:读为"拔",即剥去羊皮。[54]燔:烧炙肉。烈:将肉贯串起来架在火上烤。[55]嗣岁:来年。[56]卬:仰,举。豆:古代一种高脚容器。[57]登:瓦制容器。[58]居歆:为歆,应该前来享受。[59]胡臭亶时:为什么香气如此好。臭,香气。亶,诚然,确实。时,善,好。

【译文】

当初先民生下来,是因姜嫄能产子。

如何生下先民来？
祷告神灵祭天帝，祈求生子免无嗣。
踩着上帝拇指印，神灵佑护总吉利。
胎儿时动时静止，一朝生下勤养育，
孩子就是周后稷。

怀胎十月产期满，头胎分娩很顺当。
产门不破也不裂，安全无患体健康，
已然显出大灵光。
上帝心中告安慰，全心全意来祭享，
庆幸果然生儿郎。

新生婴儿弃小巷，爱护喂养牛羊至。
再将婴儿扔林中，遇上樵夫被救起。
又置婴儿寒冰上，大鸟暖他覆翅翼。
大鸟终于飞去了，后稷这才哇哇啼。
哭声又长又洪亮，声满道路强有力。

后稷很会四处爬，又懂事来又聪明，
觅食吃饱有本领。
不久就能种大豆，大豆一片苗壮生。
种了禾粟嫩苗青，麻麦长得多旺盛，
瓜儿累累果实成。

后稷耕田又种地，辨明土质有法道。
茂密杂草全除去，挑选嘉禾播种好。
不久吐芽出新苗，禾苗细细往上冒。
拔节抽穗又结实，谷粒饱满质量高。
禾穗沉沉收成好，颐养家室是个宝。

上天关怀赐良种，秬子秠子既都见，
红米白米也都全。
秬子秠子遍地生，收割堆垛忙得欢。
红米白米遍地生，扛着背着运满仓，
忙完农活祭祖先。

祭祀先祖怎个样？
有舂谷也有舀米，有簸粮也有筛糠。
沙沙淘米声音闹，蒸饭喷香热气扬。
筹备祭祀来谋划，香蒿牛脂燃芬芳。
大肥公羊剥了皮，又烧又烤供神享，
祈求来年更丰穰。

祭品装在碗盘中，木碗瓦盆派用场，
香气升腾满厅堂。
上帝因此来受享，饭菜滋味实在香。
后稷始创祭享礼，祈神佑护祸莫降，
至今仍是这个样。

【题解】

本诗内容清晰，是周人叙述其民族始祖后稷事迹的部族史诗。《毛诗序》对于本诗的主旨作了解释，指出"《生民》，尊祖也"，认为是为了"后稷生于姜嫄，文武之功起于后稷，故推以配天焉"而作。孔颖达对此又作了较为详细的解说："以后稷生于姜嫄而来，其文王受命，武王除乱，以定天下之功，其兆本起由于后稷；及周公、成王致太平、制礼，以王功起于后稷，故推举之以配天，谓配夏正郊天焉。祭天而以祖配祭者，天无形象，推人道以事之，当得人为之主。"

其实，这是一首追述周民族从诞生到经营四方的史诗，将整个周民族的产生和发展脉络梳理得十分清楚。那么,后稷在周人的眼中处于什么样的地位呢?仅仅是民族始祖这么简单吗?答案显然是否定的。后稷于整个周民族来说,是其民族得立的始封君,是姬姓周族的得姓来源,是其合法统治权力的血缘依据,是其祭祀天地得以配享的世系之祖。

后稷的地位,在《史记》中说得很明白,因为他的功绩而获得赐命赐姓,周民族因为这赐姓而得以立族,因为这赐命而得以立国,所以从血缘和政治两重角度来说,后稷都是其民族无可置疑的始封之君。这样一位始封之君,绝不是简单的民族始祖。他代表的是周民族合法权力的所得,也是周民族历来强调的天命的降授问题。天命无常,唯有德者能之。这是周人的天命观念,这种天命观念就决定了统治阶级必须代代世世有德才行,只有有德才能获得天命所授。那么这种天命观念是从何而来的?又是谁第一个获得降授天命的?答案就是后稷,后稷得到"帝"的赐命,就是周民族获得天命的开始,也是周民族天命观念的源头。所以对于周民族而言,对于姬周王朝而言,后稷是郊天时得以配享的始祖,其配享的原因就在于此。这样说来,后稷的地位绝不是简简单单的民族始祖。

了解了后稷在周民族历史上的地位,也就能够明白这首诗的意思了。本诗从内容来看是带有浓重神话传说成分的,可同时又对周族农业生产描写得十分详细,其反映了周族当时已将农业、畜牧业分离,完成了后世所谓的第一次社会大分工。这是周民族最引以为傲的民族事件,而这件事确实是历史上的大事件,对一个部族来说也确实属于开天辟地般的大功,所以本诗中对此事的描述实际上就是对后稷功业的描述。本诗共八章,每章或十句或八句。第一章写姜嫄"履帝武敏歆"的神奇受孕传说。第二、三章写后稷的诞生与屡弃不死的神奇传说。第四、五、六章写后稷在开发农业生产技术方面的特殊天赋,因有功于农业而受封于邰,而后更创立农业祀典。第七、八章便是对这种祀典的描写,从"以归肇祀"而来,写后稷祭祀天神,祈求上天永远赐福,而上帝感念其德行业绩,不断保佑他并将福泽延及到他的子子孙孙。

行　苇[1]

敦彼行苇[2]，牛羊勿践履[3]。
方苞方体[4]，维叶泥泥[5]。
戚戚兄弟[6]，莫远具尔[7]。
或肆之筵[8]，或授之几[9]。

肆筵设席，授几有缉御[10]。
或献或酢[11]，洗爵奠斝[12]。
醓醢以荐[13]，或燔或炙[14]。
嘉肴脾臄[15]，或歌或咢[16]。

敦弓既坚[17]，四鍭既钧[18]。
舍矢既均[19]，序宾以贤[20]。
敦弓既句[21]，既挟四鍭。
四鍭如树[22]，序宾以不侮[23]。

曾孙维主[24]，酒醴维醹[25]。
酌以大斗[26]，以祈黄耇[27]。
黄耇台背[28]，以引以翼[29]。
寿考维祺[30]，以介景福[31]。

【注释】

[1]行苇：道路边的芦苇。行，道路。[2]敦彼：苇草丛生貌。[3]践履：践踏。[4]方苞：指枝叶尚包裹未分之时。体：成形。[5]泥泥：苇叶润泽貌。[6]戚戚：亲热。[7]远：疏远。具：通"俱"。尔：通"迩"，近。[8]肆：陈设。筵：竹席。[9]几：古人席地而坐时，所依靠的矮脚小木桌，一般是老人才用。

[10]缉御:相继有人侍候。缉,继续。御,侍者。[11]献:主人对客敬酒。酢:客人拿酒回敬。[12]洗爵:周时礼制,主人敬酒,取几上之杯先洗一下,再斟酒献客,客人回敬主人,也是如此操作。奠斝:周时礼制,主人敬的酒客人饮毕,则置杯于几上;客人回敬主人,主人饮毕也须这样做。奠,置。斝,古酒器,青铜制,圆口,有鋬和三足。[13]醢:多汁的肉酱。醓:肉酱。荐:进献。[14]燔:烧肉。炙:烤肉。[15]脾:通"膍",牛胃,俗称牛百叶。臄:牛舌。[16]歌:配着琴瑟唱,叫"歌"。咢:只打鼓不伴唱,叫"咢"。[17]敦弓:雕弓。敦,通"雕"。坚:坚固,坚劲。[18]鍭:一种箭,金属箭头,鸟羽箭尾。钧:合乎标准。[19]舍矢:放箭。均:射中。[20]序宾:安排宾客在宴席上的座位次序。贤:此指射技的高低。[21]句:借为"彀",张弓引满。[22]树:竖立,指箭射在靶子上像竖立着一样。[23]侮:轻侮,怠慢。[24]曾孙:主祭者之称,他对祖先神灵自称曾孙。[25]醴:甜酒。醹:酒味醇厚。[26]斗:古酒器。大斗柄长三尺。[27]祈:求。黄耇:年高长寿。[28]台背:或谓背有老斑如鲐鱼,或谓背驼,总之都是老态龙钟之貌。台,同"鲐"。[29]引:引道。此指搀扶。翼:扶持,帮助。[30]寿考:长寿。祺:福,吉祥。[31]介:借为"丐",乞求。景福:大福。

【译文】

芦苇丛生长一块,别让牛羊把它踩。
芦苇初茂长成形,叶儿润泽有光彩。
同胞兄弟最亲密,不要疏远要友爱。
铺设竹席来请客,端上茶几面前摆。

铺席开宴上菜肴,轮流上桌一道道。
主宾酬酢共畅饮,洗杯捧盏兴致高。
送上肉酱请客尝,烧肉烤肉滋味好。
牛胃牛舌也煮食,唱歌击鼓人欢笑。

雕弓拽满势坚劲,四支利箭合标准。

发箭一射中靶心,较量射技座次分。

雕弓张开弦紧绷,利箭四支手持定。

四箭竖立靶子上,排列客位不轻慢。

宴会主人是曾孙,供应美酒味香醇。

斟满大杯来献上,祷祝高寿贺老人。

龙钟体态行蹒跚,扶他帮他侍者仁。

长命吉祥是人瑞,请神赐予大福分。

【题解】

关于本诗的写作背景及其主旨历来分歧较大,大致有三种说法。第一种,《毛诗序》中认为《行苇》是叙"忠厚"之作,漫言本诗是为了"周家忠厚,仁及草木,故能内睦九族,外尊事黄耇,养老乞言,以成其福禄焉"而作的颂歌。第二种,汉鲁诗、齐诗、韩诗三家今文经学之说以为此是专写公刘仁德之诗。王符在《潜夫论·德化》中说"公刘厚德,恩及草木、牛羊六畜,仁不忍践履生草,则又况于民萌而有不化者乎",《边议》又说"公刘仁德,广被行苇,况含血之人,己同类乎",班彪在《北征赋》中说"慕公刘之遗德,及行苇之不伤",赵晔在《吴越春秋》中也指出"公刘慈仁,行不履生草,运车以避葭苇",王先谦《诗三家义集疏》引刘向《列女传·晋弓工妻》指出"君闻昔者公刘之行,羊牛践葭苇,恻然为民痛之,恩及草木,仁著于天下"。凡以上之解释,都是为了说明本诗的主旨乃是颂美周人先祖公刘。第三种,胡承珙在《毛诗后笺》中说:"案此诗章首即言亲戚兄弟,自是王与族燕之礼,与凡燕群臣国宾者不同。然所言献酢之仪,肴馔之物,音乐之事,皆与《仪礼·燕礼》有合。则其因燕(宴)而射,亦如《燕礼》所云,若射则大射正为司射,是也。至末言以祈黄耇,则又如《文王世子》所谓公与父兄齿者,此其与凡燕有别者也。然则此诗只是族燕一事,而射与养老连类及之。《序》以睦族为内,养老为外,盖由养九族之老而推广言之,以见周家忠厚之至耳。"如胡氏所说,本诗应该为周王室与族人宴饮之作。

本诗共四章,每章八句。第一章先从路旁芦苇起兴,通过描写芦苇初放新芽的润泽柔嫩让人不忍心听任牛羊去践踏,来兴起仁者之心,兴起兄弟骨肉之间的相亲相爱之意,将宴会的主题点明。第二章总写宴会,从摆筵、设席、授几到宴会上侍者们的忙碌身影,主人献酒,客人回敬,洗杯捧盏,极尽殷勤。再写菜肴丰盛,美味无比,来说明宴会的盛大、气氛的热烈。第三章写宴会上比射的娱乐活动,通过对比射过程的两次细致描绘,将开弓、搭箭、一发中的的场面描绘得节奏鲜明。第四章先写宴会主人满斟美酒,以敬长者,再写主人祝福长者长命百岁,中间插以长者老态龙钟、侍者小心搀扶的描绘,显得灵动而不板滞。

这首诗中所描绘的西周贵族家宴之盛况,从大场面的宴会描绘到小细节的点染比射,转换自然,层次清晰,全诗主旨在这样的逻辑叙述之下更加明畅自然,是不可多得的宴饮佳作。

既　　醉[1]

既醉以酒,既饱以德[2]。
君子万年,介尔景福[3]。

既醉以酒,尔肴既将[4]。
君子万年,介尔昭明[5]。

昭明有融[6],高朗令终[7]。
令终有俶[8],公尸嘉告[9]。

其告维何? 笾豆静嘉[10]。
朋友攸摄[11],摄以威仪。

威仪孔时[12],君子有孝子。
孝子不匮[13],永锡尔类[14]。

其类维何？室家之壸^[15]。

君子万年，永锡祚胤^[16]。

其胤维何？天被尔禄^[17]。

君子万年，景命有仆^[18]。

其仆维何？釐尔女士^[19]。

釐尔女士，从以孙子^[20]。

【注释】

[1]既：已经。[2]德：恩惠。[3]介：借为"丐"，施予。尔：指君子。景福：大福。[4]将：行也。亦奉持而进也。一说通"臧"。[5]昭明：光明。[6]有融：即"融融"，盛长之貌。[7]令终：好的结果。[8]俶：始。[9]公尸：古代祭祀时以人装扮成祖先接受祭祀，这人就称"尸"，祖先为君主诸侯，则称"公尸"。嘉告：好话，指祭祀时祝官代表尸为主祭者致嘏辞。[10]笾、豆：两种古代食器、礼器，笾竹制，豆陶制或青铜制。静：善。[11]攸摄：所助，所辅。摄，辅助。[12]孔时：很好。[13]匮：亏，竭。[14]锡：同"赐"。类：属类。[15]壸：宫中之道，言深远而严肃也。引申为齐家。[16]祚：福。胤：后嗣。[17]被：加。[18]景命：大命，天命。仆：附。[19]釐：赐。女士：女男，才女。[20]从以：随之以。孙子："子孙"的倒文。

【译文】

君王赐美酒喝得酩酊大醉，君王赐美食我们饱受恩惠。

敬祝君王万岁万岁万万岁，世世代代永享福禄和祥瑞。

君王赐美酒喝得酩酊大醉，您又令人奉上佳肴和美味。

敬祝君王万岁万岁万万岁，您的美名大德永远放光辉。

您的伟大光辉是那样长盛,高风亮节将使您必得善终。

好的结局说明有好的开端,先王替身发出美好的祝愿。

他到底说出什么样的预言?祭祀用的笾豆净洁而美好。

亲朋好友们都来维护辅助,同把隆重热烈氛围来营造。

隆重热烈氛围非常合时宜,敬祝伟大君王嫡传有孝子。

孝子贤孙世世代代永相继,祝愿您的家族永受天赐予。

您的家族领域到底有多大?王家深宫内的道路细又长。

敬祝君王万岁万岁万万岁,上天永赐您福禄远子孙旺。

您的子孙后代将来怎么样?上天让他们遍享福禄富贵。

敬祝君王万岁万岁万万岁,上天授予您大命永远附随。

上天授予的大命如何附随?上天赐予您有德行的嫔妃。

上天赐予您有德行的嫔妃,自有孝子贤孙世代永不亏。

【题解】

关于本诗的写作背景及其主旨历来分歧较大。《毛诗序》中指出《既醉》是美"太平也"之作,认为是为了"醉酒饱德,人有士君子之行焉","成王祭宗庙,旅酬下遍群臣,至于无算爵,故云醉焉。乃见十伦之义,志意充满,是谓之饱德"的颂歌。孔颖达进一步解释为:"作《既醉》诗者,言太平也。谓四方宁静而无事,此则平之大者,故谓太平也。成王之祭宗庙,群臣助之。至于祭末,莫不醉足于酒,厌饱其德。既荷德泽,莫不自修,人皆有士君子之行焉。能使一朝之臣尽为君子,以此教民大安乐,故作此诗以歌其事也。"然而,对于这种解说,严粲在《诗缉》中辨析道:"此诗成王祭毕而燕臣也。太平无事,而后君臣可以燕饮相乐,故曰太平也。讲师言醉酒饱德,止章首二语,又言人有士君子之行,非诗意矣。"严氏对于《毛诗序》之说的前半部分认同,但是对于后半部分则予以否定。其后,范家相在《诗沈》中认为"此正是王与群臣祭毕,饮燕于寝,而群臣颂君之词,非父兄之答《行苇》也。《行苇》但言燕射而不言祭。此篇特言公尸嘉告,笾豆静嘉,明其为祭毕之燕也",指出这首诗的主旨不同于毛诗之说。程俊英在《诗经译注》中说得更为直白,认为"这是周王祭祀祖先,祝官代表神主对主祭者周王的祝词"。而高亨《诗经今注》中也点明"这首诗当是祝官致嘏辞后所唱的歌,可以称为嘏歌"。程、高二说实际上相同,都认为是祝词之乐歌。

对于"公尸"的指代,有歧义。尸之本义有三,一说像人高坐,如坐在几上;一说像人屈膝坐在地上;一说像人蹲踞。古代祭祀时,生者因不忍见至亲不在,乃以活人"尸"代表死者接受祭礼,甚至享用祭品,如《仪礼·士虞礼》有"尸饭"。"尸"又可指代表死者的"神主牌",古代"载尸以行"就是指持神主牌巡行,后世仍由嫡亲持"神主牌"进行祭祀。《小雅·楚茨》中的"神具醉止,皇尸载起。钟鼓送尸,神保聿归",也是指这种祭祀活动。天子行祭,尸用卿大夫。由于以卿为尸,故称公尸。公尸起则表明祭祀结束,《乐府诗集·郊庙歌辞十一》:"公尸既起,享礼载终。"

本诗通篇都是祝福之词,以赋法铺出,"既醉以酒"表明神主享受祭品,"既饱以德"表明神主感受到主祭者的诚心,从而降福。全诗从尽孝、治家、多仆等方面娓娓道来,显出神意降福的确凿。从诗的艺术手法看,善于运用半顶针修辞格是此诗的一个特色,各章之间以纯粹的顶针格相连贯,形式上如方玉润《诗经原始》所说能够"蝉联而下,次序分明",产生"大珠小珠落玉盘"之效。

凫鹥[1]

凫鹥在泾[2],公尸来燕来宁[3]。
尔酒既清[4],尔肴既馨[5]。
公尸燕饮,福禄来成[6]。

凫鹥在沙[7]，公尸来燕来宜[8]。

尔酒既多，尔肴既嘉。

公尸燕饮，福禄来为[9]。

凫鹥在渚[10]，公尸来燕来处[11]。

尔酒既湑[12]，尔肴伊脯[13]。

公尸燕饮，福禄来下。

凫鹥在潀[14]，公尸来燕来宗[15]。

既燕于宗[16]，福禄攸降。

公尸燕饮，福禄来崇[17]。

凫鹥在亹[18]，公尸来止熏熏[19]。

旨酒欣欣[20]，燔炙芬芬[21]。

公尸燕饮，无有后艰[22]。

【注释】

[1]凫:野鸭。鹥:沙鸥。[2]泾:径直前流之水。[3]尸:神主。燕:通"宴"，宴饮。宁:享安宁。[4]尔:指主祭者，即周王。[5]肴:菜肴。馨:香气。[6]成:成就，成全。[7]沙:水边沙滩。[8]宜:顺，安享。[9]为:帮助。[10]渚:河流湖泊中的沙洲。[11]处:安乐。这里指坐。[12]湑:指酒过滤去滓。酒去滓后则变清，故有"清"义。[13]伊:语助词。脯:肉干。[14]潀:港汊，水流汇合之处。[15]宗:借为"悰"，快乐。[16]宗:宗庙，祭祀祖先的庙。[17]崇:高，此作动词，加高，增加。[18]亹:峡中两岸对峙如门的地方。[19]熏熏:同"薰薰"，香味四传。[20]旨:甘美。[21]燔炙:指烤肉。芬芬:肉味香浓貌。[22]艰:灾难，不幸。

【译文】

野鸭鸥鸟河中央，公尸赴宴多安详。

你的美酒清又醇,你的菜肴味道香。

公尸赴宴来品尝,福禄大大为你降。

野鸭鸥鸟沙滩上,公尸赴宴来歆享。

你的美酒好又多,你的菜肴美又香。

公尸赴宴来品尝,助你福禄长安康。

野鸭鸥鸟在洲渚,公尸赴宴来居住。

你的美酒已滤清,你的菜肴有干脯。

公尸赴宴来品尝,为你降下大福禄。

野鸭鸥鸟港汊中,公尸赴宴位居尊。

已在宗庙设酒席,福禄降临你家门。

公尸赴宴来品尝,福禄不断降你身。

野鸭鸥鸟在峡门,公尸赴宴醉醺醺。

美酒饮来欣欣乐,烧肉烤肉香喷喷。

公尸赴宴来品尝,从此太平无艰辛。

【题解】

关于本诗的主旨,《毛诗序》指出是"守成也",是为"太平之君子能持盈守成,神祇祖考安乐之也"而作的颂诗。孔颖达进一步发挥毛诗的意思,指出:"《凫鹥》诗者,言保守成功不使失坠也。致太平之君子成王,能执持其盈满,守掌其成功,则神祇祖考皆安宁而爱乐之矣。故作此诗以歌其事也。"但是对于毛说和孔说,历来有争议,如范处义在《诗补传》中辨析道:"《既醉》《凫鹥》皆祭毕燕饮之诗,故皆言公尸,然《既醉》乃诗人托公尸告嘏以祷颂,《凫鹥》则诗人专美公尸之燕饮。"胡承珙也主张这一观点,他在《毛诗后笺》中说:"《既醉》为正祭后燕饮之诗,《凫鹥》为事尸日燕饮之诗。"程俊英在《诗经译注》中解释得比较直白,指出这是周王祭祀祖先的第二天,为酬谢公尸请其赴宴时所唱的诗,更妥帖圆通。

关于此诗的创作背景,向来存有争议。按照周礼规定,周天子及诸侯祭祀之时,礼仪繁复,往往第一日祭祀神灵,被称作正祭,届时装扮神灵之人谓之"公尸"。第二日,天子、诸侯宴饮公尸,是谓"绎祭"。关于这一点,在《尚书·高宗肜日》中载有"高宗肜日",孔颖达引郑玄之言解释为"祭天地社稷山川五祀皆有绎祭"。今人高亨《诗经今注》也说:"周代贵族在祭祀祖先的次日,为了酬谢尸的辛劳,摆下酒食,请尸来吃,这叫作'宾尸',这首诗正是行宾尸之礼所唱的歌。"

本诗共五章,每章六句。本诗的主要内容是描绘野鸭、沙鸥在水泽畔欢快地嬉戏觅食,以之作为起兴,引出"公尸"来到宗庙接受宾尸之礼,人们在祭祀之后答谢"公尸",献上的酒清醇、甘甜,献上的食物香酥美味,借此希望"公尸"在沟通献祭的人们与受祭之神时能够多多为之祈求赐福。

假　　乐[1]

假乐君子[2],显显令德[3]。
宜民宜人[4],受禄于天。
保右命之[5],自天申之[6]。

干禄百福[7],子孙千亿[8]。
穆穆皇皇[9],宜君宜王。
不愆不忘[10],率由旧章[11]。

威仪抑抑[12],德音秩秩[13]。
无怨无恶,率由群匹[14]。
受福无疆,四方之纲[15]。

之纲之纪,燕及朋友[16]。

百辟卿士[17]，媚于天子[18]。

不解于位[19]，民之攸塈[20]。

【注释】

　　[1]假：通"嘉"，美好。乐：音乐。[2]君子：指周王。[3]令德：美德。[4]宜：适合。民：庶民。人：指群臣。[5]保右：即保佑。命：即上天的旨意。[6]申：重复。[7]干：祈求。[8]千亿：虚数，极言其多。[9]穆穆：肃敬。皇皇：光明。[10]忘：糊涂。[11]率：循。由：从。[12]抑抑：通"懿懿"，庄美之貌。[13]秩秩：有条不紊之貌。[14]群匹：众臣。[15]纲：纲纪，准绳。[16]燕：安。[17]百辟：众诸侯。[18]媚：爱。[19]解：通"懈"，怠慢。[20]塈：所。塈：安宁。

【译文】

风度翩翩而又快乐的周王，拥有万众钦仰的美好政德。

您顺应老百姓也顺应贵族，万千福禄自会从上天获得。

上天保护您恩佑您授命您，更多的福禄都由上天增设。

您追求到数以百计的福禄，您繁衍出千亿个子孙儿郎。

您总是保持庄严优雅形象，称得上合格的诸侯或君王。

您从来不违法不胆大妄为，凡事都认真遵循祖制规章。

您保持着严整的仪表形象，您拥有严谨的政声美名扬。

您从来不结怨也没有交恶，凡事都是和群臣们共商量。

您配享那上天授受的福禄，堪为天下四方诸侯的榜样。

贵为天子担得起天下纲纪，让身边大小臣工得享安逸。

天下诸侯大小臣工和士子，也都热爱拥戴着周王天子。

正因为您勤于政事不懈怠，使天下百姓得以休养生息。

【题解】

本诗的题旨,有多种说法。一说是为了赞美周成王,如《毛诗序》指出"《假乐》,嘉成王也",孔颖达更进一步解释说:"作《假乐》诗者,所以嘉美成王也。经之所云,皆是嘉也。正诗例不言美,以见为经之正,因训假为嘉,故转经以见义,且乘上篇为次,以其能守成功,故于此嘉美之也"。朱熹在《诗集传》中则认为:"疑此即公尸之所以答《凫鹥》者也。"一说是为了赞美周宣王,如魏源在《诗古微》中认为:"《假乐》,美宣王之德也。宣王能顺天地,祚子孙千亿,卿士多贤,皆得获天佑所致也。"当代学者如赵逵夫等,也认为这是一首描写周宣王行冠礼的赞美诗。关于周宣王,《史记·周本纪》中记载他"修政,法文、武、成、康之遗风,诸侯复宗周",对于周王室的群臣来说,匡复周室的重任只能寄托于周宣王身上,为此周宣王的冠礼便自然而然地成为周室至关重要的事情。若果真如此,那这首诗便是当时行冠礼时所采用的冠词,极有可能是当时周宣王的大臣召穆公所作。还有一种则认为是赞美周武王的,如何楷在《诗经世本古义》中认为:"《假乐》,赞美武王之德,为祭武王之诗。"

全诗共四章,从具体内容而言,诗中对主人公的描绘重在写他有美好的仪容、高尚的品德,能"受福无疆"而成为天下臣民、四方诸侯的"纲纪",通过写实的手笔勾勒出这场盛大的冠礼场景。从深层来讲,本诗从赞扬受冠礼者的德行品格来表达对周宣王的无限期待和信赖,希望他能"不愆不忘"、一丝不苟地遵循文、武、成、康的典章制度,能够听从大臣们的建议劝谏,表现了周朝宗室,特别是急切希望振兴周王朝的中兴大臣对一个年轻君主的深厚感情和殷切期望。

公　刘

笃公刘[1],匪居匪康[2]。

乃埸乃疆[3],乃积乃仓[4],

乃裹糇粮[5]。

于橐于囊[6],思辑用光[7]。

弓矢斯张[8],干戈戚扬[9],

爰方启行。

笃公刘,于胥斯原[10]。

既庶既繁[11],既顺乃宣[12],

而无永叹。

陟则在巘[13],复降在原。

何以舟之[14]?

维玉及瑶,鞞琫容刀[15]。

笃公刘,逝彼百泉[16],

瞻彼溥原[17]。

乃陟南冈,乃觏于京[18]。

京师之野[19],于时处处[20],

于时庐旅[21]。

于时言言,于时语语。

笃公刘,于京斯依。

跄跄济济[22],俾筵俾几[23]。

既登乃依,乃造其曹[24]。

执豕于牢[25],酌之用匏[26]。

食之饮之,君之宗之[27]。

笃公刘,既溥既长,

既景乃冈[28]。

相其阴阳[29],观其流泉。

其军三单[30],度其隰原[31],

彻田为粮[32]。

度其夕阳[33]，豳居允荒[34]。

笃公刘，于豳斯馆。

涉渭为乱[35]，取厉取锻[36]。

止基乃理[37]，爰众爰有[38]。

夹其皇涧[39]，溯其过涧[40]。

止旅乃密[41]，芮鞫之即[42]。

【注释】

[1]笃:诚实忠厚。[2]匪:不。居:安。康:宁。[3]场:田界。[4]积:露天堆粮之处,后亦称"庚"。仓:仓库。[5]糇粮:干粮。[6]于橐于囊:指装入口袋。[7]思辑:谓和睦团结。思,发语词。用光:以为荣光。[8]斯:发语词。张:准备,犹今语张罗。[9]干:盾牌。戚:斧。扬:大斧,亦名钺。[10]胥:视察。斯原:这里的原野。[11]庶、繁:人口众多。[12]顺:谓民心归顺。宣:舒畅。[13]陟:攀登。巘:小山。[14]舟:佩带。[15]鞞:刀鞘。琫:刀鞘口上的玉饰。[16]逝:往。[17]溥:广大。[18]觏:察看。京:高丘。[19]京师:古人因高山而聚居,后世因以所都为京师也。[20]于时:于是。时,通"是"。处处:居住。[21]庐旅:此二字古通用,即"旅旅",寄居的意思。此指宾旅馆舍。[22]跄跄济济:群臣有威仪之貌。跄跄,形容走路有节奏。济济,从容端庄之貌。[23]俾:使。筵:铺在地上坐的席子。[24]造:三家诗作告。曹:祭猪神。[25]牢:猪圈。[26]酌之:指斟酒。匏:葫芦,此指剖成的瓢,古称匏爵。[27]君之:指当君主。宗之:指当族主。[28]既景乃冈:登高望远,遍察四方。[29]相:视察。阴阳:指山之南北。南曰阳,北曰阴。[30]三单:谓分军为三,以一军服役,他军轮换。单,通"禅",意为轮流值班。[31]度:测量。隰原:低平之地。[32]彻田:周人管理田亩的制度。[33]夕阳:山西曰夕阳。[34]允荒:确实广大。[35]渭:渭水。乱:横流而渡。[36]厉:通"砺",磨刀石。锻:打铁,此指打铁用的石锤。[37]止基乃理:止为既,基为基地,理为治理。[38]爰众爰有:谓人多且富有。[39]皇

涧:豳地水名。[40]过涧:亦水名,"过"读平声。[41]止旅乃密:指前来定居的人口日渐稠密。[42]芮:水名,出吴山西北。鞠:水外也。

【译文】

忠厚我祖好公刘,不图安康和享受。
划分疆界治田畴,仓里粮食堆得厚,
包起干粮备远游。
大袋小袋都装满,大家团结光荣久。
佩起弓箭执戈矛,盾牌刀斧都拿好,
向着前方开步走。

忠厚我祖好公刘,察看豳地谋虑周。
百姓众多紧跟随,民心归顺舒畅透,
没有叹息不烦忧。
忽登山顶远远望,忽下平原细细瞅。
身上佩带什么宝?
美玉琼瑶般般有,鞘口玉饰光彩柔。

忠厚我祖好公刘,沿着溪泉岸边走,
广阔原野漫凝眸。
登上高冈放眼量,京师美景一望收。
京师四野多肥沃,在此建都美无俦,
快快去把宫室修。
又说又笑喜洋洋,又笑又说乐悠悠。

忠厚我祖好公刘,定都京师立鸿猷。
群臣侍从威仪盛,赴宴入席错觥筹。
宾主依次安排定,先祭猪神求保佑。
圈里抓猪做佳肴,且用瓢儿酌美酒。

酒足饭饱情绪好,推选公刘为领袖。

忠厚我祖好公刘,又宽又长辟地头,
丈量平原和山丘。
山南山北测一周,勘明水源与水流。
组织军队分三班,勘察低地开深沟,
开荒种粮治田畴。
再到西山仔细看,豳地广大真非旧。

忠厚我祖好公刘,豳地筑宫环境幽。
横渡渭水驾木舟,砺石锻石任取求。
块块基地治理好,民康物阜笑语稠。
皇涧两岸人住下,面向过涧豁远眸。
移民定居人稠密,河之两岸再往就。

【题解】

　　本诗的主旨应该比较明晰,但是历代解诗者却有分歧。如《毛诗序》中认为"《公刘》,召康公戒成王也。成王将莅政,戒以民事,美公刘之厚于民,而献是诗也",将这首诗说成是召康公诫勉周成王之作。郑玄本着这一说法,更进一步解释:"公刘者,后稷之曾孙也。夏之始衰,见迫逐,迁于豳,而有居民之道。成王始幼少,周公居摄政,反归之。成王将莅政,召公与周公相成王为左右。召公惧成王尚幼稚,不留意于治民之事,故作诗美公刘以深戒之也。"

　　但是,很明显这一说法有些牵强迂腐。所以,历来有不赞成此说者,方玉润直接辨析毛说之误,认为:"《序》以此为召康公作者,盖因《七月》既属之周公,则此诗不能不属诸召公矣。其有心附会周、召处,明白显然。"《毛诗序》的牵强迂腐,被方氏一语道破。

　　其实,这首诗的主旨很明确,就如王先谦在《诗三家义集疏》中所指出的那样,是"诗专美公刘,不关戒成王,亦不言召公作"。公刘,陆德明在《经典释文》中引用《尚书大传》解释为"公,爵;刘,名也",后世多合称为公刘。夏太康之时,后稷的儿子不窋失掉周人历来主管农业的职守,自窜于戎狄之间,其后不窋生鞠陶,鞠陶生公刘,公刘迁豳,恢复了周祖后稷所主管的农事,使得周族以农业为本,人民逐渐富庶起来。这段历史,据《史记·周本纪》记载:"公刘虽在戎狄之间,复修后稷之业,务耕种,行地宜。自漆沮渡渭,取材用。行者有资,居者有蓄积。民赖其庆,百姓怀之,多徙而保归焉。周道之兴自此始,故诗人歌乐思其德",将公刘在周族历史上的重要地位点明,如此而为之作歌颂之应该可以理解。

而且从本诗的位置而言,它上承《生民》,下接《绵》。从三篇所写的内容而言,《生民》写周人始祖在邰从事农业生产,周人为此作歌颂之。而《绵》则写古公亶父自豳迁居岐下以及周文王在此基础上奋发图强使得周族基业得到进一步发展,周人为此作歌颂之。本诗写公刘由邰迁豳开疆创业,周人为此作歌颂之。

本诗共六章,每章十句,均以"笃公刘"开始。第一章写公刘迁徙之前的准备,后面各章写公刘率领周人到达豳地之后的各种举措,诗篇将公刘开拓疆土、建立邦国的过程,描绘得清清楚楚。而且本诗的特点是在行动中展示当时的社会风貌,在具体场景中刻画人物形象。全诗塑造了公刘这位周人先祖的伟大形象,他深谋远虑,具有开拓进取的精神,有组织才能,精通领导艺术,还能做到不辞劳苦,事无巨细,莫不躬亲。这样具有光辉形象的领导者,自然是周人要着重赞美的,也自然会成为后世子孙所效法的榜样。

泂　酌[1]

泂酌彼行潦[2],挹彼注兹[3],
可以餴饎[4]。
岂弟君子[5],民之父母。

泂酌彼行潦,挹彼注兹,

可以濯罍^[6]。

岂弟君子,民之攸归^[7]。

泂酌彼行潦,挹彼注兹,

可以濯溉^[8]。

岂弟君子,民之攸墍^[9]。

【注释】

[1]泂:远。酌:古通"爵",酒器。[2]行潦:路边的积水。[3]挹:舀出。注:灌入。[4]饎:蒸。[5]岂弟:即"恺悌",和乐平易。[6]罍:古酒器,似壶而大。[7]攸:所。归:归附。[8]溉:洗。[9]墍:息,归。

【译文】

远舀路边积水潭,把这水缸都装满,

可以蒸菜也蒸饭。

君子品德真高尚,好比百姓父母般。

远舀路边积水坑,舀来倒进我水缸,

可把酒壶洗清爽。

君子品德真高尚,百姓归附心向往。

远舀路边积水注,舀进水瓮抱回家,

可以洗涤和抹擦。

君子品德真高尚,百姓归附爱戴他。

【题解】

本诗的主旨和创作背景,历来聚讼纷纭。《毛诗序》认为是"召康公戒成王也。言皇天亲有德,飨有道也"之作。但是扬雄《博士箴》却指出这首诗应该是赞美公刘的,认为"公刘挹行潦而浊乱斯清,官操其业,士执其经"。王先谦在《诗三家义集疏》中则表示怀疑,他指出"三家以诗为公刘作,盖以戎狄浊乱之区而公刘居之,譬如行潦可谓浊矣,公刘挹而注之,则浊者不浊,清者自清。由公刘居豳之后,别田而养,立学以教,法度简易,人民相安,故亲之如父母。……其详则不得而闻矣",既然对于详细内容不能完全知晓,那么美公刘这一说法的正误也就难以稽考了。何楷从毛诗的说法,在《诗古义》中解释为"召康公教成王以岂弟化庶殷也"。但这些说法大都迂远,不如高亨在《诗经今注》中说得直白,他认为"这是一首为周王或诸侯颂德的诗,集中歌颂他能爱人民,得到人民的拥护",这种解说更为圆通。其实从诗义来看,这可能是一首在家族内部大型宴会上唱的雅歌,疑似与《公刘》同在一个宴会上,是当时的周人对公刘的颂歌。

本诗共三章,均从远处流潦之水起兴,流潦之水本来浑浊且处于远方,从而容易被人弃之不用,视作无用之物,但是若能够"挹彼注兹",则可以用来蒸煮食物、洗濯酒器,从而使之成为有用之物。将此意引申到治民之上,那些远土之民、不愿归化之人,其实只要上位者能够施之以仁义,便自然可以使他们感恩戴德、心悦诚服地前来归附。

卷　　阿[1]

有卷者阿[2],飘风自南[3]。
岂弟君子[4],来游来歌,
以矢其音[5]。

伴奂尔游矣[6],优游尔休矣[7]。
岂弟君子,俾尔弥尔性[8],
似先公酋矣[9]。

尔土宇昄章[10],亦孔之厚矣[11]。
岂弟君子,俾尔弥尔性,

百神尔主矣[12]。

尔受命长矣,茀禄尔康矣[13]。
岂弟君子,俾尔弥尔性,
纯嘏尔常矣[14]。

有冯有翼[15],有孝有德,
以引以翼[16]。
岂弟君子,四方为则[17]。

颙颙卬卬[18],如圭如璋[19],
令闻令望[20]。
岂弟君子,四方为纲。

凤凰于飞,翙翙其羽[21],
亦集爰止[22]。
蔼蔼王多吉士[23],维君子使,
媚于天子[24]。

凤凰于飞,翙翙其羽,
亦傅于天[25]。
蔼蔼王多吉人,维君子命,
媚于庶人。

凤凰鸣矣,于彼高冈。
梧桐生矣,于彼朝阳[26]。
菶菶萋萋[27],雍雍喈喈[28]。

君子之车,既庶且多[29]。

君子之马,既闲且驰[30]。

矢诗不多[31],维以遂歌[32]。

【注释】

　　[1]卷:卷曲。阿:大丘陵。[2]有卷:卷卷。[3]飘风:旋风。[4]岂弟:即"恺悌",和乐平易。[5]矢:陈,此指发出。[6]伴奂:无拘无束之貌。[7]优游:从容自得之貌。[8]俾:使。尔:指周天子。弥:终,尽。性:同"生",生命。[9]似:同"嗣",继承。酋:同"猷",谋划。[10]昄章:版图。[11]孔:很。[12]主:主祭。[13]莆:通"福"。[14]纯嘏:大福。[15]冯:辅。翼:助。[16]引:牵挽。[17]则:标准。[18]颙颙:庄重恭敬。卬卬:气概轩昂。[19]圭:古代玉制礼器,长条形,上端尖。璋:也是古代玉制礼器,长条形,上端作斜锐角。[20]令:美好。闻:声誉。[21]翙翙:鸟展翅振动之声。[22]爰:而。[23]蔼蔼:众多貌。吉士:贤良之士。[24]媚:爱戴。[25]傅:至。[26]朝阳:指山的东面,因其早上为太阳所照,故称。[27]萋萋:草木茂盛貌。[28]雍雍喈喈:鸟鸣声。[29]庶:众。[30]闲:娴熟。[31]不多:很多。不,读为"丕",大。[32]遂:对。

【译文】

曲折丘陵风光好,旋风南来声怒号。

和气近人的君子,到此遨游歌载道,

大家献诗兴致高。

江山如画任你游,悠闲自得且暂休。

和气近人的君子,终生辛劳何所求,

继承祖业功千秋。

你的版图和封疆,一望无际遍海内。

和气近人的君子,终生辛劳有作为,

主祭百神最相配。

你受天命长又久,福禄安康样样有。
和气近人的君子,终生辛劳百年寿,
天赐洪福永享受。

贤才良士辅佐你,品德崇高有权威,
匡扶相济功绩伟。
和气近人的君子,垂范天下万民随。

贤臣肃敬志高昂,品德纯洁如圭璋,
名声威望传四方。
和气近人的君子,天下诸侯好榜样。

高高青天凤凰飞,百鸟展翅紧相随,
凤停树上百鸟陪。
周王身边贤士萃,任您驱使献智慧,
爱戴天子不敢违。

青天高高凤凰飞,百鸟纷纷紧相随,
直上晴空迎朝晖。
周王身边贤士萃,听您命令不辞累,
爱护人民行无亏。

凤凰鸣叫示吉祥,停在那边高山冈。
高冈上面生梧桐,面向东方迎朝阳。
枝叶茂盛郁苍苍,凤凰和鸣声悠扬。

迎送贤臣马车备,车子既多又华美。
迎送贤臣有好马,奔腾熟练快如飞。

贤臣献诗真不少,为答周王唱歌会。

【题解】

本诗的主旨,聚讼纷纭。《毛诗序》认为是"言求贤用吉士也",陈子展《诗三百解题》中则认为是"召康公随从成王避暑卷阿,颂德、答歌而作",何楷《诗经世本古义》则认为是"周公之戒成王也"的游观之作。为此,朱熹还分析道:"此诗旧说亦召康公作。疑公从成王游歌于卷阿之上,因王之歌,而作此以为戒。"《易林》载"召公避暑曲阿,凤凰来集,因而作诗",《汲冢纪年》载"成王三十三年,游于卷阿,召康公从",确实有出游之事,那么此诗很可能就是为此而作。

从诗歌内容来看,"有卷者阿"说的是此次出游之地,"飘风自南"说的是此次出游之时,"岂弟君子"说的是此次出游之人,"来游来歌,以矢其音"说的是此次出游作歌而记。因为本诗整体记叙简约而又全面,所以方玉润在《诗经原始》中称赞这首诗实在是"一段卷阿游宴小记"。诗中还多次称颂周王朝版图之广大,疆域之辽阔,周王之恩泽遍之于海内,为此才能够尽情娱乐、闲暇自得。可见本诗确实是对周王歌功颂德的诗篇,虽然思想上看似带有局限性,但颂美之中也带有劝诫的意思,所以可谓颂兼美刺。从艺术上来说,全诗内容丰富,体制宏大,结构完整,赋笔之外,兼用比兴,如以"如圭如璋"比喻贤臣之"颙颙卬卬",以凤凰百鸟比喻"王多吉士""王多吉人",所用之处贴切自然,令人耳目一新。

民　劳

民亦劳止[1],汔可小康[2]。

惠此中国[3],以绥四方[4]。

无纵诡随[5],以谨无良[6]。

式遏寇虐[7],憯不畏明[8]。

柔远能迩[9],以定我王。

民亦劳止,汔可小休。

惠此中国,以为民逑[10]。

无纵诡随,以谨惛怓[11]。

式遏寇虐,无俾民忧[12]。

无弃尔劳[13],以为王休[14]。

民亦劳止,汔可小息。

惠此京师,以绥四国。

无纵诡随,以谨罔极[15]。

式遏寇虐,无俾作慝[16]。

敬慎威仪,以近有德。

民亦劳止,汔可小愒[17]。

惠此中国,俾民忧泄。

无纵诡随,以谨丑厉[18]。

式遏寇虐,无俾正败[19]。

戎虽小子[20],而式弘大[21]。

民亦劳止,汔可小安。

惠此中国,国无有残。

无纵诡随,以谨缱绻[22]。

式遏寇虐,无俾正反[23]。

王欲玉女[24],是用大谏[25]。

【注释】

[1]止:语助词。[2]汔:庶几。康:安康,安居。[3]惠:爱。中国:周王朝直接统治的地区。[4]绥:安。[5]纵:放纵。诡随:诡诈欺骗。[6]谨:指谨慎提防。[7]式:发语词。寇虐:残害掠夺。[8]惛:曾,乃。[9]柔:爱抚。

能:亲善。[10]逑:聚合。[11]惽恢:喧嚷争吵。[12]俾:使。[13]尔:指在位者。劳:劳绩,功劳。[14]休:美,此指利益。[15]罔极:没有准则,没有法纪。[16]慝:恶。[17]愒:休息。[18]丑厉:恶人。[19]正:通"政"。[20]戎:你,指在位者。小子:年轻人。[21]式:作用。[22]缱绻:固结不解,指统治者内部纠纷。[23]正反:政治颠倒。[24]玉女:爱汝。[25]是用:是以,因此。

【译文】

人民实在太劳苦,但求可以稍安康。
爱护京师老百姓,安抚诸侯定四方。
诡诈欺骗莫纵任,谨防小人行不良。
掠夺暴行应制止,不怕坏人手段强。
远近人民都爱护,安我国家保我王。

人民实在太劳苦,但求可以稍休息。
爱护京师老百姓,可使人民聚一起。
诡诈欺骗莫纵任,谨防歹人起奸计。
掠夺暴行应制止,莫使人民添忧戚。
不弃前功更努力,为使君王得福气。

人民实在太劳苦,但求可以喘口气。
爱护京师老百姓,安抚天下四方地。
诡诈欺骗莫纵任,反复小人须警惕。
掠夺暴行应制止,莫让邪恶得兴起。
仪容举止要谨慎,亲近贤德正自己。

人民实在太劳苦,但求可以歇一歇。
爱护京师老百姓,人民忧愁得发泄。
诡诈欺骗莫纵任,警惕丑恶防奸邪。

掠夺暴行应制止，莫使国政变恶劣。

您虽年轻经历浅，作用巨大很特别。

人民实在太劳苦，但求可以稍舒服。

爱护京师老百姓，国家安定无残酷。

诡诈欺骗莫纵任，小人巴结别疏忽。

掠夺暴行应制止，莫使政权遭颠覆。

衷心爱戴您君王，大力劝谏为帮助。

【题解】

　　《民劳》一诗历来被认为是变雅的作品之一。关于变雅，《毛诗序》认为："至于王道衰，礼义废，政教失，国异政，家殊俗，而变风变雅作矣。"郑玄《诗谱序》说得更直接："及成王、周公致大平，制礼作乐，而有颂声兴焉，盛之至也。本之由此风雅而来，故皆录之，谓之《诗》之正经。后王稍更陵迟，懿王始受谮亨齐哀公，夷身失礼之后，邶不尊贤。自是而下，厉也幽也，政教尤衰，周室大坏，《十月之交》《民劳》《板》《荡》，勃尔俱作，众国纷然，刺怨相寻。五霸之末，上无天子，下无方伯，善者谁赏，恶者谁罚，纪纲绝矣！故孔子录懿王、夷王时诗，讫于陈灵公淫乱之事，谓之变风变雅。以为勤民恤功，昭事上帝，则受颂声，弘福如彼；若违而弗用，则被劫杀，大祸如此。吉凶之所由，忧娱之萌渐，昭昭在斯，足作后王之鉴，于是止矣。"郑玄指出："传曰'文王基之，武王凿之，周公内之'，谓其道同，终始相成，比而合之，故《大雅》十八篇、《小雅》十六篇为正经……《大雅·民劳》《小雅·六月》之后，皆谓之变雅，美恶各以其时，亦显善惩过，正之次也。"孔颖达也认为："《民劳》《六月》之后，其诗皆王道衰乃作，非制礼所用，故谓之变雅也。"惠周惕《诗说》解释得较为全面，其说"正变之说出于《大序》，而文中子取以说《豳风》，其后诸儒皆从之。渔仲始倡风雅无正变之论，而叶氏、章氏因之。二者反复，莫能相一。以余观之，正变犹美刺也。诗有美不能无刺，故有正不能无变"。《毛诗序》断为"刺厉王"之作，而被后世称为"厉王变大雅"的五篇作品分别为《民劳》《板》《荡》《抑》《桑柔》。

本诗的主旨,《毛诗序》认为是"召穆公刺厉王也",郑玄发挥此意解释为:"厉王,成王七世孙也,时赋敛重数,徭役繁多,人民劳苦,轻为奸宄,强陵弱,众暴寡,作寇害,故穆公刺之。"

本诗共五章,每章十句,句式整齐,结构谨严。开篇便指出人民已经很劳苦,应该要稍稍休息。然后"惠此中国,以绥四方"指出王都附近的京畿之地尤其重要,应该凭此来抚爱国中百姓,以使王室之内的四境得以安定。同时用"无纵诡随,以谨无良"来规劝统治者不应受奸狡、诡诈之徒的欺骗,要做到"以为民逑""以绥四国""俾民忧泄""国无有残"与"以谨惛怓""以谨罔极""以谨丑厉""以谨缱绻",正是围绕如何恤民防奸、保民止乱来反复申言。

板

上帝板板[1],下民卒瘅[2]。
出话不然[3],为犹不远[4]。
靡圣管管[5],不实于亶[6]。
犹之未远,是用大谏[7]。

天之方难,无然宪宪[8]。
天之方蹶[9],无然泄泄[10]。
辞之辑矣[11],民之洽矣[12]。
辞之怿矣[13],民之莫矣[14]。

我虽异事,及尔同僚[15]。
我即尔谋,听我嚣嚣[16]。
我言维服[17],勿以为笑。
先民有言,询于刍荛[18]。

天之方虐,无然谑谑[19]。

老夫灌灌[20],小子蹻蹻[21]。

匪我言耄[22],尔用忧谑。

多将熇熇[23],不可救药。

天之方懠[24],无为夸毗[25]。

威仪卒迷[26],善人载尸[27]。

民之方殿屎[28],则莫我敢葵[29]?

丧乱蔑资[30],曾莫惠我师[31]?

天之牖民[32],如埙如篪[33]。

如璋如圭[34],如取如携。

携无曰益[35],牖民孔易。

民之多辟[36],无自立辟[37]。

价人维藩[38],大师维垣[39]。

大邦维屏[40],大宗维翰[41]。

怀德维宁,宗子维城[42]。

无俾城坏,无独斯畏。

敬天之怒,无敢戏豫[43]。

敬天之渝[44],无敢驰驱[45]。

昊天曰明[46],及尔出王[47]。

昊天曰旦,及尔游衍[48]。

【注释】

　　[1]板板:反,指违背常道。[2]卒瘅:劳累多病。卒,通"瘁"。[3]不然:不对,不合理。[4]犹:通"猷",谋划。[5]靡圣:不把圣贤放在眼里。管管:任意放纵。[6]亶:诚信。[7]大谏:郑重劝诫。[8]无然:不要这样。宪

宪:欢欣喜悦之貌。[9]蹶:动乱。[10]泄泄:通"呭呭",妄加议论。[11]
辞:指政令。辑:调和。[12]洽:融洽,和睦。[13]怿:败坏。[14]莫:通
"瘼",疾苦。[15]及:与。同僚:同事。[16]嚣嚣:同"聱聱",不接受意见之
貌。[17]维:是。服:用。[18]询:征求,请教。刍:草。荛:柴。此指樵夫。
[19]谑谑:嬉笑之貌。[20]灌灌:款款,诚恳之貌。[21]蹻蹻:傲慢之貌。
[22]匪:非,不要。耄:八十为耄。此指昏愦。[23]将:行,做。熇(hè)熇:
火势炽烈之貌,此指一发而不可收。[24]憯:愤怒。[25]夸毗:卑躬屈膝,谄
媚曲从。[26]威仪:指君臣间的礼节。卒:尽。迷:混乱。[27]载:则。尸:
祭祀时由人扮成的神尸,终祭不言。[28]殿屎:呻吟。[29]葵:通"揆",猜
测。[30]蔑:无。资:财产。[31]惠:施恩。师:此指民众。[32]牖:通
"诱",诱导。[33]埙:古陶制椭圆形吹奏乐器。篪:古竹制管乐器。[34]
璋、圭:朝廷用玉制礼器。[35]益:通"隘",阻碍。[36]辟:通"僻",邪僻。
[37]立辟:制定法律。辟,法。[38]价:同"介",善。维:是。藩:篱笆。
[39]大师:大众。垣:墙。[40]大邦:指诸侯大国。屏:屏障。[41]大宗:指
与周王同姓的宗族。翰:骨干,栋梁。[42]宗子:周王的嫡子。[43]戏豫:游
戏娱乐。[44]渝:改变。[45]驰驱:指任意放纵。[46]昊天:上天。明:光
明。[47]王:通"往"。[48]游衍:游荡。

【译文】

上帝昏乱背离常道,下民受苦多病辛劳。
说出话儿太不像样,作出决策没有依靠。
无视圣贤刚愎自用,不讲诚信是非混淆。
执政行事太没远见,所以要用诗来劝告。

天下正值多灾多难,不要这样作乐寻欢。
天下恰逢祸患骚乱,不要如此一派胡言。
政令如果协调和缓,百姓便能融洽自安。
政令一旦坠败涣散,人民自然遭受苦难。

我与你虽各司其职,但也与你同僚共事。
我来和你一起商议,不听忠言还要嫌弃。
我言切合治国实际,切莫当作笑话儿戏。
古人有话不应忘记,请教樵夫大有裨益。

天下近来正闹灾荒,不要纵乐一味放荡。
老人忠心诚意满腔,小子如此傲慢轻狂。
不要说我老来乖张,被你当作昏愦荒唐。
多行不义事难收场,不可救药病入膏肓。

老天近来已经震怒,曲意顺从于事无补。
君臣礼仪都很混乱,好人如尸没法一诉。
人民正在呻吟受苦,我今怎敢别有他顾?
国家动乱资财匮乏,怎能将我百姓安抚?

天对万民诱导教化,像吹埙篪那样和洽。
又如璋圭相配相称,时时携取把它佩挂。
随时相携没有阻碍,因势利导不出偏差。
民间今多邪僻之事,徒劳无益枉自立法。

好人就像篱笆簇拥,民众好比围墙高耸。
大国犹如屏障挡风,同族宛似栋梁架空。
有德便能安定从容,宗子就可自处城中。
莫让城墙毁坏无用,莫要孤立忧心忡忡。

敬畏天的发怒警告,怎么再敢荒嬉逍遥。
看重天的变化示意,怎么再敢任性桀骜。
上天意志明白可鉴,与你一起来往同道。
上天惩戒无时不在,伴你一起出入游遨。

【题解】

　　这首诗的主旨据《毛诗序》所载,是凡伯"刺厉王"之作。朱熹《诗集传》:"亦与前篇相类,但责之益深切耳",认为是同列相戒之词,专为责讽同僚。陈子展《诗三百解题》:"《板篇》,凡伯大谏厉王,兼刺同僚之作",而"重在刺王"。程俊英《诗经译注》认为,这是诗人假托劝告同事,实际上是劝告厉王的诗。旧说认为此诗是周公的后代凡伯所作。有人考证凡伯就是共伯和,后人对这首诗是他所作并无异议。

　　凡伯到底是谁?郑笺:"凡伯,周同姓,周公之胤也,入为卿士。"孔疏:"僖二十四年,《左传》曰:'凡、蒋、邢、茅、胙、祭,周公之胤也。'知为王卿士者,以《经》云:'我虽异事,及尔同寮。'是为王官也。以其伯爵,故宜为卿士。《瞻卬》,凡伯之刺幽王。《春秋》隐七年,'天王使凡伯来聘'。世在王朝,盖畿内之国。杜预云:'汲郡共县东南有凡城。'共县于汉属河内郡,盖在周东都之畿内也。"陈奂《诗毛氏传疏》:"凡,周公之胤,畿内国,入为王官。《续汉书·郡国志》:'河内郡,共,有汜亭。'刘昭注云,凡伯邑,今河南卫辉府辉县西南有故凡城,即其地也。"王先谦《诗三家义集疏》:"《后汉·李固传》:固对策云,……先圣法度,所宜坚守。政教一跌,百年不复。《诗》云:上帝板板,下民卒瘅。刺周王变祖法度,故使下民将尽病也。……李注言凡伯刺厉王,亦有反先王之道,下人尽病。与《鲁说》合。皆与《毛序》泛言凡伯刺厉王者异。盖本《韩诗序》说。《齐说》当同。"可见诗旨今古文叙说大体相同,只是详略不同而已。

　　凡伯与共伯和是一人吗?关于共伯和,《庄子》曰:"故许由娱于颍阳,而共伯得乎共首。"郭象注曰:"共和者,周王子孙也。怀道抱德,食封于共,厉王之难,诸侯立之。宣王立,乃废。立之不喜,废之不怒。"《吕氏春秋》:"共伯和修其行,好贤仁,而海内皆以来为稽矣。周厉之难,天子旷绝,而天下皆来谓矣。"《鲁连子》:"共伯名和,好行仁义,诸侯贤之。厉王奔彘,诸侯奉和以行天子事。十四年厉王死。共伯使诸侯奉王子静,是为宣王,共伯复归于卫。"《竹书纪年》:"共伯和干王位,故曰共和","厉王十三年,王在彘。共伯和即于王位。二十六年大旱,王陟于彘。周公召公立太子静为王"。又沈约注曰："大旱既久，庐舍俱焚。卜于太阳，兆曰：汾王为祟。乃立太子静。共伯和遂归国。和有至德，尊之不喜，废之不怒。逍遥得志于共山之道。"《史记》："召公周公二相行政，号曰共和。"

那么凡伯与共伯和之关系到底是怎样的呢？魏源《诗古微》说："汉武建元以前本无年号，惟《史记·年表》起自共和以来，若周秦古籍，则《吕览》《庄子》《汲冢纪年》《鲁连子》皆无改元共和之说，足征周召行政号曰共和之诬矣。本非年号，何斥名之有？《古今人表》：共伯和在厉王世，居中品之上。孟康谓入为三公，正符《左传》诸侯释位以间王政之说，则其年仍皆厉王之年。《鲁连子》谓共伯使诸侯复奉王子靖，而自归于卫。则即《地里志》：共，属河内郡，故共国，北山淇水所出，所谓共山之首也。共地后入于卫，故《鲁连》以归卫为言。而杜预谓共县东南有凡城。《郡县志》：共有汎亭。即《雅》诗凡伯之国。则共地即凡国。古者多以所都名国，故殷与商并称，康与晋并称，以及梁、魏、韩、郑皆然。凡之即共，亦犹是已。凡、蒋、邢、茅、胙、祭，皆周公之胤。而凡伯《板诗》作于厉王时，已称老夫灌灌，则其年必长于周召二公，故二公从民望而推之，以亲贤镇抚海内。其后归老于凡，并释侯位不居，而老于共山之首，故天下皆以共伯称焉。犹厉王终于汾上，谓之汾王，以见其失王位；此称共伯，则表其并辞侯位也。《易林》云：下泉苞粮，十年无王。郇伯遇时，忧念周京。即《桑柔》篇天降丧乱，灭我立王之事，亦即《吕览》厉王时天子旷纪之事，亦即《左传》诸侯释位以间王政之事。是岂子虚乌有之人，而可曲傅为周召之共和乎？至《大雅》末，《瞻卬》《召旻》幽王之凡伯，则距厉王时六十余年，必其继世之子孙。犹《春秋》戎伐凡伯于楚丘，又非《召旻》之凡伯也。《召旻》卒章曰，昔先王受命，有如召公，日辟国百里。正谓召穆公与其先人佐宣中兴，疆理至于南海，幽王所及见也。苟谓追述召康公分陕之盛，则何以不及周公乎？"

其实，西周从周夷王开始衰落不振，到周厉王执政之时，听信小人之言，尤其暴虐，导致一时间朝纲大坏、民不堪命。《国语》所记载的"邵公谏厉王弭谤"一事，就是对周厉王暴虐无道的真实反映。正如邵公所言"防民之口，甚于防川"，尽管当时周厉王在国内对敢言者采取了监视和屠杀的严厉手段，但是国都之人仍然用种种不同的形式来宣泄心中的不满，可见当时应该有很多对周厉王的批评之言。因此,这首诗可能就是为讽刺周厉王而作,而它的创作时间应该是在国人暴动、驱逐厉王出镐京之后到共和执政之前的那一段混乱时期。

本诗开宗明义,一开始就用简练的语言,明确说出作诗劝谏的目的和原因,对上位者昏乱之行、违背常道,导致普天之下多灾多难,给予了一系列的揭露和谴责。对于"下民"的"卒瘅",作者倾注极大的关心和同情,希望上位者能够作出改变以使得百姓摆脱苦难。诗中谴责、同情汇聚,劝说、警告并用,在言事说理方面显得更为全面透彻,同时也表现了作者忧国忧民的一片拳拳之心,忠贞可鉴。

这首诗中的民本思想是最为耀眼的,作者不仅把民众比作国家的城墙,而且提出了"惠师牖民"的主张,通过敬天的思想来警戒周王的"戏豫"和"驰驱",使其明白"天听自我民听,天视自我民视"的道理。全诗正言直说仿佛一封谏书,将作者坦荡心胸、激烈感情付诸文字,影响之大,为古今少有。

荡

荡荡上帝[1],下民之辟[2]。
疾威上帝[3],其命多辟[4]。
天生烝民[5],其命匪谌[6]。
靡不有初,鲜克有终[7]。

文王曰咨[8],咨女殷商[9]!
曾是彊御[10],曾是掊克[11],
曾是在位,曾是在服[12]。
天降滔德[13],女兴是力[14]。

文王曰咨,咨女殷商!
而秉义类[15],彊御多怼[16]。

流言以对,寇攘式内[17]。
侯作侯祝[18],靡届靡究[19]。

文王曰咨,咨女殷商!
女炰烋于中国[20],敛怨以为德。
不明尔德,时无背无侧[21]。
尔德不明,以无陪无卿[22]。

文王曰咨,咨女殷商!
天不湎尔以酒[23],不义从式[24]。
既愆尔止[25],靡明靡晦。
式号式呼[26],俾昼作夜。

文王曰咨,咨女殷商!
如蜩如螗[27],如沸如羹。
小大近丧[28],人尚乎由行[29]。
内奰于中国[30],覃及鬼方[31]。

文王曰咨,咨女殷商!
匪上帝不时[32],殷不用旧。
虽无老成人,尚有典刑[33]。
曾是莫听,大命以倾。

文王曰咨,咨女殷商!
人亦有言:"颠沛之揭[34],
枝叶未有害,本实先拨[35]。"
殷鉴不远,在夏后之世[36]。

【注释】

　　[1]荡荡:放荡不守法制之貌。[2]辟:君王。[3]疾威:暴虐。[4]辟:

邪僻。[5]烝:众。[6]谌:诚信。[7]鲜:少。克:能。[8]咨:感叹声。[9]
女:汝。[10]曾是:怎么这样。彊御:强横凶暴。[11]掊克:聚敛,搜刮。
[12]服:任。[13]滔:通"慆",放纵不法。[14]兴:助长。力:勤,努力。
[15]而:尔,你。秉:把持,此指任用。义类:善类。[16]怼:怨恨。[17]寇
攘:像盗寇一样掠取。式内:在朝廷内。[18]侯:于是。作、祝:诅咒。[19]
届:尽。究:穷。[20]怓怓:同"呶哮"。[21]无背无侧:不知有人背叛、反
侧。[22]陪:指辅佐之臣。[23]湎:沉湎,沉迷。[24]从:听从。式:任用。
[25]止:容止。[26]式:语助词。[27]蜩:蝉。螗:又叫蝘,一种蝉。[28]
丧:败亡。[29]由行:学老样。[30]奰:愤怒。[31]覃:延及。鬼方:指远
方。[32]时:善。[33]典刑:同"典型",指旧的典章法规。[34]颠沛:跌仆,
此指树木倒下。揭:举,此指树根翻出。[35]本:根。拨:败。[36]后:君主。

【译文】

上天骄纵又放荡,他是下民的君王。
上天贪心又暴虐,政令邪僻太反常。
上天生养众百姓,政令无信尽撒谎。
万事开头讲得好,很少能有好收场。

文王开口叹声长,叹你殷商末代王!
多少凶暴强横贼,敲骨吸髓又贪赃,
窃据高位享厚禄,有权有势太猖狂。
天降这些不法臣,助长国王逞强梁。

文王开口叹声长,叹你殷商末代王!
你任善良以职位,凶暴奸臣心快快。
面进谗言来诽谤,强横窃据朝廷上。
诅咒贤臣害忠良,没完没了造祸殃。

文王开口叹声长,叹你殷商末代王!

跋扈天下太狂妄,却把恶人当忠良。

知人之明你没有,不知叛臣结朋党。

知人之明你没有,不知公卿谁能当。

　

文王开口叹声长,叹你殷商末代王!

上天未让你酗酒,也未让你用匪帮。

礼节举止全不顾,没日没夜灌黄汤。

狂呼乱叫不像样,日夜颠倒政事荒。

　

文王开口叹声长,叹你殷商末代王!

百姓悲叹如蝉鸣,恰如落进沸水汤。

大小事儿都不济,你却还是老模样。

全国人民怒气生,怒火蔓延到远方。

　

文王开口叹声长,叹你殷商末代王!

不是上天心不好,是你不守旧规章。

虽然身边没老臣,还有成法可依傍。

这样不听人劝告,命将转移国将亡。

　

文王开口叹声长,叹你殷商末代王!

古人有话不可忘:"大树拔倒根出土,

枝叶虽然暂不伤,树根已坏难久长。"

殷商镜子并不远,应知夏桀啥下场。

【题解】

　　本诗与前诗一样,都是刺周厉王无道之作。《毛诗序》指出"《荡》,召穆公伤周室大坏也",认为"厉王无道,天下荡然无纲纪文章,故作是诗也"。孔颖达也认为"《荡》诗者,召穆公所作,以伤周室之大坏也",而且他还有更详细的分析:"以厉王无人君之道,行其恶政,反乱先王之政,致使天下荡荡然,法度废灭,无复有纲纪文章,是周之王室大坏败也,故穆公作是《荡》诗以伤之。"朱熹在《诗序辨说》中引用苏辙的话来说明本诗的得名问题,"《荡》之名篇以首句有'荡荡上帝'耳。《序》说云云,非本义也"。其实,程俊英在《诗经译注》中说得更明白晓畅,"这是诗人哀伤厉王无道、周室将亡的诗。全诗托古讽今,借文王指斥殷纣王的手法以刺厉王"。

《毛诗序》、孔疏皆谓召穆公所作,朱传阙如。邹忠胤《诗传阐》:"通篇托文王叹商,危言不讳,而卒不能启王之听。故异时彘之乱,国人围王宫。召公曰:'昔吾骤谏王,王不从,以及此难。'骤谏者,非独《春秋外传》所载谏监谤数语,盖《荡》之诗尤最危焉。"肯定作者为穆公。

全诗共八章,每章八句。第一章开篇即揭出"荡"字,作为全篇的纲领,用呼告语气来发出自己的疾呼,其后乃假托周文王慨叹殷纣王无道,提出前车之覆、后车之鉴的道理,希望周厉王能够接受历史教训。但是事实相反,周厉王不但没有注意殷鉴不远,反而"俾昼作夜"加倍暴虐,导致国人暴动,作者对此痛心疾首。

桑　柔[1]

菀彼桑柔[2],其下侯旬[3],
捋采其刘[4],瘼此下民[5]。
不殄心忧[6],仓兄填兮[7]。
倬彼昊天[8],宁不我矜[9]?

四牡骙骙[10],旟旐有翩[11]。
乱生不夷[12],靡国不泯[13]。
民靡有黎[14],具祸以烬[15]。
於乎有哀[16],国步斯频[17]。

国步蔑资[18],天不我将[19]。

靡所止疑[20]，云徂何往[21]？
君子实维[22]，秉心无竞[23]。
谁生厉阶[24]，至今为梗[25]？

忧心慇慇[26]，念我土宇[27]。
我生不辰[28]，逢天僤怒[29]。
自西徂东，靡所定处。
多我觏痻[30]，孔棘我圉[31]。

为谋为毖[32]，乱况斯削[33]。
告尔忧恤[34]，诲尔序爵[35]。
谁能执热[36]，逝不以濯[37]？
其何能淑[38]，载胥及溺[39]。

如彼遡风[40]，亦孔之僾[41]。
民有肃心[42]，荓云不逮[43]。
好是稼穑[44]，力民代食[45]。
稼穑维宝，代食维好。

天降丧乱，灭我立王[46]。
降此蟊贼[47]，稼穑卒痒[48]。
哀恫中国[49]，具赘卒荒[50]。
靡有旅力[51]，以念穹苍[52]。

维此惠君[53]，民人所瞻。
秉心宣犹[54]，考慎其相[55]。
维彼不顺，自独俾臧[56]。
自有肺肠[57]，俾民卒狂。

瞻彼中林,甡甡其鹿[58]。

朋友已譖[59],不胥以穀[60]。

人亦有言:进退维谷[61]。

维此圣人,瞻言百里[62]。

维彼愚人,覆狂以喜[63]。

匪言不能[64],胡斯畏忌[65]?

维此良人,弗求弗迪[66]。

维彼忍心,是顾是复。

民之贪乱,宁为荼毒[67]。

大风有隧[68],有空大谷。

维此良人,作为式谷。

维彼不顺,征以中垢[69]。

大风有隧,贪人败类[70]。

听言则对[71],诵言如醉[72]。

匪用其良,复俾我悖[73]。

嗟尔朋友,予岂不知而作[74]。

如彼飞虫[75],时亦弋获。

既之阴女[76],反予来赫[77]。

民之罔极[78],职凉善背[79]。

为民不利,如云不克[80]。

民之回遹[81],职竞用力[82]。

民之未戾[83],职盗为寇。

凉曰不可[84]，覆背善詈[85]。

虽曰匪予[86]，既作尔歌[87]。

【注释】

[1]桑柔：即柔桑。[2]菀(wǎn)：茂盛的样子。[3]侯：维，是。句：树荫遍布。[4]刘：剥落稀疏。指桑叶被采后，稀疏无叶。[5]瘼(mò)：病，害。[6]殄(tiǎn)：断绝。[7]仓兄(chuàng huǎng)：同"怆怳"，凄凉纷乱貌。填：通"陈"，长久。[8]倬(zhuō)彼：即"倬倬"，光明而广大貌。[9]宁：何。不我矜："不矜我"的倒文。矜，怜悯。[10]骙(kuí)骙：马奔驰不停貌。[11]旟旐(yú zhào)：画有鹰隼、龟蛇图案的旗。有翩：即"翩翩"，形容旌旗翻飞的样子。[12]夷：平定。[13]泯：乱。一说灭。[14]黎：众。[15]具：通"俱"。以：通"而"。烬：本指火烧后的灰烬，这里指人民遭遇战祸，剩余无几。[16]於(wū)乎：呜呼，哀痛之声。[17]国步：指国运。斯：这样。频：危急。[18]蔑：无。资：财。[19]不我将："不将我"之倒文。将，扶助。[20]止疑：停息。疑，同"凝"，定。[21]云：发语词。徂(cú)：往。[22]君子：指当时的贵族们。维：通"惟"，思。[23]秉心：存心。无竞：无争。[24]厉阶：祸端。[25]梗：灾害。[26]愍(yīn)愍：心痛的样子。[27]土宇：土地，房屋。[28]不辰：不时，指出生不是时候。[29]僤(dàn)怒：震怒。僤，大。[30]觏(gòu)：遇。痻(mín)：病，灾难。[31]棘：通"急"。圉(yù)：边疆。[32]惄：谨慎。[33]斯：乃。削：减少。[34]尔：指周厉王及当时的执政大臣。[35]序：次序，这里用作动词，意为合理安排。爵：官爵。[36]执热：解救炎热。[37]逝：发语词。濯：沐浴。[38]淑：善。[39]载：则，就。胥(xū)：皆，都。[40]遡(sù)：逆。[41]亦、之：都是语助词。僾(ài)：呼吸不畅的样子。[42]肃心：进取的心。[43]拼(pīng)：使。云：语助词。不逮：来不及，赶不上。[44]稼穑：农事的统称，春耕曰稼，秋收为穑。[45]力民：使人民辛苦劳作。代食：指任用聚敛之臣以代贤者担任官员、领取俸禄。[46]灭我立王：意为灭我所立之王，指周厉王被国人流放于彘的事。[47]蟊(máo)贼：两种专吃庄稼的害虫，蟊食苗根，贼吃苗节，"蟊贼"代指危害国家和人民的败类。[48]卒：完全。瘁：病。[49]恫(tòng)：痛。[50]赘

(zhuì):通"缀",连属。[51]旅力:体力。旅,通"膂"。[52]念:感动。[53]惠君:顺理的君主称惠君。惠,顺。[54]宣犹:明道。宣,明。犹,通"猷",道。[55]考慎:慎重考察。相:辅佐大臣。[56]臧:善。[57]自有肺肠:想法与众不同,别具一副心肝。实指坏心肠。[58]牲(shēn)牲:同"莘莘",众多的样子。[59]谮(jiàn):通"僭",相欺而不相信任。[60]胥(xū):相。以:同"与"。穀(gǔ):善。[61]进退维谷:谓进退两难。维,是。[62]瞻:远望。言:语助词。百里:指有远见。[63]覆:反而。[64]匪言不能:是"匪不能言"的倒文。匪,非。[65]胡:何。斯:这样。[66]迪:进。[67]宁:乃。荼毒:指毒害。荼,苦草。毒,毒虫毒蛇之类。[68]隧:形容大风疾速吹动。[69]征:往。以:而。中垢:指宫廷秽闻。中,内,指宫内。垢,污秽。[70]贪人:贪婪之人,即荣夷公等。《史记·周本纪》:"厉王即位三十年,好利,近荣夷公,芮良夫谏,厉王不听,卒用荣公为卿士用事。"败类:有人释为残害同类,有人训类为"善",均可通。[71]听言:顺从心意的话。对:答话。[72]诵言:忠劝的言语。[73]悖(bèi):违理。[74]予:芮良夫自称。而:你。[75]飞虫:指飞鸟。古人用"虫"泛指一切动物,鸟为羽虫,兽为毛虫,龟为甲虫,鱼为鳞虫,人为倮虫。故称虎为"大虫"。[76]既:已经。之:语助词。阴:通"谙",熟悉。女:汝。[77]赫:通"吓"。[78]罔极:无穷。[79]职:主张(下二章同)。凉:刻薄。善背:惯于背叛统治者。[80]云:语助词。克:胜。[81]回遹(yù):邪僻。[82]用力:指用暴力。[83]戾(lì):善。[84]凉:通"谅",诚恳。[85]背:背后。詈(lì):骂。[86]曰:语助词。匪:同"诽",诽谤。[87]既:终。作尔歌:为你作歌。

【译文】

> 青青桑叶密又嫩,桑树下面一片荫,
> 采完桑叶剩枝根,百姓受害难遮阳。
> 愁思绵绵缠我心,社会凄凉乱纷纷。
> 皇天能把善恶分,怎么不怜我老臣?
>
> 四马驾车奔走忙,旌旗乱飞空中扬。

天下纷扰不太平，举国动荡人心慌。
家家蒙难壮丁少，如受火烧尽遭殃。
言辞凄切心悲哀，国运艰难伤我怀。

世道艰难没钱粮，苍天不肯来扶帮。
难觅归宿无处住，哪里合适可前往？
君子常常苦思索，心地端正不好强。
这般祸乱是谁做，至今遗祸把人伤？

心中烦忧真恻怆，念我家园与故乡。
生不逢时我太惨，遇到老天怒气旺。
从那西方到东方，无处安身多凄凉。
遭遇灾祸多困苦，更有外患在边疆。

谋划谨慎寻良方，才使祸患可消亡。
奉劝你应体恤人，告诫你要任贤良。
谁在缓解炎热时，不用清水来冲凉？
小人治国没好处，大家受灾遭灭亡。

好像行动逆风向，呼吸不顺口难张。
百姓本有上进心，但却无处献力量。
重视春耕秋收事，百姓辛苦忙耕养。
耕种收获很重要，耕种之民最勤劳。

天降祸乱与死亡，要灭我们所立王。
降下害虫吃庄稼，各类作物都遭殃。
可怜我们老百姓，土地连年受灾荒。
没有人能献力量，如何虔诚感上苍。

贤明有德的君王,百姓爱戴都敬仰。
操劳国政苦筹谋,谨慎考察选臣相。
无德无行坏君王,独自一人把福享。
坏人自有坏心肠,让那国民气疯狂。

看那山林莽苍苍,群鹿嬉戏多欢畅。
同僚朋友却相谗,互不坦荡少善良。
人们也曾这样说,进退两难真彷徨。

幸好圣人眼明亮,目光远大视野广。
那些愚人真可笑,独自高兴太狂妄。
不是我们没能力,为何犹豫心惶惶?

只是这人心善良,无所求取没欲望。
然而那人太狠心,反复不定总无常。
百姓如今真慌乱,确因恶政苦难当。

大风迅疾呼呼响,深深山谷好空旷。
想这好人多善良,所作所为皆高尚。
想那坏人没道理,行为不检真肮脏。

大风迅疾呼呼响,贪财败类是一帮。
顺耳的话就回答,逆耳的话装醉样。
贤良之士被排斥,反而视我为悖狂。

我的朋友你何必,岂不知你装模样。
好比那些高飞鸟,有时也被射落网。
我已知晓你底细,反来威吓真愚妄。

行政不利民扰攘，因你悖理欺善良。

尽做有碍人民事，甚至还嫌不理想。

百姓要走险恶路，因你施暴太横强。

百姓不安很恐慌，执政为盗掠夺忙。

诚恳劝告不听从，背后反骂我荒唐。

虽然遭受你诽谤，但我依然作歌唱。

【题解】

《桑柔》是创作于西周时期的诗歌。《毛诗序》说它的主旨是：“芮伯刺厉王也。”这是基本可信的。《史记·周本纪》云：“厉王即位三十年，好利，近荣夷公，芮良夫谏，厉王不听，卒用荣公为卿士用事。王行暴虐侈傲，三十四年王益严，国人莫敢言，道路以目。三年，乃相与畔袭厉王，王出奔彘。”东汉思想家王符在其《潜夫论·遏利》篇中也说：“昔周厉王好专利，芮良夫谏而不入，退赋《桑柔》之诗以讽，言是大风也，必将有遂，是贪民也，必将败其类。王又不悟，故遂流王于彘。”芮良夫即芮伯。芮是国名，伯爵，姬姓，名良夫。如此看来，此诗的创作时间应在荣公为卿士后，距离厉王流亡彘地之年，当不甚远。厉王奔彘在其三十七年，则《桑柔》诗必不作于此年以后。此诗讽刺厉王昏庸，斥责执政之臣荣夷公。全诗意旨明朗，展现了西周末年的一些历史事件。

全诗共十六章，前八章每章八句，指出厉王失政，贪利而暴虐，以致民不聊生，最终激起民愤；后八章每章六句，斥责荣夷公，但把根本原因归结为周厉王识人不清。所以《毛诗序》才将本诗的主旨归结为“刺厉王”。

第一章以桑树为比起兴，盖桑林本来十分茂密，却因过度摘采而剥落稀疏。比喻百姓苦苛政剥夺久矣，故诗人哀民生之多艰，向上天呼号：“倬彼昊天，宁不我矜。”意图请高高在上、明察公正的上天给百姓以怜悯。诗义庄严肃穆，点明了全诗批判暴政、怜悯百姓的主旨。

第二至第四章叙述国家发生祸乱的原因是无休无止的征役，人民没有安居之所，国家的根基便势必受到动摇。诗人对此情况大声疾呼：“於乎有哀,国步斯频。"感叹国运危迫,不可长久,恐致灭亡。天怒民怨,而天子依然不恤民情,不思选贤任能、励精图治,诗人为此忧心如焚。

第五至第八章是诗人向天子陈述治国理政之道。第五章起首二句"为谋为毖,乱况斯削",是说只要谋虑周到,做事慎重,祸乱发生的可能性就会减小。接着说"告尔忧恤,诲尔序爵",以一位忠心耿耿的老臣的口气劝诫君主必须体恤民情,忧劳国事,慎于选官,任用贤人。第六、七章从民为邦本、爱国爱民的立足点出发,指出官府体恤和爱护人民是立国为政的首要大事。诗人站在人民的角度,向君主提出三则警示,一曰天怒人怨,上天将降下灾祸灭我所立之王。二曰现有害虫毁坏庄稼正是天罚。三曰举国受灾、田野荒芜,而执政者昏聩不能治理,所以就不能使上天感念,减轻灾难。随后,第八章再从选贤任能的角度出发,劝诫君主顺天应人,明察人事,近贤臣远小人。

在本诗的下半部分,即后八章诗人开始责难同为执政者的同僚,指出他不能以美好的道德规范自己,只知阿谀奉承,昏庸无能,引起人民的怨恨,加速了国家的危亡。诗人认为小人当权,归根结底也是厉王的过失,这是一针见血的观点。第十、十一章诗人运用对比的手法,指责执政者缺乏远见,他们屡进谗言还自鸣得意,瞻前顾后,犹疑不决,于是贤者不得重用,昏庸者登堂入室,人民惨遭荼毒,国家数遭变乱。第十二、十三章以大风穿行于空谷之中的意象起兴,说明君子的所作所为符合正义,便能如大风穿谷一般畅行无阻,小人的所作所为不符合正义,那么就会如大风遇到污垢一般举步维艰。

第十四章慨叹同僚贪财好利,不思悔悟,反而对尽职尽责提出劝谏的诗人进行威吓,因此诗人再作告诫,可惜小人们却无动于衷,所以诗人在此章以"既之阴女,反予来赫"作结,再次警告这些人:我已熟悉你们的底细,你们无法威吓我了。第十五章诗人再次陈述人民之所以发动暴乱,实为执政者之咎,执政者贪利敛财,推行暴政,导致民怨沸腾,民无安居之所,痛苦无处诉说。"民之罔极,职凉善背"是指人民之所以失去是非准则,是因为官府执政者推行苛政违背常理。"民之回遹,职竞用力"一句则指出人民之所以走向邪僻的道路,是由于官府执政者尚力而不尚德。诗人忧国忧民之深切热忧可见一斑。

在了解史实的大背景下评价此诗很有典型意义。诗中所描述的周厉王贪财好利,任用小人,疏远贤臣,暴虐人民,拒绝忠谏,从而导致周室危亡,芮良夫就当时情况创作此诗,希冀周厉王及其辅政诸臣能有所省悟,用心良苦,然周厉王不察,终至激起民变,被流放于彘。所谓民犹水也,国犹舟也,水能载舟,亦能覆舟,民心向背决定了一个政权的存亡。这就是此诗传递给后世的最深远的意义。

云　汉[1]

倬彼云汉[2],昭回于天[3]。
王曰於乎[4],何辜今之人[5]!
天降丧乱,饥馑荐臻[6]。
靡神不举[7],靡爱斯牲[8]。
圭璧既卒[9],宁莫我听[10]!

旱既大甚[11],蕴隆虫虫[12]。
不殄禋祀[13],自郊徂宫[14]。
上下奠瘗[15],靡神不宗[16]。
后稷不克,上帝不临。
耗斁下土[17],宁丁我躬[18]!

旱既大甚,则不可推[19]。
兢兢业业[20],如霆如雷。
周余黎民[21],靡有孑遗[22]。
昊天上帝,则不我遗[23]。
胡不相畏? 先祖于摧[24]。

旱既大甚,则不可沮[25]。

赫赫炎炎[26],云我无所[27]。

大命近止[28],靡瞻靡顾。

群公先正[29],则不我助。

父母先祖,胡宁忍予[30]!

旱既大甚,涤涤山川[31]。

旱魃为虐[32],如惔如焚[33]。

我心惮暑,忧心如熏。

群公先正,则不我闻[34]。

昊天上帝,宁俾我遯[35]!

旱既大甚,黾勉畏去[36]。

胡宁瘨我以旱[37]? 憯不知其故[38]。

祈年孔夙[39],方社不莫[40]。

昊天上帝,则不我虞[41]。

敬恭明神[42],宜无悔怒。

旱既大甚,散无友纪[43]。

鞫哉庶正[44],疚哉冢宰[45]。

趣马师氏[46],膳夫左右[47]。

靡人不周[48],无不能止。

瞻卬昊天[49],云如何里[50]!

瞻卬昊天,有嘒其星[51]。

大夫君子,昭假无赢[52]。

大命近止,无弃尔成。

何求为我,以戾庶正[53]。

瞻卬昊天,曷惠其宁[54]!

【注释】

[1]云汉:浩瀚星空,即银河。[2]倬(zhuō):显著,大。[3]昭:光明。回:旋转。[4]王:指周宣王,厉王子,名静。据说他继位之后,见王室衰微,于是修明内政,命秦仲征西戎,尹吉甫伐猃狁,方叔征荆蛮,召虎平淮夷,号称周室中兴。於(wū)乎:同"呜呼",叹词。[5]辜:罪过。[6]荐臻:一再到来。[7]靡(mǐ):没有。举:进行祭祀。[8]爱:吝惜。斯:这些。牲:献祭的牺牲,即牛、羊、猪等。[9]圭、璧:均是古代祭祀时所用的玉器。[10]宁:乃。莫我听:即莫听我,不听我言。[11]大(tài):同"太"。甚:厉害。[12]蕴隆:谓暑气郁积而隆盛。蕴,通"煴",闷热。隆,盛。虫虫:通"爞爞",热气熏蒸的样子。[13]殄(tiǎn):尽,绝。禋(yīn)祀:祭天之礼。先燔柴升烟,再加牺牲或玉帛于柴上焚烧。[14]宫:祭天之地。[15]上下:指天地。莫:向天神供献祭品以表达敬意。瘗(yì):埋葬。指把祭品埋在地下以祭地神。[16]宗:尊奉。[17]耗斁(dù):损坏。[18]宁丁:孤独。躬:自身。[19]推:排除。[20]兢兢业业:恐惧而小心的样子。[21]黎民:人民。[22]孑遗:遗留,剩余。[23]遗(wèi):赠送。此处指赐给食物。[24]于:语助词。摧:灭。[25]沮:止。[26]赫赫:阳光明亮耀目的样子。[27]云:荫,遮蔽。[28]大命:生命。止:指死亡。[29]群公:指前代的诸侯。先正:谓前代的贤臣。[30]忍予:对我忍心。[31]涤涤:指山无草木,川无滴水,光秃干枯的样子。[32]旱魃(bá):古代传说中的旱神。[33]惔(tán):火烧。[34]闻(wèn):通"问",恤问,过问。[35]宁:岂,难道。俾(bǐ):使。遯(dùn):同"遁",逃。[36]黾(mǐn)勉:勉力为之,谓尽力事神,急于祷请。畏去:不敢离去君位。[37]瘨(diān):病,害。以:用。[38]憯(cǎn):同"惨"。[39]祈年:向神祈求丰年,指"孟春祈谷于上帝,孟冬祈来年于天宗"之祭礼。孔夙(sù):很早。[40]方:祭四方之神。社:祭土地之神。莫(mù):即"暮",傍晚。[41]虞:忧虑。[42]敬恭:即恭敬。明神:即神明。[43]散:散漫。友:通"有"。纪:纲纪,法度。[44]鞫(jū):贫穷,与"通"相对。庶正:众官之长。[45]疚:忧苦。冢宰:周代官名,为百官之长。[46]趣马:掌管王室马匹的官员。师氏:主管教导王室和贵族子弟的官员。[47]膳夫:主管国王、

后妃饮食的官员。左右：指周王左右的大夫、士诸官。[48]周："赒"（zhōu）的假借字，救助。[49]瞻卬（yǎng）：仰望。卬，通"仰"。[50]云：发语词。里：通"悝"，忧伤。[51]有嘒（huì）：即"嘒嘒"，微小而众多的样子。[52]昭：祷。假：通"格"，到。指神被祭者的虔诚所感而降临。无赢：没有私心。[53]戾（lì）：安定。[54]曷（hé）：即"何"。什么时候。惠：给予。

【译文】

浩瀚银河多高远，闪亮回旋在上天。
周王无奈长叹息，百姓却有何罪愆！
老天降下祸与乱，饥饿灾荒年又年。
没有神灵未祭奠，奉献牺牲不悭吝。
礼神圭璧俱铺陈，神灵终不听我言！

旱情甚重令人忧，暑气郁盛大地蒸。
接连不断祭神明，祭祀之所在郊宫。
祀天祭地埋祭品，天地诸神无不奉。
后稷恐难救周民，上帝不理受难众。
天灾为何害人间，大难落在我身边！

旱情甚重令人忧，想要推托没可能。
整天小心又谨慎，正如头上落雷霆。
周地所余好百姓，现在几乎无一存。
渺渺苍天与上帝，竟然丝毫不体恤。
满心忧愁和惶恐，人死哪有祭祀存。

旱情甚重令人忧，没有办法能止住。
赤日炎炎热气腾，哪里还有遮阴处。
死亡之期已临近，无暇前瞻与后顾。
诸侯公卿众神灵，不肯显灵来佑助。

父母先祖在天上,何忍看我受痛苦!

旱情甚重令人忧,山秃河干草枯槁。
眼看旱魔在肆虐,遍地好像大火烧。
暑热难当我心畏,忧心忡忡受煎熬。
诸侯公卿众神灵,哪管子民在呼号。
渺渺苍天和上帝,难道迫我从家逃!

旱情甚重令人忧,勉力祈祷求上苍。
为何害我降大旱? 不知缘故费思量。
祈年之礼早举行,也未迟延祭社方。
渺渺苍天与上帝,竟然不对我相帮。
一向尊奉诸神明,不该恨我怒难当。

旱情甚重令人忧,饥荒离散乱纲纪。
各位官员穷智力,宰相忧苦无法想。
趣马师氏齐出动,膳夫百官助祭忙。
没有一人不共苦,依然不能止灾荒。
仰望苍穹天晴朗,无法止旱我忧伤!

仰望苍穹天晴朗,满天星辰闪微光。
公卿大夫众君子,祷告上苍要虔诚。
死亡之期已临近,坚持祈祷不能停。
禳旱祈雨非为我,全为安定众人心。
仰望苍天再祈祷,何时能赐我安宁!

【题解】

　　这是一首描写周宣王忧虑旱灾的诗。通过比较详尽的叙写,具体反映
了西周末期那场严重的大旱带给国家和人民的痛苦,抒发了周宣王为旱灾

而忧愁恐惧的心情。

本诗具有极高的史料价值。周宣王时期发生的这场旱灾在汉、晋人的著作中虽有记载,但大都是据此诗衍化而来,不如本诗具体、全面、深入。从诗的内容及其所抒发的畏旱盼雨、忧国忧民的情感来看,这首诗很可能是周宣王自作。

全诗共八章,每章十句。第一、二两章写周宣王祭神祈雨。正是需要雨水灌溉的时节,然而骄阳似火,禾稼死亡,田地龟裂,人畜缺水。"倬彼云汉,昭回于天",星河灿烂,晴空万里,夕夕如此。内心焦灼的诗人于是发出了"何辜今之人!天降丧乱,饥馑荐臻"的慨叹。所有的神明都已祭祀过一遍,应当准备的牺牲也已全部献祭,礼神的玉器也用尽了,然而神灵却对人间臣民的苦难不闻不问,毫无佑助之意。这苍天好像真的把降雨的事儿彻底忘记了,是不是人间的臣民得罪了他,以至于他要这样惩罚人们。

第三、四两章写大旱的不可解除,主要表达了对旱灾的畏惧之情。"旱既大甚,则不可推","旱既大甚,则不可沮",旱灾来势汹汹、席卷千里,无法推开,无法阻拦,造成了无法收拾的严重局面,再继续下去,将国祚难永。然而天上的各路神明受我祭祀祈祷、牺牲奉献,现在却不助我兴云落雨。至于已经升入天堂的父母先祖,难道与我不是一体之所亲,一气之所感?为什么也忍心看我遭此祸患而不救呢?

第五章写旱魃继续肆虐,山原秃而河湖干,这里已经变成了一块让人无法生存下去的土地。"昊天上帝,宁俾我遯",老天似乎要迫使人们离开这片安居已久的土地了。第六章叙述主人公失望痛苦之后的反思,不是祭神不及,也不是对众神不恭敬,细细思量,确无罪愆,那么上天为何降灾加害呢?主人公百思不得其解。第七章描述了君臣上下因忧旱而困窘憔悴的情状。第八章周王着力鞭策,希望臣子们"无弃尔成",继续祈祷。最后仰天长号,向上苍祈求降下安宁。

在生产力水平较低的上古时期,一场大规模的天灾能造成怎样的后果不言而喻。统观全诗,作者对这场旷日持久的旱灾从灾象、灾情以及所造成的惨重损失和所引起的社会恐慌等方面都作了充分的描写。尤其是在描写周宣王忧旱心情的同时,也描写了他的事天之敬及事神之诚,这就更为人们在面对这场天灾时增加了一种始料未及、无可奈何的惆怅和惶恐。

这首诗在艺术上主要有两点比较值得称道：一是生动的写景，二是合理的夸饰。"倬彼云汉，昭回于天"，夜晴则天河明，此方旱之象。"昭回于天"又暗示出仰望之久。久旱而望甘霖者，己所渴望见者无，己所不愿见者现，其心情的痛苦无奈可想而知。毫无雨征，还得继续受此大旱之苦，于是又顺理成章地说出"王曰於乎，何辜今之人！天降丧乱，饥馑荐臻"四句。所以开篇这摹景之句不仅写出了方旱之象，同时也表达了作者的心情，并生发出下文，是独具匠心、富有艺术魅力的诗句，景中含情、景中寓情。而诗句"周余黎民，靡有孑遗"则被认为是夸饰之词的典范，备受后世批评家的关注。如汉代王充《论衡·艺增》篇曰："夫旱甚则有之矣，言无孑遗一人，增之也。"又曰："言'靡有孑遗'，增益其文，欲言旱甚也。"可见这两句是用夸张的艺术手法，以突出遭旱损失的惨重。而南朝刘勰则在《文心雕龙·夸饰》中说："是以言峻则'嵩高极天'，论狭则'河不容舠'，说多则'子孙千亿'，称少则'民靡孑遗'。……辞虽已甚，其义无害也。……并意深褒赞，故义成矫饰。"他指出夸张的修辞虽然言过其实，但能通过形象的夸张来传难写之意、达难显之情，所以在文学作品中有它存在的必然性和合理性。确实，"靡有孑遗"四字，所述虽非事实，但却突出了旱情的严重，是反映真实并且凸现真实的传神之笔。

崧　高[1]

崧高维岳[2]，骏极于天[3]。

维岳降神[4]，生甫及申[5]。

维申及甫，维周之翰[6]。

四国于蕃[7]，四方于宣[8]。

亹亹申伯[9]，王缵之事[10]。

于邑于谢[11]，南国是式[12]。

王命召伯[13],定申伯之宅[14]。
登是南邦[15],世执其功[16]。

王命申伯,式是南邦。
因是谢人[17],以作尔庸[18]。
王命召伯,彻申伯土田[19]。
王命傅御[20],迁其私人[21]。

申伯之功,召伯是营[22]。
有俶其城[23],寝庙既成[24]。
既成藐藐[25],王锡申伯[26]。
四牡蹻蹻[27],钩膺濯濯[28]。

王遣申伯[29],路车乘马[30]。
我图尔居[31],莫如南土。
锡尔介圭[32],以作尔宝。
往迎王舅[33],南土是保[34]。

申伯信迈[35],王饯于郿[36]。
申伯还南,谢于诚归[37]。
王命召伯,彻申伯土疆。
以峙其粮[38],式遄其行[39]。

申伯番番[40],既入于谢,
徒御啴啴[41]。
周邦咸喜[42],戎有良翰[43]。
不显申伯[44],王之元舅[45],
文武是宪[46]。

申伯之德,柔惠且直[47]。

揉此万邦[48],闻于四国。

吉甫作诵[49],其诗孔硕[50]。

其风肆好[51],以赠申伯。

【注释】

[1]崧(sōng):同"嵩",即高大的山峰。[2]维:是。岳:特别高大的山。[3]骏:"峻"的假借字,高大。极:至。[4]维:发语词。[5]甫:读作"吕",国名,在今河南省南阳市西,此处指吕侯。申:国名,在今河南省南阳市北,此处指申伯。[6]翰:即"干",筑墙时竖立在两旁以作遮挡的木柱。[7]于:为,是。蕃:藩篱,屏障。[8]四方:指天下。宣:"垣"之假借,围墙。[9]亹(wěi)亹:勤勉的样子。[10]缵:继承。之:指申伯。[11]前一"于"字:为,建。谢:地名,在今河南省唐河县南。[12]南国:谢在周之南,南国指周南一带的诸侯。式:法。[13]召伯:召虎,亦称召穆公,周宣王大臣。[14]定:确定。[15]登:建成。南邦:指谢邑。[16]执:守持。功:事业。[17]因:依靠。是:这。[18]庸:是"墉"的假借,城。[19]彻:治理。此指划定地界。土田:田地,指一般无主的荒田。[20]傅:太傅。御:侍御,侍候周王的官。[21]私人:大夫的家臣。[22]营:经营,办理。[23]有俶(chù):即"俶俶",形容新城完美貌。[24]寝庙:周代宗庙的建筑有庙和寝两部分,合称寝庙。[25]奕奕:华丽的样子。[26]锡(cì):同"赐"。[27]牡:雄性的,公的。蹻(jiǎo)蹻:健壮勇武。[28]钩膺:马颔及胸上的革带,下方垂有缨饰。濯濯:光泽鲜明貌。[29]遣:派。[30]路车:古代天子或诸侯、贵族所乘的车。路,大也,同"辂"。乘(shèng)马:四匹马。四马一车为一乘。[31]我:作者代宣王自称。图:图谋,谋虑。尔:指申伯。[32]介:亦作"玠",大。圭:古代玉制的礼器,诸侯执此以朝见周王。[33]迩(jì):语助词,相当于"哉"。[34]保:保守。这里指保守南方谢城之地。[35]信:确实。迈:出发。[36]饯:设酒食送行。郿(méi):古地名,在今陕西省眉县东渭水北岸,今称眉县。[37]谢于诚归:即"诚归于谢"。[38]以:乃,就。峙:储备。粻(zhāng):粮食。[39]式:用,以。遄(chuán):迅速。[40]番(bō)番:勇武貌。[41]徒:

徒行之士兵。御：御车之士兵。啴(tān)啴：众盛貌。[42]周：全，遍。邦：指谢邑。咸：都。[43]戎：汝，你。翰：这里指君主。[44]不(pī)：通"丕"，太。显：显赫。[45]元舅：长舅。[46]宪：法式，模范。[47]柔惠：和顺。[48]揉：即"柔"，安抚。[49]吉甫：尹吉甫，周宣王大臣。诵：歌。[50]其：是，此。孔：非常。硕：大。[51]风：曲调。肆好：极好。

【译文】

巍峨四岳是大山，高高耸峙入云天。
神明降临在四岳，甫侯申伯生人间。
申伯甫侯有贤才，辅王保国致平安。
藩国以他为屏障，天子以他为墙垣。

申伯贤明又勤勉，王委重任理南疆。
分封于谢建新城，南方藩国有榜样。
周王下令给召伯，申伯新居快丈量。
申伯升为南国长，子孙相继福祚旺。

周王下令给申伯，要作表率在南国。
依靠谢地众百姓，修筑封地新城郭。
周王下令给召伯，申伯田界重划过。
周王下令给傅御，迁去家臣同生活。

申伯建城不容易，多亏召伯苦经营。
墙垣厚实又坚固，城中宗庙不能少。
富丽堂皇新面貌，周王赏赐给申伯。
四马驾车真雄壮，革带繁璎闪闪明。

周王赏赐给申伯，驷马大车物品多。
我已筹划你居处，到底南方最适合。

郑重赐你大玉圭,镇国之宝永不磨。
贤明王舅请赴任,回到南方安邦国。

申伯立刻便动身,周王眉县来饯行。
申伯于是回南国,诚心回归去谢邑。
周王下令给召伯,去把申伯疆界定。
路上粮草要充足,保证供给快驰骋。

申伯勇武有豪情,前往谢邑入新城,
步卒车骑军容盛。
周邦人民皆欢喜,国有栋梁得安宁。
申伯尊贵又显赫,周王长舅守边疆,
文武双全人人敬。

申伯德高又望重,品端行直且温凉。
安抚万邦功劳大,誉满天下人赞颂。
吉甫创作这首诗,篇幅很长情谊重。
曲调典雅音节美,赠送申伯纪功劳。

【题解】

这首诗是尹吉甫赠给作为王室卿士的申伯的,以歌颂他辅佐周王室、镇抚南方侯国的功劳。同时也详细描写了周宣王对申伯格外隆重的礼遇以及异常优渥的封赠。

西周中晚期,在中原以南的地区存在着荆蛮、申、吕、应、邓、陈、蔡、随、唐等侯国。由于王室衰微,其中一些渐渐强大起来的诸侯并不怎么顺从王室,叛乱时有发生,所以派谁去统领侯国,安抚南方,对当时的周王室来说,就是迫在眉睫的头等大事。申国为西周初年所封,此时依然强大,并在众封国中享有一定的威望,与此同时,申伯入朝为卿士,在朝中也有着很高的威信。鉴于当时南方复杂的政治形势,加之申伯身份贵重、威望崇高,因此周宣王干脆扩大了他的封邑,同时派他去做南方方伯。所以,周宣王分封申伯于谢的目的完全在于巩固周王室的统治。从周厉王出奔,周人共和之后,中央权力缩小,南方的楚国开始不断扩张,周宣王时,楚人势力又一次强大起来,周宣王担心南方各诸侯中或有与楚国相勾结的,因此加封自己所信任的皇亲国戚申伯前去南方监管,执行怀柔政策。这些史实都在这首诗里可以看到。知道了上述情况,那么我们对于尹吉甫为什么对分封申伯于谢之事加以郑重叙写,周王为什么在分封时反复叮咛、殷勤嘱咐,为什么京师之人看到申伯启程欢欣鼓舞等问题就不难明白了。

从布局谋篇上看,这首诗的叙事线索非常明确。全诗共八章,第一章通过描述申伯降生的重要意义,总叙其在周王室的地位和诸侯中的作用。第二章叙述周王派召伯去谢地为申伯探查、准备住宅的事。第三章分述周王对申伯、召伯及傅御的叮嘱。第四章写召伯为申伯建成了谢邑和祭祀用的宗庙。第五章写周王对申伯的殷殷叮嘱和临别赠言。第六章叙说周王在郿地为申伯饯行。第七章则描摹了申伯启程时的盛况。第八章叙述申伯赶赴封地,不负众望,给各国诸侯作出了榜样,并说明作者创作这首诗的目的是歌颂申伯勤劳王事、安定南疆的功绩。

本诗以周王之命为线索,以申伯受封为中心,基本按照事件发展的经过来进行叙写,并且通过句意重复来表示周王对申伯的宠眷倚重,这是《崧高》一诗的显著特征。宋代学者严粲在其《诗缉》中认为这首诗的重申反复之词是为了写出周王对申伯的殷切叮咛和郑重嘱托,别成一体。除了反复的修辞手法,本诗的起首二句"崧高维岳,骏极于天"也历来为后人所激赏。清代学者方玉润在其《诗经原始》中认为这两句"起笔峥嵘,与岳势竞隆"。又说:"发端严重庄凝,有泰山岩岩气象。中兴贤佐,天子懿亲,非此手笔不足以称题。"认为后代如杜甫的长篇叙事诗在叙事手法上都学习了这种笔法。既指出了起句的艺术特征,又点明了它的用意和深远影响。《崧高》的作者在诗里要努力把申伯塑造成"资兼文武,望重屏藩,论德则柔惠堪嘉,论功则蕃宣足式"的盖世英雄,因此以此二句发端,就显得称题切旨,可谓气势雄伟,出手不凡。杜甫《咏怀古迹》的首联"群山万壑赴荆门,生长明妃尚有村"正与此机杼相同,波澜不二。后世诗中除杜甫这一联外,能具此神理而堪与之比肩者实寥寥无几,从这一点来说《崧高》一诗的确堪称神妙。

烝　民[1]

天生烝民,有物有则。
民之秉彝[2],好是懿德[3]。
天监有周[4],昭假于下[5]。
保兹天子,生仲山甫[6]。

仲山甫之德,柔嘉维则。
令仪令色[7],小心翼翼。
古训是式[8],威仪是力[9]。
天子是若[10],明命使赋[11]。

王命仲山甫,式是百辟[12]。
缵戎祖考[13],王躬是保。
出纳王命[14],王之喉舌[15]。
赋政于外,四方爰发[16]。

肃肃王命[17],仲山甫将之[18]。
邦国若否[19],仲山甫明之。
既明且哲,以保其身。
夙夜匪解[20],以事一人[21]。

人亦有言,柔则茹之[22],
刚则吐之。
维仲山甫,柔亦不茹,
刚亦不吐。

不侮矜寡[23]，不畏强御[24]。

人亦有言，德輶如毛[25]，
民鲜克举之[26]。
我仪图之[27]，维仲山甫举之，
爱莫助之[28]。
衮职有阙[29]，维仲山甫补之。

仲山甫出祖[30]，四牡业业[31]。
征夫捷捷[32]，每怀靡及[33]。
四牡彭彭[34]，八鸾锵锵[35]。
王命仲山甫，城彼东方[36]。

四牡骙骙[37]，八鸾喈喈[38]。
仲山甫徂齐[39]，式遄其归[40]。
吉甫作诵[41]，穆如清风[42]。
仲山甫永怀[43]，以慰其心。

【注释】

[1]烝(zhēng)民：意即庶民，泛指百姓，是春秋战国时代及之前历代对百姓的称谓。烝，众。[2]秉彝(yí)：常理，常性。[3]懿(yì)：美。[4]监：观察。有：词头。[5]昭假：祈祷降神。[6]仲山甫：宣王时大臣，封于樊(今河南省济源市)，排行第二，故亦称樊仲、樊仲山甫或樊穆仲。[7]令：善。仪：仪容，态度。[8]式：效法，榜样。[9]威仪：礼节。力：勤，勉力做到。[10]若：顺从。[11]明命：指政令。赋：颁布。[12]百辟：指诸侯。[13]缵(zuǎn)：继承。戎：第二人称代词，你，你们。[14]出纳：上传下达。出，宣布并实施周王的政令。纳，向周王反映各处的情况和意见。[15]喉舌：代言人。周代担任周王代言人的，可能是内史的官职，略同于唐虞时的纳言，秦汉时的尚书。[16]爰：乃。发：执行。[17]肃肃：严肃。[18]将：行。[19]

若否:好坏。[20]夙夜:早晚。匪:不。解(xiè):通"懈",怠惰。[21]一人:指周宣王。[22]茹:吃。[23]矜(jīn):《左传·昭公元年》引作"鳏",老而无妻。寡:老而无夫。[24]强御:《汉书·王莽传》引作"强围",强悍,刚暴。[25]輶(yóu):轻。[26]鲜:少。克:能。举:举起,这里指实行。[27]仪图:揣度,思索。[28]爱:"薆"的假借,隐蔽。马瑞辰《毛诗传笺通释》:"隐者见之不真,凡举物者皆有形,而德之举也无形,凡有形者可助,而无形者不可助,故曰'爱莫助之'。"[29]衮(gǔn):古代王侯所穿绣有龙纹的礼服。职:通"适",偶然。阙:缺。[30]出:出行。祖:出行时祭祀路神。引申为饯行。[31]业业:马高大的样子。[32]捷捷:勤快敏捷的样子。[33]每:虽。怀:和。孔疏引王肃云:"仲山甫虽有柔和明知之德,犹自谓无及。"这里是说仲山甫处处戒慎自己的行为有不够的地方。[34]彭彭:马不停蹄的样子。[35]鸾:鸾铃,系在马颈下的铜铃。锵锵:铃声。[36]城:筑城。东方:指齐国,齐在镐京之东。[37]骙(kuí)骙:同"彭彭"。[38]喈(jiē)喈:和谐的铃声。[39]徂(cú):往。[40]式:用,这里指用这些车马。遄(chuán):快速。[41]吉甫:即尹吉甫,周宣王时曾担任太师之职。[42]穆:和美。[43]永怀:长思。

【译文】

老天孕育世间人,赋予形体与法则。

人伦品性是天生,追求仁善是美德。

上天临视周王朝,昭昭明德布天下。

保佑我们周天子,仲山甫来辅佐他。

山甫贤良有美德,温厚善良有原则。

仪态端庄好面色,认真严谨真负责。

遵从古训不出格,做事合礼有力量。

天子任他为大臣,传达王命看施行。

周王命令仲山甫,应为诸侯作典范。

继承祖先的事业,辅佐周王保朝纲。
上传下达你执掌,天子喉舌要担当。
政令传告京内外,四方听命都遵从。

对待王命很严肃,山甫全力来推行。
国家大事好与坏,山甫心中明如镜。
既明事理又聪慧,善于应对能保身。
日夜朝夕不懈怠,竭尽忠诚奉君王。

人们常常这样讲:食物柔软好下肚,
食物刚硬往外吐。
与众不同仲山甫,食物柔软他不爱,
食物刚硬偏下肚。
鳏寡孤独他不欺,遇见强暴猛打击。

人们常常这样讲:德行轻飘如羽毛,
很少有人能高举。
仔细揣摩又合计,唯有山甫能举起,
别人有心却无力。
君王职守有缺失,唯有山甫能帮助。

山甫出行祭路神,四马驾车能力强。
使臣出发太匆忙,王命未完不平常。
四马奋蹄彭彭响,八只鸾铃声锵锵。
周王命令仲山甫,修筑齐城在东疆。

四马驾车蹄不停,八只鸾铃响叮叮。
山甫赴齐去得急,早日完工定归期。
吉甫作歌赠山甫,音律和美如清风。

山甫临行常感怀,宽慰其心好建功。

【题解】

《毛诗序》认为这是一首尹吉甫赞美周宣王任用贤能大臣仲山甫,从而使得周室中兴的诗。宋代朱熹《诗集传》认为本诗讲述了周宣王命仲山甫在齐地筑造城池,尹吉甫便作诗送别仲山甫。如果从诗的字面意思来说,朱熹之说更合适。

本诗第一章起句不凡,开头四句便郑重提出"人的天性"这一命题,哲理意味甚浓,许多人都将其看作是"性善论"的先声,因此孟子也将此四句以及孔子对其的阐释作为"性善论"的理论依据。清代学者方玉润在《诗经原始》中评这四句诗"工于发端""高浑有势"。但考察全诗,诗人的目的并不在于提倡"性善论",之所以以此起兴,只是为下文赞美仲山甫纯粹美好又能得以自全的美好品德作铺垫。

第一章颂扬仲山甫顺天命而生,非一般人物可比,提纲挈领,点明主旨。第二至第六章多角度全方位地赞美仲山甫的德才与政绩:首先,从道德的角度夸奖他遵从古训,所以能深得天子的信赖;其次,从政务的角度说他能继承祖先事业,成为诸侯典范,是天子的忠臣;再次,说他洞悉国事,聪慧勤劳,能够很好地报效周王;最后,说他还有一个优点就是个性刚直,除强助弱。之后进一步与前文呼应,说他德高望重,自己不断进步,最终成了朝廷肱股大臣。诗人在这几章中对仲山甫推崇备至,极意美化,塑造了一位德才兼备、身负重任、忠于职守、心系家国的忠臣、重臣、名臣的形象。第七、八两章才点出本诗的主题,即仲山甫奉王命赴东方督修齐城,尹吉甫临别作诗相赠,安慰同僚,祝愿其早日功成凯旋。全诗基调虽是对仲山甫个人的颂扬与惜别,但通过对仲山甫行事与心理的叙述,大体能体察到处于西周国运衰微之时的贵族对中兴事业艰难的认识与担忧,以及对力挽狂澜的辅弼大臣的期盼与尊崇。应该说,本诗对仲山甫的种种赞美和歌颂,是真实的、真切的、真心的,当然也不排除其中对仲山甫有些理想化的描述,但这些理想化的描述中包含着诗人对救世贤臣的期盼。

本诗主要以赋叙事,开篇以说理领起,中间夹叙夹议,突出仲山甫之德才与政绩,最后偏重描写与抒情,以热烈的送别场面作结,点出赠别的主题。全诗章法整饬,表达灵活,为后世送别诗之祖。而第七、八两章连用"业业""捷捷""彭彭""锵锵""骙骙""喈喈"等叠词,铺叙送行场面的壮观和行动的迅捷,绘声绘色,增强了诗的形象性与节奏感。除此之外,诗中还有一些形象生动、富有哲理的语言,有的经后人使用或提炼,至今仍活在人们口头,如"小心翼翼""明哲保身""爱莫能助""穆如清风"等。这些都是本诗的突出特点和卓越贡献。

韩 奕

奕奕梁山[1],维禹甸之[2],
有倬其道[3]。
韩侯受命[4],王亲命之:
缵戎祖考[5],无废朕命。
夙夜匪解[6],虔共尔位[7]。
朕命不易,榦不庭方[8],
以佐戎辟[9]。

四牡奕奕[10],孔脩且张[11]。
韩侯入觐[12],以其介圭[13],
入觐于王。
王锡韩侯[14],淑旂绥章[15],
簟茀错衡[16],玄衮赤舄[17],
钩膺镂锡[18],鞹鞃浅幭[19],
鞗革金厄[20]。

韩侯出祖[21],出宿于屠[22]。
显父饯之[23],清酒百壶。

其殽维何[24]？炰鳖鲜鱼[25]。

其蔌维何[26]？维笋及蒲[27]。

其赠维何？乘马路车[28]。

笾豆有且[29]，侯氏燕胥[30]。

韩侯取妻，汾王之甥[31]，

蹶父之子[32]。

韩侯迎止[33]，于蹶之里。

百两彭彭[34]，八鸾锵锵[35]，

不显其光[36]。

诸娣从之[37]，祁祁如云[38]。

韩侯顾之[39]，烂其盈门[40]。

蹶父孔武[41]，靡国不到[42]。

为韩姞相攸[43]，莫如韩乐。

孔乐韩土，川泽訏訏[44]，

鲂鱮甫甫[45]，麀鹿噳噳[46]，

有熊有罴[47]，有猫有虎[48]。

庆既令居[49]，韩姞燕誉[50]。

溥彼韩城[51]，燕师所完[52]。

以先祖受命，因时百蛮[53]。

王锡韩侯，其追其貊[54]。

奄受北国[55]，因以其伯[56]。

实墉实壑[57]，实亩实藉[58]。

献其貔皮[59]，赤豹黄罴。

【注释】

[1]奕奕：高大貌。梁山：在今河北省固安县附近。[2]维：发语词。甸：

治理。[3]有倬(zhuō):即"倬倬",高大显著。有,前缀,无意义。[4]韩侯:春秋前有二韩,一为姬姓之韩,受封于武王之时,在今陕西省韩城市南,春秋时被晋国所并。一为武穆之韩,受封于成王之时,武王子封于此,在今河北省固安县东南,即此诗的韩侯。受命:接受周王的册命。韩侯的父亲死了,他继位初立,来朝于周。周王在宗庙中举行册命之礼。[5]缵(zuǎn):继承。戎:你。祖考:先祖。[6]夙夜:早晚。解:通"懈"。[7]虔:恭敬而有诚意。共:执行,奉行。[8]榦(gàn):正,纠正。这里是征伐的意思。不庭:不来朝见周王。方:方国。[9]戎:尔,你。辟(bì):君王。[10]牡:公马。[11]孔:很,非常。脩(xiū):长。张:大。[12]入觐(jìn):朝见天子。[13]介圭:大型玉圭,上尖下方的一种玉制礼器。按照周代礼制,王册封诸侯赐予介圭作为镇国宝器,诸侯入觐时须手执介圭。[14]锡:同"赐",赏赐。[15]淑:美。旂(qí):画有蛟龙的旗。绥章:古代旗杆顶端所饰的染色的鸟羽或旄牛尾,用以别贵贱。[16]簟茀(diàn fú):遮蔽车厢的竹席。错衡:画上花纹或涂上金色的车辕前端的横木。[17]玄衮:黑色画有龙纹的礼服。赤舄(xì):贵族穿的红鞋。[18]钩膺(yīng):套在马胸前颈上的带饰。镂:刻。锡(yáng):马额上的金属制装饰品。[19]鞹(kuò):去毛的兽皮。鞃(hóng):绑在车轼中段的兽皮。浅幭(miè):覆盖在车厢前供人倚靠的横木上的虎皮。[20]鞗(tiáo)革:马辔头。金厄:以金属为装饰的马轭。厄,通"轭",套在马颈上用以牵挽的器具。[21]出祖:出行之前祭路神。[22]屠:地名,屠与杜古通,即杜陵,在今陕西省西安市东。[23]显父:人名,今不可考。饯:设宴送行。[24]殽:荤菜。维:是。[25]炰(páo)鳖:烹煮鳖肉。[26]蔌(sù):蔬菜。[27]笋(sǔn):竹笋。蒲:水生,嫩时可食。[28]乘(shèng)马:古时候四匹马为一乘。路车:贵族坐的车。[29]笾(biān):盛干果的竹器。豆:盛菜的器,高足。有且(jū):即"且且",多的样子。[30]燕胥:安乐。[31]汾王:即周厉王。因其被流放于彘,彘在汾水之旁,故被称为汾王。[32]蹶父(guì fǔ):周宣王的卿士,姞姓,以封地蹶为氏。[33]迎:迎亲。止:语助词。[34]两:"辆"的假借字。彭彭:众多的样子。[35]鸾:车铃。[36]不(pī):通"丕",大。[37]诸娣(dì):众妾。古代诸侯嫁女,或以女妹,或以兄女陪嫁做妾。[38]祁祁:众多的样子。[39]顾:曲顾,古代贵族男子到女家迎亲,有三次回顾的礼节。[40]烂其:即"烂烂",灿烂而有光彩的样子。[41]孔武:很勇武。孔,非常。[42]靡:没有。[43]韩姞(jí):即蹶父之女,姞姓,嫁韩侯为妻,故称韩姞。相:看。攸:所,住处。[44]讦(xū)讦:广大貌。[45]鲂鱮(fáng xù):两种鱼名,今名鳊、鲢。甫甫:鱼大而多。[46]麀(yōu):母鹿。鹿:指公鹿。噳(yǔ)噳:鹿群聚的样子。[47]罴(pí):熊的一种,即棕熊。[48]猫:据后人考证,即今之山猫,体型似虎而小。[49]庆:庆贺。既:终,终于得到的意思。令居:好住处。[50]燕誉:安乐。[51]溥(pǔ)彼:即"溥溥",广大貌。[52]师:民众。完:修葺,建造。[53]因:倚靠。时:是,这些。百蛮:指北方的少数民族,即所谓北狄者。[54]追、貊(mò):都是北狄国名。[55]奄:包括。北国:北方各诸侯国。[56]因:用。以:为。伯:诸侯之长。[57]实:是,乃。墉、壑:在这里都用作动词,指筑城和挖城壕。[58]亩:田亩,此处用作动词,指划分田亩。藉:征收赋税。[59]貔(pí):传说中的一种猛兽,似熊,一说似虎。

【译文】

巍峨的梁山多高大,大禹曾来治理它,
开辟交通大道成。
韩侯进京受册命,周王亲自宣布它:
继承先辈的事业,切莫辜负周王命。
日夜朝夕不懈怠,任职恭敬又谨慎。
册命不会有变更,整治方国使朝见,
辅佐君王显才能。

四匹公马高又壮,体态魁伟又修长。
韩侯入朝拜天子,手持介圭上殿堂,
恭敬觐见拜周王。
周王对他有封赏,旗有日月真漂亮,
车子竹篷雕纹章,黑色龙袍红色鞋,
马饰繁缨金铃响,车轼装饰猛虎皮,

马具辔头闪金光。

韩侯祖祭出发行,首先住宿在屠地。
显父设宴来饯行,百壶美酒甜又清。
设的酒肴是什么?炖鳖蒸鱼滋味新。
吃的蔬菜是什么?嫩笋嫩蒲香喷喷。
赠的礼物是什么?四马大车好威风。
杯盘碗碟摆满桌,韩侯吃得喜盈盈。

韩侯娶妻办喜事,周王甥女做新娘,
蹶父长女嫁新郎。
韩侯出发去迎亲,到达蹶地的里巷。
百辆车队闹嚷嚷,串串鸾铃响叮当,
婚礼奢华显荣光。
众多姑娘作陪嫁,美如云霞在天上。
韩侯行过曲顾礼,满门光耀真辉煌。

蹶父强健很勇武,足迹踏遍万方土。
他为女儿找婆家,找到韩侯最心舒。
身在韩地很快乐,川泽遍布水源足,
鳊鱼鲢鱼肥又多,母鹿小鹿聚一处,
熊罴奔走在山林,还有山猫与猛虎。
举办婚事好地方,韩姞心里真欢愉。

韩城扩建高又大,太平盛世修筑成。
依循先祖所受命,管辖属地蛮夷人。
王对韩侯有赏赐,追族貊族听号令。
北方各国都管辖,作为诸侯的首领。
筑起城墙挖壕沟,划分田亩税法定。

貔皮珍贵作贡献,赤豹黄黑也送京。

【题解】

《韩奕》是《大雅》的名篇之一,历来人们非常重视。全诗的主要内容是叙述年轻的韩侯入朝受封、觐见、迎亲、归国等一系列活动,全诗的主人公是韩侯,创作年代则应在周宣王时。

西周后期,国家内忧外患,渐趋衰落,经过厉王时代的社会动荡,宣王力图振兴国家,一方面调和统治集团内部的关系,实行某些开明政策;另一方面又东伐淮夷、北伐猃狁以御外侮。如《崧高》所说迁申侯于谢邑镇守南方要冲,又如《烝民》所说派仲山甫督修齐城捍卫东方,本诗中又提及让韩侯扩建韩城加强北方防务,多措并举之下,一时号称"中兴"。因此本诗所记述的韩侯受封入觐,是宣王时代重要的政治活动。诗中所描写的大量细节,是我们了解当时礼仪最宝贵的资料,通过对此类材料的汇总和解读可以一窥周王朝的恢宏面貌。

全诗共六章,每章十二句,为整齐的四言体。全诗按人物的活动顺序叙述,脉络连贯,层次清楚,每章各有重点。第一章从大禹开通九州,韩城有大道直通京师起笔,从历史和地理的角度表明北方本属王朝疆域。又通过周王亲自宣布册命的举动和册命的内容,说明韩侯此次所担负任务的重要以及周王对他所寄予的重大期望,即作为王朝的屏障安定北方。第二章叙述韩侯觐见周王和周王给予其赏赐的过程,并且突出这一切都是依据礼仪制度进行的。周王赏赐的蛟龙日月图案的黑龙袍、红色木底高靴、特定规格的精美车辆,都是诸侯方伯使用的,这表明年轻的韩侯一跃而为蒙受优宠、肩负重任的显贵人物。第三章叙述韩侯离京时,朝廷卿士为他饯行的盛况。大臣衔命出京,朝廷派卿士在郊外饯行并以百壶清酒祭祀路神,一切都依照礼制进行,又极尽丰富盛大。这些描写都反映了韩侯政治地位的重要及其所享受的尊荣。第四章叙述韩侯迎亲之事。首陈女方高贵的出身和富贵繁华的迎亲场面,烘托出热烈的喜庆氛围,表现了西周末年贵族婚礼的风俗习惯,也表现了主人公韩侯的荣贵显耀。第五章重点叙述韩国河流湖泊密布,盛产水产品和珍贵毛皮,以蹶父选婿生发,以韩姞满意作结,虽然叙述的重点有所转移,却与上章内容紧紧勾连,从侧面描写了韩侯的实力和地位,过渡自然,不显突兀。第六章叙述韩侯受封归国,成为北方诸侯方伯,建城施政,统治百国,屏障边疆,保卫朝廷,与第一章周王册命前后呼应。

这是一首歌颂朝廷重臣的赞歌,却没有浮夸溢美之词,而是叙述事实,铺陈事物,或正面描述,或侧面烘托,落笔庄重大方,不涉谄谀,也不作空泛的议论和空洞的抒情,这在颂诗中是比较特别的。其中饯行、迎亲等场景的铺陈插叙尤其使全诗波澜起伏,张弛有度,明暗交错,相映成趣,烘托出了韩侯之高贵荣显。

全诗各章重点突出,内容完整,彼此之间前后呼应,无割裂枝蔓之累,其结构值得借鉴。本诗的语言风格也变化多姿。第一章叙述周王册命,其语言如《尚书》用语般典重古奥;第二章叙述周王赏赐,铺陈华丽,以见恩宠之隆;第三章及以下间用叠词、口语,描写有声有色,写得生动活泼。一诗之中,风格三易,绚丽多姿。

江　汉[1]

江汉浮浮[2],武夫滔滔[3]。
匪安匪游[4],淮夷来求[5]。
既出我车,既设我旟[6]。
匪安匪舒[7],淮夷来铺[8]。

江汉汤汤[9],武夫洸洸[10]。
经营四方[11],告成于王。
四方既平,王国庶定[12]。
时靡有争[13],王心载宁[14]。

江汉之浒[15],王命召虎[16]:
式辟四方[17],彻我疆土[18]。

匪疚匪棘[19]，王国来极[20]。
于疆于理[21]，至于南海。

王命召虎：来旬来宣[22]。
文武受命，召公维翰[23]。
无曰予小子[24]，召公是似[25]。
肇敏戎公[26]，用锡尔祉[27]。

釐尔圭瓒[28]，秬鬯一卣[29]。
告于文人[30]，锡山土田。
于周受命，自召祖命[31]。
虎拜稽首[32]，天子万年！

虎拜稽首，对扬王休[33]。
作召公考[34]，天子万寿！
明明天子[35]，令闻不已[36]。
矢其文德[37]，洽此四国[38]。

【注释】

[1]江：长江。汉：汉水。[2]浮浮：《鲁诗》作"陶陶"，陶与下句滔字古通用，水流盛长的样子。[3]武夫：指出征淮夷的将士。滔滔：顺流而下貌。[4]匪：非。安：求安逸。游：游乐。[5]淮夷：当时住在淮水南部的沿岸和近海地方的夷族。求：通"纠"，讨伐。[6]旟(yú)：画有鸟隼的旗。[7]舒：缓慢。[8]铺：驻扎。[9]汤(shāng)汤：水势浩大貌。[10]洸(guāng)洸：威武貌。[11]经营：治理，这里指讨伐。[12]庶：庶几，希望之词。[13]时：是。[14]载：则，就。[15]浒：水边。[16]召虎：召伯，名虎，谥穆公。[17]式：发语词，无实意。辟：开辟。[18]彻：治理。[19]匪：非，不。疚：灾祸。棘：即"急"，紧张。[20]极：最高准则。[21]于：往。疆：划分边界。理：治理土地。[22]来：是。旬："巡"的假借，巡视。宣：告示于众。[23]翰：桢

干,辅佐。[24]予小子:宣王自称。[25]似:即"嗣",继承。[26]肇:开始。敏:同"谋",谋划。戎:同"崇",大。公:通"功",事务。[27]用:就。祉:福气。[28]釐(lí):同"赉"(lài),赏赐。圭瓒:用于祭祀的一种玉制酒器,形状如勺,以圭为柄。[29]秬鬯(jù chàng):黑黍酒。卣(yǒu):带柄的酒壶。[30]文人:指有文德的人。[31]自召祖命:用其祖召康公受封之礼。自,用。[32]稽首:古时跪拜礼,行礼时跪下并拱手至地,同时头也至地。[33]对:报答。扬:颂扬。休:美,这里指美厚的礼物。[34]考:同"簋"(guǐ),古代食器。青铜或陶制,盛行于商周时。[35]明明:勤勉。[36]令闻:美好的声音。[37]矢:通"施",施行。[38]洽:和洽,协和。

【译文】

> 江汉之水波浪滚滚,出征将士意气风发。
> 不图安逸不为游乐,只为将那淮夷讨伐。
> 兵车已在前方出动,彩旗高竖迎风如画。
> 不图安逸不为舒适,镇抚淮夷在此驻扎。

> 江汉之水浩浩荡荡,将士出征威武雄壮。
> 奔波沙场平定四方,战事胜利上告君王。
> 四方战乱均已平定,但愿国家安定昌盛。
> 从此没有斗争战乱,我王之心宁静安详。

> 长江之畔汉水之滨,王对召虎发布命令:
> 四方开辟新的国土,划定疆土治理边境。
> 不扰平民不要急切,要以王朝政教为准。
> 经营边疆治理天下,领土直至南海之滨。

> 周王册命下臣召虎:巡视南方政令宣诵。
> 文王武王受命天下,你祖召公实为栋梁。
> 莫说只为奉行王命,你要继承先祖传统。

全心全力建立大功,因此赐你福禄无穷。

赐你圭瓒以玉为柄,黑黍香酒再赐一卣。
禀告先祖文德昭著,还要赐你山川田畴。
去到岐周进行册封,援康公例仪式照旧。
下臣召虎叩拜稽首,敬祝天子万年长寿!

下臣召虎叩拜稽首,报答颂扬天子美德。
铸造纪念康公铜簋,敬祝天子年寿永享!
勤勉贤明大周天子,美名流传永无止息。
文治广施德政广被,和洽四周百姓诸侯。

【题解】

《江汉》是一首以召虎为主人公的诗。周王命令召虎率兵平定淮夷,开辟疆土,功成之后又大力赏赐召虎。召虎制作铜簋,将自己的功劳禀告先祖,颂扬天子,宣扬文德。所记录的史实也与传世青铜器所载一致。本诗以汹涌澎湃的江汉之水起兴,衬托军士的威武,构造必胜的声势。此诗所写召虎平定淮夷之事,记述的重点并不在他的武功,而是在周天子的文德,立意高远,超越了一般的叙事诗,语言变化多样,不见呆板。

据《后汉书·东夷传》所载,宣王继位之后,首先消除了北方的猃狁之患,然后率军亲征,平定东方的淮夷之乱。宣王自己驻于江汉之滨,既而命召虎率军征讨。之后召虎胜利归来,宣王大加赏赐,召虎因作铜簋以纪其功事,并作此诗,以感怀其祖召康公之美德,歌颂天子之英明。

此次伐淮夷,宣王亲征,驻于江汉之滨,召公的受命、誓师、率师出征俱在江畔,所以诗的前二章均以“江汉”为喻,借长江、汉水的宽阔水势比喻周朝军队浩浩荡荡的气势。也因为天子亲征,所以才说“匪安匪游,淮夷来求”,“匪安匪舒,淮夷来铺”,表明天子到此不是为了安逸地游乐,而是为了平定叛乱、维护稳定。本诗所述伐淮夷在尹吉甫和南仲伐猃狁之后,故诗中以“经营四方”一句,将南征北讨之事一笔带过。之后以“告成于王”引起对赏赐仪式特别是宣王册命之词的记述。由"式辟四方,彻我疆土。匪疚匪棘,王国来极。于疆于理,至于南海"六句,则可以看出宣王作为一个英明君主的雄才大略。由"文武受命,召公维翰。无曰予小子,召公是似"四句,又见其对朝廷老臣恰如其分的谦虚和鼓励,通过表彰召虎的祖先召康公的业绩来勉力他再建大功。第五、六章写宣王对召虎赏赐规格之高和召虎的感恩戴德之情。全诗以"矢其文德,洽此四国"作结,表现出君臣二人中兴周朝的共同愿望。

全诗气度雍容,语意遥深,有些句子的安排用心良苦,如第一章"匪安匪游,淮夷来求"等,出自召虎之口,表明宣王不求安乐,而勤于国事。第三章"匪疚匪棘,王国来极",则是宣王表态:不要给百姓造成骚扰,也不要急于事功,四方都必须以王朝政令为准,这是大事。第二章"四方既平,王国庶定。时靡有争,王心载宁",同样表现了臣子对天子的体贴。第三章"式辟四方,彻我疆土",出于周王之口,则体现出"溥天之下,莫非王土"的观念。全诗语言古雅而生动,叙述威赫而委婉,以赞美征伐武功为主,却以宣扬周王文德为结,是本诗的特色。

常　武

赫赫明明[1],王命卿士[2],
南仲大祖[3],大师皇父[4]:
"整我六师[5],以修我戎[6]。
既敬既戒[7],惠此南国。"

王谓尹氏[8],命程伯休父[9]:
"左右陈行[10],戒我师旅[11]。
率彼淮浦[12],省此徐土[13]。
不留不处[14],三事就绪[15]。"

赫赫业业[16]，有严天子[17]。
王舒保作[18]，匪绍匪游[19]。
徐方绎骚[20]，震惊徐方，
如雷如霆，徐方震惊。

王奋厥武[21]，如震如怒。
进厥虎臣[22]，阚如虓虎[23]。
铺敦淮濆[24]，仍执丑虏[25]。
截彼淮浦[26]，王师之所[27]。

王旅啴啴[28]，如飞如翰[29]。
如江如汉，如山之苞[30]，
如川之流，绵绵翼翼[31]，
不测不克[32]，濯征徐国[33]。

王犹允塞[34]，徐方既来[35]。
徐方既同[36]，天子之功。
四方既平，徐方来庭[37]。
徐方不回[38]，王曰还归[39]。

【注释】

[1]赫赫：显耀盛大貌。明明：明智昭察貌。[2]卿士：西周掌管中央各官属和地方的高级官员。[3]南仲：人名，周宣王的大臣。大祖：指太祖庙。[4]大师：即太师，官名，西周执政大臣之一，总管军事。皇父：人名，周宣王的大臣。[5]六师：六军。[6]戎：兵器。[7]敬："儆"的假借，警戒。[8]尹氏：据马瑞辰《毛诗传笺通释》考证，是上章的皇父，也有人认为是尹吉甫或掌卿士之官的。[9]程伯：封在程地的伯爵。休父：程伯之名。[10]陈行：列队。[11]戒：告诫。[12]率：循，沿。淮浦：淮水边。[13]省：巡视。徐土：徐国。故城在今安徽省泗县北，亦称徐戎、徐州，属于淮夷中的一个大国。

[14]处:居住。[15]三事:三卿。就绪:安排妥当。[16]业业:举止有威仪的样子。[17]有严:即"严严",威严的样子。[18]舒:徐缓。保作:安行。[19]绍:迟缓。[20]方:方国。绎:军阵。骚:惊扰,骚动。[21]奋:奋发,振起。厥:其。[22]进:进攻。虎臣:古代战争时用的冲锋兵车。[23]阚(hǎn):虎怒貌。虓(xiāo):虎叫。[24]铺:布阵。敦:整顿。濆(fén):河边高地。[25]仍:屡次。执:抓住。丑虏:对俘虏的蔑称。[26]截:断绝。[27]王师之所:将淮浦作为王师驻守之处,这章写周师进攻,敌人溃败。[28]啴(tān)啴:盛大的样子。[29]翰:高飞。[30]苞:茂盛,引申为攒聚。[31]绵绵:连绵不断貌。翼翼:壮盛貌。[32]不测:不可测度。不克:不可战胜。[33]濯(zhuó):大。[34]犹:谋划。允:诚信。塞:踏实。[35]来:归服。[36]同:会和,统一。[37]来庭:来朝拜天子。庭,朝。[38]回:违,违抗。[39]还(xuán)归:班师凯旋。

【译文】

宣王威武又英明,下令卿士征徐方,
召见南仲在太庙,太师皇父同听讲:
"整顿六军振士气,修理弓箭和刀枪。
告诫士卒勿扰民,平定徐国惠南邦。"

王令尹氏传下话,策命休父任司马:
"士卒左右列好队,训诫六军早出发。
循那淮水岸边行,须对徐国细巡察。
大军不必久居留,任毕三卿便回家。"

威仪堂堂气轩昂,神圣庄严周宣王。
王师从容向前进,不敢延缓不游逛。
徐国闻讯大骚动,王师威力震徐邦,
声势恰似雷霆轰,徐兵未战已恐慌。

宣王奋发真威武,就像天上雷霆怒。

冲锋兵车先进军,吼声震天如猛虎。

大军列阵淮水边,捉获敌方众战俘。

切断徐兵溃逃路,王师就地把兵驻。

王师势盛世无双,行动神速如鸟翔。

好比江汉水流长,好比青山难摇撼,

好比洪流不可挡,连绵不断声威壮,

神出鬼没难估量,大征徐国定南方。

宣王计划真恰当,徐国已服来归降。

纳上称臣成一统,建立功勋是我王。

四方诸侯既平靖,徐君朝拜王庭上,

徐国从此不敢叛,王命班师回周邦。

【题解】

这是赞美宣王平定徐国叛乱的诗。关于篇名"常武"的解释,后世有各种分析。朱熹《诗序辨说》中认为有恒常大德那么立武是可以的,但是把武作为一种恒常却是不可以的,这是有所赞美同时也有所劝诫。王质《诗总闻》认为从南仲开始,不同时代都以武著称,故曰常武。这种说法比较平实。讨伐徐国的战役,周宣王是否亲征,旧说不一,但从诗义来看,宣王似乎是亲赴戎机,所以朱熹说,宣王将亲自率领军队讨伐淮北的夷人。

全诗共六章,每章八句,诗人以赋的形式铺叙敷陈,以洗练之笔,叙述了王师征伐淮的全过程。诗的起始已是非凡,第一章首句就运用了两个叠词"赫赫""明明",形象性很强,以突出表现宣王的威仪,树立了中兴之主宣王非同凡响的形象。《常武》正面写战争,扬兵威证武功,所以文势汹涌。前五章叙述宣王任命将领、亲征徐方、临阵指麾、出奇制胜诸事,"是一篇古战场文字"。尤其是第五章,连用多个比喻,将王师的神武气概渲染得淋漓尽致,是全诗最精彩的部分。诗人以满怀感情的笔触,铺张扬厉,一气贯注,连用排比，如急调促弦，令人目不暇接，把王师的勇猛、迅疾写得极为准确、精练。落想超妙、用词精当，颇有千岗振衣、万里濯足的气概。紧接着"绵绵翼翼"三句，承上文一气注下，气势浩穰，有天地闭塞、风云变色之象。更妙的是末章写班师凯旋，笔下一扫暴风骤雨的声势而为天清气朗，多此一层跌宕，全诗便显得神完气足了。诗中反复溢美颂扬宣王，第六章第一句"王犹允塞"称颂宣王雄才大略，第四句"天子之功"更为直露。在艺术特色方面值得注意的是，诗中"徐方"二字回环互用，对此清代学者方玉润评曰："奇绝快绝！杜甫'即从巴峡穿巫峡，便下襄阳向洛阳'之句，有此神理。"但宋代朱熹的看法又比方氏高出一层，朱熹曾将本诗与《江汉》作比较，称："前篇召公帅师以出，归告成功，故备载其褒赏之词；此篇王实亲行，故于卒章反覆其辞，以归功于天子。"可谓知其然又知其所以然。这种写作手法对后世颇多沾溉，如李白《峨眉山月歌》："峨眉山月半轮秋，影入平羌江水流。夜发清溪向三峡，思君不见下渝州。"即采用此法，四句诗中道出五个地名，安置精巧，意境绵深，空灵入妙，读之令人心折。作为西周中兴之主，周宣王既有文治也有武功，秉承着师出有名以及强大的军威，一统异端，从而广施德政，促进国家的全面统一与发展。现如今在和平发展的时代主题影响下，国与国之间的关系变得紧密而团结，但是国际环境中仍有一些不安定的因素阻碍着和平发展时代主题的推行，作为新时期的社会主义现代化国家，我们还需要强有力的军事力量来保障我们的基本权益。中华民族自古以来就是崇尚仁德的民族，但同时我们也是不惧任何胁迫的，保家卫国、振兴中华，永远是中华儿女的伟大目标和美好愿景。

瞻卬[1]

瞻卬昊天[2]，则不我惠[3]。
孔填不宁[4]，降此大厉[5]。
邦靡有定，士民其瘵[6]。
蟊贼蟊疾[7]，靡有夷届[8]。

罪罟不收[9],靡有夷瘳[10]。

人有土田[11],女反有之[12]。
人有民人[13],女覆夺之[14]。
此宜无罪,女反收之。
彼宜有罪,女覆说之[15]。

哲夫成城[16],哲妇倾城[17]。
懿厥哲妇[18],为枭为鸱[19]。
妇有长舌,维厉之阶[20]。
乱匪降自天[21],生自妇人。
匪教匪诲[22],时维妇寺[23]。

鞫人忮忒[24],谮始竟背[25]。
岂曰不极[26],伊胡为慝[27]?
如贾三倍[28],君子是识[29]。
妇无公事[30],休其蚕织。

天何以刺[31]?何神不富[32]?
舍尔介狄[33],维予胥忌[34]。
不吊不祥[35],威仪不类[36]。
人之云亡[37],邦国殄瘁[38]。

天之降罔[39],维其优矣[40]。
人之云亡,心之忧矣。
天之降罔,维其几矣[41]。
人之云亡,心之悲矣。

觱沸槛泉[42],维其深矣。

心之忧矣,宁自今矣?

不自我先,不自我后。

藐藐昊天[43],无不可巩[44]。

无忝皇祖[45],式救尔后[46]。

【注释】

[1]瞻卬(yǎng):仰视。卬,"仰"的假借。[2]昊天:喻指周幽王。[3]我惠:为"惠我"的倒文。惠,爱。[4]孔:很,非常。填(chén):"尘"的古体字,长久。[5]厉:祸患。[6]瘵(zhài):病,指忧患。[7]蟊(máo)贼:吃庄稼的害虫,诗人用它比喻周幽王。蟊疾:啃害庄稼貌。[8]夷:语助词。届:终极。[9]罪罟(gǔ):刑罪之法网,喻指条目繁多的酷刑。罟,网。收:拘捕。[10]瘳(chōu):病愈,这里指停息。[11]人:指贵族们,下同。[12]女:汝,你,指周王。有:占有,夺取。[13]民人:人民,西周时,拥有土地的贵族亦拥有一部分人民。[14]覆:反而。[15]说:"脱"的假借,开脱,赦免。[16]哲夫:才能见识超越常人的男子。成城:立国。城,指国家。[17]哲妇:指幽王宠妃褒姒。倾城:倾败国家。[18]懿(yì):"噫"的假借,叹词。[19]为:是。枭(xiāo):传说长大后食母的恶鸟。鸱(chī):猫头鹰,古人以猫头鹰为不祥之鸟。[20]阶:阶梯,含有根源的意思。[21]匪:非,不是。[22]匪教匪诲:郑笺:"非有人教王为乱,语王为恶者,是惟近爱妇人,用其言故也。"[23]时:是。维:唯,只。妇:褒姒。寺:"侍"的假借,指亲近的人,如御侍之流。[24]鞫(jū):告。忮:"歧"的假借,歧异。忒:差错。[25]谮(zèn):虚妄。竟:最终。背:违背。[26]极:至,穷尽,含有穷凶极恶的意思。[27]伊:发语词。胡为:为什么。慝(tè):悦爱,欢喜。[28]贾(gǔ):商人。三倍:指得到三倍的利润。[29]君子:指贵族从政者。识:通"职"。[30]公事:政事。[31]天:指周幽王,下章同。刺:责罚。[32]富:"福"的假借,赐福。[33]舍:放任不管。狄:通"逖",远。[34]胥:相。忌:忌恨。[35]吊:慰问,抚恤。不祥:指天灾人祸。[36]威仪:礼节。类:善。[37]人:指贤人。云:语助词。亡:逃亡。[38]殄瘁(tiǎn cuì):因病憔悴。[39]降罔(wǎng):下网,加人罪名。罔,通"网"。[40]维:发语词。其:那样,下同。优:渥厚。

[41]几:危殆。[42]觱(bì)沸:泉水沸腾上涌的样子。槛:"烂"的假借,泛滥。[43]藐藐:高远貌。[44]巩:"恐"的假借,畏惧。[45]忝(tiǎn):辱没。皇祖:指文王、武王。[46]式:用,以。尔:指周幽王。

【译文】

仰望苍天意深沉,苍天对我无恩情。

天下长久不安宁,降下责罚灾祸临。

国内丧乱少安定,士人庶民都贫病。

病虫成灾毁庄稼,长年累月不肯停。

罪恶之网不收敛,苦难久在难减轻。

人家拥有好田地,你却抢夺占为己。

人家拥有好百姓,你却掳掠占便宜。

这人原本无罪过,你却无故去拘捕。

那人原本有罪恶,你却让他得自由。

男人有才称霸王,女子有才使国亡。

那个女人太狡黠,如枭如鸱恶名扬。

花言巧语善逞辩,为非作歹祸根藏。

祸乱不是从天降,出自妇人那一方。

讽谏君王听不进,只爱信任女红妆。

罗织罪名害人多,前言后语相违背。

狠毒难道还不够,为非作歹为哪般?

好比奸商求暴利,君子一见便了然。

妇人不该理朝政,抛弃蚕织与女工。

苍天为何降责罚?神灵为何不庇护?

深谋远虑全没有,只是对我相忌妒。

百姓遭灾不慰问,威严不修坏纲常。

良臣贤士离朝堂,国家危难要覆亡。

苍天无情降法网,严酷繁重难躲藏。

良臣贤士皆流放,我的心情太忧伤。

苍天无情降法网,频繁危急势难挡。

良臣贤士离朝堂,我的心情太悲伤。

涌泉沸腾流不止,流泉汨汨渊源深。

我的心情太悲伤,难道今日愁始增?

生前不降灾难重,死后祸乱又不跟。

后土皇天意难问,支配生灵定乾坤。

勿让祖宗受侮辱,拯救邦家为子孙。

【题解】

本诗约作于周幽王时,以讽刺周幽王宠信褒姒,昏庸无道,亲小人远贤臣,倒行逆施以至天怒人怨,国运濒危为主题,是"刺"诗中的经典力作。全诗共七章,六十二句。作者和写作的具体年代已经不可考,《毛诗序》认为是凡伯所作,但缺乏确切的证据。

第一章写天灾人祸,时局危难,国不安宁,生灵涂炭。这里的"天",既指自然界的天,也指作为最高统治者的周幽王。所以这里的"灾祸"既有天灾也有人祸,且人祸更甚于天灾。第二章通过两"反"两"覆"的控诉,揭露了周幽王倒行逆施的虐政。第三章认为,祸乱的根源是女人得宠,而其害人的主要手段是谗言和搬弄是非。第四章提出杜绝"女祸"的办法,就是让这位为非作歹的"女人"从事女工蚕织、远离朝政。第五章诗人直斥周幽王罪状:不御戎狄,反怨贤臣,致使国乱人亡。第六章面对天灾人祸的现状,诗人抒发了自己深重的忧国忧民之心,言辞恳切,发自肺腑。第七章诗人自伤生逢乱世,但还是抱着一线希望提出了匡时补救的方案以劝诫君王,试图挽狂澜于既倒。

《瞻卬》所记述的事实,既可以从史书中得到印证,又可以补充史书的失载。史书所载周幽王昏庸的行径主要有宠幸褒姒,亲近佞人虢石父,欲废申后及太子宜臼,而以褒姒为后、以其子伯服为太子,进而引发了国内的叛乱和外族的侵略,最终身死国灭。而《瞻卬》所反映的内容较信史更为广泛、具体而深刻,诗中列数周幽王的恶行:罗织罪名,戕害贤人;苛政暴敛,民不聊生;侵占土地,掠夺奴隶;放纵罪人,迫害无辜;政治腐败,纲纪紊乱;远贤近佞,罪罟绵密等。细致、全面而生动地将一幅西周社会行将崩溃的历史画面展现在读者面前。

本诗到底由谁所作其实无关宏旨,从诗中我们可以推断出他可能是有血性的宗室,可能是朝中正直的大臣,也可能是一个遭受迫害的谏诤者。但无论他是何人,他对周幽王时期的社会黑暗、政治腐败都是深恶痛绝的,因此进行了无情的揭露和严正的批判,对贤臣亡故、国运濒危的现实,深感惋惜和痛心疾首。诗人尤为痛切的是,贤人不复存在,所谓"人之云亡,邦国殄瘁",贤人君子乃国之栋梁,蓍旧老成乃邦之元气,今元气已损,栋梁将倾,天怒人怨,国将不国。诗人面对这样的现状如鲠在喉,不吐不快。于是在第五章劈头就是两句诘问:"天何以刺?何神不富?"可谓呼天抢地,悲怆不已。随后反复发出"人之云亡"的悲叹,惋惜怅惘之意不可名状,又在一再申述"维其优矣""维其几矣""维其深矣"中长吁短叹忧心忡忡,在"心之忧矣""心之悲矣"中将痛切之情表露无遗,激荡的情思言之惨然。诗句就是在这样的回环往复、凄言楚语中,把一片赤胆忠心呈现在朗朗乾坤之下,令人读之如在眼前,一位悯时忧国、具有热血心肠的人物形象跃然纸上,呼之欲出,催人泪下。

本诗的修辞很有特色,尤其是比喻手法的运用更是独具匠心。比如将祸国殃民的幽王、褒姒比作啃食农作物的害虫,又把褒姒比作枭、鸱等恶鸟,突出了她工谗善媚的恶行。这些比喻既切中要害又充满感情,将诗人对于现实的不满、对于幽王褒姒的愤恨表达得淋漓尽致。而"觱沸槛泉,维其深矣"则以极其平易的比喻表现了诗人忧从中来不可断绝的悲怆心境,具有动人的艺术魅力。

在结构方面,本诗起首极其雄肆,高屋建瓴,纵览无遗。篇中语特新峭,然又有率意处。卒章语尽而意犹未止。修辞造句,颇有特色,或以对比反衬、正反排比的句式,尽情抒发胸中的积愤或低回沉思之情;或以形象的比喻、丰富的内涵、深刻的剖示而匠心独运。在用韵上,各章不尽相同,有一韵到底句句用的,如第四章,或同韵,或协韵,跌宕多彩,摇曳生姿,使本诗更添声色。

召　旻

旻天疾威[1],天笃降丧[2]。
瘨我饥馑[3],民卒流亡,
我居圉卒荒[4]。

天降罪罟[5],蟊贼内讧[6]。
昏椓靡共[7],溃溃回遹[8],
实靖夷我邦[9]。

皋皋訿訿[10],曾不知其玷[11]。
兢兢业业,孔填不宁[12],
我位孔贬[13]。

如彼岁旱,草不溃茂[14],
如彼栖苴[15]。
我相此邦[16],无不溃止[17]。

维昔之富不如时[18],维今之疚不如兹[19]。
彼疏斯粺[20],胡不自替[21]?
职兄斯引[22]。

池之竭矣,不云自频[23]?

泉之竭矣,不云自中?

溥斯害矣[24],职兄斯弘[25],

不烖我躬[26]?

昔先王受命[27],有如召公[28]。

日辟国百里[29],今也日蹙国百里[30]。

於乎哀哉[31]！

维今之人[32],不尚有旧[33]?

【注释】

[1]旻(mín)天:指秋天,此处泛指上天。疾威:暴虐。[2]笃:深厚,严重。丧:死亡的灾难。[3]瘨(diān):害,降灾。[4]居:国中,人民所在之处。圉(yǔ):边境。荒:荒年。[5]罪罟(gǔ):刑罪之网。[6]蟊贼:吃庄稼的害虫,比喻作恶多端的官僚。[7]昏:乱。椓(zhuó):通"诼",毁谤。靡共:不任职。共,通"供",担任。[8]溃溃:昏乱。回通(yù):奸邪。[9]实:是。靖:图谋。夷:平定。[10]皋皋:欺诳的样子。訿(zǐ)訿:毁谤貌。[11]曾:乃,还。玷(diàn):玉上的斑点,这里比喻人的污点。[12]孔:很。填(chén):长久。不宁:不敢自图安宁。[13]贬:降免。[14]溃茂:"溃"和"茂"同义,丰茂。[15]栖:栖息。苴(chá):用来垫在鞋底的枯草。[16]相:察看。[17]溃:崩溃。止:语助词。[18]维:发语词。时:现在。[19]疚:贫病。兹:此,指此地。[20]彼:指那些弄权祸国的小人。疏:稷,一说为谷子,一说为高粱,粗粮。粺(bài):精米。[21]替:废退,辞职。[22]职:主。兄(kuàng):即"况",情况。斯:语助词。引:延长。[23]频(bīn):"滨"的假借,水边。[24]溥(pǔ):同"普",普遍。斯:此,指上面四句所比喻的无贤臣辅佐及内部腐败之害。[25]弘:广大。[26]烖(zāi):同"灾"。躬:自身。[27]先王:指周文王和周武王。[28]召(shào)公:即召康公姬奭,周武王之弟,历文、武、成、康四世。[29]日:每天,夸张之词。辟:开辟。[30]今:指周幽王时。蹙(cù):收缩。[31]於(wū)乎:同"呜呼"。[32]今之人:指当时

在朝而不被重用的人。[33]尚:犹,还。旧:有旧德的臣子,指像召公那样的贤臣。

【译文】

苍天无情难提防,各种灾荒一起降。
遍地饥馑灾情重,人民逃难尽流亡,
土地受灾成废荒。

天降罪网太严重,还有蟊贼起内讧。
谗言乱政职不供,混乱邪恶在逞凶,
国家恐怕要断送。

欺骗攻讦心藏奸,却不自知有污点。
君子认真又勤奋,见此内心早不安,
可惜身份太微贱。

就像终年闹大旱,花草树木难繁衍,
像那垫草枯又干。
我看国家这个样,不免崩溃和混乱。

从前富裕现在穷,此时此地遭病灾。
从前粗粮今吃米,何不退居坐朝中?
情况越来越严重。

池水枯竭已很久,不是开始在边沿?
泉水枯竭源头断,不是开始在中间?
这场祸害太广泛,坏事不停在发展,
难道我不受灾难?

先王受命做天子,召公辅佐在左右。

当初日辟百里地,如今国土日受损。

又悲又叹太痛心!

满朝达官和显贵,是否还有旧忠臣?

【题解】

　　这是《大雅》的最后一篇诗作,主题是讽刺周幽王乱政亡国,与《小雅》中的《节南山》《正月》《十月之交》《雨无正》《小旻》和《大雅》中的《瞻卬》等是同一类型的作品。从"我位孔贬"一句可以推断出作者可能是一位下层官吏。

　　全诗共七章,句式以四字句为主。第一章一开始就责问上天,但这并不是简单的指斥,而是借此对周幽王这位上天之子的倒行逆施提出质问和批判。第二章逐渐进入主题。"天降罪罟"与"天笃降丧"大意相同,诗人反复陈说上天的不仁,当然仍是意在指责幽王。痛斥奸佞小人相互攻讦,争权夺利,昏聩邪僻,无心任事。第三章诗人转换角度继续抨击,并感叹自己人微言轻,无法遏制他们的气焰。诗人"我位孔贬"的感叹,与对于幽王宠信奸人败坏政事的家国之恨密不可分,这种位卑未敢忘忧国的情操闪耀着高尚的光辉。第四章的描写又回应了第一章的内容,以天灾喻人祸。此章末两句"我相此邦,无不溃止"是写出来的预言,这恰恰反映了诗人心理上的反预言,痛陈国家必遭灭亡正是为了避免这种灭亡。但这种劝谏和警告是徒劳无功的,只是为诗人添加了一种壮烈的色彩。第五章前两句是颇工整的对偶,也有人点作四句,使"不如时""不如兹"单独成句,亦可。诗人在此处作了今昔对比,"富"与"疚"的反差令人伤心,更令人对黑暗现实产生强烈的憎恨,于是诗人再一次针砭那些得势的小人,"彼疏斯粺,胡不自替",斥责别人吃粗粮他们吃细粮,却坏事干尽,伤天害理。第六章又一次苦口婆心地告诫幽王当悬崖勒马,迷途知返,否则国家终将覆亡。"职兄斯弘"与上章末句"职兄斯引"意义完全一样,不惜重言之,正见诗人希望幽王认清局势严重性的迫切心情。第七章诗人怀念前代功臣,希望像召公那样贤明而有才干的人物能出来匡正幽王之失,挽狂澜于既倒,而这又与此篇斥责奸佞小人的主题是互为表里的。结句"维今之人,不尚有旧",质问当时是否还有赤胆忠心的老臣故旧,是诗人由失望而濒于绝望之际,迸发出全部力量寄托那最后的一丝希望。这一问,低回掩抑,言近旨远,极具魅力,言已尽而意无穷。

全诗风格质朴含蓄,情深意挚,笔力雄浑,不经意间而别有奇峭。其奇峭之处具体表现在对七字句的运用上,"维昔之富不如时,维今之疚不如兹""今也日蹙国百里"等几句,在以四言诗为基本形式的《诗经》中,确实显得戛戛独造,卓尔不群。清代学者吴闿生在《诗义会通》中认为,此诗中贤者遭乱世而无法抒发的抑郁情感,和《离骚》《九章》所阐发的情感是一致的,这一观点颇能启发读者深思。周人由天命观所生发的德政思想对于中华民族传承千百年的文化传统有着重要的影响,遥想当年在这沣河之畔,诗人所吟咏的那种悲怨之情,随着源远流长的沣河,滋润着一代代明君的心田,千载之下,更添华彩。

周　颂

清　庙[1]

於穆清庙[2]，肃雍显相[3]。

济济多士[4]，秉文之德[5]。

对越在天[6]，骏奔走在庙[7]。

不显不承[8]，无射于人斯[9]。

【注释】

[1]清：清明。郑笺："祭有清明之德者之宫也。"一说此处"清"应是"清静"义，如《左传·桓公二年》贾逵注："肃然清静，谓之清庙。"亦符合诗义。[2]於（wū）：语助词，此处含有赞美感叹的意思。穆：深幽壮美貌。[3]肃雍：庄严雍容、整齐和谐的样子。显：明，指有明德。相：辅助，此指助祭的公卿诸侯。[4]济济：有威仪而整齐貌。多士：有才能的人，此处指祭祀时承担各种职事的官吏。[5]秉：秉承，操持。文之德：周文王的德行。[6]对越：犹"对扬"，即答谢颂扬。在天：指周文王的在天之灵。[7]骏：有才能的人。[8]不（pī）：同"丕"，发语词。一说"不"为大，亦通。承：继承。[9]射（yì）：借为"致"，厌倦。斯：语助词。

【译文】

深幽壮美宗庙中，士卿高贵又雍容。

排队祭祖人成行，文王美德记心中。

在天之灵需颂扬，贤臣奔走在宗庙。

光辉显耀照后人，仰慕之情无止休。

【题解】

《清庙》是《周颂》的首篇,即所谓"颂之始"。司马迁在《史记·孔子世家》中具体提出"诗有四始"一说,即《关雎》是国风之始,《鹿鸣》是《小雅》之始,《文王》是《大雅》之始,《清庙》是颂之始。郑玄笺说:"'始'者,王道兴衰之所由。"因此,每类诗的第一篇就具有特殊的意义,《清庙》也不例外。

在周人心目中,周文王姬昌始终是一位威加海内、德化天下、神圣而不可超越的开国明君,因此《诗经》中有很多诗篇歌颂、赞美他。《清庙》作为"颂之始",其目的就是为周文王歌功颂德,之后更进一步演变成了西周王朝举行盛大祭祀及其他重大活动通用的舞曲。《礼记》中多有记载,如:"季夏六月,以禘礼祀周公于太庙,升歌《清庙》。"(《明堂位》)"夫大尝禘,升歌《清庙》。"(《祭统》)"两君相见,升歌《清庙》。"(《孔子燕居》)"天子视学,登歌《清庙》。"(《文王世子》)可见,它的意义已不只是歌颂和祭祀周文王本人,而成为周人礼乐活动的重要组成部分。所以唐代经学大师孔颖达便认为在举行重大的祭祀活动,歌颂周文王伟大德行的时候,没有哪首诗比《清庙》更重要,它作为《周颂》之"始",顺理成章。

《清庙》是《诗经》中比较短的诗作,全诗只有八句,不分章且无韵。开头两句只写宗庙的庄严、清静和助祭公卿的庄重、显赫,中间四句也只写其他参与祭祀的官吏秉承了文王的德操,为颂扬文王的在天之灵而在宗庙里奔走忙碌。直到最后两句才颂扬文王的盛德显赫、美好,使后人永远铭记。全诗抽象而简括地歌颂和赞美了文王的功德。作者匠心独运地采用侧面描述和侧面衬托的手法,只在助祭者、与祭者身上做文章。他们的态度和行动,是"肃雍"的,是"奔走"的,是"秉文之德"的,而又虔诚地"对越在天",于是通过对他们言行举止的描写,使文王之德的恩泽之广、传承之久得到了更加生动和具体的表现。这种以虚写实的表现方法,比起正面的述说,反而显得更精要、更高明一些。通常情况下,《大雅》、颂中的语言大都比较板滞、臃肿或枯燥,缺乏鲜明、生动的个性和强烈的感情色彩。而在本诗中,由于作者写了具体的人,写了助祭者和与祭者,所以语言虽少但内容却使人感到既丰富又含蓄,字里行间的情感真切隽永。

周原是泾渭流域的一个部族，文王姬昌迁于沣河西岸营建丰京，武王姬发又在沣河东岸营建镐京。历史上伟大的周文王凭借着自己的德政，开创了周王朝，并且为人民带来了和平安定的生活环境，其在位期间，"克明德慎罚"，勤于政事，重视发展农业生产，礼贤下士，广罗人才，从而受到人们的广泛爱戴，所以，《诗经》中收录了许多发自肺腑地对周文王怀念与感激的诗歌，其朴素的语言与真挚的情感使人无不对周文王这一伟大的人物形象感到敬佩，《清庙》一诗便是其中的典型代表。

维 天 之 命[1]

维天之命，於穆不已[2]。
於乎不显[3]，文王之德之纯[4]。
假以溢我[5]，我其收之[6]。
骏惠我文王[7]，曾孙笃之[8]。

【注释】

[1]维：同"惟"，想。命：天道，指宇宙中客观运行的规律。[2]於(wū)：赞叹词，此处含有赞美感叹的意思。穆：深幽壮美貌。不已：不止。指天道运行无止。[3]不(pī)：同"丕"，发语词。一说"不"为大，亦通。显：光明。[4]德之纯：言德之美。纯，美善。[5]假以溢我：以嘉美之道戒慎于我。假，通"嘉"，美好。溢，慎也，静也。[6]收：接受。[7]骏惠：非常顺从。[8]曾孙：孙子的儿子，此处泛指后代子孙。笃：忠实，一心一意。

【译文】

天道运行有规律，美好肃穆永不停。
辉煌庄严又光明，文王品德多纯美。
美德使我慎而静，继承之后要发扬。
顺着文王的政策，子孙执行要忠实。

【题解】

本诗是《周颂》的第二篇,与上一篇《清庙》一样同为无韵短制,是为祭祀周文王而作,因诗中有"文王之德之纯""骏惠我文王"等句可证,所以古今并无异议,创作时间则大约在周公摄政的第六年。

本诗篇幅不长,全篇充满了恭敬之意和颂扬之词。此诗从内容上大致可分为两部分。前一部分为一到四句,主要是说文王顺应天命,品德纯美;后一部分主要是说文王德化天下,恩泽后代,子孙当继承其光辉精神,并将其发扬光大。前后两部分在结构上有所不同。第一部分将原本是"维天之命,於穆不已。文王之德之纯,於乎不显"的平行结构在句子的排列组合上作了小小的变化。语义丝毫未变,但效果却很不一样,两个语气词"於"的叠合,更显出叹美庄敬之意。而第二部分没有用感叹词,作者将句式按正常逻辑排列,平铺直叙,波澜不惊,在赞颂文王的主旋律之后,以轻声顺势自然收束,表现出顺应文王之遗教便是对文王最好的告慰,是真诚的祈愿与自诫。

本诗句式参差不齐,有一种特殊的语感,如第四句"文王之德之纯"与第七句"骏惠我文王"完全可以压缩成"文王德纯""骏惠文王"这样的句式,如此则八句均为四言,整齐划一,如《周颂》中的《臣工》《噫嘻》等即是。但这样的观点往往忽略了颂诗合乐的需要,郑觐文在《中国音乐史》中提出,颂和雅的音律是不一样的。而清代经学家阮元则在《释颂》一文中强调颂之舞容而谓其全为舞诗。据此,颂诗的音乐大约因切合舞蹈的需要而旋律变化多一些,句式参差与匀整正反映出其旋律的差异。

此诗的内容是颂扬文王德配上天,并对其美德顶礼膜拜,立志继承传扬,这正是周公制礼确定祭祀文王的规格仪轨之后的必然主题。全诗言辞古直,情意朴素,并不像后世的祭祀歌辞那样有矫揉造作之弊。历史上对文王的德行是赞不绝口的,无数明君将文王之政视作自己的政治理想,大量忠义之士以文王的光辉事迹来劝谏君主行德政。上古先民通过朴素而自然的语言将自己心中对于文王的爱戴表现得真切感人,这些与文王相关的祭歌和赞曲,在今天仍有着重要的意义。通过文王的德政和人民的反馈,我们可以进一步提炼出君和民的关系,先秦哲学家口中所提倡的"民贵君轻"思想与《诗经》中的这些颂歌有着千丝万缕的联系。

维　清[1]

维清缉熙[2],文王之典。
肇禋[3],迄用有成[4],
维周之祯[5]。

【注释】

　　[1]维:想念。清:澄清。[2]缉熙(jí xī):形容光明的样子。[3]肇:开始。禋(yīn):祭天。毛传:"肇,始。禋,祀。"[4]迄:至。用:因此。成:成功。[5]维:是。祯(zhēn):吉兆,祥瑞。毛传:"祯,祥也。"

【译文】

　　　　想我周朝政清明,因为文王善用兵。
　　　　由他始行祭天礼,直到武王才功成,
　　　　这是我周的祥祯。

【题解】

　　本诗是《诗经》中最短的篇章之一,为周王祭祀文王之诗,诵唱于祭祀现场。文王在位期间,先将商纣王的属国如密、崇等都消灭掉,孤立商纣王,为武王灭纣的成功奠定基础。成王时,周公制礼作乐,以《维清》这首歌舞诗祭祀文王,纪念他征伐的功绩。在歌舞的时候,舞者打扮成文王的样子,进行象征作战动作的表演。古舞有文、武两种,这首诗属于武舞。

　　《毛诗序》认为本诗的主旨是:"奏象舞也。"汉儒大多以为这里所说的"象舞"是模拟战场用兵征伐的舞蹈,乃周武王所制,用以祭祀文王,侍奉上天。清代学者陈奂在《诗毛氏传疏》中通过考证,认为《象》是文王时代的舞乐,象征文王的武功就称之为《象》,象征武王的武功就称之为《武》。同时

《象》配有舞蹈,所以称为象舞。并结合胡承珙在《毛诗后笺》里的观点,认为《维清》的歌辞与其搭配的舞蹈并非同时产生,而是象舞在前,歌辞在后,到了成王周公的时候才作《维清》的歌辞来配合象舞的节奏。另据陈奂的考证,可知《维清》一诗文句虽简单,但在《周颂》中的地位却较为重要:它是歌颂文王武功的祭祀乐舞的歌辞,通过模仿其外在的征战姿态来表现其内在的武烈精神。雅、颂之诗,多称扬文王的文德,而本诗赞美其武功,那就显得意义非凡了。

本诗首句感慨如今天下光明太平,政通人和,次句阐明这一大好局面的形成,正是因为文王的征伐之功。据《尚书大传》等文献记载,文王七年五伐,击破或消灭了邗、密须、畎夷、耆、崇等诸侯,翦除了商朝的羽翼,为武王克纣打下了坚实的基础。武王沿用文王之法而得天下,推本溯源,自然对"文王之典"无限尊崇。第三句中的"肇禋",字面意思为"开始祭祀",郑玄结合《尚书中候》《春秋繁露》等书证,认为"肇禋"即始创出师祭天之典,自确凿无疑。《大雅·皇矣》叙文王伐崇,有"是类是祃"之句,"类"是出师前祭天,"祃"是在出征之地祭天,与本篇的"肇禋"显然是同一件事,可以彼此印证。最后两句,"迄用有成"直承"肇禋",表明"文王造此征伐之法,至今用之而有成功";又以"用"字带出用文王之法,暗应"文王之典"。"维周之祯"则与第一句"维清缉熙"首尾呼应,用发语词"维"引出赞叹感慨之情,再次强调"征伐之法,乃周家得天下之吉祥"。作者这样处理文字,未必是刻意为之,但在结构上确有回环吞吐的妙趣。清代学者戴震的《诗经补注》认为它言简意深,显然也是对此诗结构小巧而语意丰富的特点深有会心。

这样一首短小精悍的古诗,因其内容感情距当代读者的生活过于遥远,在接受过程中要使读者产生审美快感,是比较困难的,但通过上文的分析,当能使读者对此诗有比较确切的理解,感受到周文王武功之煊赫,泽被之久远。

烈　文[1]

烈文辟公[2]，锡兹祉福[3]。

惠我无疆[4]，子孙保之。

无封靡于尔邦[5]，维王其崇之[6]。

念兹戎功[7]，继序其皇之[8]。

无竞维人[9]，四方其训之[10]。

不显维德[11]，百辟其刑之[12]。

於乎前王不忘[13]！

【注释】

[1]烈：光明显赫。文：文德。[2]辟（bì）公：诸侯。[3]锡（cì）：同"赐"。兹：这，此。祉（zhǐ）：意同"福"，指诸侯来助祭。[4]惠：爱。一说"顺"。无疆：无穷。[5]无：通"毋"，不要。封靡（mí）：犯大罪。毛传："封，大也。靡，累也。"累即缧绁的意思，引申为犯罪。[6]维：是。王：指周王。崇：立。[7]兹：此。戎功：大功。戎，大。[8]继序：继承祖业。序，通"叙"。皇：光大，此处用作动词。[9]无：发语词。竞：强。维：是。人：指贤人。[10]四方：指天下诸侯。其：语中副词，含有"将"的意思。训：顺从。[11]不（pī）：通"丕"，大。显：光明。[12]百辟（bì）：众诸侯。刑：通"型"，效法，模范。[13]於（wū）乎：叹词。前王：指周文王、周武王。

【译文】

功德双全诸侯公，赐给你们助祭荣。

对我周朝永驯顺，子孙长保此福祥。

莫在你国铸大错，一心尊崇周君王。

感念你们立大功，继续立功又弘扬。

国强莫过有贤才，四方才会来归降。

先祖伟大在美德,诸君应当为榜样。

先王典范永不忘!

【题解】

这是一首周成王姬诵即位祭祀祖先时诫勉助祭诸侯的诗。周武王伐商得到了广泛的支持,据说当时没有约定就来相会的诸侯国便有 800 个,消灭商朝之后,周天子以分封诸侯的手段巩固统治,也就是《尚书正义》所谓的:"武王既已胜殷,制邦国以封有功者为诸侯;既封为国君,乃班赋宗庙彝器以赐之。"在武王革命的过程中出力颇多的诸侯均受分封,同时也享有了在周天子祭祀祖先时陪同助祭的政治待遇,本诗便是这种情况的一个记录。《毛诗序》认为本诗描写的是周成王亲政以后诸侯前来助祭的事情。其作者可能是周成王姬诵或周公姬旦。

《烈文》的诗义既有对诸侯的称赞与安抚,也有对其的约束与告诫。全诗未分章节,共十三句,前四句和后九句各为一部。前四句以赞扬诸侯的赫赫功绩来达到安抚的目的。这种赞扬是非常有分量的:正是众多诸侯的用心辅佐,才使周王室世世代代受益无穷。助祭的诸侯都是周王室的功臣,被邀来助祭本身就是一种殊荣,而在祭祀祖先这样的重大场合周王肯定其功绩,感谢其为建立和巩固周天子的统治所作的努力,使诸侯在祭坛前如英雄受勋,就更是荣耀非常,对周王室的感激之情便油然而生。

但是周王作为天下的主人,对诸侯仅有安抚是不够的,他还必须对诸侯加以约束和告诫,使诸侯生敬畏之心。后九句以"无"领起,"无"通"毋",意为"不要",是具有强烈感情色彩的祈使词,使文辞的情感从赞扬急转为指示,文意则由安抚转为告诫。九句诗中用了两个"无"字,以断然的语气训诫诸侯必须遵守和顺从先王的明确训令,字面上似乎只是训诫诸侯不要忘记先王之德,但又隐含着不要忘记先王曾伐灭了不可一世的商纣,成王也在周公的辅佐下平定了管叔、蔡叔、武庚的叛乱,提醒诸侯不要忘记周王室具有扫荡摧毁一切敌对势力的雄威。

后九句的指令、训诫,具有一个非常重要的作用,即正名。《左传·昭公七年》:"天子经略,诸侯正封,古之制也。封略之内,何非君土?食土之毛,谁非君臣？故《诗》曰：'普天之下，莫非王土；率土之滨，莫非王臣。'"这段话中所说的君臣名分，与《烈文》这首诗所表达的意涵完全一致。后者虽然没有点出"君臣"二字，含义却更加深刻：诸侯的功绩再大，也不过是尽臣子的本分，并且要一如既往地尽忠职守下去；而周王号令诸侯乃是行使君临天下的威权，并且这项权利理所当然地将绵延至子孙万代。姚小鸥在《诗经译注》中认为，本诗以"於乎前王不忘"作结，可以说是了解古代社会追念先王的重要文献，体现了其"慎终追远"的意识。

天　　作[1]

天作高山[2]，大王荒之[3]。
彼作矣[4]，文王康之[5]。
彼徂矣[6]，岐有夷之行[7]，
子孙保之。

【注释】

[1]作：产生，兴起。[2]高山：指岐山，在今陕西省岐山东北。[3]大(tài)王：古公亶父，到武王时，追尊为太王。荒：扩建，治理。[4]彼：指太王。作：治理开垦。[5]康：继续。[6]彼：指周民，投奔周的人们。徂(cú)：往，指归周。[7]夷：平坦。行：大路。

【译文】

岐山高耸成天然，大王治国费苦心。
荒山野岭变良田，文王继位承太平。
他率民众聚岐山，阔步行进在大路，
要为子孙创辉煌。

【题解】

对于周人来说,岐山是他们部族发源的圣地,所谓:"周之兴也,鸑鷟(yuè zhuó,即凤凰)鸣于岐山。"(《国语·周语》)周人一系传至古公亶父,居于豳地,《史记·周本纪》记载古公时周围的戎狄不断攻略土地财物,侵略人民,古公不忍抛弃人民又不愿开启战争,所以带领手下离开了豳地到达岐山之下,周围国家的人和原来豳地的人感慨于古公之贤,也纷纷跟从。古公之前,后稷、公刘二位也为周族的兴起作出了卓越贡献,《国语》之所以取岐山为周人的圣地,似是因为极度推崇古公之仁,而从上文可见,古公不仅仁爱本族,而且推仁爱于一再侵犯自己的异族,非常难能可贵,这使他在一定程度上具有了圣人的品格。

在《周颂》中,只有两篇作品提及了具体地点,一篇是《潜》,另一篇便是《天作》。《毛诗序》认为本诗是周王祭祀前代王公的诗歌,朱熹《诗集传》则将祭祀的对象具体指定为太王,但和《毛诗序》一样都认为祭祀的对象是人。清代学者姚际恒《诗经通论》则认为本诗的祭祀对象是岐山。其实这两种说法并不矛盾。岐山是古公至文王等历代周主开创经营的根据地,正是在此处,他们为伐商大业积蓄了力量。《天作》既可以是祭圣地的,同时也可以是祭祀古公至文王等前代贤王的。至于主持祭祀之人则非文王的继承人武王莫属。

"天作高山"一句,强调此地是上天所赐。天赐岐山之后,后面的主要内容就是写周人在这根据地上积蓄力量的过程。之所以仅取太王、文王二人,是因为他们是营建岐山的九世周主中最杰出的代表。灭商虽然最终完成于武王时期,但文王在位之时已显示出将取商而代之的必然趋势,纣王囚文王于羑里的举措也只能延缓这一历史发展,而无法阻遏。历代先王在岐山惨淡经营,至文王之时,已为武王积蓄了足以灭商的雄厚实力,招揽了包括姜尚在内的众多足以辅成伟业的贤臣。"岐有夷之行",这条平坦的大道分明是先王开创的一条通向胜利的道路。

岐山并非周人的故土,然而周王朝的发达兴旺确实是从岐山开始的,周人从这里继续向东扩展,直至占据了中原的大部分地区。因此,对周王朝来说,岐山的意义远远超过部族原来的栖息之地,自然要隆重地祭祀。《天作》一诗虽然是一篇短制,但既显庄严,又富有气势,可见诗人的非凡手笔。

昊天有成命[1]

昊天有成命,二后受之[2]。
成王不敢康[3],夙夜基命宥密[4]。
於缉熙[5],单厥心[6],
肆其靖之[7]。

【注释】

[1]昊天:苍天,上天。成命:既定的天命。[2]二后:两位君主,指周文王与周武王。受之:指承受天命。[3]成王:姓姬名诵,武王之子。康:安宁。[4]夙(sù)夜:日夜,朝夕,指天天、时时刻刻。基:谋划。命:政令。宥(yòu)密:深广,静密。[5]於(wū):语气词,表赞美。缉熙:光明。[6]单:厚。厥:第三人称代词,指成王。[7]肆:巩固。靖:和平安定。

【译文】

浩浩苍天有明令,文武二王受天命。
成王不敢享安逸,时刻勤政细经营。
伟大光明又辉煌,宅心仁厚保天命,
国家太平民安定。

【题解】

周成王是武王之子,幼年继位,在位期间平定三监之乱、营造成周、大封诸侯、派兵东征、制礼作乐,巩固了西周王朝的统治,与其子周康王一起创造了"成康之治"的太平盛世。大多数观点都认为本诗的主要内容是祭祀和歌颂周成王,但《毛诗序》却认为是祭祀天地的。《毛诗序》之所以会得出这个结论,一是因为其认为《周颂》无成王之后的作品,所以不可能是祭成王;二是因为其判定诗的主旨往往只根据诗的发端,而不是根据诗的整体。但整首诗只有一句涉及昊天,因此这个结论与本诗的意旨明显抵牾,尽管毛诗长时间占据了诗学的主导地位,郑玄、孔颖达等历代大儒煞费苦心地为其补苴罅漏,它的说法还是不断地被后人质疑。现代学者亦多摒弃《毛诗序》的观点,而恢复其"祭祀成王"的本来面目。

全诗只有七句话,简洁明了地叙述了文、武、成三位周王对周朝的创立和经营所作出的贡献。全诗除开头一句涉及天命外,其余六句都是赞美文、武、成王,尤其是重点称赞了周成王的功绩,表现出周人在敬畏上天的同时,更重视人自身的努力。

此诗虽以祭祀成王为主题,但却不从成王入手,而是先上溯到文、武二王,再追溯到高高在上的苍天,看似离题其实却并不难解释。成王受命于文、武二王,文、武二王又受命于天,所以从天入手,以示成王与文、武二王一脉相承,是真命天子,这个逻辑是十分顺畅的。首两句是全诗的引子,采用了兴的手法,而后五句才是全诗的主体。成王是西周正式立国之后的第二代天子,开创了"成康之治"。《史记·周本纪》说,成康之间,天下平安无事,国家的刑罚40多年里都没有施行过。而这种大好局面的形成是因为成王夙兴夜寐、勤勤恳恳,从不敢耽于安乐。"夙夜基命宥密"说足"不敢康"之意,一正一反,相得益彰。可知,文王、武王开创的周朝在成王时得以巩固、安定,这就是其一生的功绩,也是后人祭祀他的最大理由。

不敢偷安,日夜积德,劳心费力以理国政,一个守成之君的作为无过于此了。而长时间致天下于太平局面,一个守成之君的功劳也无过于此了。可见,此诗用意十分严谨,恰到好处,不多什么,也不少什么。因此,清代姚际恒说此诗"通首密练"。从汉代贾谊《新书·礼容下》、宋代朱熹《诗集传》以及《国语》叔向引此诗之言可知,时人与后人对此诗的理解,不出于成王勤政爱民的主题。诗中所表现出的周成王的过人之处是值得我们今人认真学习的,身居要位,常怀一颗担当之心,不放纵自己,这些都是中华民族千百年来凝聚而成的传统美德。《诗经》中对这些有德之君的大力赞美,具有重要的精神文化内涵,为我们今日促进精神文明建设提供了宝贵的养料。

我　　将^[1]

我将我享^[2],维羊维牛^[3],
维天其右之^[4]。
仪式刑文王之典^[5],日靖四方^[6]。
伊嘏文王^[7],既右飨之^[8]。
我其夙夜,畏天之威,
于时保之^[9]。

【注释】

[1]我:周武王的自称。将:供奉。[2]享:祭献。[3]维:助词,表判断。[4]维:发语词。右:通"佑",保佑,帮助。[5]仪、式、刑:三字同义,都是法度的意思。刑,同"型"。典:典章制度。[6]靖:平定。[7]伊:发语词。嘏(jiǎ):同"假",壮大,伟大。[8]既:完成。飨(xiǎng):享用祭品。[9]于时:在此时。保:安。

【译文】

我要祭祀先烹调,祭品牛羊不算少,
上帝保佑好运道。
典章制度效文王,治理天下日操劳。
伟大神圣我文王,享受祭祀神灵到。
我要日夜勤祭祷,崇敬天威遵天道,
这才能把天下保。

【题解】

据文献记载,上古三代开国之时都曾分别创建过一整套盛大隆重的舞乐用以祭祀先祖、宣扬功业、树立威信、勉励子孙。其中夏代的舞乐称《大夏》，商代的舞乐称《大濩》，周代的舞乐称《大武》。《大武》原作于武王伐纣成功告庙之时，当时只有三成，也就是三章，后来增加为六章。王国维推测《大武》之六成是原先的三成和三象合并的，这六成可以分开来表演，还可以独立表演，于是名称也就随之而不同。这一推测基本是正确的。

按传统说法，《诗经》是配乐舞的歌辞，即所谓诗乐舞一体。而《我将》则是《大武》的第一篇。其舞蹈表现了周武王观兵于盟津这一历史事件，据《史记·周本纪》记载，周武王出发前曾在毕地文王墓举行过祭祀。他这次出兵伐纣，是以文王为号召，自称"太子发"，军中载着文王的牌位，用以召集诸侯会师。所以这首诗原来盖为出兵前祭祀文王的祷词，后来伐纣成功，又将其确定为《大武》一成的歌诗。这首歌诗所配合的舞蹈以擂鼓开头，之后为首的舞者扮演武王，头戴冕冠出场，手持干戚，站立不动。其余60多位舞者扮演武士陆续上场，长时间咏叹后退场，用以表现武王率兵北渡盟津，等待诸侯会师，八百诸侯会合之后，急于作战，而武王以为伐纣的时机尚不成熟，经过商讨终于罢兵。《毛诗序》认为《我将》是在明堂祭祀文王的诗歌，也不算错误。盖《大武》之六篇诗，周代常单独使用，故于明堂祀文王亦可用该诗。

《我将》以奉献牺牲于天帝开头，祈求天帝保佑。据《乐记》所说，本诗象征武王出征，而周人出征必先祭天，此诗的首三句便是此意。接着说武王继承文王之遗志，以求伐纣克商，统一并安定天下。文王时代，伐犬戎，伐密须，伐耆，伐邘，伐崇，文王殁后，武王欲完成文王未竟事业，追思文王创业之功，深觉当遵循文王所创立的行之有效的种种法典。最后称"我其夙夜，畏天之威"，是说自己日夜不忘天帝和文王之命，希望得到他们的帮助，早日安定天下。对武王而言，天命和文王之典是一致的，文王的遗志也就是"天威"（天命之威）。这就是该诗把祭祀文王和祷告上天合而为一的缘故。全诗自始至终都用第一人称的口气，即周武王出兵之前向父亲的神灵和上帝陈述出兵的目的，并祈求保佑。其语言质朴，充满敬畏之情。

在上古时期，祭祀是一件非常重要的事情，《左传·成公十三年》中提到过，祭祀与战争是一个国家最重要的事情，这也成为对中国先秦的基本认识。祭祀不仅仅表现了人们对祖先的怀念之情，同时也体现了人们重视历史经验这一特征。《周颂》中大多是歌颂文王、武王的圣明和伟大，此诗通过叙写对文王的祭奠,来祈求其保佑,文字背后所表达的那种仿效前贤、以人民为上的统治思想是尤为宝贵的,这也是周文化能流传千年而日益生辉的重要原因。

时　　迈[1]

时迈其邦[2],昊天其子之[3],

实右序有周[4]。

薄言震之[5],莫不震叠[6]。

怀柔百神[7],及河乔岳[8],

允王维后[9]。

明昭有周[10],式序在位[11]。

载戢干戈[12],载櫜弓矢[13]。

我求懿德[14],肆于时夏[15],

允王保之。

【注释】

[1]时:发语词。迈:这里指巡守。[2]邦:国,指诸侯的封国。[3]子之:使之为天子。[4]实:是。右:同"佑",保护,帮助。序:同"叙",有顺助的意思。有周:即周王朝。有,名词字头,无实义。[5]薄言:语助词,无实义,一说为"急忙"义。震:使惊惧。此指武王以武力威胁、施威。之:指各诸侯国。[6]震叠:即"震慑",震惊恐惧。叠,通"慑"。[7]怀柔:在政治上用笼络的手段使之归附。百神:泛指天地山川之众神。[8]及:至,来到。河:黄河,此指河神。乔岳:高山,此指山神。[9]允:确实。王:指周武王。后:君主。[10]明:明智。昭:洞察。[11]式:发语词。序:顺序,依次。[12]载:于是。戢(jí):收敛,收藏。干戈:兵器,代指战争。[13]櫜(gāo):古代盛衣甲或弓箭的皮囊。[14]懿德:指追求美德之政。懿,美。[15]肆:施行。时:是,这。夏:中国。指周王朝所统治的天下。

【译文】

> 出发巡视大小邦,上帝视我如儿郎,
> 佑我大周国运昌。
> 才始发兵讨纣王,天下诸侯皆惊慌。
> 为悦众神备祭享,遍及河山及四望,
> 武王不愧天下长。
> 大周昭明照四方,满朝称职尽贤良。
> 收起干戈没用场,装好弓箭袋里藏。
> 我去访求有德士,遍施善政国兴旺,
> 周王定能保封疆。

【题解】

　　《诗经》一书中,颂诗皆为庙堂之作,本篇也不例外。诗中歌咏苍天佑助周王征服四方,周王敬祭山川百神,主张文治,以此来巩固帝王之业,反映了周人对于祖先的神化。全诗短小精悍,层次井然,遣词古朴而优美。《毛诗序》说本诗的意旨是“巡守告祭柴望也”。东汉郑玄解释说:武王平定天下后经常到各个邦国巡查,就是所说的“巡守”。柴望即柴祭、望祭。柴祭即燔柴以祭天地,望祭即遥望而祭山川。因此,唐代孔颖达认为本诗是武王在巡守的时候为告祭天地而作的,南宋朱熹《诗集传》则认为虽然是巡守时候的诗歌,但却是在朝会之上。其他说法,大同小异。但细审诗义,应为宗庙祭祀先祖时歌颂周武王的乐歌,主要内容为歌颂武王克商后分封诸侯,威震四方,安抚百神,偃武修文,从而发扬光大周祖先功业等诸事。若说是周武王克商建周、平定天下之后周公所作,大体也是可信的。全诗仅用“王”“君”来称呼武王而没有使用谥号“武”,并有“允王维后”“式序在位”之句,显然是武王在世时的颂词。

　　全诗共十五句,前半颂武王之武功,后半赞武王之文治,语意连贯,毛诗、朱熹皆不分章。周武王姬发在周族历代先王所开创的基业之上,在姜太公吕尚和弟弟周公旦等人的辅佐下,联合周围众多部族,伐殷兴周,并于牧野一战取得了彻底的胜利。然后又大封诸侯,以屏藩西周王朝。其功业足以彪炳千秋。《诗经》中有许多篇章歌颂和赞美了他,这是符合历史真实的。

　　本诗采用"赋"的手法进行铺叙。开头即说周武王分封的诸侯各国,不仅得到了皇天的承认,而且皇天也把他们当作自己的儿子看待,而他们的作用就是"右序有周"。"皇天无亲,唯德是辅",就首先说明武王得到了天命。其次又说武王不仅能威慑四方诸侯,而且能敬奉百神,所以他的继位是"明昭有周",即能发扬光大周族先祖的光辉功业。接着又写武王伐纣倒殷、定国兴周、分封诸侯之后,罢干戈、收弓矢、偃武修文,并以赞叹的口气说:我们谋求治国的美德,武王就把这美德施行于天下四方了。最后一句总结并赞美了武王能保持天命,延续祖德,与首句遥相呼应。可见,本诗从头到尾语意参差、语气连贯、错落有致,字里行间充溢着对周武王深深的敬慕之情。本诗以天命和周武王的联系作为全诗的主线,重点歌颂了周武王的文德武功,层次清晰,结构紧密,在以臃肿板滞为主的雅颂诗篇中,不失为一篇较为优秀的作品。明人孙鑛认为此诗有万国来朝的气象,气度庄严,词句古雅,这种评论是符合本诗写作特点的。

执　　竞[1]

执竞武王,无竞维烈[2]。
不显成康[3],上帝是皇[4]。
自彼成康[5],奄有四方[6],
斤斤其明[7]。
钟鼓喤喤[8],磬筦将将[9],
降福穰穰[10]。
降福简简[11],威仪反反[12]。
既醉既饱,福禄来反[13]。

【注释】

　　[1]执:制服。竞:强,指强敌。[2]无竞:不可争强。维:是。烈:功绩。

指克商的功业。[3]不(pī):通"丕",大。显:光明。成康:指周成王和周康王。[4]皇:美。[5]自:从。彼:那时。[6]奄:覆盖。[7]斤斤:"昕昕"的省借,指精明的样子。[8]喤(huáng)喤:"鍠鍠"的假借字,钟鼓声。[9]磬:古代的一种打击乐器。筦:同"管",指竹制的管乐器。将(qiāng)将:同"锵锵",像金石和管乐相和声。[10]穰(rǎng)穰:众多。[11]简简:盛大的样子。[12]反反:"昄昄"的假借字,慎重的样子。[13]反:同"返",还报。

【译文】

　　　　　　制服强梁称武王,克商功业世无双。
　　　　　　功成名就国安康,上帝对他也赞赏。
　　　　　　由于功成世太平,一统天下有四方,
　　　　　　武王英明坐朝堂。
　　　　　　敲钟擂鼓咚咚响,击磬吹箫声锵锵,
　　　　　　上天赐福降吉祥。
　　　　　　无边洪福从天降,祭礼隆重又端庄。
　　　　　　武王神灵醉又饱,报你福禄绵绵长。

【题解】

　　本诗是一首祭祀先王的作品,但到底祭祀的是哪位先王,前人有不同的说法。《毛诗序》云:"《执竞》,祀武王也",认为祭祀的对象只有周武王一人;而宋人欧阳修、朱熹则以为祭祀的对象是周武王、周成王、周康王三代君主。从周朝的历史来看,由武王经成王到康王,乃是一个完整的过程,武王克商、成王平叛、康王盛世,三个不同的历史时期共同组成了周初的太平盛世。所以,周人将三王共同作为大周的开国之祖放在一起来祭祀是合理的。从祭祀的对象来看,创作时间应在康王之子昭王时期。

　　本诗共十四句,不分章,前七句叙述了周朝开国以来三位君主武王、成王、康王的功业,赞颂了他们开疆拓土、定国安邦的丰功伟绩,祈求他们保佑后代子孙福寿安康,国家兴旺昌盛。在祖先面前,祭祀者不由得追忆起武王筚路蓝缕、创业开国的艰难,成王平定叛乱、开疆拓土的威名和康王东征西讨、明治典刑的贤明,字里行间充满了对祖先的缅怀、崇敬和赞美之情。

接下来的两句,作者又写了钟、鼓、磬、管等祭礼中的典型乐器,采用虚实结合的手法渲染了祭祀的氛围:钟声当当,鼓响咚咚,磬音嘹亮,管乐悠扬,一派其乐融融的升平景象。音乐引起了人们的想象,眼前仿佛展开这样一幅历史画卷:在平坦广阔的大地上,矗立着巍峨的祖庙,高屋深墙,宫阙连绵;在祭祀的内堂,分列着各个祖先的神主,供台上陈列着精心准备的祭品,两旁站立着许多随祭的臣仆,屏神静气,主祭者周昭王毕恭毕敬地主持着祭祀大礼,一时间钟鼓齐鸣,乐声和谐,抚今忆昔,令人浮想联翩。

此诗运用了赋的艺术手法,平铺直叙,简洁明了,以古朴的语言为祖先歌功颂德,祈求福庇。诗义虽然浅显易懂,但因是在雍容肃穆的庙堂之上与古乐相合而诵,因此超出了单纯的文字功能,特定的环境氛围、特定的心理感受都会产生特殊的欣赏效果。《诗经》中的作品大多是诗、乐、舞三者合一的,颂诗也是如此,其文本不仅具有文学功能,要全面、准确地把握其内涵就不能只局限于字面理解,而应以文字为契机,从庙堂活动的角度进行整体的品位、把握,结合对当时音乐、舞蹈、礼制的联想,作全方位的审美观照,才能领会包括此诗在内的颂诗那种庄严、高贵、古穆、雍容的艺术内涵。此诗是昭王时代的祭歌,比起早一些的颂诗,在用韵方面有了明显的进步,音调抑扬铿锵,尤其是"喤喤""将将""穰穰""简简""反反"等叠词的连续使用,让语气显得舒缓深长、庄严肃穆,使人有身临其境之感,体现出西周庙堂活动深厚的文化底蕴。

思　文[1]

思文后稷[2],克配彼天[3]。

立我烝民[4],莫匪尔极[5]。

贻我来牟[6],帝命率育[7]。

无此疆尔界[8],陈常于时夏[9]。

【注释】

[1]思:发语词。文:文德。[2]后稷:周人始祖,姓姬,名弃,号后稷。后,君王。[3]克:能够。配:配享,即一同受祭祀。[4]立:同"粒",此处作动词,即养育的意思。烝(zhēng)民:众民,百姓。[5]莫匪:同"莫非",无不是。极:尽头,顶端,即最大的好处。[6]贻:遗留。来牟:亦作"麳麰"(lái móu),大麦与小麦的统称。[7]率育:普遍养育。[8]疆、界:都是指疆域和边界。[9]陈:布,施行。常:规则,规律,此指种植农作物的方法。时:此。夏:指中国。

【译文】

> 想那后稷的功德,丝毫无愧配上苍。
>
> 养育亿万老百姓,无人不受你恩赏。
>
> 优良麦种赐我们,天命百族能绵延。
>
> 不分彼此和疆界,德政推广到全国。

【题解】

在周朝初年这一特定的历史时期,刚刚完成创业的周代君臣对先王们的颂扬显得尤为热烈。周武王伐纣灭商,创立西周,解民倒悬。臣工、百姓因此对周王室充满感激和敬仰之情,这就造成了对新政权自然也包括对新政权的先王们热情讴歌的盛况。本诗就诞生于这样的社会背景下。

本诗是祭祀后稷时用以配天的乐歌,篇幅简短,共八句,不分章,这恰恰反映了当时政治清明、天下无事的太平景象。就内容而论,后稷的传奇性经历和"诞降嘉种""是获是亩"的无量功德,在《大雅·生民》中便有详尽的叙述与颂扬。《生民》虽然未能创作于《思文》之前,但它富有神话色彩的内容必然早就广泛流传于民间。因此本诗将表现的重点放在营造庄严肃穆的气氛上,人们置身于这种氛围之中,参与盛典的自豪感和肩负苍生的使命感在此虔诚而密切地融合。

从创作结构上看,"帝命率育"一句中"天""帝"之间是一种紧扣和呼应的关系;就创作意旨而言,又是天人沟通的有意识加深。在本诗产生的当时,天人沟通应该具有不需要任何艺术手段就有的强烈的感染力。这样说自然不是说本诗毫无艺术性,事实上这种祭诗本身就是一首乐歌,具有娱乐神明、告慰祖先的艺术审美功用。

据《毛诗序》所言,《思文》是"后稷配天"时使用的乐歌。后稷之所以能够配享上天,是因为时人认为周文王、周武王起源于后稷,他是周人的始祖。"后稷配天"的祭祀被称为"郊",即祭上帝于南郊的祭典。古人祭天(即上帝)往往以先王配享,因为人王被视为天之子,在这一配享的过程中便实现了天人之间的沟通,王权乃天授的合法性得到进一步确认,于是原本空泛的祭天便有了巩固政权的具体落实,成为具有重大意义的政治活动。这种天人沟通的努力,在古代尤其是政治相对清明、经济发展顺利的时期,对于统一思想、凝聚人心起到了重要作用。正因为如此,后稷开创农事、养育万民的功德也是在上帝授意下完成的,所以说"帝命率育"。西周政权当时已然在全国范围内建立,"无此疆尔界,陈常于时夏"是这种权威的宣告,也是秉承天命子育万民的一种怀柔。昌盛的、向上的政权不会在立威的同时忘记立德,西周政权也保持着这种明智。

臣　工[1]

嗟嗟臣工[2],敬尔在公[3]。

王厘尔成[4],来咨来茹[5]。

嗟嗟保介[6],维莫之春[7],

亦又何求? 如何新畬[8]?

於皇来牟[9],将受厥明[10]。

明昭上帝[11],迄用康年[12]。

命我众人[13]:庤乃钱镈[14],

奄观铚艾[15]。

【注释】

[1]臣工:群臣百官。[2]嗟(jiē)嗟:发语词,这里表示呼唤对方。[3]敬:谨慎负责。在公:在公家的事情上,指籍田之礼。[4]王:这里指周王。厘:"赉"的假借字,赐予。成:功,指功绩。[5]来:是。咨:商议,询问。茹:估计,猜度。[6]保介:田官的副职。[7]维:是。莫(mù):古"暮"字,莫之春即暮春,是麦将成熟之时。[8]新畬(yú):指耕种了两年和三年的熟田。[9]於(wū):赞叹词。皇:美好,这里指麦种壮实饱满。来牟:大麦和小麦的统称。[10]厥:其,指代将熟之麦。明:同"成",指粮食丰收。[11]明昭:明智洞察。[12]迄:到,至。用:以。康年:丰年。[13]众人:庶民,此处指农民。[14]庤(zhì):储备。钱:农具名,掘土用,若后世之锹。镈(bó):农具名,除草用,若后世之锄。后以钱镈泛指农具。[15]奄观:视察。铚艾(zhì yì):二字在此为动词,指收割作物。铚,农具名,一种短小的镰刀。艾,同"刈",古代的一种刈草的大剪刀。

【译文】

> 群臣百官听我言,对待公事要谨严。
>
> 周王赐你耕作法,你应考虑细钻研。
>
> 农官你要忠职守,暮春农事应早筹,
>
> 你们还有啥要求?如何对待新田畴?
>
> 美好麦粒实又圆,秋来定能获丰收。
>
> 光明上帝真灵验,赐我丰收好年景。
>
> 就该命令众农夫:锄锹你要备齐全,
>
> 他日一同看开镰。

【题解】

《周颂》以十篇编为一卷,以《臣工》及以下九篇为《臣工之什》,内容以农业生产为主。

本诗共十五句,不分章,传说是周成王时代的作品,下篇《噫嘻》首句即直称"噫嘻成王",在情绪和内容上都与本诗有相通之处,因此两诗的主人公应该是一致的,即均为成王。前四句以周王的口吻训勉群臣勤谨工作,对已经落实的有关农业生产的法律法规进行调研。后面四句是训示农官:暮春时节麦子已然成熟,要赶紧筹划如何在麦收后整治各类田地,莫误农时。再接下四句是称赞今年麦子茂盛,能获得丰收,感谢上天的赐予。最后三句说:命令国家的农民们准备麦收,我将要去视察。全诗脉络清楚,诗义明白。

全诗反映出周王重视农业、发展生产,以农业为本的立国思想。周族本就是以农兴国,建立王朝之后,更进一步大力发展农业生产,以之作为基本国策。周王直接拥有大片土地,由农奴耕种,称为"籍田"。每年春季,周王率群臣百官亲耕籍田,举行所谓"籍田礼",表示以身作则。"籍田礼"中也祈祷神明,演唱乐歌。据西周文献,周王朝在立国之初就制定了有关土地分配、土地管理、耕作制度的具体法规,这就是诗中所说的"成(法)"。周朝政策鼓励开垦土地,在技术上又注重土壤改良,把田地分等级,耕二年称"新田",耕三年称"畬"。为保持和提高土壤肥力,朝廷规定了因地制宜的整治方法,如轮作、深翻、平整、灌溉、施肥等,即诗中所说的"如何新畬",周王要求臣民按颁布的成法去做。周朝重祭祀,祭礼众多,面对即将到来的丰收,自然也要向神明献祭,感谢"明昭上帝,迄用康年"。当时的周王不但春耕去"籍田",收割也去省视,末三句就是写这一内容。周王说:锹、锄暂时先收好,准备镰刀割麦子。他的指令非常具体,说明身为天子的他对农业生产很熟悉,这也进一步反映了周代对农业的重视。

农业生产在古代社会具有非常重要的作用,时至今日,农业的稳定发展对于国家仍然具有不容小视的意义,在科学技术日益突飞猛进的影响下,农业生产也实现了产量和效能的巨幅增长,与此同时,国家政府一直将农业生产视为政府工作的重中之重,如规定全国耕地总数目要保持在18亿亩以上,绝不能因为城市化及工业化过程而使耕地大量减少。

噫　嘻[1]

噫嘻成王,既昭假尔[2]。
率时农夫[3],播厥百谷[4]。
骏发尔私[5],终三十里[6]。
亦服尔耕[7],十千维耦[8]。

【注释】

[1]噫嘻:感叹词,"声轻则噫嘻,声重则呜呼",具有神圣的意味。[2]昭假(gé):人的诚敬上达于神。尔:语气词。[3]率:带领。时:是,这些。[4]播:播种。[5]骏:疾,迅速。发:开发。尔:你,指农夫。私:指私田。[6]终:尽。三十里:此处的三十里,但举成数而已。[7]亦:发语词。服:从事,做活。尔:指农夫。[8]十千:1万人,虚数。耦:两人各持一耜并肩共耕。

【译文】

成王祈呼向苍穹,一片虔诚与神通。
率领农夫同下地,安排农事快播种。
迅速开发私邑田,三十里地尽完工。
从事耕作须抓紧,万人耦耕齐劳动。

【题解】

根据《国语·周语》等记载,周代的籍田典礼分为两部分:首先是天子在立春或立春之后的"元日"行祼鬯祈谷之礼(即以香酒敬神),然后率官员农夫至天子的"籍田"行籍田礼,象征性地亲耕劝农。《噫嘻》就是一首反映此事的农事诗,叙述了周王在祭祀上帝及先王之后,亲率官、农播种百谷,并训示田官、勉励农夫,努力耕田,共同劳作的情景。全诗共八句,不分章。前四句是周王向臣民庄严宣告自己已祈告了上帝先公先王,得到了他们的准许,以举行此籍田亲耕之礼;后四句则直接训示田官、勉励农夫、劝勉耕作。诗虽短而气魄宏大,全篇无韵,语言朴实,为我们提供了一幅周代农业生产的形象画卷。其内容涉及当时的土地所有制形式,农业生产的规模等问题,以及大小官吏的责权等。郭沫若在《青铜时代》一书中曾引此诗中的史料与甲骨卜辞互相印证,论述了中国奴隶社会的一些重要特点,在所反映的周代社会生活的几个侧面当中,有关公田、私田的问题是最有价值的。所谓公田就是奴隶主的土地,私田则是奴隶们的"民田",是天子"富民"政策最重要的内容,也是调动农夫积极性的有效手段,周统治者给私田以应有的地位,促进了周代农业生产的发展。公田生产规模非常大,末句讲的"十千维耦"虽可能有夸张的成分,但却反映了当时农业生产的发达状况。此诗显而易见是研究西周时期生产力、生产关系发展状况的重要材料,具有重要的史学价值;又因其最后四句突出的"错综扇面对"的修辞技巧而具有重要的文学价值。

周朝重视农业的观念为秦汉富强奠定了基础。据《史记》记载,战国后期,秦国用商鞅变法,废井田制,"关中为沃野",灌区"收亩皆一钟"(一钟合今100多公斤),当时人均种地15亩,"秦富十倍天下"。到汉武帝时,农业政策促进农业更大发展,长安城南"太仓之粟陈陈相因(接),充溢露积于外,至腐败不可食"。可以看出从周代开始,在丰镐大地上便树立了自上而下的重视农业的观念,也造就了如今沃野千里的关中平原,以及在沣河的滋养下生活着的无数朴实勤劳的关中百姓。

振　　鹭[1]

振鹭于飞,于彼西雍[2]。

我客戾止[3],亦有斯容[4]。

在彼无恶[5],在此无斁[6]。

庶几夙夜[7],以永终誉[8]。

【注释】

[1]振:鸟群飞之状。鹭:白鹭,水鸟,白色。[2]雍(yōng):水泽。[3]客:指夏、商之后。周王以客待之,而不敢以为臣,故称"客"。戾(lì):到。止:语助词。[4]斯容:此容,指白鹭高洁的仪容。[5]在彼:指客人们的封国。恶:恶感,怨恨。[6]在此:指客人们来朝的周地。无致(yì):不厌弃。致,厌倦,厌弃。[7]庶几:差不多,此表希望。夙(sù)夜:指早起晚睡,勤于政事。[8]永:长。终誉:即盛誉,恒久的荣誉。终,与"众"通,盛也。

【译文】

> 一群白鹭冲天起,西边泽畔任意翔。
> 我有嘉宾来助祭,也穿高洁白衣裳。
> 他在封国没人厌,在此也受人赞扬。
> 日夜不息甚勤勉,为保名誉永辉煌。

【题解】

《毛诗序》认为《振鹭》一诗的主旨是:"二王之后来助祭也。"至于二王之后又是指谁,东汉郑玄认为指的是夏、商的后代杞国与宋国。武王灭商后,寻找夏禹之后,得东楼公,封于杞地,是为夏之后;又封纣王之子武庚于殷墟,成王初年,武庚反叛被诛,于是又改封纣王庶兄微子于宋地(今河南商丘),是为殷之后。让夏、商二代先王之后立国杞、宋,能够奉祀先祖,保有尊严,这是周朝所实行的一种政治策略,目的在于怀远柔迩,协和万邦,确保自身的统治。

全诗共八句,不分章,按诗义来分有四个层次。第一、二句"振鹭于飞,于彼西雍"以翩然翱翔的白鹭起兴,引起下文"亦有斯容"的描写。商人尚白,且以鸟为图腾,通体羽色纯白的鹭鸟被商人视为高洁神圣之物,它动作优美,栖止从容,外在的美好仪表与内在的高尚精神完美统一,使商人赞叹不已。第三、四句"我客戾止,亦有斯容",周人将朝周助祭的微子与白鹭相提并论,对他大加赞美。微子,子姓,宋氏,名启,是帝乙的长子、纣王的长兄,也是商代著名的贤臣。据《史记·殷本纪》记载,纣王淫乱不止,微子和太师、少师在苦谏无果以后,便离开了商,因此孔子称赞他是殷"三仁"之一。在他被周王朝封到宋国后,对外尊周天子为天下共主,对内广施仁德,得到周王室的认可和殷商遗民的拥戴,他高洁的情操和高尚的德行自然应当受到表扬。第五、六句"在彼无恶,在此无斁",是称赞微子在宋国内外都有较融洽的人际关系。前一句是指微子在宋国之内受到殷民的拥护,后一句是指微子朝周时受到了热烈欢迎。这两句说明两个问题:一方面,微子作为殷商之后,在胜利者周天子面前能够表现出不卑不馁的气度确实难能可贵;另一方面,作为胜利者的周朝君臣,在微子面前能够表现出不亢不骄的气度,也体现出一种宽厚有礼的大国之风。最后,"庶几夙夜,以永终誉"两句,许多解家都理解为对微子一人而言,这有失偏颇。就文本的深层语义来说,这两句应是对双方而言的。即作为失败者的后裔,要坚持这种不卑不馁的精神,使亡国之族得到新生;而作为胜利者的周室君臣,也要永远保持这种不亢不骄的气度,团结各邦各族,消释历史积怨,彼此和睦相处。这种搁置嫌隙、共同发展的理念是我国作为一个土地广阔、人口众多的大国能够顺利前进的思想保证。

丰　　年

丰年多黍多稌[1],亦有高廪[2],
万亿及秭[3]。
为酒为醴[4],烝畀祖妣[5]。
以洽百礼[6],降福孔皆[7]。

【注释】

　　[1]黍:即黄米,比小米稍大,煮熟后有黏性。稌(tú):稻子。[2]廪:米仓。[3]亿:数词,古代指十万。秭(zǐ):数词,十亿、千亿、万亿之说,此处泛指丰年粮食米仓的众多,不是确数。[4]为:做,酿造。醴(lǐ):美酒。[5]

烝:进献。畀(bì):给予。祖妣:男女祖先。[6]洽:商量,配合。百礼:指牲、玉、币、帛等祭品,此处泛指祭品及礼仪的众多。[7]孔:很。皆:普遍。

【译文】

谷物丰收车斗量,场边高耸是粮仓,

亿万粮食好储藏。

酿成美酒千万觞,祖先灵前敬献上。

举行祭典要商量,齐天洪福才普降。

【题解】

关于此诗的主旨,《毛诗序》云:"《丰年》,秋冬报也",即丰收之年举行庆祝典礼时使用的颂歌。

诗的开头以静态描写丰收,很有特色:丰盛的黍、稌,高大的粮仓,再加上抽象的难以计算的数词万、亿、秭。这些词语描绘出一派壮观的丰收景象,显示出西周王朝国势的强盛和人民劳作的辛苦,寓动于静,笔墨简省,给读者留下广阔的想象空间。不过,在当时的人看来,这来之不易的丰收既靠人力,更赖天意,由于生产力发展的限制,当时的农业生产还是靠天吃饭,丰收归根结底是上天的恩赐,所以本诗后半部分的主要内容就是感谢上天。

因丰收而致谢,以丰收的果实祭祀最为恰当,故而诗中写道:"为酒为醴(用丰收的粮食制成),烝畀祖妣。"祭享"祖妣",通过先祖之灵实现天人沟通是周人惯有的祭祀思维。也由于今年的丰收,所以才有丰盛的祭品,才能够"以洽百礼",面面俱到。"降福孔皆"既是对神灵此前所降恩泽的赞颂,也是对神灵继续普降福气的祈求。身处难以改造自然、主宰命运的时代,人们祈求神灵保佑的愿望尤其强烈,《丰年》既着眼于现在,更着眼于未来,表现了周人深谋远虑,而这种心态的深层原因则是对其缺乏主宰自己命运能力的无奈之情。

在《周颂》的另一篇作品《载芟》中也一字不易地出现了"万亿及秭。为酒为醴,烝畀祖妣,以洽百礼"四句,其与颂诗中某些重复出现的套话不同。在《丰年》中,前两句是实写丰收与祭品,后两句则是祭祀的实写;《载芟》中用此四句,却是出于对丰年的祈求和向往。看来,《载芟》是把《丰年》中所写的现实移植为理想,这恰恰可以反映当时丰年的难得,也更能体会到本诗背后所蕴含的欢欣之情。

有 瞽[1]

有瞽有瞽,在周之庭[2]。

设业设虡[3],崇牙树羽[4]。

应田县鼓[5],鞉磬柷圉[6]。

既备乃奏[7],箫管备举[8]。

喤喤厥声[9],肃雍和鸣[10],

先祖是听。

我客戾止[11],永观厥成[12]。

【注释】

[1]有:名词词头,无实际意义。瞽(gǔ):盲人。上古以盲人为乐师。[2]庭:指宗庙中的庭院。[3]设:陈列。业:古代覆在悬挂钟、鼓等乐器架横木上的装饰物,刻如锯齿形,涂以白色。虡(jù):悬挂乐器的直木架。[4]崇牙:悬挂编钟编磬之类乐器的木架上端所刻的锯齿。树羽:用五彩羽毛做崇牙的装饰。[5]应:小鼓。田:大鼓。县(xuán):同"悬"。[6]鞉(táo):一种立鼓。一说为一柄两耳的摇鼓。磬(qìng):打击乐器,形状像曲尺,用玉、石制成,可悬挂。柷(zhù):木制的打击乐器,状如漆桶。音乐开始时击柷。圉(yǔ):即"敔",打击乐器,状如伏虎,背上有锯齿。[7]备:安排就绪。[8]箫管:竹制吹奏乐器。[9]喤(huáng)喤:形容乐声洪亮和谐。[10]肃雍:肃穆和顺。[11]戾(lì):到达。[12]永:长。成:一曲奏完。

【译文】

盲乐师啊盲乐师,排列宗庙大庭上。

钟架鼓架都摆好,架上钩子彩羽装。

小鼓大鼓悬挂起,鞉磬柷圉排成行。

乐器齐备就演奏,箫管并吹音绕梁。

众乐同发声洪亮,肃穆和谐调悠扬,

祖宗神灵来欣赏。

我有贵宾来光临,曲终不觉时奏长。

【题解】

在先秦的政治活动中,音乐具有特殊的重要地位,而且往往与礼密切相关。《有瞽》便是描写作乐的篇章,《毛诗序》认为本诗所述"始作乐而合乎祖",郑玄则以"王者功成作乐,治定制礼"来解释,正反映了周人礼乐并重的传统观念。而之所以选用盲人来担任乐官则是因为《礼记·乐记》认为乐是由天所作,调和天地之物。因此,只有通晓天地、不受外物干扰的盲人,才能制作乐。

首二句"有瞽有瞽,在周之庭",说明在宗庙里奏乐的主体是瞽;而安置乐器、"设业设虡"的则当是辅佐瞽的眡了。据《周礼·春官·序官》记载,其中的演奏人员有300人,另有"眡了三百人",贾公彦疏说眡了是视力正常的人,是盲人乐师的助手,可见当时王室乐队的规模之庞大。在乐器方面,本诗则列举了应、田、鞉、磬、柷、圉、箫管等,与《周礼·春官》所载"瞽蒙掌播鼗、柷、敔、埙、箫管、弦歌"基本相符,其中柷为起乐、圉(敔)为止乐之器,以首尾涵盖,表示这次演奏使用了全套乐器,而且音韵和谐,雍容肃穆,也就是第九、十句所说的"喤喤厥声,肃雍和鸣"。

《周颂》31篇都是乐诗,但直接描写奏乐场面的诗作唯《执竞》与此篇。《执竞》一诗中"钟鼓喤喤,磬筦将将,降福穰穰。降福简简"四句,虽也写了作乐,但落实在祭祀降福的具体内容上。而《有瞽》则几乎纯写作乐,最后三句写到"先祖""我客",也点出其"听"与"观",仍归结到乐本身,可见作乐本身便是《有瞽》所要表达的全部内容,而这音乐所包含的意义,在场的人(周王与客)、王室祖先神灵都很明了,无须再加任何文字说明。因此,《有瞽》所写的作乐当为一种定期举行的仪式。《礼记·月令》中说周天子会在暮春的时候,带领群臣合乐,是一项重要的仪式。近人高亨《诗经今注》认为这项仪式便是《有瞽》所描写的作乐。从作乐的场面及其定期举行来看,大致两相符合,但也有不尽一致之处。其一,高氏说大合乐是在祖先面前举行乐会,而《礼记·月令》郑玄注则说大合乐是有着教育风化作用的;其二,高氏认为天子与诸臣都会听,郑玄则言天子率群臣往视,音乐会的主办者便有所不同了。另外,高氏说"据《礼记·月令》,每年三月举行一次",《月令》原文是"季春之月",按周历建子,以十一月为岁首,"季春之月"便不是"三月"了。看来,要明确《有瞽》作乐是哪一种仪式,还有待进一步考证。

通过《有瞽》这一纯粹描写作乐过程的诗篇,我们不仅知道了周王朝音乐成就的辉煌,而且对周人"乐由天作"因而可与之沟通入神的观念也有了更深刻的了解。

潜

猗与漆沮[1],潜有多鱼[2]。

有鳣有鲔[3],鲦鲿鰋鲤[4]。

以享以祀,以介景福[5]。

【注释】

[1]猗与:亦作"猗欤",表达赞美的叹词。漆沮:漆水与沮水,周二水名,在陕西省渭河以北。[2]潜:通"椮"(sēn),古代的一种捕鱼器具。[3]鳣(zhān):同"鳝"。鲔(wěi):古代指鲟鱼。[4]鲦(tiáo):白条鱼。鲿(cháng):古代指黄颊鱼。鰋(yǎn):鲇鱼。[5]介:借为"丐",乞求。景:大。

【译文】

漆水沮水景色美,捕鱼总能有收获。

鳝鱼鲟鱼不可数,鲦鲿鰋鲤出水波。

捕来鲜鱼供祭祀,祈求祖先赐福多。

【题解】

漆、沮二水是周王朝发展过程中非常重要的地点。《史记·周本纪》载,周人先祖公刘"自漆、沮渡渭,取材用,行者有资,居者有畜积,民赖其庆。百姓怀之,多徙而保归矣。周道之兴自此始"。《周颂》中的作品很少提及具体地名,而凡是被提及的具体地名皆与祭祀对象有关,如祭祀古公亶父的《天作》一诗中所说的高山即岐山,是古公亶父率民迁居之所。与《潜》不同的是,《天作》点明了"大王"即古公亶父这一具体人名,而《潜》中没有明确写出公刘。但公刘是周朝兴起的关键人物,他在漆沮流域的经历当是周人熟知的典故,《潜》以公刘为祭祀对象是不言自明的事情。由此可知,周人赞美漆沮,不仅是基于二水的美丽富饶,更是带有强烈的主观色彩。

《潜》是专用鱼类为供品的祭祀诗,全诗只有六句,短小精悍。"潜有多鱼"表明鱼的数量之多,"有鳣有鲔,鲦鲿鰋鲤"表明鱼的品种之繁以及人们对鱼类品种的熟知,可以看出当时渔业已经发展到相当程度了。潜置于水底,这种再简单不过的捕鱼器具的作用却不可小觑,正是它们吸引了鱼类大军的聚集。这种原始而有效的捕鱼方法也许就出自公刘时代,《史记·周本纪》中曾提及公刘"行地宜",以潜捕鱼可能正是因地制宜的创造性生产措施。祭祀诗离不开歌功颂德,《潜》明写了对漆、沮二水风景资源的歌颂,对公刘功德的歌颂则潜藏于字里行间,如同潜的设置,在荡漾的水波间不经意闪现。

"以享以祀,以介景福"是饮水思源、祈求福佑的举动。如果将鱼换成其他的祭品,那么这场祭祀的意蕴就会大受损害,而诗作一气呵成的效果也便丧失无遗。在这首诗中,鱼是必然贯串到底的。最后一句虽然没有写出鱼,但鱼依然存在,因为"鱼"与"余"谐音,《潜》诗所写的祭祀季冬一次,隔年之春又一次,均用鱼,这使我们有理由推断:时至今日仍然广泛流传的"年年有鱼(余)"年画,民间除夕席上对鱼不动筷而让它完整地留到新年的习俗,和《潜》所描写的祭祀之间或许有某些传承关系。《潜》应当被视为民俗史上一个重要的资料,它的末句所祈之福就是"余"。

《潜》虽篇幅简短,却罗列了六种鱼名;漆、沮二水具体写出,却隐去了祭祀对象公刘;写王室的祭祀活动,却与民间风俗息息相关。这些都显示了作者调动艺术手法的匠心,使本来在《诗经》里相对枯燥的颂诗中出现了一首形象生动、意蕴丰富、趣味盎然的诗歌。

雍

有来雍雍[1],至止肃肃[2]。

相维辟公[3],天子穆穆[4]。

於荐广牡[5],相予肆祀[6]。

假哉皇考[7],绥予孝子[8]。

宣哲维人[9],文武维后[10]。

燕及皇天[11],克昌厥后[12]。

绥我眉寿[13],介以繁祉[14]。

既右烈考[15],亦右文母[16]。

【注释】

[1]有:语助词。来:指来助祭的诸侯。雍(yōng)雍:和睦貌。[2]至止:到达,指参加祭祀者。肃肃:恭敬严谨的样子。[3]相:帮助,此处指助祭之人。维:是。辟公:指诸侯。[4]穆穆:容止端庄肃穆貌。[5]於(wū):赞叹声。荐:进献。广:大。牡:雄性的鸟类或兽类,此处指祭祀的牺牲,如公羊、公猪等。[6]予:周天子自称。肆:陈列。[7]假哉:即美哉,赞美之词。假,美。皇考:对已故父亲的美称。[8]绥:安抚。孝子:武王自称。[9]宣哲:明智。人:臣。[10]文武:有文德又有武功。后:君主。[11]燕:安。指上天没有变异,不降灾祸。[12]克:能够。昌:兴盛。厥:其。[13]绥:赐。眉寿:长寿。[14]介:语助词。繁祉:多福。[15]右:同"佑",此指受到保佑。烈考:先父。[16]文母:有文德的母亲。

【译文】

　　行进和睦又虔诚，到达此地敬祭享。

　　各国诸侯来助祀，天子雍容又端庄。

　　赞叹声中献牺牲，安排陈列在庙堂。

　　先父在天当显灵，保佑子孙安四方。

　　贤臣众多如拱月，君主英明世无双。

　　安定朝邦感天庭，太平子孙葆永昌。

　　赐我年寿万万年，又助我福吉无疆。

　　先父灵前作长歌，先母灵前高声唱。

【题解】

　　周代实行分封建国制度，周天子虽然还不能如后世中央集权的君主那样对全国直接进行牢固有效的控制，但对于诸侯的约束力还是很强的，诸侯要依照礼法对之履行臣下的职责，如天子有难时发兵勤王，天子祭祀时参与助祭等。本诗所写便是诸侯助祭的情况。

　　因后世出现的"肃穆"一词，往往使读者认为本诗中的"肃肃""穆穆"属同义词，其实不然，这两者在本诗的实际使用中仍有区别，"肃肃"是说助祭诸侯态度之恭敬严谨，不仅是对作为祭祀对象的周代先祖，而且是对主持祭祀的周天子本人；"穆穆"则表明周天子祭祀先人的端庄态度及其仪态仪表的盛美威严。如此一来，二词分别用于助祭者(诸侯)、主祭者(天子)，方可谓恰如其分。而那些丰盛的祭品，或为天子自备，或为诸侯所献，在庄严隆重的颂乐声中，由诸侯协助天子陈列供奉。

　　本诗共十六句，不分章，《毛诗序》认为诗中的祭祀对象是后稷，这明显是不对的，因为诗中已经明言所祭为"皇考""烈考"。朱熹《诗集传》认为"皇考"指文王，"孝子"是武王，较为准确。以武王之威德功勋，召集诸侯来参与祭祀或者诸侯主动前来助祭，是十分顺理成章的。这既表现周天子在诸侯中的权威，也表现诸侯的臣服，成为周王室政权巩固的标志，自武王之后也一直沿用了下去，直至成康时期。而至西周后期，周王室力量衰落，周天子权威下降,逐渐失去了对诸侯的控制,以至诸侯纷纷萌生问鼎之心,恐怕这种盛大的祭祀活动便难以为继了。

"假哉皇考"以下八句,是祈求已故的父王保佑之词,其中有两点值得注意。一是"宣哲维人,文武维后",即臣贤君明,有此条件,自可国定邦安,政权巩固,使先祖们的在天之灵放心无虞。二是"克昌厥后",这与《烈文》《天作》等诗中的"子孙保之"意义相似,对照钟鼎文中频频出现的"子子孙孙永保用"及后世秦始皇希望其后代"万世而为君",我们不能不对上古君王强烈追求一姓之政权的绵延留下深刻印象。与这一点相比,"燕及皇天"和"眉寿""繁祉"等祷告只能是陪衬而已。

这首诗还反映出这样盛大的祭典是将父母放在一起同时祭祀的,因此最后才有"既右烈考,亦右文母"两句,但"文母"的陪衬地位也很明显,这是父系社会的必然现象。以这两句的内容作为一诗的结尾,在《周颂》中唯有本诗,透露出《雍》是祭祀后撤去祭品时的乐歌,并为古今诸多《诗经》研究者所公认。按理说,每一祭典都有撤去祭品这一程序,撤祭诗不会仅此一首,但传世的《诗经》却只收录了《雍》,可见《诗经》的整理者认为它是其中最具代表性、最为出色的一篇。

载　见[1]

载见辟王[2],曰求厥章[3]。

龙旂阳阳[4],和铃央央[5]。

鞗革有鸧[6],休有烈光[7]。

率见昭考[8],以孝以享[9]。

以介眉寿[10],永言保之[11],

思皇多祜[12]。

烈文辟公[13],绥以多福[14],

俾缉熙于纯嘏[15]。

【注释】

[1]载:开始。[2]辟王:君王。此处指周成王。[3]曰:同"聿",发语词。厥:其。章:典章制度。指车服礼仪之文章制度。郑笺:"此诗始见君王,谓见成王也。曰求其章者,求车服礼仪之文章制度也。"[4]龙旂(qí):画有蛟龙图案的旗,旗杆头系铃。郑笺:"交龙为旂。"阳阳:色彩鲜明貌。一说"扬扬",旗飘动飞扬之貌。[5]和:挂在车轼前的铃。铃:挂在旂上的铃,一说挂在车衡上的铃。央央:和谐的声音。[6]鞗(tiáo)革:马辔头上下垂状的装饰品。有鸧(qiāng):即"鸧鸧",铜饰相击之声和谐优美,一说是铜饰美盛貌。郑笺:"鞗革,辔首也。鸧,金饰貌。"[7]休:美。郑笺:"休者,休然盛壮。"有:同"又"。烈光:光亮。[8]率:带领。昭考:皇考。此处指周武王。[9]孝、享:都是献祭的意思。[10]介(gài):通"匄",求。[11]永言:即"永焉",长久貌。言,语助词。[12]思:发语词。皇:大。祜(hù):福。[13]烈文:既有武功又有文德。烈,有武功。辟公:指诸侯公卿。[14]绥:安抚。一说赐也。[15]俾(bǐ):使。缉熙:光明,显耀。纯嘏(gǔ):大福,美福。

【译文】

> 诸侯初次朝周王,求赐王朝新典章。
> 蛟龙旗帜随风扬,车上和铃响叮当。
> 马辔铜饰光灿灿,美丽饰物闪光芒。
> 相率拜祭先王灵,孝敬祭品请神享。
> 祈求神明赐长寿,保佑日子永安康,
> 赐予幸福无穷尽。
> 文武兼备诸侯公,先王赐予你多福,
> 使你事业永辉煌。

【题解】

本诗共十四句,不分章,与上一篇《雍》一样,描写的也是诸侯助祭的场面,但祭祀对象由先王变为成王。

　　首二句写诸侯初次朝见成王的场面。"载"为开始之义,表明助祭诸侯的这次朝见是在成王刚刚即位之时。而在这次朝见中诸侯希望成王赐予的不是金银财宝而是典章制度,这一点颇耐人寻味。盖因成王是由周公辅佐即位的,当时只是名义或形式上的君主,实权则掌握在摄政的周公手上,而西周的礼乐制度也统统出于周公之手,法度典章他自当了然于胸。诸侯"曰求厥章"的请求,恐怕是醉翁之意不在成王,而在周公。年幼的成王自然无法应付这种请求,因此只能由周公代替自己作出权威性的答复。典章制度主要是用来收束诸侯的心,规范他们的行为,这也是周公辅佐成王之后对周代上层建筑的构建所作出的最大功绩。清代雍正年间编撰的《钦定诗经传说汇纂》认为这场祭祀有两个目的,一是彰显先祖的光辉业绩,一是表现万国齐心如一,道出了成王即位后的时局特点与当务之急。

　　与《雍》诗中重点描写诸侯们"肃肃""穆穆"的神态不同,《载见》的重点在于描写助祭诸侯来朝的队伍之壮美,朱熹认为"龙旂阳阳"四句使用了"赋比兴"中的"赋"法,平铺直叙,无所隐晦:鲜明的旗帜迎风飘扬,铃声连续不断响成一片,马匹也被装饰得金碧辉煌,热烈隆重的气氛,浩大磅礴的气势,都被描绘得有声有色;诸侯自四面八方汇集而来,明确表达了对周王室权威的臣服与敬意。这一段铺叙极为生动,有别于其他祭祀诗中的套语,不禁令人刮目相看。这也足以说明,在有助于实现政治目的的情况下,统治者不仅不排斥,而且会充分调动积极的文学手段。

　　诗的后半部分,描写了奉献祭品、祈求福佑的过程,纯为祭祀诗的惯用套路,本无须赘述,但其中"烈文辟公"一句颇值得注意。在诗的结尾用诸侯压轴,这与年幼的成王刚刚即位有关。中国古代归根结底是人治社会,因此在最高统治者更换之时,臣下的离心与疑虑往往是并存的,且成为政局动荡的因素。诗中赞扬诸侯,委以辅佐重任,寄予厚望,便是打消诸侯的疑虑,防止其离心,达到稳定政局的目的。可见,《载见》始以诸侯,结以诸侯,助祭诸侯在诗中成了着墨最多的主人公,实在并非出于偶然。

有　客[1]

有客有客,亦白其马[2]。

有萋有且[3],敦琢其旅[4]。

有客宿宿[5],有客信信[6]。

言授之絷[7],以絷其马[8]。

薄言追之[9],左右绥之[10]。

既有淫威[11],降福孔夷[12]。

【注释】

[1]客:指宋微子。周既灭商,封微子于宋,以祀其先王,微子来朝祖庙,周以客礼待之,故称为客。[2]亦:语助词。白:为纯洁之色,殷商尚白,以白马为美,故来朝做客也乘白马。一说白马是客人带来的礼物。[3]有萋有且(jū):即"萋萋且且",形容随从众多的样子。[4]敦琢:即"雕琢",引申为选择美好的意思。雕琢本为治玉之名,这里形容其随从众臣都是贤者。旅:通"侣",指伴随微子的宋国大夫。[5]宿宿:住一夜谓之"宿",宿而又宿,则是两夜。[6]信信:即连住四宿,住两夜(再宿)谓之"信"。或谓宿宿为再宿,信信为再信,亦可通。[7]言:语助词。授之絷(zhí):给他绳索。絷,绳索。[8]絷:本义为绳索,这里用作动词。此处是说给他绳索,绊住马足,表示要留住客人。[9]薄言:发语词。追:意为饯行,也可以解为追送。[10]左右:指天子之左右群臣。绥之:安抚客人。[11]淫威:意为大德,含厚待的意思。淫,盛,大。威,德。[12]孔:甚,很。夷:大。

【译文】

远方客人来造访,驾车白马真健壮。

随从人员众且多,个个品德都贤良。

客人已经住两天,多留几天增感情。

给他拿条绊马索,绊住马儿不让行。

客人走时远远送,左右热情慰劳他。

既用大德来待客,上天降福多又大。

【题解】

　　本诗大约作于周成王之时,其创作背景可以与《振鹭》相参看。在中国历史上,商汤伐桀,周武王伐纣,皆以吊民伐罪为号召,对于被灭亡的前代,并不断其禋祀。武王灭商后,寻找夏禹之后,得东楼公,封于杞地,是为夏之后;又封纣王之子武庚于殷墟,成王初年,武庚反叛被诛,于是又改封纣王庶兄微子于宋地(今河南商丘),是为殷之后,皆待之以客礼。及武庚叛周,周公辅成王诛之,于是进微子爵为公,以奉汤祀。宋微子来朝周,周以客礼待之。《有客》这首诗即为周成王设宴招待微子时所唱的乐歌。近人说诗,多主此说。《毛诗序》说是微子祭祀祖庙的诗歌。郑笺解释为武庚之乱以后,由微子启来继承殷商的祭祀,受命前来朝见。

　　此诗共十二句,不分章,首二句云:"有客有客,亦白其马。"写微子朝周时所乘的是白色之马。因宋为先代之后,于周为客,故不以臣礼待之。殷人尚白,微子来朝乘白色之马,也是不忘其先代的表现,就像《振鹭》中以白鹭比微子一样,这一细节说明在周代受封之宋国,还能保持殷代制度,故微子来朝助祭于祖庙,谓之"周宾"也。第三、四句"有萋有且,敦琢其旅",写微子来朝时随从之众。这两句表明微子来朝时,其众多随从都是经过选择的品德无瑕的人。这四句诗写得整齐庄重,写客人之来,从乘马、随从等具体情节来表现,以示客至之欢欣。

　　第五至第八句,写微子一行在此的停留。"有客宿宿,有客信信。"一宿曰宿,再宿曰信,叠用"宿宿""信信",表示住了好几天。客人能够停留多日,可见主人待客甚厚,礼遇甚隆。"言授之絷,以絷其马"两句,表明主人留客之意甚坚,甚至想用绳索拴住客人的马,殷切之情,溢于言表。这和后来汉代陈遵留客,把客人的车辖投入井中的用意,极为相似。把客人的马用绳索拴住,不让他走,用笔之妙也恰到好处。

　　最后四句写客人临去的情形,主人为之饯行。其诗曰:"薄言追之,左右绥之。"在饯行的过程中,周王的左右群臣,也参加慰送,可见礼仪周到。下二句云:"既有淫威,降福孔夷。"言微子朝周,已受到大德的厚待,上天所降给他的福祉,必然更大,以此作颂歌的结语,既表明周代对殷商后裔的宽宏,亦勉慰微子,安于"虞宾"之位,将来必能得到更多的礼遇,一语双关,一箭双雕。

在中国历史上,汤伐桀,武王伐纣,皆以吊民伐罪为号召,对于被灭亡的前代,并不断其禋祀,而是保留着兴灭继绝的古义。至两汉以后,改朝换代时,对前代王室之子孙,则多半赶尽杀绝,元之代宋,清之代明,杀戮尤为残酷,幸免者寥寥。其得以免于诛戮,得有客礼相待者,仅有民国之于逊清,盖以政权既归民国,帝王专制不复存在,故清朝得以保存其宗族,享受民国之福祉。至于其他朝代,当其兴也,诛夷前代之子孙,使无噍类;及其亡也,其子孙宗族,亦受他人之屠戮。读《有客》之诗,不禁为之感慨。

武

於皇武王[1],无竞维烈[2]。
允文文王[3],克开厥后[4]。
嗣武受之[5],胜殷遏刘[6],
耆定尔功[7]。

【注释】

[1]於(wū):语气词,表赞叹。皇:大。[2]竞:强劲。烈:功业。[3]允:确实,果真。文:文德。[4]克:能够。后:指武王所开创的事业。[5]嗣:后嗣。武:指周武王。[6]遏:制止。刘:杀戮。[7]耆(zhǐ):做到。尔:指周武王。

【译文】

伟大武王我先祖,丰功伟绩谁能比。

文王功德确实高,开创基业建周朝。

武王奉天承父命,平定天下伐商朝,

不朽伟业自辉煌。

【题解】

《左传·宣公十二年》记载:"武王克商,作《武》,其卒章曰'耆定尔功'",又《礼记·乐记》有云,孔子曾说《大武》"再成而灭商",可知这首诗是周武王克商后所作的《大武》乐章中二成的歌诗。《武》之乐舞,表现的正是武王牧野克商的史实。史载武王十一年二月,周武王率兵伐商,进至商国都城朝歌南郊之牧野,纣王发大军相抗。周师大将军吕尚领先锋武士挑战,殷军前部倒戈而自攻其后,武王大军乘机进攻,纣王大败,殷商灭亡。毫无疑问,这一战争的胜利是周代最大的业绩,为周代政权的建立立下了最高的功勋,周武王也成为周朝的开国君主,被周人世代作歌颂之。

本诗共七句,不分章。诗一开头就以最高亢雄浑的语调对周武王作出了赞颂:"於皇武王,无竞维烈。"殷商末年,纣王荒淫暴虐,厚赋税以盘剥国人,造炮烙酷刑以镇压异己,嬖爱妲己,宠信佞臣,囚禁西伯(即周文王),商朝的有识之士们对此痛心疾首却又无力回天:微子数谏不听而亡去,比干强谏而被剖心,箕子佯狂为奴亦遭囚。纣王的倒行逆施,令百姓怨愤,令诸侯寒心。因此,周武王伐商,是一场反抗暴政的正义战争,是顺天应人的壮举,它必然得到上至贵族下至平民的普遍拥护与响应。此诗对周武王克商的赞美,尽管是站在周王朝统治者的立场上,但也是同时代民众心声的反映,没有虚应故事也没有陈词滥调,充满了真情实感。

在唱出开头两句颂歌后,诗人饮水思源,转而怀念起为克商大业打下坚实基础的周文王。文王(即西伯)被纣王囚禁在羑里,因其臣闳夭等人献宝物给纣王而得赦免,回到封地后又献洛西之地请求纣王废除炮烙之刑,伐崇戡黎,建立丰邑,修德行善,礼贤下士,深得人心,诸侯多叛纣而往归之,这一系列举措都为武王的成功积蓄了力量、铺平了道路,使灭商立周成为水到渠成之事。"允文文王,克开厥后",赞美了周文王文德之广大,泽被后世,其功德业绩不能令人忘怀。

　　最后三句,直陈武王继承文王遗志伐商除暴的功绩,揭晓了前文"无竞维烈"一句留下的悬念,有一波三折之效,使原本极易呆板的颂诗显得吞吐从容,涌动着一种高远宏大的气势,使得此诗成为歌功颂德之作中的上品。

　　当然,颂诗的性质决定了它必定具有一定的夸饰成分。武王伐商,诗中声称是为了"遏刘",即代表天意制止暴君的残杀,救民水火、解民倒悬。但无论什么性质的战争,其过程都是残酷的,《尚书·武成》对于牧野之战有"血流漂杵"的记载,《逸周书·世俘》亦有类似的说法。所以崇尚仁义的孔子不免对展现这场战争的舞乐感到有些遗憾,认为《武》"尽美矣,未尽善也"(《论语·八佾》)。

闵 予 小 子[1]

闵予小子,遭家不造[2],

嬛嬛在疚[3]。

於乎皇考[4],永世克孝[5]。

念兹皇祖[6],陟降庭止[7]。

维予小子,夙夜敬止[8]。

於乎皇王[9],继序思不忘[10]。

【注释】

　　[1]闵:通"悯",怜悯。予小子:古代年幼的自称,对先王而言。[2]不造:不幸,不善。此指遭遇父亲周武王之丧。[3]嬛(qióng)嬛:同"茕茕",孤独无依的样子。疚:忧苦。[4]於(wū)乎:同"呜呼",表感叹。皇考:指周武王。[5]永世:终身。克:能。[6]兹:此。皇祖:对已故祖父的美称。此指周文王。[7]陟(zhì)降:上下,升降,即提升和降级的意思。庭:直,公正。止:语助词。[8]夙(sù)夜:原意为早夜。此指朝夕、日夜,即天天、时时。敬:谨慎。止:语助词。[9]皇王:这里指先代君主,兼指文王、武王。[10]序:通"绪",事业。思:语助词。忘:忘记。

【译文】

> 可怜我这小孩童,新遭父丧真悲痛,
> 孤苦无依忧心忡。
> 先父武王多伟大,终身孝顺老祖宗。
> 念我先祖兴大业,亲贤远佞国运隆。
> 我虽即位但年幼,日夜勤政求成功。
> 先王灵前发誓言,遗志不忘记心中。

【题解】

全诗共十一句,不分章,创作时间当在周成王三年(前1113),是周成王为武王服丧期满将要执政时,朝拜祖庙祭告其父周武王和祖父周文王的诗。周成王继位之时,年仅7岁,可以说,除了高贵的身份和血统,他在政治上一无所有。幼小的成王不可能明白自己的处境,但一手将成王扶上王位的周公对此则有着清醒的认识。因此,尽管本诗看似是成王以第一人称而作的,但实际上真正的作者应是担任摄政之职的周公。鉴于周成王的特殊处境,这首告庙之诗应是经过精心编排、特殊设计的。

本诗的前三句将成王的艰难处境如实叙述,和盘托出,并强调其"嬛嬛在疚"、无依无靠的现状,以引起臣民们的同情,毕竟成王这样年幼的嗣王尤其需要群臣的全力辅佐和民众的鼎力支持。强调成王的孤独无援,于示弱示困示难之中,隐含了驱使、鞭策群臣效力嗣王的底蕴,这一点在下文中还将有所展开。

第四、五句中的"皇考"指周武王。武王一生中那些辉煌卓著的功业,诗中一字不提,只强调他的"永世克孝"。为人子当尽孝,为人臣则当尽忠,有孝子才有忠臣,其理一致,为什么不直言相告呢?只因在危难、困窘之际寻求援助,明令不如感化,当时周室群臣均为武王旧臣,王室成员也主要是武王的弟弟们,因此以武王恪尽孝道来提点他们,能起到很好的提醒和感化作用。

第六、七句中的"皇祖"指周文王,而"陟降"一词的重点在于"陟",即

"晋升"之义,文王在世培养和提拔了一批贤臣,他们在文王去世之后,辅佐武王成就了灭商的伟业,如今成王幼年继位,这些尚在人世、受过文武二王恩泽的老臣们此时又该辅佐成王来继业守成了。而这样的请求出自周公之口,又具有了非同寻常的号召力与约束力,盖因周公是经历文、武、成三世的老臣,孝顺文王,帮助武王伐商,又辅佐成王,平定叛乱。一些三朝老臣都长期与他共事,彼此情谊甚笃、信任深厚,他在宗室和群臣之间享有非常崇高的威望。

最后四句,周公再次强调了成王勤政、恭敬的品德,强调了他守护和发扬祖先事业的决心。"继序"一语出现在本诗的末句,绝非偶然,它强调成王继承的是文王、武王开创的大业,而"思不忘"对成王来说固然是必须兑现的誓言。成王高贵的血统是他继位时的全部政治资本,周公对此不能不充分地加以利用,以期对文王、武王感恩戴德的群臣对成王也俯首听命,他必须使这些文王、武王的旧臣们认识到,忠心耿耿地辅佐成王是他们理应履行的天职。

《闵予小子》一诗隐含着对文王、武王旧臣效忠嗣王的要求,而在这方面,周公又是以身作则、堪称楷模的。他前半生辅佐文王、武王创建国家,后半生的主要精力则一直集中于辅佐成王,他的主要政治功绩也在于此。这方面,《诗经》《尚书》中的许多篇章留下了可信的记录,孔子也一再表示对他的尊崇与景仰。周公与成王虽然一为臣一为君,一为辅相一为天子,但是,要了解成王时的政事,却往往先要了解周公,其对于周朝政治和历史的影响可见一斑。

访　　落^[1]

访予落止,率时昭考^[2]。

於乎悠哉^[3],朕未有艾^[4]。

将予就之^[5],继犹判涣^[6]。

维予小子,未堪家多难。

> 绍庭上下[7]，陟降厥家[8]。
> 休矣皇考[9]，以保明其身[10]。

【注释】

[1]访：谋议。落：开始，指开始执政。[2]率：遵循。时：是，这。昭考：指武王。[3]於乎：叹词。悠：远。[4]艾：阅历。[5]将：扶助。就：接近，达到，这里含有"因袭"义。[6]继：继续。犹：图谋，计划。判涣：大。[7]绍：继承。庭：公正。上下：指升降官吏。[8]陟降：升降。厥家：指群臣百官。[9]休：美。皇考：指武王的神灵。[10]保：保佑。明：显，传扬。

【译文】

> 幼年继位国事商，国家发展依叔王。
> 先王之道太高远，年纪尚小心惶惶。
> 纵有群臣来相助，众说纷纭恐不当。
> 年轻登位没经验，家国多难令人慌。
> 唯遵先王的遗训，任贤黜佞整朝纲。
> 父王英明有美德，佑我安康名显扬。

【题解】

《访落》的创作时间，应是在武王去世、成王即位之时。东汉郑玄笺认为是在"成王始即政"时，但"成王始即政"是一个很模糊的时间段，可以有两种理解：一是在继武王位之时，一是在周公摄政结束还政之时。本诗具体创作于哪个时间，对于准确理解诗义至关重要，从诗的文本来看，说它创作于成王初继位之时相对合理。盖因成王即位的情况与武王的水到渠成、顺理成章不同，是比较惊险的。武王于克殷后二年去世，留下巨大的权力真空，年纪尚幼的成王根本无法填补，因此由武王之弟周公摄政辅佐。周公在辅政期间的重要工作之一就是要逐步树立起成王的天子权威，《访落》便反映出这种树立权威的努力。

新王权威的树立，关键在于获得诸侯的支持。武王在世时，诸侯臣服；

但成王冲龄践祚,给诸侯提供了权力再分配的机会,以前臣服的诸侯未必全都视新王如先王,时局不稳的根源即在于此。使诸侯重新归服是周王室此时必须面对的课题。当时周王室的象征是成王,而实际的掌权者则是摄政的周公,从这个意义上说,《访落》所体现的正是周公的想法,不过是用成王的口气表达而已。

本诗共十二句,不分章。在诗中,成王诉说自己年幼,缺少治国经验,请求诸侯的支持和辅佐,这既是陈述实情,又表现了周王对于诸侯的尊敬。当然,只有这些是远远不够的,笼络诸侯需要恩威并施,恩已有了,威从哪来?诗中两提武王("昭考""皇考"),两提遵循武王之道,周天子对于诸侯的威慑由此而来。

参与祭祀的诸侯均是受武王之封而得爵位的,所以应当将这份恩情回报给成王,这是道德上的约束;武王虽逝,但他所建立的国家机器(包括强大的军队)还依然发挥着职能,这是实力上的震慑。

而最具有震慑力的则是诗中所表达的成王遵循先父遗志的决心。如果说"率时昭考"还嫌泛泛,那么"绍庭上下,陟降厥家"两句就对将来的执政方式说得十分具体了。据《史记·周本纪》记载,武王在伐纣前所作的诸多准备中就有一条"立赏罚以记其功",其内涵与诗中的"上下""陟降"相似,而成王身处的时局更为严峻,他所采取的措施也会更为严厉。而且由于武王已经制定了完善的政策,因此成王只需要顺其自然地效法并由辅佐他的周公来具体实施就可以。

《访落》其实是一篇周王室决心巩固政权的宣言,是对武王之灵的宣誓,又是对诸侯的政策宣讲,真诚而不乏严厉,严厉而不失风度,周公也借此扯满了摄政的风帆,为周王朝这艘大船乘风破浪提供了有力保障。

敬 之[1]

敬之敬之,天维显思[2],
命不易哉[3]。

无曰高高在上[4]，陟降厥士[5]，

日监在兹[6]。

维予小子，不聪敬止[7]。

日就月将[8]，学有缉熙于光明[9]。

佛时仔肩[10]，示我显德行[11]。

【注释】

[1]敬:通"儆"，警戒。之:语助词。[2]维:是。显:明察，指上天明察一切。思:语助词。[3]命:天命，这里指国运。不易:不容易常保住。[4]无曰:不要说。高高在上:指上帝高在天上，不明察人间。[5]陟(zhì)降:升降。厥:其。士:庶士，指群臣。[6]日:每天。监:观察，监视。兹:此，指人间。[7]不、止:皆为语助词。聪:听，此处意为听从。马瑞辰《毛诗传笺通释》:"谓听而警戒也。承上'敬之敬之'而言。"[8]就:成就。将:进。[9]缉熙:积累光亮，喻掌握知识渐广渐深渐大以获得光明。[10]佛(bì):通"弼"，辅助。时:通"是"，这。仔肩:担负的责任。[11]示:指示。显:显明。

【译文】

这个警戒要记牢，苍天在上理昭昭，
天命不改有常道。
休说苍天是最高，佞人下野贤上朝，
时刻审视察秋毫。
我是年幼初登基，听从建议要恭敬。
日精月进求发展，日积月累得光明。
群臣辅我担重任，光明美德作榜样。

【题解】

本诗共十二句，不分章，主要内容是周成王警戒自己要敬天勤学，并告诫群臣，希望得到群臣的尽心辅助。《毛诗序》《诗集传》都把《闵予小子》《访落》《敬之》《小毖》看成一组诗。《毛诗序》认为这组诗依次表达"嗣王朝于庙""嗣王谋于庙""群臣进戒嗣王""嗣王求助",在内容上具有递进性,似乎是按预定写作计划一气呵成;《诗集传》则认为本诗是"成王除丧朝庙所作,疑后世遂以为嗣王朝庙之乐。后三篇放此"。均说此四篇完成于一时。这四篇确为内容、人物都有所相关的一组诗,但并非作于一时:前两篇当作于武王去世、成王即位之初,《小毖》作于周公归政之后,《敬之》则应作于二者之间的时间段,此时成王已在周公的辅佐下执政了一段时期,正在向一位成熟的政治家过渡。

作为一位正在逐步走向成熟的君主,成王在本诗中主要想表达两层意思:对群臣的告诫和对自身行为的规范。

第一至第六句为第一层。成王利用天命告诫群臣,"天维显""命不易",从字面上看为纯客观的叙述,目的则在于强调周王室是顺承天命的正统,群臣必须清醒地牢记这点并对之拥戴服从,而由于他的天子身份,因而很自然地具有居高临下的威势。对群臣的告诫在"无曰"以下三句中表达得更为明显,其中"陟降"只能是周王室施加于群臣的举措,而"日监在兹"与其说是苍天的明察秋毫,不如说是周王室对群臣不轨行为的了如指掌,而成王将这一点明示群臣,其震慑和警戒的意味不言自明。

第七至第十二句为第二层。在《周颂》诸诗中,年幼的成王面对年长的群臣,经常采取一种谦恭的姿态,自称"小子",承认自己还很缺乏能力、经验,表示要好好学习,日积月累,以达到政治上的成熟,肩负起承继大业的重任,表达出了一种自我精进的意愿。但是群臣却不能因此而对这位年幼的君主轻略忽视,甚至狂妄地以为自己能够将其玩弄于股掌之中。因为成王显然并没有放弃对群臣"陟降"——尤其是"降"的权力,也没有丝毫减弱国家机器"日监在兹"功能的打算,更重要的是,成王的律己,是在以坚强的决心加速自己的成熟即政治上的老练,进而加强对群臣的控制。对于前面几首相关诗作中年幼而不谙朝政的成王,群臣或许有私心可逞(但还会对摄政的周公有所顾忌);而对于本诗中逐渐成熟、为了掌握治国本领而努力学习的成王,群臣便只能恭顺和服从。成王的律己是为了更好地律人,这是一种精心设计的震慑。

《闵予小子》《访落》《敬之》《小毖》这一组诗,由"闵予小子""维予小

子""维予小子"到"予",可以体现成王执政的阶段性,也可看出成王政治智慧的逐渐成长和执政信心的逐步确立。

小　毖

予其惩[1],而毖后患[2]。
莫予荓蜂[3],自求辛螫[4]。
肇允彼桃虫[5],拼飞维鸟[6]。
未堪家多难,予又集于蓼[7]。

【注释】

[1]予:成王自称。其:语助词。惩:处罚,警戒。[2]毖:谨慎。[3]予:给予。荓(píng)蜂:微小的草和蜂。[4]辛:辛苦。螫(shì):"事"的假借字。[5]肇:始。允:信。桃虫:即鹪鹩,一种极小的鸟。古人认为这种小鸟最后将变为大鹏,这里喻小患不除必将酿成大祸。[6]拼飞:鸟飞动貌。拼,通"翻",翻飞。此二句比喻武庚开始很弱小,后来羽毛丰满,勾结管叔、蔡叔起来叛乱。[7]蓼(liǎo):一年生草本植物,花小,白色或浅红色,生长在水边或水中。其味苦辣,古人常以之喻辛苦。此句喻自己又陷入困境。

【译文】

经验教训要吸取,免除后患有信条。
莫忽细蜂和小草,受毒被螫才烦恼。
如今才信小鹪鹩,转眼便为大恶鸟。
国家多难已不堪,我又苦涩陷丛草。

【题解】

这是一篇周成王深刻检讨自己应该惩前毖后吸取教训的小诗。此诗作于周公归政于成王之后,当时周成王已经平定了管叔、蔡叔与武庚之乱。

本诗共八句，不分章，其最为独特之处在于篇名。《诗经》中的篇名，大多是取于篇内的成句、成词，《周颂》中只有《酌》《赉》《般》的篇名不在该篇文字之内；而《小毖》却很特别，"毖"取于篇内，"小"则取自篇外，"小毖"即意为"小心谨慎"。

虽然在篇名中点出了"毖"，但诗中除前两句"惩""毖"并举外，其余六句则全部强调的是"惩"。理解"莫予荓蜂"中"荓蜂"一词的含义，对于本诗的诗义及结构的认识至关重要。唐代孔颖达将"荓蜂"解释为"掣曳"，南宋朱熹《诗集传》释"荓"为"使"，均未得确解。其实，"荓蜂"是指微小的草和蜂，易于被忽视，却能对人施于"辛螫"之害，与第五、六两句"桃虫"化为大鸟的生动比喻形成并列对举，文辞既畅，比喻之意亦得以显扬。"未堪家多难"一句，与前面的《访落》完全相同，但因后者作于周公摄政前，而此篇作于周公归政后，所以同一诗句含义便有了差别。《访落》中的此句是说国家处于多事之秋，政局因武王去世而动荡不安，成王年幼并缺少治国经验而难以控制；本诗中则是指已经发生并被平定的管叔、蔡叔、武庚之乱，成王由此感慨国家多难，治国不易。其时，成王年岁已长，政治上渐趋成熟，亲自执政的愿望也日益强烈，但这种强烈的愿望并非以豪言壮语，而是通过深刻反省予以表达，其体现便是前面所说的着重强调"惩"。

《小毖》的主旨在于惩前毖后，即惩处以前的过错，戒慎今后再犯。惩前的大力度，正说明反省之深刻，记取教训之牢，以见毖后决心之大。惩前是手段，毖后是目的，诗中毖后的目的虽然没有丝毫展示，却已隐含在惩前条件的充分描述之中。在诗中，读者可以体会到成王深刻的反省：自己曾为表面现象蒙蔽而受害，曾面临小人图穷而匕首现的威胁，也曾经历过难以摆脱的危机。但这何尝不是由此而受到启发，进而深思：此时的成王，已经顺利渡过危机，解除了威胁，而更重要的是，他已成熟并将保持政治上的清醒，决心为巩固政权而行天子之威令。

本诗产生了"惩前毖后"这一常见成语，当我们使用这个成语时，如果想到这首诗，想到成王，想到他继位之后这一段特殊的经历，就更能体会到本诗的言外之意。周成王与其子周康王统治期间，平定叛乱，制礼作乐，社会安定，百姓和睦，西周王朝的统治得到了极大的巩固，被誉为"成康之治"。

这个盛世来之不易,而成王这种善于自省的精神正是其重要保证。如今,我们通过对《周颂》的解读,可以构想出当时伟大的圣贤们高尚的精神品质,进而继承宝贵的文化遗产!

载　芟[1]

载芟载柞[2],其耕泽泽[3]。

千耦其耘[4],徂隰徂畛[5]。

侯主侯伯[6],侯亚侯旅[7],

侯彊侯以[8]。

有嗿其馌[9],思媚其妇[10],

有依其士[11]。

有略其耜[12],俶载南亩[13]。

播厥百谷,实函斯活[14]。

驿驿其达[15],有厌其杰[16]。

厌厌其苗[17],绵绵其麃[18]。

载获济济[19],有实其积[20],

万亿及秭[21]。

为酒为醴[22],烝畀祖妣[23],

以洽百礼。

有飶其香[24],邦家之光。

有椒其馨[25],胡考之宁[26]。

匪且有且[27],匪今斯今,

振古如兹[28]。

【注释】

[1]载(zài):开始。芟(shān):割除杂草。[2]柞(zé):砍除树木。[3]泽(shì)泽:通"释释",土松散润泽貌。[4]千:概数,言其多。耦(ǒu):两人

并耕叫"耦"。耘(yún):除田间杂草。[5]徂(cú):往。隰(xí):低湿的田地。畛(zhěn):田边的小路,即田界。[6]侯:发语词。主:家长。伯:长子。[7]亚:次,指长子以下仲叔诸子。旅:众,指晚辈。[8]彊(qiáng):指身体强壮有余力来助耕的人,即短工。以:雇工。[9]有噴(tǎn):即"噴噴",众人吃饭的声音。馌(yè):送给田间耕作者的饮食。[10]思:语助词。媚:美盛貌。[11]有依:壮盛貌。士:男子的美称,与上句的妇都是送饭的人。[12]有略:即"略略",形容锋利。耜(sì):古代农具名,装在犁上,用于耕作翻土。先以木为之,西周时改用青铜制成,是后世犁铧的前身。[13]俶(chù):本义为"开始",此处引申为起土,即种地的开头。载(zī):读作"菑",用农具把草翻埋到地下。南亩:泛指田地。[14]实:种子。函:通"含"。斯:乃。活:活生生,有生气貌。[15]驿驿:《尔雅》作"绎绎",接连不断的样子,指苗陆续出土,很茂盛。[16]有厌:美好貌。杰:特出之苗,这里指最先长出的好苗。[17]厌(yān)厌:禾苗整齐茂盛貌。[18]绵绵:绵绵不断貌。麃(biāo):谷物的穗。[19]载(zài):发语词。获:收获。济济:人众多貌。[20]有实:即"实实",广大貌。积:露天堆积。[21]亿:十万。秭(zǐ):一万亿。[22]醴(lǐ):甜酒。[23]烝(zhēng):进。畀(bì):给予。祖妣(bǐ):祖父、祖母以上的祖先。[24]有飶(bì):即"飶飶",形容祭品味香。[25]有椒:指香气浓厚。[26]胡考:尤寿考,即长寿,亦指老人。[27]匪(fēi):非。且:此。上"且"字谓此时,下"且"字谓此事。[28]振古:自古。

【译文】

拔掉野草除树根,田头翻耕松土壤。

千人并肩齐耕耘,洼地坡田都前往。

家主带着长子来,子孙晚辈也到场,

壮汉雇工都出勤。

田间用餐声音响,妇女温柔又能干,

汉子强壮有力量。

铜耜尖刃多锋利,南面那田先耕上。

百谷种子播入土,颗粒饱满长势旺。

小芽纷纷拱出土,长出苗儿好漂亮。

禾苗越长越茂盛,谷穗下垂重又长。

谷物收获真是多,堆满露天打谷场,

成万成亿难计量。

清酒甜酒一起酿,供奉先祖先妣尝,

百礼合洽献祭飨。

美味佳肴散芳香,是我国家很兴旺。

椒酒献祭香喷喷,祝福老人长安康。

不是这里才如此,不是今年才这样,

万古都是这景象。

【题解】

全诗共三十一句,不分章,但有韵,是《周颂》中最长的一篇,其叙事自成段落,层次清楚,一气呵成,主要内容是周王在秋收之后献祭宗庙时的祝词,创作时间应在成王之后。全诗可分为两部分,前二十一句是第一部分,后十句是第二部分。第一部分依次叙述以下内容:

第一至第四句写百姓们并肩携手开垦农田的场景。人们有的割草,有的刨树根,一片片土壤翻掘松散,遍布低洼地、高坡田的野草、树根都被一一铲除,呈现出一派蓬勃热闹、充满生机的春耕景象。“千耦其耘”的“耘”字,单释为除田间杂草,与“耕”合用则泛指农业劳动。本句的真实含义应为“千耦其耕”,即使用农具翻掘土壤使其松散均匀,这里是为了用韵而换为“耘”字。所谓“耦耕”,是上古的一种耕作方式,即二人合作翻掘土壤。如何并力,可有几种形式,如挖掘树根,宜对面合作;开沟挖垄,不妨并肩;盖使用耒耜翻地,必须一推一拉。这里言“千耦”,是言极多,而一次性出动这么多劳动力,说明这是一次有组织、有领导的集体大生产。

第五至第十句写参加春耕的人,男女老少全出动,强弱劳力都上场,漂亮的妇女,健壮的小伙,在田间吃饭狼吞虎咽,画面生动活泼,充满生活气息。周天子是国家全部土地的所有者,所谓“溥天之下,莫非王土”,但他直接拥有的土地只在京畿附近,其他土地则以封建形式分封给各个诸侯,每年收取贡赋,并有权随时收回土地,各诸侯又以同样形式分封贵族和士卿,这样可以层层分下去,而最终形成以家庭为基本单位的农耕体系。当时的家庭实际是家族,以家长为首,众兄弟、子孙多代同居,这种土地分配和家庭结构形式,在本诗中都得到了鲜活反映。

第十一至第十四句写播种。锋利的耒耜,从向阳的田地开播,种子覆土成活。人们不由得发出"多么锋利的耒耜""播下百谷就出芽"的赞叹,而这一片欢欣鼓舞的赞叹声反映出青铜农具的使用和农业技术的进步对于生产力发展的促进作用。

第十五至第十八句写禾苗生长和田间管理。"驿驿其达""厌厌其苗",两句在赞叹中饱含喜悦;"绵绵其麃",表示农官和百姓精心管理农田,努力促进作物生长,表现了高涨的生产热情。接下去三句写收获,作者用了夸张的手法,以"万亿及秭"形容露天堆积的谷物广大无边,表现了丰收的喜悦。"万亿及秭"一句是全诗的转折处。此句以上是写农事,从开垦叙述到收获;而正因有了如此丰收,所以要向上天和祖先进行祭祀和祈祷,此句以下的部分表现的就是这个内容。

第二部分前七句写制酒祭祀,是全诗的思想中心,阐述发展生产是为了祭祖妣、洽百礼、光邦国、养耆老,这也是周代发展生产的根本政策。周代制酒主要用于祭祀和百礼,不提倡平时饮酒。末尾三句是祈祷之词,向神祈祷年年丰收。《毛诗序》认为本诗是籍田祀神之用。后人多以为此篇不限于籍田祀神之用,而与《丰年》大致相同,亦可为秋冬祀神之诗。

全诗叙述有层次、有重点,初言垦,继言人、言种、言苗、言收,层层铺叙,上下衔接;至"万亿及秭"而承上启下,笔锋转势,言祭、言祷。在叙述中多用描写、咏叹,运用了叠字、排比、对偶等修辞手法,押韵而七转韵,使全诗的行文显得生动活泼,这在《周颂》中是相当突出的。其内容记述了西周前期农业生产的一些情况,是历来被历史学家重视的篇章,为研究西周社会形态,了解农业生产力的发展,提供了可信的资料,其历史文献价值要超过文学价值。

良　耜[1]

畟畟良耜[2],俶载南亩[3]。

播厥百谷,实函斯活[4]。

或来瞻女[5],载筐及筥[6],

其饷伊黍[7]。

其笠伊纠[8],其镈斯赵[9],

以薅荼蓼[10]。

荼蓼朽止[11],黍稷茂止。

获之挃挃[12],积之栗栗[13]。

其崇如墉[14],其比如栉[15],

以开百室[16]。

百室盈止,妇子宁止[17]。

杀时犉牡[18],有捄其角[19]。

以似以续[20],续古之人。

【注释】

[1]耜(sì):犁头。[2]畟(cè)畟:形容耒耜的锋刃快速入土的样子。[3]俶(chù):本义为"开始",此处引申为起土,即种地的开头。载(zī):读作"菑",用农具把草翻埋到地下。南亩:南边的田亩。因南坡向阳,利于植物生长,故田地多向南开垦。后泛称田亩。[4]实:种子。函:含,指种子播下之后孕育发芽。斯:乃。[5]或:有人,这里指农夫的妇子。瞻:视,看。女(rǔ):同"汝",指耕地者。[6]载:背。筐、筥(jǔ):都是竹制盛物器,筐形方,筥形圆。[7]饷(xiǎng):送来的食物。伊:是。黍:一年生草本植物,叶线形,籽实淡黄色,去皮后称黄米,比小米稍大,煮熟后有黏性。[8]纠:指用草绳编织而成。[9]镈(bó):古代锄田去草的农具。斯:句中助词,含有"是"的意思。赵:铲除。[10]薅(hāo):去掉田中杂草。荼蓼(tú liǎo):荼和蓼,

两种野草。[11]朽:腐烂。止:语助词。[12]挃(zhì)挃:收割庄稼的摩擦声。[13]栗栗:形容收割的庄稼堆积之多。[14]崇:高。墉(yōng):高高的城墙。[15]比:排列,这里指粮垛密集。栉(zhì):梳子。[16]百室:泛指家家户户的仓库。[17]妇子:妇女孩子。宁:安。[18]时:是,这。犉(rǔn):黄毛黑唇的牛。[19]捄(qiú):形容牛角很长。[20]似:通"嗣",继续,这里有每年不断祭祀的意思。

【译文】

犁头耕地真锋利,先将南面去翻耕。
百谷种子播田头,粒粒发芽有生机。
有人前来看望你,挑着方筐和圆篓,
里面装的是黍米。
头戴手编草斗笠,手持锄头把土翻,
田畦杂草得清理。
腐烂野草作肥料,庄稼生长真茂密。
收割庄稼声音响,场边谷子高堆起。
谷堆高度似城墙,谷堆密度似梳齿,
粮仓成百常开放。
每个粮仓都装满,妇女儿童心欢喜。
杀头黄牛来祭祀,双角弯弯真美丽。
感念前人不停息,继承祖先的礼仪。

【题解】

本诗共二十三句,不分章,是一首记述周人生产祭祀情形的农事诗,是秋收后周王祭祀土神和谷神的乐歌。全诗可分为三层:第一至第十二句是追叙春耕夏耘的情景;之后七句实写目前秋天大丰收的情景;最后四句写秋冬报赛的情景。此诗属于颂诗中语言比较通俗的一类,其最大的艺术特色是"诗中有画"。

诗一开篇便为读者展示了一幅春耕夏耘的画面:当春日到来的时候,男人们手扶耒耜深翻土地,尖利的犁头发出了快速前进、破开泥土的嚓嚓声。接着又把各种农作物的种子撒入土中,让它孕育、发芽、生长。在劳作的间隙,家中的妇女、孩子挑着方筐圆筐,给他们送来了香气腾腾的黄米饭。炎夏耘苗之时,烈日当空,农民们头戴用草绳编织的斗笠,将锄头刺入土中清除荼、蓼等杂草。荼、蓼腐烂变成了肥料,反哺庄稼,大片绿油油的黍稷长势喜人。这里写了劳动场面,写了劳动与送饭的人们,还刻画了头戴斗笠的人物形象,描绘了一幅鲜活的大生产景象。而在秋收之时,诗人向读者展示的则是另一种欢快的画面:收割庄稼的镰刀声此起彼伏,如同音乐的节奏一般,各种谷物很快就堆积成山,从高处看像高高的城墙,从两边看像密密的梳齿,于是上百个粮仓一字儿排开收粮入库。个个粮仓都装满了粮食,妇人孩子喜气洋洋。"民以食为天",有了粮食心不慌,才能过上安稳的日子。这是一幅多么美妙的"田家乐图"啊!

本诗是在西周初期也就是成王、康王时期农业大发展的背景下产生的。与《载芟》一样是《诗经》中农事诗的代表作,二诗一前一后相映成趣,堪称是姊妹篇。周人在后稷、公刘、古公亶父时期便形成了重农的传统;再经过周文王、周武王父子两代人的努力,建立了以"敬天保民"为号召的西周王朝,从而在一定程度上解放了生产力,提高了奴隶从事大规模农业生产的积极性。《良耜》正是当时这种农业大发展的真实写照。

另外,这首诗能够依据内容的需要而灵活处理韵脚,这也是本诗的一个特色。"畟畟良耜,俶载南亩",开头两句都用韵。接着"播厥百谷,实函斯活"两句,却是无韵句。下文"女""筥""黍"叶鱼部韵,"纠""赵""蓼""朽""茂"是幽宵合韵,"挃""栗""栉""室"叶质部韵,"盈""宁"叶耕部韵,这些押韵的手法使得全诗整体节奏明快却又错落有致。最后四句,除中间两句"角""续"为叶屋部韵外,其余两句均无韵,为本诗添加了一个端庄稳重的结尾,符合颂诗的气质。

在广袤的三秦大地上,自古以来,老百姓面向黄土背朝天,靠天吃饭,勤勤恳恳地依靠自己的双手生活,这首《良耜》真实而自然地再现了当时农民们的耕种生活,表现出一种普通农家最纯粹的快乐。

丝　衣[1]

丝衣其紑[2]，载弁俅俅[3]。

自堂徂基[4]，自羊徂牛。

鼐鼎及鼒[5]，兕觥其觩[6]，

旨酒思柔[7]。

不吴不敖[8]，胡考之休[9]。

【注释】

[1]丝衣：祭服名，神尸所穿的白色丝质的祭服。[2]其紑(fóu)：衣服洁白鲜明貌。[3]载：通"戴"。弁(biàn)：古代贵族戴的一种礼帽。俅(qiú)俅：形容冠饰美丽的样子。[4]自：从。堂：庙堂，或以为即明堂。徂(cú)：往，到。基：通"畿"(jī)，门内，门限。[5]鼐(nài)：大鼎。鼒(zī)：小鼎。都是古代的食器，青铜制成，下有三脚，旁有两耳。[6]兕觥(sì gōng)：犀牛角做的盛酒器。觩(qiú)：同"觓"，角上方弯曲的样子。[7]旨酒：美酒。思：语助词。柔：指酒味柔和。[8]吴：喧哗。敖：通"傲"，傲慢。[9]胡考：即寿考，长寿的意思。休：美好，这里指吉庆之福。

【译文】

白绸祭服多明秀，头冠样式第一流。

从庙堂里到门内，献祭全用羊与牛。

各级鼎鼒都装满，兕角酒杯一头弯，

香醇美酒味柔和。

无人喧哗毋傲慢，祝愿大家都长寿。

【题解】

这是一首记述周贵族祭祀完毕巡视宴饮安排情况的小诗，全诗共九句，不分章。《毛诗序》认为此诗的主旨是"绎"。"绎"即"绎祭",周代的祭祀有时进行两天,首日是正祭,次日是绎祭。《穀梁传》认为,周代天子与诸侯,在举行正祭的次日,又举行祭礼,称之为"绎祭"。诗中并没有明确出现"绎祭"字样,但从诗的内容看,《毛诗序》的推测还是有根据的。

此诗首二句描述祭祀者的穿戴,赤黑色的爵弁与白色的丝衣配合,这是周代祭祀的专用服饰。《礼记·檀弓上》有云:"天子之哭诸侯也,爵弁绖缁衣。"《毛诗序》可能就是据此而断定此诗与祭祀有关。"俅俅",毛传训为"恭顺貌"。而《说文解字》曰:"俅,冠饰貌。"《尔雅》亦曰:"俅俅,服也。"马瑞辰《毛诗传笺通释》认为首句的"纻"既为丝衣的修饰语,则第二句的"俅俅"与之相应当为弁的修饰语,故应为冠饰貌。第三、四句言祭祀之准备。"自堂徂基"点明祭祀场所。"基"通"畿",指庙门内。这个地方又称作"祊(崩)"。祊,即庙门之旁,在此则为绎祭,区别于在室内举行的正祭。第五、六句言祭祀之器具。鼎是古代的炊具,又是祭祀时盛熟牲的器具。此处无疑用作后者。鼐是大鼎,用以盛牛,鼒是小鼎,用以盛豕。清代学者陈奂在《诗毛氏传疏》中说:"上句'堂''基''羊''牛'以内外小大作俪耦,至本句变文。"也就是说,由上句的从小及大,变为此句的从大及小。"兕觥"又称爵,《诗毛氏传疏》说兕觥为答谢宾客所用的酒杯。最后三句言祭后宴饮,也就是"旅酬"。这里突出的是宴饮时的气氛,不吵不闹,安静和谐,合乎礼仪。《小雅·桑扈》最后一章"兕觥其觩,旨酒思柔。彼(通'匪')交(傲)匪敖,万福来求(聚)"与这三句正可互相印证。

在中国古代的历史中,祭祀是非常重要的一件事情,尤其是在上古的混沌时期,人们通过对祖宗和神灵的祭祀,来求得祝福,而这种祭祀活动对于今天的人们来说依旧有着重要的意义。通过该诗中所载祭祀活动的流程和细节,我们可以体会到远古先民的思维特征。更重要的是,从这些描写祭祀活动的诗歌中,可以发现一些更深层次的意义。首先,人们应时时追忆逝者,只要人们没有忘记,他们就没有永远离开。其次,如今快节奏的社会使得人心越发浮躁,人们似乎丧失了应有的敬畏之心,而保有些许的敬畏感则是我们保持理性的关键。

酌

於铄王师^[1],遵养时晦^[2]。

时纯熙矣^[3],是用大介^[4]。

我龙受之^[5],蹻蹻王之造^[6]。

载用有嗣^[7],实维尔公允师^[8]。

【注释】

[1]於(wū):叹词。此处表赞美。铄(shuò):通"烁",光彩夺目。[2]遵:率领。养:攻取。时:是。晦:昏暗。[3]纯:大,美。熙:兴,光明。[4]是用:是以,因此。大介:大善。[5]我:祭者自称,指周成王。龙:借为"宠",光荣。[6]蹻(jué)蹻:勇武之貌。造:借为"曹",指兵将。[7]载(zài):乃。用:以。有嗣:指连续不断有人为武王所用。[8]实维:这是。尔公:公者,事也。允:信,确实。师:法,模范。

【译文】

王师光彩多辉煌,挥兵东征灭殷商。

天下光明形势好,故有贤人辅周王。

有幸受到王重用,战士奋进更英勇。

武王命你去伐商,建功立业美名扬。

【题解】

本诗共八句,不分章,从时间上看应作于西周初年,从内容上看则是一首歌颂周武王战胜殷商,建立丰功伟业的赞歌,应是《大武》中的一个乐章。《毛诗序》云:"《酌》,告成《大武》也。言能酌先祖之道以养天下也。"全诗可分为两层,前五句歌颂王师的战绩,并对统兵出征的统帅表示感激之情;后三句说的是周成王任命周公、召公分职而治天下之事。

本诗创作之时仍是周公摄政，但任命之事必须以周天子，也就是成王的名义进行，故此诗的主人公表面上是成王，而实际上还是周公。诗名为"酌"，《毛诗序》以为是"斟酌"之义（即"斟酌文武之道"），但亦可作"汋""彴""勺"等，就是以勺舀酒灌祭祖先神灵，说明此诗是灌祭祖先时所唱的歌。以歌诗而言则曰《酌》，以乐舞而言则曰《勺》，《仪礼》《礼记》皆言舞《勺》，《勺》即《酌》。郑觐文《中国音乐史》云："（《礼记》）《内则》曰：'十三舞《勺》。'又：'成童舞《勺》舞《象》。'……《勺》为武舞，其诗为《酌》之章。按诗歌之节以为舞，列为学校普通教科，故曰成童则舞《勺》舞《象》。"可见《酌》作为乐舞，在当时是与《象》舞一样颇具代表性的。它可以作为《大武》的一成与其他五成合起来表演，就像现代舞剧中的一场，也可以单独表演。

明人孙鑛评价本诗曰："始如处女，敌人开户；后如脱兔，敌不及拒。"阐明了此诗前半部分优雅从容如弦乐柔板的特点，而后半部分又激越昂扬如铜管乐进行曲的风格。这就是本诗斑驳古奥的字句背后所蕴含的文化张力。

桓

绥万邦[1]，娄丰年[2]，
天命匪解[3]。
桓桓武王[4]，保有厥士[5]，
于以四方[6]，克定厥家[7]。
於昭于天[8]，皇以间之[9]。

【注释】

[1]绥：安抚，平定。万邦：指各个诸侯国。[2]娄(lǚ)：俗作"屡"，本义为空，引申为屡次。[3]匪解(fēi xiè)：即"非懈"，不懈怠。[4]桓桓：威武的样子。[5]保：拥有。士：疑为"土"之误。马瑞辰《毛诗传笺通释》："士与土形近，古多互讹……保土，犹言'保邦'也。作士者，盖以形近而讹。"这句话

的意思是保持既有的国土作为根据地。[6]于:于是。以:目的在于。[7]克:能够。家:周王宗室。[8]於(wū):叹词。昭:光明,显耀。[9]皇:皇天。以:用。间:代,代替。之:指殷商。

【译文】

> 安抚天下诸侯国,连年丰收好景象,
> 上天不懈怀周邦。
> 威武神勇是武王,保有原来的国土,
> 拥有天下遍四方,真正奠定周家邦。
> 功德辉煌耀上天,取代腐朽的殷商。

【题解】

本诗共九句,不分章。按谥法"辟土服远曰桓",此篇又有"于以四方,克定厥家"之句,表明周王朝已经统有四方。因此,近现代学者一般认为本诗是《大武》中的一个乐章的歌辞。《大武》六成的乐舞表现的是周公带成王东伐奄国之后回到镐京,大会四方诸侯及远国使者,举行阅兵仪式,以扬天子之威的史实,故本诗即为举行阅兵仪式前的祷词。

本诗的前三句,是以"绥万邦,娄丰年"来证明"天命匪解",即上天是完全支持周朝的。"娄丰年"在农耕社会对赢得民心起着举足轻重的作用,百姓对能够保证农业丰收的王朝总会表示拥护;而想获得农业丰收,在靠天吃饭的上古时代离不开风调雨顺的自然条件,"娄丰年"便理所当然地成为上天赐福的象征。第四至第七句歌颂英勇的武王和全体将士,并告诉全体诸侯,武王的将士有能力征服天下、保卫周室。叠词"桓桓"领起整段文字,有威武雄壮的气势,而"于以四方"一句,与首句"绥万邦"前后呼应,后者强调国泰民安,前者强调征服统治,而都有周天子君临天下、大权在握的自豪感。第八、九句是祷告上苍、上天来做证,以加强肯定,同时也是对第三句"天命匪解"的绾结。全诗的核心精神就是扬军威以震慑诸侯,从而达到树立周天子崇高权威的目的,其内容正与《尚书·周书·多方》一致。诗名为"桓","桓"即威武之貌,正点明了主题。诗的语言雍容典雅,威严而出之以和平,呈现出一种欢乐的氛围，涌动着新王朝的蓬勃朝气。

赉[1]

文王既勤止[2]，我应受之[3]。
敷时绎思[4]，我徂维求定[5]。
时周之命[6]，於绎思[7]。

【注释】

[1]赉(lài)：赐予，给予。[2]既：尽。勤：辛苦。止：语助词。[3]我：周武王自称。应受：应当承受。之：指劳心于政事。[4]敷：布施。时：是，这。绎(yì)：本义为丝，引申为抽引，连绵不断的意思。思：语助词。[5]徂(cú)：往，指讨伐商纣。定：共定天下。[6]时：与"承"通。[7]於(wū)：赞美词。思：语助词。

【译文】

文王创业多勤劳，我当继承治国道。
扩展基业永不停，矢志不移谋安定。
周邦承受上天命，继承伟业永不停。

【题解】

本诗共六句，不分章，是周武王在告庙仪式上对所封诸侯的训诫之词，诗题为"赉"，而诗中并无"赉"字，估计原为《大武》三成的乐曲名。《左传·宣公十二年》："楚子曰：'……武王克商，作《颂》曰："载戢干戈，载櫜弓矢。我求懿德，肆于时夏，允王保之。"'又作《武》，其卒章曰：'耆定尔功。'其三曰：'铺时绎思，我徂惟求定。'"可知本诗是《大武》的第三章，表现的是武王克商之后回到镐京，祭告宗庙，封赏功臣的场景。分封诸侯是西周初年巩固天子统治的重大政治举措。这次封赏可以分为三个序列：一为前代圣王后嗣,如尧、舜、禹之后。二为功臣谋士,如姜尚。三为宗室同姓,如召公、周公。据晋代学者皇甫谧统计,当时分封诸侯国 400 人,兄弟之国 15 人,同姓之国 40 人。

诗的开头首先赞美了父亲文王勤于政事的品行,表示自己一定继承这种德行和精神;接着指出他所追求的最终目标是天下太平,为了达到这一目标,所有诸侯都必须牢记文王的品德,不可荒淫懈怠。本诗与其说是追封赏赐功臣,不如说是指出了当时及其后的施政总方向:要使国家走向安定。周朝之命运在于"敷时绎思"也。这点像武王的特点,在封赏之时就开始布置以后的任务,总是走在人前,用简单几句话,就已把国家大计定。从容不迫,不慌不忙,看似无为,其实有为在先。

本诗在押韵上也颇有特色,五言、四言、三言相间,但是有韵:止、之、思押韵,定、命押韵,似是有韵的散文。《大武》六成中,这是唯一通篇押韵的诗。该诗语气诚恳,表现了武王深远的忧虑和安邦定国的拳拳之心,所以在短短的六句中竟反复地告诫诸侯们"绎思"。

般

於皇时周[1],陟其高山[2],

隋山乔岳[3],允犹翕河[4]。

敷天之下,裒时之对[5],

时周之命。

【注释】

[1]於:赞美词。皇:美好。时:这。[2]陟(zhì):登高。高山:指四岳。[3]隋(duò):狭长的山。乔岳:高山。[4]允:语助词。犹:若,顺。翕(xī)河:指汇合各条支流于黄河。[5]裒(póu):聚集。对:配对,配合。指众山川之神皆如是配而祭之。

【译文】

> 西周王朝多辉煌,登上山顶望四方,
> 丘陵峰峦延万里,众水大河共流淌。
> 普天之下皆王土,封国诸侯来聚集,
> 全部服从周王命。

【题解】

全诗共七句,不分章,就其内容而言,当为天子巡狩时祭祀山河之诗,而"巡狩"自然也包括平定叛乱。诗题名为"般",般者,乐也。此时,周王朝已广有天下,定都镐京,平定叛乱,万国来朝,自然要痛痛快快地大乐一番。当时人们的思想中存在着自然崇拜、上帝崇拜与祖先崇拜等各种观念,每当建立功勋之时,除了告慰先王,求祖先保佑,就是敬天地河岳,祭祀自然神灵。因此在班师回朝的路途中祭祀山川,便是顺理成章之事。近代学者高亨认为《般》是《大武》四成的歌诗,指出诗中所述表明周王已拥有广阔土地,并接受号令,可知为征服南国以后的情形。这个判断是比较合理的。

《大武》四成的舞蹈是表现周公东征平乱、至于江南的事迹的。武王驾崩之后及周公摄政期间,东南先后发生过几次大规模的叛乱。据《史记》记载,先有管叔、蔡叔与武庚作乱,后有淮夷之乱,但史书中却没有周公征讨江南叛乱的记载。不过《鲁颂·閟宫》中有"戎狄是膺,荆舒是惩"之句,孟子认为这原是周公说的话、做的事(见《孟子·滕文公》),这正与《吕氏春秋·古乐》所述相合。看来周公征讨江南叛乱当为事实。

诗的首句"於皇时周"称颂周王朝的美善。"皇"这里作美大之词解。"时"相当于"是"。以下从广有山岳来称颂。"陟其高山,嶞山乔岳,允犹翕河"三句称颂山川河岳的雄伟神奇,意思是:登上那巍巍高山,看到狭长的群山起伏,高大的四岳耸立其中,众水顺势合流于黄河,这是一幅多么辽阔壮美的画面。在大自然的神力面前,古人无法解释大自然的奇妙变化与威力,在冥冥之中企望得到支配大自然的神灵的护佑,于是敬山岳、河神,以求天下太平。周王已经得到天下,进而巡守祭祀河岳,表现了对自然的无比虔诚、敬服,同时也充满了对广阔疆土的自豪。

  此诗的语言虽然非常简练,但是描写了大山小山、大河小河等丰富多样的地理形态,又用了"高""乔""敷""衰"等表示空间之大的字眼,以最能体现空间感的山峰河流来象征、隐喻周室之伟大,使文本具有了一种雄浑的气魄,体现了圣王天下一统的恢宏之势。